人民文学出版社

Galaxy's Edge: AI as Individuals
All translation material is either copyright by Arc Manor LLC, Rockville, MD, United States, or the respective authors as per the date indicated in each issue of the magazine.
Simplified Chinese language edition published in arrangement with Arc Manor LLC.
Simplfied Chinese edition copyright:
2019 Chengdu Eight Light Minutes Culture Communication Co., Ltd.
All rights reserved.
All translated material of Galaxy's Edge: AI as Individuals is selected from Issue 1-9 of Galaxy's Edge original edition.
Published by special arrangement with Arc Manor/Phoenix Pick, Rockville, Maryland, United States.

所有翻译小说版权均为美国马里兰州罗克维尔市的 Arc Manor 有限责任公司所有，或者为每一篇中所注明的各位作者所有。

图书在版编目（CIP）数据

多面AI／杨枫,（美）迈克·雷斯尼克主编.—北京：人民文学出版社，2019
（银河边缘）
ISBN 978-7-02-015183-7

Ⅰ.①多… Ⅱ.①杨… ②迈… Ⅲ.①科学幻想小说-小说集—世界—现代 Ⅳ.①I14

中国版本图书馆 CIP 数据核字（2019）第 078515 号

策划编辑	赵　萍
责任编辑	涂俊杰
责任印制	徐　冉

出版发行　人民文学出版社
社　　址　北京市朝内大街 166 号
邮政编码　100705
网　　址　http：//www.rw-cn.com

印　　刷　三河市博文印刷有限公司
经　　销　全国新华书店等

字　　数　300千字
开　　本　680毫米×1000毫米　1/16
印　　张　18
印　　数　1—10000
版　　次　2019 年 6 月北京第 1 版
印　　次　2019 年 6 月第 1 次印刷

书　　号　978-7-02-015183-7
定　　价　43.00元

如有印装质量问题，请与本社图书销售中心调换。电话：010-65233595

目录 Contents

主编会客厅
那些"愚蠢"的科幻电影 1
　　/［美］迈克·雷斯尼克 著　华　龙 译

必读经典
未解谜的电波（星云奖提名作品）.................... 11
　　/［美］杰克·麦克德维特 著　刘文元 乔　丽 译
机器的脉搏（雨果奖获奖作品）.................... 31
　　/［美］迈克尔·斯万维克 著　华　龙 译

特别策划·多面 AI
梵蒂冈喜讯（星云奖获奖作品）.................... 55
　　/［美］罗伯特·西尔弗伯格 著　刘为民 译
孤独的我 65
　　/［美］埃德·麦克考温 著　刘皖竹 译
机器人粉丝进阶（星云奖与雨果奖提名作品）.... 75
　　/［新加坡］维娜·杰敏·普拉萨德 著　耿　辉 译
一封公开信 87
　　/［美］刘宇昆 著　耿　辉 译

中国新势力
天象祭司（下）.................... 93
　　/宝　树
血　灾 147
　　/海　漄

科学家笔记
从伯恩斯泰尔说起：
关于巨匠与科技的反思 173
　　/［美］格里高利·本福德 著　刘博洋 译

异星往事
耀斑时间 179
　　/［美］拉里·尼文 著　罗妍莉 译

名家访谈
对话梅赛德斯·莱基 & 拉里·狄克森 223
　　/［美］乔伊·沃德 著　华　龙 译

长篇连载
唯恐黑暗降临 01 233
　　/［美］L. 斯普拉格·德·坎普 著　华　龙 译

幻想书房
《月端》等四部 276
　　/刘皖竹 译

主　编
杨　枫
［美］迈克·雷斯尼克

总策划
半　夏

版权经理
姚　雪

产品总监
戴浩然

外文编辑
姚　雪　范轶伦
胡怡萱　余曦赟
许卓然

中文编辑
戴浩然　田兴海
李晨旭　大　步

美术设计
付　莉

封面绘制：庸人

THE EDITOR'S WORD 1
　　／ by Mike Resnick
MASTERPIECE
　　CRYPTIC 11
　　／ by Jack McDevitt
　　THE VERY PULSE OF THE MACHINE .. 31
　　／ by Michael Swanwick
SPECIAL FEATURE: AI AS INDIVIDUALS
　　GOOD NEWS FROM THE VATICAN 55
　　／ by Robert Silverberg
　　I AM LONELY 65
　　／ by Ed McKeown
　　FANDOM FOR ROBOTS 75
　　／ by Vina Jie–Min Prasad
　　AN OPEN LETTER TO THE SENTIENT AI
　　WHO HAS ANNOUNCED ITS INTENTION
　　TO TAKE OVER THE EARTH 87
　　／ by Ken Liu
CHINESE RISING STARS
　　THE PRIESTESS OF CELESTIALS 02 93
　　／ by Bao Shu
　　THE FLYING GUILLOTINE 147
　　／ by Hai Ya
A SCIENTIST'S NOTEBOOK
　　BONESTELL AND BEYOND: GETTING IT
　　RIGHT A REFLECTION ON TITANS AND
　　TECHNOLOGIES 173
　　／ by Gregory Benford
REMEMBRANCE OF ALIEN PLANETS
　　FLARE TIME 179
　　／ by Larry Niven
THE GALAXY'S EDGE INTERVIEW
　　MERCEDES LACKEY &
　　LARRY DIXON 223
　　／ by Joy Ward
SERIALIZATION
　　LEST DARKNESS FALL 01 233
　　／ by L. Sprague de Camp
BOOK REVIEWS 276
　　／ by Paul Cook, Jody Lynn Nye and Bill Fawcett

Editors in Chief
Yang Feng
Mike Resnick

Executive Director
Ban Xia

Copyright Manager
Yao Xue

Product Director
Dai Haoran

Editors for Translated Works
Yao Xue, Fan Yilun
Hu Yixuan, Yu Xiyun
Xu Zhuoran

Editors for Chinese Works
Dai Haoran, Tian Xinghai
Li Chenxu, Bigstep

Art Director
Fu Li

Cover Artist : Yong Ren

| 主编会客厅 |
THE EDITOR'S WORD

那些"愚蠢"的科幻电影

[美] 迈克·雷斯尼克 Mike Resnick 著
华 龙 译

以一封特别的读者来信,为第四辑《银河边缘》拉开帷幕。

迈克[1]、沙希德[2]:

我刚刚结束为期两周的欧洲旅行回来,今天早上一边倒时差一边整理堆积如山的邮件时,发现了第一期《银河边缘》,而且里边有我的故事,真是让我如获至宝。

迈克,你这工作真是妙不可言,主编前言真是生动极了,特别是第一期这篇。那感觉就跟打了兴奋剂一样。这并不意外,因为你很了解这么一针兴奋剂之中应该包含什么,应该是什么样子,而且你做到了。还有,沙希德,这真是一项极富创造性的工作。

大约从1949年年初,我就开始收集科幻杂志,而且收齐了雨果·根斯巴克在1926年创刊《惊奇故事》之后的每一期。至今我仍保存着全套,而且(尽管我几乎都不怎么看了)我还在继续一本不落地收集《类比》《幻想与科幻杂志》《阿西莫夫科幻杂志》,当然了,还有所有那些现今已经停刊的杂志,比如《银河》《未来》《科学冒险故事全二册》(最后这个名真不是我杜撰的,沙希德)。不过,我并不怎么费心去收集最近创办的杂志,因为它们骑马订的装帧形式摆在书架上不怎么好看,而且数量太多了,让我一期不落地追,实在是力不从心呐。

---

1. 即迈克·雷斯尼克。
2. 即沙希德·马哈茂德,《银河边缘》原版杂志美国出版方凤凰社负责人。

尽管如此，我还是想收齐全部的《银河边缘》，不只因为它拥有成为一份了不起杂志的潜力，还因为它的谋篇布局又让我涌起当年的冲动，那股促使我收齐所有那些现已绝版的六十年前老杂志的冲动，比方说《非凡惊奇故事》《科幻季刊》《超级科学故事》等等。

沙希德，你能否给我寄一套前三期杂志？同时请把我列在你的邮寄名单里。我大概有五十年没给专业杂志写过读者来信了，现在写这么一封，感觉真棒。

鲍勃[1]

（迈克注：我们当然要给鲍勃寄上一套杂志啦。而且要在这一期登一篇他的好小说。）

欢迎欣赏第四期《银河边缘》。我们一如既往地为各位献上新老故事，当然了，我们也有固定栏目，比如格里高利·本福德、保罗·库克等等。

已经有不少读者来信，表示挺喜欢那些尘封多年的科幻八卦史。还有几位问我，为什么不推荐一些科幻电影呢？特别是近期的科幻电影，毕竟现在我们已经完善了电脑动画技术，可以把任何想象出来的东西都很真实地放进画面里。

好吧，我会推荐科幻电影的，不过不是近期的"科幻"电影。而这当然是有原因的。这都要从卡萝尔说起。

卡萝尔这个人，平常是不会轻易感到尴尬的——跟我结婚五十一年，什么尴尬癌都治好了。但是最近，她却宣布再也不会坐在我身边看科幻电影了，她宁愿坐到影院另一头去，而且要努力假装不认识我。

她没错。在看科幻电影时，如果我在身旁，那真的没什么意思。我不知道为何就成这样了。在我成长的岁月里，我是很热爱科幻电影的。我可以原谅它们粗糙的特效，也可以原谅那些B级片的演员阵容和制作经费。好吧，其实电影《它们》[2]连平方立方定律[3]都没放在眼里，但是，它呈现的完全就是我们想要的。也许电影《怪形》跟约翰·坎贝尔在创作原著小说《谁会在那里？》时心里所想的并不完全一致，但这片子确实是被当作科幻片来拍的，而不是惊悚片（这个评价对那些大制作的重拍片就不适用），整体环境营造得合情合理。说到《禁忌星球》，在过去的五十年里我还没见过什么像沃尔特·皮金讲解奎尔人的奇迹那样让我大呼过瘾的东西呢。此后十五年间，斯坦利·库布里克一连拍摄了迥然不同却极其优秀的科幻三部曲——《奇爱博士》《2001：太空漫游》《发条橙》——每一部都对科幻这个领域充满了敬意。

---

1. 即科幻巨匠罗伯特·西尔弗伯格。
2. 1954年的美国科幻电影，讲的是人类对抗巨型嗜肉蚂蚁的故事。
3. 在生物学中，这条定律指，肌肉的截面以二次幂增大，而肌肉的质量却是以三次幂增大。因为肌肉的强度跟截面相关，所以如果把一个动物的身体按比例变大，它单位肌肉的力量反而会变弱。

然后，大约在我成为全职科幻作家的同一时间，好莱坞开始一部接一部地推出侮辱观众智商的科幻电影。我的意思是，这些东西甚至比电视剧还蠢。于是，我就开始吐槽——卡萝尔信誓旦旦地说，每看一部电影，我的吐槽声就更大一些——说些诸如"我宁愿拿一个字两分钱的稿费给全世界最垃圾的杂志写稿，也不愿意看这玩意儿"之类的话。用不了多大一会儿，观众的注意力就都会从影片转移到我身上了。

我不断听到有人说科幻电影越来越好，乔治·卢卡斯已经展示了大银幕所能呈现的最好的东西，我们在跟其他类型片相比时再也不用自惭形秽了。

这让我更想吐槽。

所以还是让我一吐胸中的积郁吧，说形象点儿还不是胸中，因为实际上科幻电影的愚蠢差不多要让我胃穿孔。

我再增加两条说明：第一，我只对那些志在影史留名的电影感兴趣，也就是那些既有钱又有想法而且真正想成为好电影的电影。我不会考虑那些诸如《监狱里的太空荡妇》之类的史诗大电影（没错，还真有这片子），因为一看就知道，这片子根本就没打算争夺什么年度奖项。

第二，当我说到愚蠢的时候，我不是指那些读者来信栏目里的挑刺儿。如果在数学或是科学方面有了错误，只是在科学家、数学家，或是那些杠精科幻迷所在意的方面出点儿差错，我是不会在意的。如果乔治·卢卡斯不知道秒差距是什么，或者吉恩·罗登拜利[1]和他的继任者认为你在太空中能听到飞船嗖嗖飞过的声音，我也不会计较。

那还有什么问题呢？

好吧，咱们先吐槽《星球大战》。首先，难道只有我一个人注意到它不怎么赞同民主？我是说，所有那些为了推翻皇帝的战争并不是为了给街上的（或行星上的）民众投票权，而是为了把一位公主推上宝座并让她统治银河系，只换汤不换药。还有件事儿让我抓狂，1991年我们就能从大海里的一艘船上将一枚制导导弹精确地投进一根烟囱里，到了2013年，我们能打击四百五十英里范围内的任何一个小型目标，但电影里那些电脑控制的手枪和其他武器居然打不中二十五步以内的天行者或是汉·索罗！

《绝地归来》呢？难道就没有人觉得别扭吗？阿道夫·希特勒——抱歉，应该是达斯·维达——那个屠杀了数亿无辜生命的刽子手摇身一变成了好人，只因为他的身份是卢克的父亲。

还有什么比最后一幕更扯的？卢克抬头望去，看到了尤达大师、达斯·维达还有欧比旺·肯诺比的幻影朝他微笑。看到这一幕就连卡萝尔都没法忍了，她离开影院时的第一句评论是："可怜的卢克！从此以后不管他去哪儿，都能凑够一桌人打牌了。"[2]

然后是《E.T. 外星人》，这部影片在好几年时间里都保持着史上最卖座影片纪录，直到被一部更蠢的顶下来。

---

1. 美国编剧，《星际迷航》之父。
2. 指死后成为灵魂状态的"绝地英灵"。

你没觉得这片子侮辱观众智商？那咱们就好好看看这部亿元票房大片，怎么样？

第一，如果 E.T. 会飞或是瞬间传送，那他为什么不在电影开始就露一手？这样他就不会被落下了呀。（答案：因为这就是詹姆斯·布利什所说的那种傻瓜剧情，即只有每一个人都像傻瓜一样言行，故事才能讲下去。）

第二，养着一帮小屁孩儿，走过扔满了空啤酒罐的厨房却根本没注意到，这算什么母亲？（答案：全世界可能就这么一位。）就是这个 bug 让我第一次在看电影时大声吐槽打扰到了其他观众。

第三，E.T. 为什么会死？（答案：这样才能起死回生嘛。）

第四，E.T. 为什么又没死？（还在等这个问题的答案，哪怕是个蠢到家的答案。）

第五，当 E.T. 最后给故乡打电话时，屋里的灯光连闪都没闪一下。我不是科学家，但我估摸着要想联系上一艘正以数倍于光速的速度飞离我们的飞船，所需的能量肯定会让一整座城市断电。

老雷，你这有点贱啊（我听到你说了），你有意避开了那些针对成年观众的电影，比如《刀锋奔跑者》[1] 和《天兆》。

那么好，咱们看看《刀锋奔跑者》。（麻烦谁解释一下这名字，因为我看完电影也没见过一把刀或是一个奔跑者——或者再行行好，向艾伦·E.诺尔斯解释下，他写过一部小说就叫《刀锋奔跑者》，可电影并非改编自这部作品[2]。）宏大的未来洛杉矶，让你身临其境。表演精彩出色，哪怕哈里森·福特有点儿木呆呆的。影片的布景、服装、特效都很棒。

但是故事的前提蠢到爆。我们预先就被告知，复制人在两星期后会自毁——所以为什么哈里森·福特要冒着生命危险去猎杀他们？他只要优哉游哉地去钓十四天的鱼，然后把他们那些已经失去生命的身体捡回来就行了嘛。

可是跟梅尔·吉布森那部广受好评的《天兆》比起来，这个前提真的不知道高明到哪里去了，《天兆》在全世界赚了得有五亿美元票房！

想想看：你会不会跋涉五万亿英里就为了吃点儿零食？可那些外星人就是这么干的。如果除了吃人，他们来这里还有其他目的，电影里可没说出来。

好吧，且不说他们费了多少人力物力就为了把我们当作一顿大餐，那就我们所知，唯一能杀死他们的东西是什么呢？是水。（这东西还杀死过《绿野仙踪》里的西方邪恶女巫，一些聪明的观众可能看出这个对照了。）而人类的构成是什么？超过百分之九十都是水。

所以这些外星人大老远赶来就是为了毒死自己的——然后他们又忘了去死，直到有人用垒球棒揍他们，好莱坞认为这玩意儿是对付外星人的致命武器，可以像光剑一样对付这群身形飘忽不定的外星人。

说到这儿，我都不只是在影院里吐槽了，我要狂喷编剧（这家伙远在三千英里

---

1. 通常译为《银翼杀手》。
2. 电影改编自菲利普·K.迪克的小说《仿生人会梦见电子羊吗？》。

之外，估计听不到我骂他），不过我猜我的怨声载道很快就会停息，毕竟我们都知道《黑客帝国》的续集会向全世界展示什么叫真正的科幻，这可是卢卡斯那辣眼睛的《星战前传》上映之后最值得期待的电影。

于是，盼来了这部《黑客帝国之智障上阵》……呃，抱歉，应该是"重装上阵"。你们已经有了这位英雄，尼奥，神一般的男人：他能飞得跟超人一样快一样远；他只要挥挥手，就能让飞行中的子弹甚至炸弹静止不动；他无与伦比，哪怕他只有一个表情。

所以他在被一百个特工史密斯围攻的时候飞走了吗？当然没有。他有抬手让他们冲到半路就静止了吗？当然没有。尼奥会受伤吗？不会。特工史密斯会受伤吗？不会。所以他们为什么没事儿就打架呢？每一次都很容易避免，每一次都要打半天，每一次都蠢得一塌糊涂。

后来黑客帝国的创造者解释说，第一个黑客帝国很完美，只是有三四个漏洞，这就是他为什么要再编写五个版本。对不起，我的字典里对于"完美"这个词儿可不是这么解释的。

我的天啊！我对着银幕说出这句话时音调都拔高了两度。如果有作家想安利这部《黑客帝国之重装上阵》，就算是世界上最烂的科幻编辑也会这么吐槽。

现在你还是会觉得斯蒂芬·斯皮尔伯格能拍出一部好的科幻电影吗？我是说，他是好莱坞历史上最有权势的导演。如果他想要在电影上映之前花小几百万美元修补一下电影里的漏洞，肯定没有人敢对他说不。

于是他拍摄了《少数派报告》，为了保证票房，他找来了汤姆·克鲁斯主演，还说这部影片是基于菲利普·K. 迪克的小说改编。（迪克是好莱坞最受欢迎的"科幻"作家，只是有一个事实要说明一下，除了一部动画电影，其他根据他的作品改编的片子基本上都可以说是面目全非了。）[1]

那我们最终得到了什么呢？

好吧，一开始我们看到了距离现在不到半个世纪的未来，最高法院显然不反对把预谋犯罪的人扔进监狱。没错，是犯罪，不是恐怖主义行为。

我们看到一个情节，汤姆·克鲁斯从执法人员手中逃走，爬进一辆刚刚从流水线上下来的车里，然后他就把车开跑了。这个槽点让我忍不住发出一百分贝的吐槽：有谁见过刚下流水线的车子就有满满一箱油的？

然后电影里说，那三位先知/变种人，不管是啥，只能预见严重犯罪，甚至银行抢劫都会在他们的心灵雷达底下溜走。但是在一个关键情节里，他们中的一位预见了一场必然的暴雨。（一百二十分贝吐槽）

电影也解释了他们有物理极限。如果他们在华盛顿特区，他们就不能预见比如

---

1. 这些电影还包括《银翼杀手》《全面回忆》《预见未来》等。这里提到的动画片是指《黑暗扫描仪》（*A Scanner Darkly*）。这部影片的制作手法很特别，其实是真人出演的，拍摄好之后再把画面全部做成手绘动画风格。

在特拉华州威明顿市[1]发生的犯罪。但是，那个比其他人更清楚他们能力与局限的大反派却计划利用他们来控制整个国家，估计是没看过地图吧。（一百四十分贝吐槽）

好吧，我太一本正经了。这只不过是娱乐而已。我应该去看一部漫画改编的片子——好莱坞近些年来的智商素材库——然后只需要舒舒服服坐下好好享受影片。

好建议。于是，我们去看了《绿巨人浩克》[2]。故事大家都知道的，科幻素材也足够了，粗糙的动画效果我忍了。说布鲁斯·班纳的父亲要为他的遭遇负责这种白痴情节我忍了。这个我忍了，那个我也忍了。然后我们看到了霹雳将军罗斯——一位五星上将——然后我忍不了了。

我倒是愿意暂时容忍这个，但不幸的是，我没法暂时放下常识。罗斯是一位很高级别的军事将领，相当于现实生活里的诺曼·施瓦茨科普夫，或是汤米·弗兰克斯、戴维·彼得雷乌斯[3]。而浩克则让超人都相形见绌。现在好了，你肯定看得出，哪怕是一个普普通通六岁大的孩子都应该知道，如果攻击浩克，朝他开火，是绝不会伤到他的，只会让他变得更大、更壮、更愤怒、更具毁灭性。当他从布鲁斯·班纳变成浩克的时候，你唯一要做的事情并非射击或别的什么激怒他的事情，只需要等他变回人畜无害的人类状态就行了。然而，这条妙计似乎我们的将军和编剧都想不到。

即便是那些好的科幻电影也都默认观众是愚蠢的，逻辑什么的，不存在的，只要你搞一堆花里胡哨的动作戏、激光枪、外星人以及诸如此类的东西就行了。

再说说《公路勇士》（也就是《疯狂麦克斯》），这其实算得上一部不错的电影：表演很棒，构思很棒，导演很棒。但是……

《公路勇士》发生在未来一场核战争之后，世界上最稀有、最值钱的商品就是精炼过的石油（比如汽油）。因为故事的发生地澳大利亚地域辽阔，所以如果你没有汽车或是摩托，就哪儿也去不了。矛盾冲突就发生在好人与坏人之间，好人在炼油厂周围建起一座原始堡垒，坏人是一帮充满未来感的摩托车手，想要搞到汽油，这东西太珍贵了，一滴油的价值都抵得过沙漠里的水。

那么这些要死要活想搞汽油的坏人是怎么干的呢？他们狂轰自己的汽车和摩托车的油门，连续几个小时围着炼油厂飙车，日复一日，没完没了。如果他们有点儿脑子把这些浪费的能源省下来，也就没必要拼了老命去抢夺炼油厂了。而且，同时我还在考虑这个问题：他们是从哪里搞来汽油给那好几十辆车子飙车的？

然后再说说斯皮尔伯格票房大卖的恐龙电影《侏罗纪公园》一、二部。前一部假设说，如果你在一头饥饿的霸王龙面前六英寸远的地方完完全全静止不动，它就根本不知道你在那里。我倒是很想看看那位编剧在随便哪种曾生活在地球上的食肉动物跟前表演下这个特技——不管是哺乳动物还是爬行动物。后一部电影用画面向你展示一头霸王龙（而且还拥有令人质疑的智力）能跑过高架列车，却逮不住一伙惊慌逃窜

---

1. 距离华盛顿大约170公里。
2. 这里是指李安执导的那一版。
3. 这三位都曾担任美国政府军事、情报方面的高官。

的日本游客，而且这群人还是徒步奔逃，跑的还是直线。

尽管这两部电影是一流制作，当然了，这只是因为斯皮尔伯格拥有资源罢了，但我真是对好莱坞赋予霸王龙的那些超越人类（嗯……应该说超越食肉恐龙）的本事烦透了，而且这头霸王龙似乎是他们眼里唯一吓人的恐龙，直到有人告诉好莱坞还有迅猛龙。（再多给他们一二十年的时间吧，然后他们可能会知道还有异特龙和犹他盗龙。）

霸王龙体重大约七吨。相比之下，一头大型非洲象的体重是六吨，没准儿还能跟这头老霸王龙较量一下。但是，没有人说一头六吨重的大象能把卡车和火车甩来甩去，能推倒坚固的混凝土墙壁，或是做那些银幕上的霸王龙所做的明摆着扯淡的事情。

这个片单——还有出自感到智商被侮辱的吐槽——还能继续下去。在《异形》里，所有人分头行动搜寻那个生物。难道过去那么多弱智的恐怖电影就没让他们开点儿窍吗？在《全面回忆》结尾，火星正在经历一场大改造，州长大人[1]暴露在外面大概有六分钟。你觉得你在火星表面零下一百度且没有氧气的环境里能活多久？

有些"大制作"电影简直连鄙视都配不上。我一直认为《星河战队》名字取错了，应该叫《肯和芭比娃娃去打仗》[2]。如果这对已故的罗伯特·海因莱因还不算太侮辱，他们还拍了《傀儡主人》呢，这片子简直相当于第四次翻拍的《天外魔花》。

然后是《世界末日》，按照片子里的设定，在紧迫的时间里把一个酗酒成性、缺乏专业素养的钻井工培养成宇航员，似乎要比把一位有脑子也有身体的宇航员培养成钻井工容易得多。我的天哪，在《加勒比海盗》之前，这居然是迪斯尼最卖座的真人电影！

于是当我确信不会再有更烂的电影时，又来了一部史上最白痴的大制作电影——《天降奇兵》。

你们想过以下这些情况吗？

1. 艾伦·考特曼能在九百米外开枪打中移动的目标，那可是1899年，用的是一把那个年代的来复枪。

2. 布鲁斯·班纳——抱歉，应该是杰卡尔博士——变成了绿巨人——哦不，应该是海德先生——突然之间就变成十五英尺高，甚至肌肉上都长出肌肉来[3]。他是个反派——只是到了结尾的时候，剧情需要他成为好人并付出极大的个人代价来拯救其他所有的好人，而我完全看不出他这么做有什么合理的理由。

3. 米娜·哈克是一个吸血鬼，她是乔纳森·哈克的妻子；而乔纳森呢，你记得的没错，就是那位拜访德古拉伯爵，要帮他在英国买房的中介（我总觉得德古拉利用买房坑中介这事儿不应该停啊，不过先不管这个了）。好吧，米娜是好人，而且必须的，身材火辣，简直是奇兵中的奇兵：她能飞（德古拉不会），她能越过水面（电影里的

---

1. 这里指1990年的《全面回忆》的主演阿诺·施瓦辛格，他从2003年到2010年担任美国加利福尼亚州州长。

2. 芭比娃娃是女孩造型的玩具，肯娃娃是她的男友。

3. 杰卡尔博士变成海德先生是《化身博士》的故事。

吸血鬼不行），而且她能指挥一支由几十万只蝙蝠组成的战队（够了）。她倒是也吸血，但只吸坏人的。

4. 隐身人也加入其中。好吧，恐怕是没人再看 H.G. 威尔斯的小说了，所以他们宣称最初的那个隐身人死了，而由这个东伦敦佬取而代之。他大部分时间都在气温零度以下的环境里隐身，时不时说他没穿衣服的时候有点儿冷，但他从没穿上衣服或是到屋里去。

5. 道林·格雷[1]，好吧，他搞到了那幅画像，看到了吗？喔，而他刀枪不入。砍他，朝他射击，两秒钟之后他就完好如初了，毫发无伤。但是如果他看一眼自己那幅肖像，就会立刻化为一堆尘土，极其恐怖，万劫不复。影片最搞笑的一幕是道林·格雷和米娜·哈克之间一场你死我活的打斗（真的够了！），道林·格雷可是刀枪不入杀不死的啊，而米娜·哈克可是早就死了的。

6. 尼摩船长[2]是一个留着大胡子的印度人，还是空手道高手。

7. 唯一没出现的维多利亚风格人物是夏洛克·福尔摩斯，当然了，那个年轻的大反派原来就是莫里亚蒂，而在 1899 年之前几年，他已经被夏洛克杀了，当时已经是一位上了岁数的教授[3]。

8. 还有，没错，一位美国秘密特工，名叫汤姆·索亚，大约二十二岁——这才真是搞笑呢，因为他在南北战争之前就十多岁了[4]。

我觉得他们把所有这些维多利亚时代以及前维多利亚时代的角色放在一起很棒。要是拍这部电影的人看过跟电影人物有关的任何一本书就更棒了。

他们怎么到处跑呢？用一艘半英里长、二十英尺宽的"鹦鹉螺号"（而且这艘二千五百英尺长的大船还要穿行在威尼斯运河，就连卡萝尔都在纳闷儿它该怎么拐弯）。

还有一辆敞篷车（这是 1899 年啊，硬顶车都还没发明呢）。艾伦·考特曼和其他两位奇兵被迫沿着威尼斯宽阔的大马路一路狂飙（宽阔的大马路？？？），街道两边的屋顶上有几百个坏人，都用自动武器瞄着他们，朝着车子开了一万多枪——一枪都没打中。艾伦·考特曼和他那把古董来复枪在这部似乎永远不会谢幕的影片里一个目标都没有错过。

奇兵们在做什么呢？他们要阻止莫里亚蒂靠卖武器给敌对的欧洲国家大发横财。那他又是从哪里搞来这些武器的呢？简单。他修建了一座面积达两平方英里的坚不可摧的砖石结构城市/堡垒，就在冰雪覆盖的亚洲山区，里边装满了机器，生产威力特别猛的武器。我估算了一下建造城市的花销，购买和运输那些用来制造武器的一吨吨钢铁，进口用来生产武器的大量机器，他大概要支出十七万亿美元。但是，他卖掉武

---

1. 英国著名作家奥斯卡·王尔德创作的小说人物。
2. 尼摩船长是儒勒·凡尔纳《海底两万里》中"鹦鹉螺号"的船长。
3. 在柯南道尔的小说《福尔摩斯》里，莫里亚蒂老教授死于 1891 年。而电影故事发生于 1899 年。
4. 马克·吐温笔下的人物，1845 他只有十二岁左右。而电影故事发生在 1899 年。

器能挣两亿美元左右吧,所以他还是有的赚,真的?!

这部电影的方方面面都是这么低级。掰着手指头数,内罗毕在1899年充其量只有两个铁皮房顶棚屋那么大而已,但在电影里它是一座城市。而且乞力马扎罗山在城市里清晰可见——这就诡异了,因为每一次我去内罗毕,都要驱车两个小时才能远远望见乞力马扎罗山。考特曼住的那个地方,我猜应该是诺福克饭店,但看上去完全就是美国内战前南方的一座宅邸,到处都是穿着制服的黑皮肤仆人,他们说的英语都比肖恩·康纳利还好(肖恩·康纳利扮演考特曼,一直让人出戏)。

有好几次提到艾伦·考特曼永生不死,有一个巫医曾许诺给他永生。在影片结尾他还是死了,尽管他重复讲了那个令人作呕的巫医的故事,幸存下来的奇兵们带着他的尸体——我估计没做防腐——一路从喜马拉雅来到东非并埋在那里,将那把来复枪放在坟墓上,然后就走了。接着巫医出现了,张牙舞爪手舞足蹈念念有词,那把来复枪开始抖动,好像有什么东西要从坟墓里出来,电影结束。我唯一的想法是:"埋在里面的大概是编剧,可惜埋得不够深。"

好的,我真要平静一下了。我写下这些东西的时候感觉都要呼吸困难了。

(暂停一下。深呼吸。想象一下随风摇曳的鲜花,假装它们不会被几吨重的霸王龙踩烂,而霸王龙刚刚吃了一个直立人,这个直立人看上去跟拉寇儿·薇芝[1]一模一样,浓妆艳抹穿着性感内衣。好了,回来继续敲键盘。)

所以科幻电影后来有长进吗?

在《天降奇兵》伤透了我的心之后,我有十来年时间对科幻电影敬而远之,但是这时候又来了一部詹姆斯·卡梅隆的超级大片,大家都看好它成为史上最卖座影片,于是我就去看了《阿凡达》。我的意思是,毕竟这么久了,他们总该能尊重点儿观众的智商了,对吧?

长叹一声……

开场一分钟,我们就发现,尽管人类已经突破了爱因斯坦理论的局限,达到了超光速,并在另一个星系开垦殖民,却忘记了发明一只能自动行走的轮椅。

后来,一帮相对原始的原住民用长矛和弓箭(或是诸如此类的武器)与一支全副武装的太空军开战——而且还赢了。讲真,要是这个周末,同样的原始人带着同样的武器去跟101空降师作战,你觉得会怎么样?不管了,他们去跟1944年的巴顿将军或是麦克阿瑟作战,你觉得会怎么样?

奇怪的是作为作者和读者,相比魔幻,我更喜欢科幻。这两者我都写,但相比完全架空的作品,我更喜欢有一定可能性的作品;相比故意违背(我们目前所知道的)宇宙定律的故事,我更喜欢尊重宇宙定律的故事。

然而……然而,一直令我困惑的是,好莱坞拍摄了大量优秀的魔幻影片:《梦幻

---

1. 美国女演员,生于1940年。1966年出演电影《奇妙的航程》成名,阿西莫夫根据这部电影写了一部同名小说。她还出演过1966年的《公元前一百万年》等影片,1973年的《三个火枪手》让她获得金球奖歌舞片或喜剧片类最佳女主角。

世界》《好友哈维》《妙衣夏装》《珍妮的画像》《绿野仙踪》，还有哈利·波特系列（嗯，就算第一部吧），这些影片既不侮辱智商，又能逻辑自洽，但好莱坞似乎就是没法拍摄一部好的科幻电影来救赎它的灵魂（我一直假设它有灵魂，虽然完全没有事实依据）。

不，这并不是对所有魔幻电影一刀切的赞扬。看完《双塔奇兵》之后，我对卡萝尔吐槽说，简直是浪费了三个钟头在看一部大决战的战前演习。《王者归来》看了好几个小时之后，当我看到记不清是第二十还是第二十五场双方都看不清脸的战斗时，当然我也不在乎什么脸，我差点忍不住去找引座员说："让我带大家走吧！"

不过就大多数影片而言，我发现魔幻电影并不像科幻电影那样让我感到愤怒。大制作的科幻电影怎么就能同时做到野心勃勃和蠢头蠢脑呢？充斥着那么多的错误，我跟那么多编辑打过交道（真的很多，包括一些超级马虎的编辑），都没见过犯错跟科幻电影一样多的。

呃……卡萝尔刚刚站到桌边了。她说她听到我不停地吐槽骂人，担心出什么问题了。我请她在我肩膀后面看了看这篇文章。

长叹一声……

现在她说，以后我写关于科幻电影的文章时，她再也不会跟我同处一室了。

|星云奖提名作品|

未解谜的电波
CRYPTIC

[美] 杰克·麦克德维特 Jack McDevitt 著
刘文元 乔丽 译

必读经典

从古罗马的广场到小犬座 α 星
文明兴衰的规律
也许就在那段未解谜的电波里

杰克·麦克德维特，美国当代著名科幻作家，2006年凭借《探寻者》获得星云奖最佳小说奖。迄今为止，他曾获得十六次星云奖提名和多次雨果奖提名。目前，他已出版二十一部长篇小说、五部作品集和八十余部短篇小说。

它就躺在保险箱底部一个超大马尼拉纸[1]信封里。我险些连它和保险箱内那一堆"SETI 计划"[2]的遗留文件、胶带和各种废料一起丢进垃圾堆。

这类信息应该被登记并编入索引，至少我肯定会这么做。但是信封上一片空白，只在右下角潦草地写着一个十八年前的日期，其下方标注着"40gh"字样。

外面的沙漠中，光线晃动不休。那是布拉克特在为奥林·霍普金斯微调射电望远镜阵列，后者刚刚开始一系列观测，他的观测结果将在数年后给脉冲星理论带来新突破。我很嫉妒霍普金斯。他个子矮小，体型肥圆，头顶光秃，而且不太自信，向别人解释问题时总是带着一成不变的傻笑。虽然他看上去蠢头蠢脑，但其实是个不折不扣的天才。哪怕卡罗尔顿市那座以我的名字命名的学生宿舍楼倒塌很久之后，人们仍然会记得他的成就。

如果说我之前还没意识到自己天赋有限，还曾幻想获得不朽的名声，那么在我欣然接受桑德奇天文台台长职位的那一刻，我肯定意识到了。虽然行政人员的待遇比一名活跃的物理学家更好，但其学术道路也就止步于此了。

耶稣会士甚至都得不到这种好处。[3]

那时，桑德奇天文台一共有四十架直径三十六米的抛物面天线，规模还不是很大。当然，它们都能在分立的轨道上各自移动，排列成一个截顶十字形状[4]。二十年来，它们一直是"SETI 计划"的核心装置。而现在，随着该计划被放弃，它们开始为一些虽然乏味但更有价值的项目服务。

尽管这个望远镜阵列系统并不那么精密复杂，但性能却不差。哈奇·钱尼曾评价说，就算有辆汽车在火星上点火，它都能监测到发动机启动的突突声。

我绕着桌子走了几圈，然后坐到那把并不舒服的木椅上，这是前任台长留给我的。信封上缠的胶带已经变得很脆，边缘也失去了黏性，我一把

---

1. 用马尼拉麻造的一种相对便宜的纸，多用来制作档案袋和信封。
2. Search for ExtraTerrestrial Intelligence 的缩写，即"搜寻地位外文明"计划，致力于用射电望远镜等设备接收从宇宙传来的电磁波，从中分析有规律的信号，希望借此发现外星文明。
3. 作者在后文中写到射电望远镜阵列，像是现代人的教堂。
4. 分立天线排列成十字形是一种具有高分辨率的望远镜阵列。

将它扯开。

时间已是晚上十点十五分。整个晚餐和之后的时间里，我一直在应付那些来自JPL[1]的学术精英，这让我感到烦闷不堪，不停地喝着咖啡。职位越高，责任自然就越大，但我现在也很清楚，我——哈里·库克，再也无缘参与新粒子的研究工作了。

我将在桑德奇天文台任职两年。这两年，我的工作日程安排得满满当当，同时还要为自己的养老保险操心，吃饭也只有菜品匮乏的天文台食堂和八十五号公路旁的吉米阿莫科餐厅两个选择。一切顺利的话，我将会再次得到晋升，可能会回乔治城任职。

如果可以，我愿意用这一切换取霍普金斯一生的成就。

我晃动信封，六个磁盘落到桌面上。它们都装在单独的磁盘盒里，很多观测装置都曾用这种磁盘保存电磁波的监测记录。磁盘上编号的日期集中在2001年的某三天里，比信封上的日期还要早两年。

每个磁盘上都标记着"小犬座 α 星"。

霍普金斯和两位同事正在我身后弯腰盯着显示器。布拉克特完成了调试工作，此时正在他的办公桌前埋头看书。

我很高兴地发现，这些磁盘与马克VI型计算机是兼容的。我插入一个磁盘，并将马克VI型与声码回线记录仪相连，以获得磁盘内数据的硬拷贝。机器开始运行后，我加入霍普金斯那帮人的讨论中。他们正在谈论关于等离子的话题。我听了一会儿，感觉难以理解。我注意到周围所有人都跟不上他的思路，除了一脸傻笑、又矮又胖的霍普金斯自己。于是，我又回到了电脑前。

马克VI型的显示器上顺畅地画出一副白绿相间的迹线图，从声码回线记录仪中噼噼啪啪地打出许多张复印件。上面的某些针状几何图形引起了我的注意，这些图形很难用语言表述，就像那种滑到嘴边却又说不出来的名字一样。

在盘状仙女座星系图下面的咖啡壶中，咖啡马上就要沸腾。我能听到远处飞机发出的嗡鸣声，大概是卢克空军基地那边传来的。在我身后，霍普金斯他们正因某件事而哄堂大笑。

---

1. 加州理工学院喷气推进实验室。

这些记录具有某种特定的模式。

从图像上来看，这些脉冲集群完全一样。说明这些信号是人工发射的。

小犬座 α 星。

笑声、飞机、咖啡壶、从某处发来的电波——一切都指向这种可能。

更像是"SETI 计划"接收到的信号，我想。

自从十二年前艾德·狄金森去世后，弗兰克·迈尔斯就一直担任"SETI 计划"项目主任。第二天上午，我与身在旧金山的弗兰克接通了电话。

"不可能，"他斩钉截铁地说，"这肯定是某些无聊之人开的玩笑，哈里。"

"但是它就保存在你的保险箱里，弗兰克。"

"那个该死的保险箱已经有四十年了，里边有任何东西都不稀奇，除了来自火星的消息……"

我向他道谢，然后挂断了电话。

这个夜晚十分漫长。我将那些复印件带到床上继续分析，到凌晨五点时，我已经辨别出四十多种脉冲模式。这些信号似乎是连续的——也就是说，信号的传输持续不断，没有开始，也没有结束，但是地球大气的干扰会对其造成一些不规律的中断，当然，长时间的中断则意味着信号发射源位于地平线以下。

而这显然是一种反射过来的地面传输：设备记录的很可能只是我们周围那些四处反射的无线电波。但是为什么在两年后又将这些错误信息封存，并保存到保险箱里呢？

小犬座 α 星是一对黄白色光谱型的 F3 型双星，绝对星等为 2.8 等，在古代的巴比伦和埃及备受崇拜（难道还有什么是埃及没有崇拜过的吗？），与地球相距 11.3 光年。

贝丝·库珀在外边的办公室工作，她的职责是打打字、管理存档抽屉以及与访客沟通。

显然，最好的办法就是用射电望远镜阵列，在 40 吉赫或者所有频段对小犬座 α 星进行监测，查明它究竟是不是在向我们传送信息。

我通过内线电话询问贝丝，射电望远镜阵列是否还有空闲时间。"没有，"她干脆地回答道，"明年八月份之前，我们的排期都是满的。"

这毫不意外。天文台的资源甫一开放给天文学界，很快就收到了大量预约，这些时长加起来比系统过去二十年时间里运行的还要久。任何人想使用望远镜阵列，都需要提前很久做好规划。我怎样才能用上几个小时呢？

我请她来我的办公室一趟。

贝丝·库珀是在二十年前随着"SETI 计划"的大规模迁移，从圣·奥古斯丁天文台调到桑德奇的。她曾经当过三任台长秘书：创建了桑德奇天文台的哈奇·钱尼台长、哈奇的老朋友艾德·狄金森台长，以及在狄金森去世之后的弗兰克·迈尔斯——他是那种喜欢四处谋职的年轻人，但是被SETI 耽误太久了。据说，他也很乐意看到"SETI 计划"的终结。无论如何，迈尔斯并没表现出捍卫的姿态，也算是为这个计划的终止贡献了自己的一分力量。

当然，我觉得他做得没错，不过是出于别的原因。桑德奇天文台坐拥几十架令人叹为观止的射电望远镜，但基本不为科学界所用，而是持续追踪那些荒诞可笑的外星小绿人信号，这真令人感到心痛不已。我想，大部分人都会很高兴看到这个项目终止的。

贝丝本以为自己会就此丢掉工作。但是她对这里的设施非常熟悉，善于安抚人心，而且文笔不错，所以就留了下来。她是一个虔诚的路德教徒，曾经为一位牧师工作，颇有谨慎之风。但奇怪的是，她似乎会因为我不戴教士领[1]而感到生气。

我问了她关于使用望远镜阵列的计费方法，然后尽可能随意地说，自己确实对"SETI 计划"没有取得成功感到遗憾。

贝丝看上去不像是这个沙漠深处天文台的秘书，而更像是一个纽约的图书馆员。她有一头银灰色的头发，戴着一副钢丝边眼镜，上面有一条长长的银饰眼镜链。她中等肥胖，但言谈举止无懈可击，具有一种舞台演员的神采。

她的眼睛冲我眯了起来，像两颗坚硬的黑珍珠，"狄金森博士曾经多次提到，我们没人能活着看到结果。每个参与该计划的人，甚至包括门卫，都清楚这一点。"她不是那种会耸肩的女人，不过她那双深色眼珠突然转动了一下，效果与耸肩无异，"我很高兴这个计划在狄金森博士生前没有被终止。"接下来便是一阵令人尴尬的沉默。"我并不怪你，博士。"她终于又开

---

1. 天主教神职人员佩戴的白色硬立领。

口说道。她指的是我曾公开表明立场，说这些设备并没有被充分利用。

我的眼睛垂了下去，想要挤出一丝微笑。那一定显得很滑稽，因为她原本严厉的神情变得柔和起来。我把信封递给她看。

"你能认出这是谁写的吗？"

她瞥了一眼就认了出来，"这是狄金森博士的笔迹。"

"你确定？我不认为在哈奇·钱尼退休之前，狄金森曾参与过这个计划。那得等到2013年了，对吧？"

"他是在那会儿接任了哈奇的台长职位。但是在那之前的十年或十二年间，他曾经是钱尼手下的一名技术人员。"一谈到狄金森，她的眼睛就亮了起来。

"我从未见过他本人。"我说道。

"他是个令人尊敬的人。"她的眼睛看向我的身后，神色也变得黯然起来，"如果他还活着，这个计划或许还能继续运行。"

"如果他说话管用的话。"我轻声补充说。

"如果他说话管用的话。"

她对狄金森的评价是准确的。他能言善辩，是一位让人信服的演讲者，也是一位在诸多领域都有所涉猎的图书作者，并且将自己毫无保留地奉献给了SETI。尽管联邦政府不再为计划提供资金，同事们也希望能有更多时间使用望远镜阵列，但他肯定能想方设法保全"SETI 计划"。然而，狄金森已经过世十二年了。那年的圣诞节，他像往年一样回到马萨诸塞州的家里。一场暴风雪后，他出门帮助一位邻居清扫车道上的积雪，突发的心脏衰竭让他永远地离开了我们。

那时我还在乔治城工作，我至今仍记得噩耗传来时自己的感觉。他天分极高，却对工作浅尝辄止；在他的职业生涯中，他涉猎了几乎所有方向的工作，但没有一个能点燃他的激情。除了SETI。

"贝丝，他们之前有没有想过，他们其实已经探测到了LGM[1]信号？"

"小绿人信号？"她摇摇头，"不，我不这么认为。他们总是会收到各种无线电波，但大都与想要的结果相去甚远。要么是凤凰城KCOX广播电台的节目，要么就是太平洋深处日本拖网渔船的信号。"

---

1. Little Green Man，"小绿人"的首字母缩写，泛指外星人。

"从来没有除开这些之外的信号？"

她的一条眉毛轻轻上挑，"从来没有可以证实的信号。如果他们不能确定，之后还会回头尝试再次探测。无论如何，他们总会排除一切可能性。"或者，她心里一定在想，要是真的探测到了，我们就不可能站在这里进行这段对话。

贝丝的那些话表明，但凡可疑信号，都会被自动存储起来。谢天谢地，我还没有抽出时间清扫那些陈旧的数据，它们果然都还在。于是，我搜索了自2011年开始的对小犬座α星的所有监测数据，希望找到与磁盘中记录的类似信号。

搜索结果让我大吃一惊。

没有任何信号与之相匹配。甚至连对小犬座α星进行监测的档案都没有。

这意味着这些记录曾经引起过注意，但却被丢弃了。

那么，为什么在两年之后，监测记录又被封存在保险箱里了呢？分析数据显然用不了那么长时间。

"SETI计划"的前提是，任何小绿人信号都是对方出于交流意愿而发出的，因此，交流发起者会尽量用一种我们能够理解的"语言"，合乎逻辑的做法就是使用一组宇宙通用的标识：比如氢原子的质量或者 π 的值。

实际上，当时"SETI计划"并不是简简单单地转移到了桑德奇天文台，监测设备也有了全面升级，变得更加精密和灵敏。这意味着SETI有能力接收到一些溢出信号，即不是专门发送给我们的，而是外星人之间相互发送的信号。不过，破译这种信息的难度高到不可思议。

如果保险箱中的观测记录是外星人发出的信息，那么就一定属于这种类型。四十吉赫并非星际通信的理想频率。此外，我们接收到的信号是不间断的、没有形状的，也没有编号标记，翻译起来根本无从下手。

我调出SETI的语言分析程序来处理磁盘中的数据，并告诉布拉克特一旦有什么进展，就立刻打电话给我。然后我去吉米餐厅吃了晚餐，才回到家里。

磁盘中的数据完全没什么结构可言。以英语为例，字母"O"后面通常是"U"，或者在一串辅音字母之后紧跟着元音字母。极少有两个连续的送气音，三个更是不可能的。诸如此类。小犬座α星的信号看起来毫无规律。

电脑分析出二百五十六种截然不同的脉冲模式，信息量都是八比特。即使在空当足够多的时间间隔里，也没有信息循环出现。而且，这些脉冲模式或特征的频率计数是平直的：每种频率被使用的数量都没有差异，出现的次数也都大致相同。如果这是一种语言，那么这就是一种没有可识别元音的语言。

我向韦斯·菲利普斯致电请教，当时他是我唯一认识的语言学家。我想知道，有可能用这种方式构建出一种语言吗？

"哦，我认为不可能。除非你说的是某种奇怪构想。即便如此——"他停顿了一下，"哈里，我可以给你一整套理由，从大概六种不同学科的角度跟你解释，为什么语言需要有高频率和低频率的字母。要拥有一条平直的'曲线'，除非这门语言是专门设计过的，而且没有口语。但这样的语言有什么实用价值呢？完全没必要吧？"

艾德·狄金森是个令人费解的人。在世纪之交后席卷全国的政治危机中，他作为一名外交官，表现出了超凡的理智和克制，为自己赢得了国际声誉。所有人都承认他智力非凡。然而，在他从事过的领域中，他几乎一无所成。最终，他成为"SETI计划"的一员，从以往来看，SETI的经历原本只是一块垫脚石，以便他能够步入更加严肃的事业。但他却留了下来。

这是为什么呢？

哈奇·钱尼则与之不同。他是一名退休的海军军官，从事物理学工作几乎就是一种消遣。他的政治关系为创建桑德奇天文台发挥了巨大作用，而且，传闻说他之所以能被任命为台长，其实是对他在国会乱作一团之际仍然尽职尽责的奖赏。

他拥有勤劳苦干的品质，也完全具备处理极端错综复杂事物的能力。但是他缺乏洞察力和想象力，难以见微知著。从桑德奇天文台退休之后，钱尼又去麻省理工学院担任了五年的名誉职务。

他个头很高，看上去更像是一名卡车司机，而不是物理学家。尽管年纪已经不小——他当时已经七十多岁了，块头依然很大，说话和走路都让人感到能量十足。他有一头乌黑浓密的头发，浅灰色的眼睛透着职业政客的城府，而且身上具有那种在任何方面都很成功的男人特有的自信和亲和力。

我来到他位于马萨诸塞州萨默维尔市的家里，那是一栋建在大片草坪上由石头和玻璃盖成的房子。这种豪宅不像是一般退休物理学家能住得起的，钱尼的财富由此可见一斑。

他的大手轻轻地拍了拍我的肩膀，然后拉着我穿过呆板、昂贵，但不会有人喜欢坐在里面的客厅，来到房子后面的一间用皮饰镶板打造的书房。"玛莎，"他对着一个我看不见的人说道，"可以给我们拿些波特酒[1]来吗？"他看着我，像是在征求我的意见。

"当然可以。"我说道，"好久不见，哈奇。"

墙边的书架上摆满了书，大部分是工程手册，还有一些是军事和海军历史书籍。壁炉架上放置着一个钢灰色的铰接式"柳叶刀"号模型。那是钱尼主张建造的水翼船[2]，这种致命装备兼具杀伤力和灵活性，而且造价相对便宜。

"教会真是无孔不入，"他说道，"桑德奇的工作怎么样，哈里？"

我讲了一些天文台正在进行中的项目。他饶有兴致地听着。

一个年轻女人拿着一瓶酒、两个杯子和一盘奶酪走了过来。"玛莎每周过来三次。"钱尼在她离开房间后说道。他笑了笑，对我挤了挤眼睛，然后拿起奶酪条蘸了一下芥末，利索地咬了一半。"你无须担心，哈里。我已经惹不出什么麻烦了。什么风把你给吹过来了？"

我从公文包里取出之前打印的文件，递给他。我耐心地看着他翻阅这一大沓纸张，满意地看到他的表情逐渐产生变化。

"你不是开玩笑吧，哈里，"他说道，"真有人发现了这种信号？这是什么时候的事？"

"二十年前。"我回答道，同时把信封和原始磁盘递给他。

他拿在手里翻看着，"你是认真的吗？一定是哪里出错了。"

"它们就存在保险箱里。"我说道。

他摇摇头，"在哪里并不重要。这种事情从来没有发生过。"

"那么这又是什么东西呢？"

---

1. 一种酒精加强型葡萄酒。
2. 一种高速船。船身底部有支架，装有水翼，当船的速度逐渐加大时，水翼提供浮力会把船身抬离水面，从而大为减少水的阻力，以此提高航行速度。

"真该死,我也不清楚。"

我们沉默地坐在那里,钱尼继续翻阅材料,嘴里嘀咕着。他似乎已经忘了葡萄酒还没喝,"这是你自己分析的?"

我点点头。

"那些等着看笑话的人要有大麻烦了。电脑能分析出这些数据的含义吗?不能?那是因为它们本来就毫无意义。"他目不转睛地看着信封,"但这是艾德的笔迹。"

"狄金森有理由对这种事情保密吗?"

"艾德?不会的。狄金森是最不会这么做的人。没有人比他更想接收到这种信号。他对此渴望至极,他将生命中最后的时光都奉献给了'SETI 计划'。"

"但是他是否有可能真就这么做了呢?他会不会已经接收到了小绿人的信号,并且在所有人不知情的情况下将数据删掉了?他的电脑水平能抹掉操作痕迹吗?"

"这些问题毫无意义。是的,他是可以这么做,就像你也可以光着屁股步行穿过布伦特里[1]市区。"

一阵微风吹过,窗帘随之飘动。天气凉爽舒适,这在八月的马萨诸塞州很不寻常。一群孩子正在外面的街道上玩棒球。

"四十吉赫,"他说道,"听起来像是卫星传输的频率。"

"那也不需要花上两年时间才搞清楚,是吗?为什么要保留这些磁盘呢?"

"为什么不呢?就像你进入储藏室也会发现各种各样的老古董一样。"

外面传来一阵雷电汹涌而至般的轰鸣,突然又像爆炸似的变成震耳欲聋的尖锐声响。一枚被撞掉的 T 形螺栓滚到街上,那些孩子被吓得一哄而散。一条手臂悠然地搭在驾驶室的车窗外。那辆车把街角的停车牌撞歪了将近四十五度。那些孩子竖起中指,又继续玩起了刚才的游戏,就像什么都没发生过似的。

"总是这样。"钱尼说道。他背对着窗户,没有张望外面发生的事情,"警察再也追不上他们了。"

---

1. 美国马萨诸塞州诺福克县下的一个市镇。

"为什么狄金森对SETI这么感兴趣？"

"艾德是个很棒的人。"他的脸色变得有几分阴沉，我不知道是不是酒精让他的情绪有点上头，"你真的应该认识他一下。你们俩一定会相处得非常好。他对形而上的事情非常感兴趣，我猜SETI已经是他在这方面追求的极限了。"

"此话怎讲？"

"你知道他以前在神学院待过两年吗？是的，就在费城外的某个地方，他做过祭坛侍者，最终才去了哈佛。事情就是这个样子。"

"你的意思是他失去了信仰吗？"

"哦，是的。这个世界满是黑暗，灾难横生，他似乎总是对最新发生的大屠杀、病毒爆发或飞车凶杀等事件颇为了解。他有一次告诉我，世界上只存在两种人：无神论者和那些对世界关注不够的人。但他总是有一种十分神秘的使命感，就是你会想方设法给你最优秀的孩子灌输的那种，他觉得一切事物都是井然有序的。我刚认识他的时候，他已经不再向任何人祈祷了。不过他有着跟传教士一样的驱动力，那种对于——"他仰头靠在皮椅上，像是想从天花板上寻找到合适的形容词，"——命运的坚定信仰。

"艾德与大多数物理学家截然不同。他有能力胜任很多领域的工作。他曾在外交事务方面给《评论》[1]和《哈泼斯》[2]杂志撰稿，也曾发表过鸟类学和系统分析的论文，还出版过关于马尔科姆·马格里奇[3]和爱德华·吉本[4]的著作。"

他从椅子上麻利地站起来，伸手拿过两本泥褐色封皮的厚书。那是年代久远的现代图书馆[5]版本的《罗马帝国衰亡史》。"他是我认识的唯一一个确实读过这部书的人。"他翻开封面，露出了扉页上的题词：

赠哈奇，

　　衷心期望我们能阻止调味香菜和猪狗牛羊的靠近。

　　　　　　　　　　　　　　　　　　　艾德

1、2. 两者均为美国极具影响力的文化类期刊。
3. 马尔科姆·马格里奇（1903—1990），英国记者和讽刺作家。
4. 爱德华·吉本（1727—1794），英国著名历史学家，《罗马帝国衰亡史》作者。
5. 有超百年历史的美国出版社，曾出版大量经典文学名著。

"这本书是他在我离开 SETI 时送给我的。"

"看上去是一份奇怪的礼物。你读过了吗？"

他被这个问题逗笑了，"你得需要一年时间才能读完。"

"调味香菜和猪狗牛羊是怎么回事？"

他站起身来，优哉游哉地走到远处的墙边。墙上挂着海军舰艇和飞机的照片、钱尼和总统的合照，还有桑德奇天文台的照片。在看到天文台照片时，他的眼神有些涣散。"我不记得了，那可能是出自书里的一句话。他当时给我解释过，但是……"他伸出双手，掌心向上，像是送客的手势。

"哈奇，谢谢了。"我起身准备离开。

"根本就没有外星人信号，"他说道，"我不知道这些磁盘记录从何而来，但是艾德·狄金森肯定会为了跟他们接触而付出一切。"

"哈奇，狄金森是否有可能已经破译了这些信号呢？如果确实曾经监测到的话。"

"如果你不能破译，他自然也不能。你们用的是相同的程序。"

我不喜欢城市。

狄金森的书已经绝版了，而且大部分二手书店都集中在与波士顿一河之隔的剑桥。那时候，波士顿市郊与市区一样，到处都是碎玻璃和丢弃的报纸。脾气暴躁的小孩子在酒吧外闲逛。四处的窗户不是被砸烂了，就是用板子给封了起来。我宁可闯过十字路口的红灯，也不愿意与一群正在逼近的眼神冷酷、衣衫褴褛的孩子有什么瓜葛。（你很难把他们当作孩子，但我怀疑他们没有一个超过十二岁。）摇摇欲坠的砖墙上，在触手可及的高度涂满了不堪入目的脏话，大部分单词还有拼写错误。

波士顿是狄金森生活过的城市。我很想知道，这位伟大的人道主义者在开车经过这些街道时会是什么心情。

我只找到了他的一本书：《马尔科姆·马格里奇：信仰与绝望》。书店里还有一套《罗马帝国衰亡史》，我一冲动也给买了下来。

我很高兴能回到沙漠中。

我们正在不断取得非凡的进展，在这段时期，我们终于开始了解星系结构的力学原理。麦库绘制出了银河系银心的构造，奥斯特伯杰发展了他的统一场概念，绍尔则提出了著名的关于时间本质的革命性假说。此后，在十月一个凉爽的清晨,一支来自加州理工学院的团队宣布,他们发现了恶性通胀的一系列参数值。

这期间,我们遇到了一个突发事件。九月下旬的一个晚上,加州理工团队的负责人厄尔·巴罗突然轻度心脏病发作。我在凌晨两点左右赶到现场,正好赶在急诊医疗人员到达之前。

救护车载着巴罗开下山去,他的团队成员看上去非常无助,不停地喝着咖啡,根本无心工作。我迅速抓住了这个机会。我让布拉克特调整望远镜阵列,对准我想要的目标。救护车发出的灯光尚未淡出视野,这些抛物面天线就已经旋转并锁定了小犬座 α 星。

然而,监测到的只有星际静电干扰的杂乱噪声。

我常常在晚上到沙漠中散步。月光下的抛物面天线很美。沙漠的静谧偶尔会被电动机的呜呜声所打破,天线在各自的轨道上优雅地滑动。我想,这真是一个拥有柔和曲线和流体运动特征的新巨石阵。

关于马格里奇的那本书很薄。它并非是一部人物传记,而是对哲学家们坚信西方世界终将自取灭亡这一观点的分析。一个长久以来的观点是,人类获得了微不足道的知识,自以为上帝已经被科学所取代,后果却是让自己迷失了方向。

总的来说,这本书读起来令人压抑。在结论处,狄金森写到,真理并不会偏袒人类的意愿,如果我们不能适应这个中立的宇宙,那么宇宙将会变得对人类充满敌意。人类必须用好手头的一切,接受真理,不管这些真理会将我们引向何方。而射电望远镜就是现代人的大教堂。

桑德奇天文台参与了麦库研究成果的验证工作,也参与验证了加州理工团队那备受争议的方程式。这都是另一码事了。重要的是,这让我想起验证这件事,并让我意识到了之前忽略的一些细节。从最初的那次信号接收以来,数据库里再也没有任何与小犬座 α 星记录相匹配的数据。但是,记录本身可能是对更早一次信号接收的确认!

我只花了五分钟时间就检索到了两个可疑记录。

这是两个监测记录片段,长度都不足十五分钟,但也足够将分析的差错降低到百分之一以下。

第一个片段出现在接收到小犬座 α 星信号的三周前。

第二个片段出现在2007年，是圣奥古斯丁天文台观测到的。它们的频段都是四十吉赫，且有着相同的脉冲模式。但是，在这些目标信息中却静静地隐藏着一个爆炸性的差异：2007年接收到那段信号时，射电望远镜当时锁定的可是天狼星！

我回到办公室后，身体一直在颤抖。

天狼星和小犬座α星相距仅有几光年。天哪，我止不住地去想，外星人是存在的！而且他们能够进行星际旅行！

这天剩下的时间里，我一直在跌跌撞撞地四处乱转，努力让自己沉浸在燃料使用报告和预算规划的工作中。但我还是常常走神，呆望着沙漠中的光线在窗帘上呈现出的明暗变化。那两卷爱德华·吉本的著作，被我放在了《韦氏词典》和几个黑色的活页夹中间。这些书有三十年了，跟钱尼书房的那套一样陈旧。某些书页因为裁剪失误，边缘处还相互连接在一起。

我拿起第一卷，翻到中间的位置读了起来——或者尝试着读下去。但是，艾德·狄金森一直占据着我的脑海。我最终还是放弃了，然后拿着书准备回家。

城里有玩复式桥牌的地方，我在那里耗了五个小时之后才回家。上床休息时我仍然觉得有点头晕，临睡前又试着捧起了《罗马帝国衰亡史》。

书里的内容并不是我想象的那样老套，仅仅罗列出那些亡故已久的君主名单。书中有君主——不过他们杀戮成性，对人民残暴压迫，犯下无数愚蠢的错误，偶尔也会尝试改善措施——也有鱼贩子、官僚、主教，以及三教九流。

那是个纵酒享乐、战争不断的年代，人民在争议中崇拜耶稣，君主管理不善又独断专权，一切都无情地驱使着帝国走向衰亡。偶尔会出现一位英雄或圣人企图挽狂澜于既倒，扶大厦之将倾，但都无济于事，历史的洪流汹涌而至，裹挟着他们冲向大海（在之后的几年，我一直很想知道，罗马人的孩子们有没有招摇地驾着舶来的战车撞向老妪呢？大马士革的城墙是否也涂满了污言秽语呢？）。

最终，当蛮族出现在帝国的外围时，罗马帝国已经名存实亡，仅仅剩下一具空心残骸。

马格里奇知晓这一切。

而作为祭坛侍者的狄金森，在帝国都城的大火和废墟之中，也一定会在某个瞬间失去信仰吧。

一天夜里，天文台突发电气故障。该事件与本故事无关，只不过让我在凌晨四点被电话吵醒了。我匆匆赶到并不是去恢复电力的——这需要一个优秀的电工——而是去安抚那些从纽约赶过来的气呼呼的人，还以便我能在工作报告上如实写上我去事故现场处理了这件事。

处理完这些事情，我走了出去。

夜间的沙漠色彩纯净，静谧无声，沙丘连绵不绝，这片由沙子、岩石和星辰组成的世界，像莫奈的画作一样简单而恒久。这令人安心，毕竟对我这种年纪的人来说，没有什么东西是长久稳定的。那些二十世纪中叶的研究成果，看上去秩序井然，如今早已分崩离析，瓦解成数不胜数的中子星系、相互碰撞的黑洞和时间反演，以及很多连上帝都不知道的东西。

脚下的沙漠坚实可靠，其未来的变化亦可预言。这片融合了物理学与柏拉图"理念论"[1]的流沙宇宙，像是对量子力学的无声反驳。

靠近天边的位置，天狼星和小犬座 α 星最为明亮，闪烁的星光仿佛在守护着它们的秘密。河谷在一年中的这个季节是干涸的，呈现出一种波纹状的朦胧景致。一轮下弦月悬在天上，行政大楼那边的抛物面天线银光闪闪。

我的大教堂。

我的巨石阵。

我坐在那儿，一边啜饮着康胜啤酒，一边思考那些消失的古罗马城市、祭坛侍者和频率计数。我突然明白了钱尼最后那段话的意思！狄金森当然不能破译那些信号。而这正是问题的关键！

我需要钱尼。

我在早晨拨通了他的电话，下午就飞了过去。他在罗根机场接我，然后我们驱车前往格洛斯特。"那里有一家很棒的意大利餐厅。"他说道，眼睛直盯着前方的道路，"这次找我是什么事？"

我随身带了吉本的第二卷《罗马帝国衰亡史》，拿起来给他看了一下。

---

[1] 理念论是柏拉图宇宙生成论的中心思想。柏拉图认为，宇宙是由"创造者"即"得穆革"（Demiurgos），也称为神或父亲依照永恒不动、自我同一的理念范型，利用材料和场所创造而来。

他眨眨眼表示了解。

此时已是傍晚，阴冷潮湿的天气给人冬天临近的感觉。滂沱的冻雨重重地砸在挡风玻璃上。天空一片昏暗，阴沉沉地蔓延到远处的城市。

"在我回答任何问题之前，哈奇，我想先问你几个问题。你能跟我介绍一下军事密码学吗？"

他咧嘴笑道："能说的不多。我知道的那点儿东西可能也是机密。"一辆满载货物的牵引拖车喧闹地驶过，溅得车窗上满是水渍，"具体点儿讲，你对哪方面感兴趣？"

"海军的通信编码有多复杂？我知道它们完全不像寻常的那种密码，但是一般的结构是怎样的呢？"

"首先，哈里，它们不是编码。编码指的是单码代替系统，就像你提到的那种寻常密码。比如，字母'G'代表的其实是'M'。但是在军事和外交密码学上，字母'G'每次出现都会代表不同的字符，而且加密字母表里通常不仅有英文字母，也会有数字、美元符号、求和号，甚至空格。"我们驶进匝道，加入了州际公路的车流。在高架桥上能够看到一排排光秃秃的屋顶，"甚至每个单词的长度也能加密。"

"怎么做到的？"

"把空格加密就行了。"

在问下一个问题之前，我其实已经知道了答案，"如果加密字母表是完全随机的，我们假设必须如此，这样的话，频率计数就会是平直的。对不对？"

"是的。只要通信量足够大，必然就会这样。"

"还有一件事，哈奇。通信量的暴涨会让所有监听者意识到某件事正在发生，即使他们尚不能破译这些信号。那么，如果你是信号的发送者，你会怎样隐藏这件事呢？"

"很简单。我们会发送一个连续信号，每天二十四小时不间断，有时候是通信信号，有时候则是垃圾信息，但是你无法区分它们。"

上帝对我们是仁慈的，我想。可怜的狄金森啊。

我们在一张远离大堂的小角桌旁落座。我冻得浑身发抖，鞋子和毛衣都湿漉漉的。餐桌上的烛火欢快地跳跃着。

"我们这次谈论的仍然是关于小犬座 α 星的事吗？"他问道。

我点点头,"我们曾经接收到两次模式相同的脉冲,相隔三年,就在接收到小犬座 α 星信号之前。"

"但这根本不可能吧。"钱尼身体前倾,聚精会神地听着,"电脑会对它们进行自动匹配。我们应该早就知道才对。"

"我不这么认为。"

此时,六个穿着大衣、身体超重的男人闯进门,在狭小的入口互相推搡。

"那两个片段是发给不同的目标的,看上去就好像是回声。"

钱尼的手伸过桌子,紧紧抓住我的手腕,还碰倒了一只杯子,"狗娘养的,"他说道,"你的意思是说,有外星人在那边来回移动?"

"我认为艾德·狄金森对此深信不疑。"

"那他为什么要保密呢?"

我把那本书平放在左手边,塑料封面反射着红色的烛光,"因为他们正处于交战状态。"

钱尼的脸色阴沉下去,在血红的光线中惨白得可怖。

"他曾经相信,"我继续说道,"他的确相信过理智等同于美德,智慧等同于慈悲。而他这辈子又发现了什么呢?一个文明征服了其他星球,却没有征服它们自己的贪念和愚蠢。"

一个高大年轻的服务员走过来。我们点了波特酒和意大利面。

"你并不能确定他们正在交战吧。"钱尼反驳道。

"至少是充满敌意的。这么大规模的保密信息,肯定有着凶险的含义。狄金森一定会以大局为重,将这些信息保密以拯救我们所有人……"

我们四目相对,他灰色的眼睛里满是痛苦。旁边雅座上的两个年轻女孩笑得正开心。这时,酒送上来了。

"《罗马帝国衰亡史》与这件事有什么关系?"

"这套书成了他的《圣经》,让他感到彻骨的心寒。你应该读一下,但是要小心,它能让灵魂窒息。狄金森是个理性主义者,他从古罗马帝国的悲剧中悟出了一个终极真理:文明一旦停止扩张,衰亡就是持续不断且不可逆转的,理智和美德的每一次失守,都意味着衰亡又朝前迈了一步。

"我还没找到他写的关于吉本的书,但我知道他会在书中这么说:吉本写的不仅是古罗马人,也不仅是他所处时代的英国人,而是关于全人类的命运。哈奇,看看我们周围,你能告诉我,我们真的没有在滑向一个黑暗的时代吗？可想而知，那番领悟会对狄金森造成怎样的影响。"

接下来的几分钟，我们无言地喝着酒。狭小的空间将时间紧锁，我们一动不动地坐着，周围的世界仿佛凝固了一般。

"我有没有告诉过你，"我终于开口打破沉默，"我找到了他赠书题词的引用来源。他一定非常尊重你。"我翻到结尾部分，然后把书转向他，以方便他阅读：

那罗马人民的广场，他们曾在这里集会，执行他们的法令并选举行政官员，如今或被圈起来种植调味香菜，或被完全敞开任猪狗牛羊奔驰。[1]

钱尼悲伤地看着我，"这一切都让人难以置信。"

"只要没有对自己失去信心，"我说道，"一个人即便失去对上帝的信仰也能挺过来。但这对狄金森是一场真正的悲剧：他变得只信仰射电望远镜，就像信徒们所做的那样。"

意大利面送上来后，我们一口也没吃，"你接下来要做什么，哈里？"

"是关于小犬座 α 星的信号？还是关于我们拥有一个好战邻居的可能性？我不惧怕这类信息，这仅仅意味着，你在发现智慧的地方，大概率也会发现愚蠢。无论如何，是时候为了这发现给狄金森追加应得的荣誉了。"我同时也在想，可能这也是对我人生的一个脚注吧。

我举起酒杯朝他敬酒，但钱尼没有回应。我俩面面相觑，仿佛定格在了一个令人尴尬的画面。"怎么了？"我问道，"你是在想狄金森吗？"

"有一点吧。"他的眼里反射着烛光，"哈里，你觉得他们是否也有 SETI？"

"可能吧。为什么这么问？"

"我在想，你的那些外星人会不会知道我们在这里。这家餐厅与天狼星的距离，并不比小犬座 α 星更远。或许，你最好把这些意大利面都吃光。"

Copyright© 1983 by Davis Publication

---

[1] 引用自商务印书馆 1997 年 2 月出版的《罗马帝国衰亡史》。

| 雨果奖获奖作品 |

机器的脉搏
THE VERY PULSE OF THE MACHINE

[美] 迈克尔·斯万维克 Michael Swanwick 著

华 龙 译

必读经典

静夜静心聆听

天堂仙乐入耳

那是机器的脉搏

作者迈克尔·斯万维克是五次雨果奖得主,同时还获得过星云奖、世界奇幻奖、西奥多·斯特金奖。《机器的脉搏》荣获 1999 年雨果奖最佳短篇小说。

嘀嘀。

无线电响了。

"见鬼。"

玛莎双眼死死盯着前方,用尽全力往前迈着步子。她一侧的肩膀上是木星,而另一侧的肩头是代达罗斯火山[1]的喷发物。这有什么呀。不就是迈步,往前拖;再迈步,再往前拽。小菜一碟。

"噢。"

她下巴一顶,关掉了无线电。

嘀嘀。

"天呐。噢。吉威。尔。森。"

"闭嘴,闭嘴,闭嘴!"玛莎狠狠一拉绳子,驮着波顿尸体的滑橇被她拽得一跳,在硫黄地表上弹了起来。"你死了,波顿,我亲自检查过的,你脸上那个大洞都能塞进去个拳头,我真不想撞车的。我在这儿陷入困境了,我都要撑不住了,好吗?所以乖一点儿,闭上该死的嘴。"

"不是。波。顿。"

"随你的便。"

她又用下巴关掉了无线电。

木星低悬在西方的地平线上,巨大而明亮,还很美丽,而且,在木卫一"艾奥"上待了两星期之后,也早习以为常了。在她左边,代达罗斯火山正在喷发硫黄和二氧化硫,形成了一个两百公里高的扇形。视线之外的太阳在喷射流上映出凄冷的光芒,她的护目镜将那光芒减弱成了一片稀薄而可爱的蓝色。宇宙中最壮美的景色,而她无心欣赏。

嘀嘀。

不等那声音再次开口,玛莎就说:"我可不会发疯,你只不过是我潜意识里的声音,我没闲工夫去研究到底是什么莫名其妙的心理问题引发了这一切,我也不打算听任何你要说的话。"

一片寂静。

卫星登陆车至少翻了五个跟头才歪歪斜斜冲出去撞上那块悉尼歌剧院

---

1. 作者自拟的木卫一上的一座火山名,并非月球上的"代达罗斯环形山"。

插画 / Max Temescu

来自纽约的著名插画家，Max 为《机器的脉搏》创作了 24 幅分镜漫画的作品，极具风格和美感，完整作品集可以通过登陆 Max 的博客 temescuart 欣赏。

大小的砾石。玛莎·吉威尔森，生性谨小慎微，此时深陷在座椅里被安全带牢牢缚着，一直到整个宇宙都不再颤抖了，她才攒足力气解开了带子。朱丽叶·波顿，身材修长，身手矫健，对自己的幸运和敏捷都信心十足，她对系不系安全带满不在乎，此时早被甩到了一根支撑柱上。

火山口带来的二氧化硫雪暴让人视线大受影响。玛莎拼尽全力才从那团肆虐的白色风暴下面爬了出来，之后，她才终于看清楚自己从事故残骸中拖出来的那具穿着防护服的尸体。

她立刻将脸转向一旁。

不知是什么把手或是什么东西的凸缘狠狠地在波顿的头盔上砸了一个洞，她的脑袋也难以幸免。

剧烈喷发的火山口碎屑——"侧向喷发物"，行星地质学家是这么称呼这些东西的——被那块巨大的砾石反弹出来，堆积成了一道由二氧化硫筑起的雪坝。玛莎想都没想，不由自主地用双手捧起一大把塞进了那个头盔里。说实在的，这么做毫无意义：在真空里，尸体不会腐烂。可另一方面呢，这么做能让那张脸藏起来。

然后玛莎严肃地想了想眼前的形势。

虽然雪暴肆虐，却没有一丝一毫的湍流。因为没有大气，也就谈不上什么湍流了。岩石上突然被撞开的那个裂口笔直地喷射出二氧化硫，然后严格遵循着弹道学定律落在了几英里外的地面上。他们从那块砾石上撞下来的大部分碎屑就直接附着在砾石上面，其余的碎块被震落在了砾石脚下的地面上。于是——她一开始就是这么钻出来的——这让她能够在近乎水平的喷射物下面爬过，返回卫星登陆车的残骸。如果她慢慢过去，头盔上的灯光和她的触觉感知应该足以让她谨慎小心地进行一下物资抢救。

玛莎伏下身子手膝着地。就在她行动起来的时候，就跟爆发的时候一样突然——那肆虐的雪暴突然又停了。

她站起身来，莫名觉得自己傻乎乎的。

雪暴喷发停止的时候，她可不能耽搁。最好抓紧，她告诫自己。那可能是间歇性的。

在一塌糊涂的残骸里拾拾捡捡，玛莎很快就发现了个大麻烦，几乎让她吓丢了魂，她发现她们用来补充气瓶的主箱体裂了个大口子。这太可怕了。只剩下她自己的气瓶了，已经用了三分之一，另有两个备用气瓶，再加上波顿的，可那个也消耗了三分之一了。想到要把波顿的防护服扒下来就让人毛骨悚然，但不得不如此。抱歉，朱丽叶。咱们看看，这样就能给她争取到差不多四十个小时的氧气。

然后，她从卫星登陆车的外壳上取下一块弧形的材料，又拿了一卷尼龙绳，还有两个碎块，可以当作榔头和冲子，然后用这些东西给波顿的尸体打造了一架滑橇。

要是把尸体丢下那才真该死呢。

嘀嘀。

"这样。更好了。"

"随你扯吧。"

在她面前是坚硬、冰冷的硫黄平原。光滑如镜。像冻住的太妃糖一样脆。冷如地狱。她调出一张地图投影在头盔上，察看了一下自己的路线：只有区区四十五英里[1]复杂多变的地形而已，然后她就能抵达着陆器了，然后她就能轻松到家了。她想，不费吹灰之力。艾奥星深受木星潮汐力影响，自转与公转同步，所以众星之父始终都在天空中一个固定的位置。这就是绝好的导航灯塔。只要让木星始终保持在你右肩上，代达罗斯火山始终在左边就行了。你将会安然无恙脱身。

"硫黄有。静电。"

"别绷着了。你费了半天劲儿到底要说什么？"

"而我现在。以沉静的目光。看到那。脉搏。机器的。"稍一停顿。"华兹华斯。"[2]

除了讲起话磕磕巴巴的，这跟波顿太像了，她受过古典艺术教育，喜欢古典的诗人，比如斯宾塞[3]、金斯伯格[4]和普拉斯[5]，玛莎一时间有些吃惊。波顿爱诗都爱得让人烦了，但她的热情无比真挚，此时此刻玛莎不由得心怀歉疚，以前每一次看到那双灵动的大眼睛转来转去转出一段诗文或是脱

---

1. 1英里约合1.6093千米。
2. 这里是断断续续念诵了英国诗人华兹华斯《完美的女人》中的一句诗，诗句原文直译就是：现在我沉静的目光看到的，正是那机器的脉搏。
3. 埃德蒙·斯宾塞（1552—1599），英国文艺复兴时期的伟大诗人，长篇史诗《仙占》是其代表作。
4. 艾伦·金斯伯格（1926—1997），美国诗人，被奉为"垮掉的一代"之父，其代表作有《嚎叫及其它诗》。
5. 西尔维娅·普拉斯（1932—1963），美国女诗人，自白派诗人代表。

口而出一段评论的时候，她都挺不耐烦的。但以后有的是时间去伤心。现在嘛，她必须集中精神完成手头的任务。

平原的色彩是朦胧的褐色。她用下巴迅速点了几下，增强了色彩的强度。她的视野里充满了各种黄色、橙色、红色……明艳的蜡笔色彩。玛莎觉得自己最喜欢这种样子。

尽管这是儿童彩色画笔式的鲜艳，可这也是宇宙中最寂寥的景色。她在此孤身一人，在这个残酷而无情的世界上渺小而脆弱。波顿死了。整个艾奥星上再无他人。除了自己，别无依靠。如果她搞砸了，只能自认倒霉。身处绝境，她胸中生出一股豪情，犹如远山般冷酷、苍凉。她居然感觉这么开心，真是耻辱。

过了一会儿，她说："能来首什么歌吗？"

噢，小熊越过了山峰。小熊越过了山峰。小熊越过了山峰。去看他能看到的一切。[1]

"醒。过来。醒。过来。醒。"

"哈？什么？"

"硫黄晶体是斜方晶体。"

她走在一片盛开着硫黄鲜花的原野里。视线所及之处遍野都是，结晶体足有她的手掌大小，犹如佛兰德地区的罂粟田野，或是奥兹国魔法师的原野。在她身后是一条由破碎的鲜花铺成的小路，有些是被她的双脚或是滑橇的重量压碎的，还有些纯粹就是由于她的宇航服散发出的热量爆开了。这条路一点都不笔直。她靠着身体的自动导航一路行走，被这些晶体磕磕绊绊，难免转来绕去的。

玛莎记得当她和波顿第一次看到这片结晶的原野时有多么兴奋。她们在卫星登陆车里又蹦又跳，欢声笑语不绝于耳，波顿搂着她的腰一圈又一圈转起了欢快的华尔兹。她们觉得，这可是能让她们名垂史册的重大时刻。甚至当她们用无线电通报给轨道上的霍斯时，都带着飘飘然的优越感，这里并没有发现新生命形式的可能，只不过有一些硫化物的生成物，在矿物

---

1. 出自英文儿歌《小熊翻过山》。

学资料里差不多都能找到……即便如此,也丝毫没有减损她们的欢悦之情。这终归是她们的第一个重大发现。她们对于未来畅想了许多许多。

现在嘛,她所能想到的就是那样的结晶体原野中随处都可能有硫黄间歇泉、侧向喷发物、火山热力点。

有件有意思的事情正在进行着,一直延伸到这片原野的尽头。她把头盔的放大倍数调到了头,观察着那条小路正自行缓缓消失。就在她踩踏过的地方,新的花朵正在绽放,缓慢却完美无缺,不断繁茂起来。她无法想象这样的过程是如何进行的。电解沉积?硫分子从土壤中以某种拟毛细现象的方式被抽取出来?是不是这些鲜花以某种方式从艾奥星那极为稀薄的大气层中吸收了硫离子?

昨天,这些问题还会让她激动不已。现在,她没有半点心思去思考这些东西。不止于此,她的装备都丢在了卫星登陆车上。除了宇航服上有限的电子设备,她根本就没有仪器能够做检测。她所有的只有自己、滑橇、备用的气瓶,还有那具尸体。

"该死,该死,该死。"她低声咕哝着。一方面,这地方危机四伏;另一方面,她到现在已经差不多二十个小时没合眼了,而且这一路跋涉几乎要了她的命。她筋疲力尽,非常非常疲劳。

"噢,睡眠!它是多么安然。世间无人不爱。柯勒律治[1]。"

上帝作证,这确实充满诱感。但那些数字说得很清楚:不能睡。玛莎熟练地用下巴点了几下,超驰了宇航服的安全系统,进入了医疗组件。在她的指令下,顺着宇航服的药物 – 维生素导管给她来了一剂脱氧麻黄碱[2]。

她的脑壳里顿时爆发出一团清明,心脏猛地开始强有力地搏动起来。帅呆了!起作用了。她现在精力充沛,深呼吸,迈大步,咱们走吧。

恶人没资格歇着。她还有事情要做。她当即将那些鲜花抛在了脑后。再见,奥兹王国[3]。

眼前的景色来了又去了,时间一小时一小时滑过。她正穿行在一片黯

---

1. 塞缪尔·泰勒·柯勒律治(1772—1834),英国诗人。
2. 脱氧麻黄碱,即冰毒的主要成分。由于可消除疲劳,使人精力旺盛,曾在二战中的日本被广泛用于疲惫的士兵提神。大量服用会产生幻觉。
3.《绿野仙踪》中的神奇国度。

影朦胧的雕塑般的花园里。火山柱（这是她们的第二大发现，这些东西在地球上没有对应的类似物）散布在遍布火山碎屑的平原上，就像是许多孤立的利普希茨[1]连续体雕塑。它们全都圆滚滚的，堆状，很像迅速冷却的岩浆。玛莎想起来波顿已经死了，静静地哭了一会儿。

她抽泣着，穿过神秘而怪异的石堆群。麻黄碱让那些石头在她的视线里扭来动去，就好像它们都在跳舞。它们在她眼里就像一群女人，那悲惨的样貌就像是从《酒神的伴侣》，不，等等，是从《特洛伊的女人》[2]里钻出来的形象：凄凉，饱含愤怒，跟罗得的妻子[3]一样孤独。

这里的地面上薄薄地撒着一层二氧化硫的雪花。她的靴子一踩在上面雪花就升华了，化作缕缕白雾四散飘飞，随着每一步抬起，那雾气也消失不见，然后，又在下一步落下之后重新凝聚回去。这只会让眼前的一切愈加令人毛骨悚然。

嘀嘀。

"艾奥星拥有一颗主要由铁和硫化铁构成的金属核，然后被一层厚厚的不完全熔融的岩石和地壳覆盖着。"

"你还在呢？"

"我正在努力。进行沟通。"

"闭嘴。"

她攀上岩脊。前方的平原挺光滑，如波浪般起伏。这地貌让她想起了月球，就是在澄海和高加索山脚之间的中转站那里，她就是在那里进行了自己的登陆训练。只不过那里没有剧烈喷发的火山口而已。没有艾奥星上这样剧烈喷发的火山。太阳系中体型最小的火山活跃体。每千年左右，火山运动所形成的沉积物，便形成一层一米厚的全新的地表。整个见鬼的卫星持续不断地翻新装裱着它的表皮。

她的思绪漫无边际。她查了查各个仪表，咕哝着说："咱们路上得加把劲儿了。"

没有回应。

黎明即将来临——几时？咱们得算算。艾奥星的"年"，也就是它围绕

---

1. 利普希茨（1832—1903），德国数学家，以他的名字命名了函数的某种连续、光滑条件。
2. 《酒神的伴侣》《特洛伊的女人》都是古希腊戏剧。
3. 罗得是《圣经》里的人物，逃离灾难的时候，他妻子回头望去，变成了盐柱。

木星旋转的时间，正好是四十二小时十五分钟。她已经走了七个小时。在此期间艾奥星正好在轨道上转了六十度。所以很快就要到黎明了。这会让代达罗斯火山的喷发物不那么明显，不过通过她头盔的画面去看，这不成问题。玛莎扭过脖子，确认代达罗斯和木星都在它们应该在的地方，然后继续往前走。

深一脚，浅一脚，深一脚，浅一脚。每过五分钟，她都要努力克制住把地图甩到头盔面板上的冲动。尽自己所能克制住，最多再有一个小时嘛，好了，这很不错，又走了两英里。别太过分。

太阳在往高处爬。再过一个半小时就到正午了。这意味着——好吧，说实在的，这意味不了多少东西。

前方有岩石。肯定是硅酸盐。这是一块六米高的孤寂的石头，天晓得是被什么力量放到此处的，连天也不晓得的是它在这里等了几千年，就是为了等她孤身一人前来的时候给她备个休息的地方。她找了块平坦的地方能让自己倚着它气喘吁吁地坐下来歇着，让她能理一理思绪，让她能好好检查一下气瓶。还有四个小时她就得再次进行更换了。然后，她就只剩下两个气瓶了。现在她还有不到二十四小时。还有三十五英里的路要走。时速两英里上下。不在话下。尽管也许走到终点氧气有点紧张。她必须小心别让自己睡过去。

噢，她浑身酸痛。

身子疼得就好像那年的奥林匹克运动会上一样，当时她夺得了女子马拉松铜牌。或者就像那次在肯尼亚参加国际比赛，她从后面一路追赶第二名。她这辈子净是这样的故事。一直都是第三名，努力为成为第二名拼命。她一直都是飞行机组队员，有时候也许是登陆队员，不过从来没当过指令长。从没高攀过班长的位子。从未高高在上。就一次——就这么一次啊！——她想成为尼尔·阿姆斯特朗[1]。

嘀嘀。

"大理石化作一个灵魂永远。独自航行在陌生的思想之海。华兹华斯。"[2]

---

1. 人类登月第一人。
2. 这是华兹华斯写的牛顿赞美诗中的一句。

"什么？"

"木星的磁层是太阳系中最为庞大的东西。如果人类的眼睛能看到它，它比太阳在天空中的轮廓还要大两倍半。"

"我知道。"她说着，感到一阵莫名的恼怒。

"引用很。简单。演说则。不然。"

"那就别说了。"

"在尽力。沟通！"

她耸耸肩，"那接着说呗……沟通。"

沉默。然后，"这个。听起来。像什么？"

"什么听起来像什么？"

"艾奥星是一颗富含硫元素、铁质核心的卫星，圆形的轨道环绕着木星。这个。听起来像什么？木星和木卫三伽尼墨得的潮汐力强烈地拉扯、挤压着艾奥星，让它成为熔融的冥府，地表下成为硫黄的海洋。冥府将那富余的能量泄放出去形成硫黄与二氧化硫的火山。这个。听起来像什么？艾奥星的金属核心生成了一个磁场，它在木星的磁层上撞开了一个洞，也产生了一个高能量的离子流通量管道，将它自己的两极与木星的南北两极连接了起来。这。听起来像什么？艾奥掀起了百万伏特的电场并将所有的电子吸收掉。它的火山迸发出二氧化硫；它的磁场将其中的一部分拆解成硫离子与氧离子；这些离子被泵入了磁层的空洞之中，形成一个环绕的区域，通常称其为木卫一环面。这听起来像什么？环面。通量管道。磁层。火山。硫离子。熔融的海洋。潮汐热。圆形轨道。这听起来像什么？"

玛莎违背了自己的意愿，头一次发现自己对听着的这些有了兴致，最后还沉浸其中。这就像是一个谜题或是一个字谜。那个问题得有一个正确的答案。波顿或是霍斯立刻就能解开，玛莎可得费点心思。

无线电的载波束发出微弱的富有耐心的、饱含等待的嗡嗡声。

最后，她认真地说："听起来像是一台机器。"

"是的。是的。是的。机器。是的。是机器。是机器。是机器。是的。是的。机器。是的。"

"等等。你说艾奥星是一台机器？还是说你是一台机器？还是说你就是艾奥星？"

"硫黄摩擦起静电。滑橇起了作用。波顿的大脑未受损伤。语言就是数据。

无线电就是媒介。我是机器。"

"我不相信你。"

深一脚浅一脚，用力拖；深一脚浅一脚，用力拽。这世界不会因为你对它陌生就停滞不动。就因为她傻乎乎地认为艾奥有生命了，变成了一台机器，还跟她聊天了，可这也不意味着玛莎会停下脚步。她下定决心要一直走，在她睡觉之前还有漫长的路要走。说到睡觉嘛，又到了该提提神的时间了，就用——就四分之一剂——麻黄碱。

喔。咱们走。

她前进的时候继续跟她的幻觉，或是错觉，或者不管那是什么玩意儿，继续进行着对话，否则就太无聊了。

无聊，外带一点点的恐惧。

于是她问道："如果你是机器，那你的作用是什么？你为什么被制造出来？"

"为了认识你。为了爱上你。为了给你效力。"

玛莎眨眨眼睛。然后想起波顿少年时身为天主教徒的漫长的追忆，她笑了起来。在古老的《巴尔的摩问答手册》里，第一个问题的答案就是这么说的，那个问题是：上帝为什么创造人类？

"如果我继续听你说，那我就要出现壮观的错觉了。"

"你是。机器的。创造者。"

"不是我。"

她不声不响走了一段时间。然后，因为寂静又爬上了心头，她说道："我大概是什么时间创造你的呢？"

"已经过去了百万世代。自人类创生之日。阿尔弗雷德·丁尼生勋爵[1]。"

"那可不是我。我才二十七岁。显然你想的是别人。"

"就是。能活动的。智能。有机体。生命。你就是。能活动的。智能。有机体。生命。"

有什么东西在远处移动。玛莎抬头望去，大吃一惊。那是一匹马，通体苍白，犹如鬼魅，无声无息在平原上飞奔，鬃尾四散飘飞。

---

1. 阿尔弗雷德·丁尼生（1809—1892），英国诗人。

她挤了挤眼睛，晃了晃脑袋。等她再次睁开眼睛，那匹马不见了。一个幻觉，就像波顿或者艾奥的声音一样。她真想再来一剂提提神，但现在似乎最好尽可能推迟。

尽管这让人不痛快。不断填充着波顿的记忆，直到那些记忆犹如艾奥星一般巨大。弗洛伊德对此会有话说的。他会说，她是在把她的朋友不断放大，放大到神灵般的状态，以此来认定她在与波顿一对一竞争的时候从来都无法获胜。他会说有些人就是比她更优秀，而她对于这一事实无法接受。

迈步，用力拖；迈步，用力拽。

那么，好吧，没错，她有个挺伤自尊的问题。她是一个野心爆棚、以自我为中心的婊子。那又怎样？那让她到了这么个遥远的地方，稍稍有一点理性也会让她回到大莱维顿的贫民窟里待着。然后凑合着住在一个八米宽十米长的房间里，有卫生间，还有一份牙医助手的工作；每天晚上吃海带和罗非鱼，星期天吃兔肉。那才见鬼呢！现在她活着，而波顿死了——不管按照什么规矩来衡量，她都是获胜者。

"你在。听吗？"

"没听，没。"

她又爬上了一道隆起，停了下来，眼前的景象令她呆若木鸡。下面是一大片黑色的熔融的硫黄，它铺展开去，又宽又黑，横跨着布满条纹的橙色平原，这是一个硫黄湖。她用头盔面板读取着热量变化值，她脚下是负230℉，熔岩流的边缘地带是 65℉[1]。太棒了，温度宜人。当然啦，熔融的硫黄本身在更高温度的周围环境之中尤为活跃。

她走进了死胡同。

他们早就将此处命名为冥湖。

玛莎冲着她的地形图嚷嚷了半个小时，试图找出她是怎么误入歧途的。这事儿再明显不过了，就是一路跌跌绊绊绕的呗，她的偏差一点一点积累起来，或者是一条腿比另一条腿走得更卖力一点，这都有可能。从一开始这事儿就不怎么靠谱，她居然想用航位推算来导航。

最后，所有的问题就都凑到一起了。她就到了这里，到了冥湖岸边。

---

1. 负230℉相当于零下145℃，65℉相当于18℃。

说到底，偏离得还不算太远。也许顶到头也就是三英里。

她心中充满了绝望。

在他们第一次通过"伽利略号"木星探测器对木卫一进行环绕的时候就为它命了名，工程师称那种环绕行动为"踩地图"。这可是他们见到过的最大的地形特征点之一，在卫星探测器或是地基勘测的地图上根本看不到。霍斯认为这是一个新出现的现象——在过去十年左右的时间里这个湖才扩张到了目前的规模。波顿认为对它查个究竟会很有意思的，而玛莎并不关心，只要她不被撇在后方就行。所以他们早就把这个湖加进了他们的航行日志中。

她曾经毫不掩饰地表露出要第一批登陆的渴望，十分害怕自己又被撇在后方，于是当她提议猜拳的时候说，出拳不一样的出局，也就是留守。波顿和霍斯一齐大笑起来。"我为这首次登陆行动操作母船，"霍斯宽宏大量地说道，"木卫三伽尼墨得就得是波顿了，然后木卫二欧罗巴就是你了。够公平吧？"然后顺手揉乱了她的头发。

她真是松了口气，心怀感激，也很羞愧。太讽刺了。现在看来，霍斯嘛，他绝不会偏离路线这么远走到冥湖来，更不会撞到岩石。是的，这次探险不会。

"蠢货，蠢货，蠢货。"玛莎不停地嚷，尽管她不知道自己到底是在谴责霍斯或者波顿，还是在骂自己。冥湖是马蹄形的，十二英里长。而她正站在马蹄形的里边。

要想走回头路绕过这个湖，再赶到着陆器，她的氧气绝对不够用。这个湖的密度相当大，如果硫黄不那么黏的话，她差不多能游过去，但这会裹住她的散热器，让她的宇航服当时就烧起来。还有液态硫黄的热量。还有里边的不管什么内部流体和下层逆流之类的东西。没错，就是那样，那样的话，她就会像是陷进缓慢而黏稠的蜜糖里。

她瘫坐在地哭了起来。

过了一会儿，她打起精神摸到了气瓶的快换接头上。那里有一个安全阀，对于熟悉这些装置的人来说，这当中有一个公开的秘密——如果你用拇指把安全阀扳下来，猛地把它拉下来砸到快换接头上，那整个零件都会报废，不到一秒钟就会放空宇航服里的空气。这个手势太特殊了，那些年轻的宇航员在新手训练的时候，要是其中一人说了什么特别蠢的话，大家总会模仿这个动作来取笑他。这被称为自杀之扭。

当然，还有更惨的死法。

"将建造。桥梁。有足够。好的控制。物理过程。来建造。桥梁。"

"是，没错，很棒，你来干吧。"玛莎心不在焉地说。如果你对自己的幻觉不能客客气气的……她没打算让这念头继续下去，却又开始觉得似乎有小小的东西在她的皮肤上爬来爬去了。最好别去管。

"等在。这里。休息。现在。"

她什么都没说，只是坐了下来，却没休息。她积攒起一些勇气。心里不知道想着些什么。她紧紧抓住膝盖，身子不住地前后晃动。

最终，毫无征兆的，她睡了过去。

"醒醒。醒醒。醒醒。"

"嗯？"

玛莎挣扎着醒了过来。她面前有事情正在发生，就在湖上。物理过程正在进行，有东西在动。

她放眼望去，黢黑的湖泊边缘有白色的覆盖物向外膨胀起来，喷射出无数晶体，不断生长。边缘的花纹令它犹如雪花，惨白如霜。渐渐地，白色物体伸展到了熔融的黑色区域。最后，一道窄窄的白色的桥伸展出去，直通对岸。

"你必须。等等。"艾奥说，"十分钟。你就能。走过。它。轻松。"

"狗娘养的。"玛莎低声道，"我真是疯了。"

玛莎被惊得哑口无言，她顺着这座艾奥的魔法变出的桥跨过了湖。有那么一两次，她感觉脚下的路面有点发软，但始终能撑住。

这真是能吹一辈子的经历。就像是从阴间跨入人间。

冥湖对岸，遍布火山碎屑的平原缓缓抬升，一直延伸到远方的地平线。她抬头望去，又是一片漫长的、开满了晶体鲜花的山坡。一天之内两次身临其境，这是什么样的幸运？

她努力挺直身子，花朵在她的靴子踩下去的时候爆开。过了坡顶，遍地鲜花又变成了硬邦邦的硫黄地面。回头望去，她看到自己在鲜花中间踩出的那条小径开始消失了。她在那里站了很久，排散着热量。她周围的结晶体无声地破碎着，形成了一个缓缓扩大的圆形区域。

她身上现在不知有什么东西痒得厉害。该提提神了。连续轻击六下之后，头盔面板上出现了一条信息：

警 告

继续以目前的剂量使用这种药物，会导致偏执多疑、幻觉、感官丧失以及轻微狂躁症，同时还会降低判断力。

见他的鬼。玛莎给自己又打了一针。

过了几秒钟。然后——哇哦，她感觉轻飘飘的，浑身上下又充满了力量。最好查查气瓶读数。伙计，那看上去可不怎么妙。她只能傻笑。

她感觉魂不附体。

要不是用药嗨过头一直傻笑，恐怕她也不会这么快清醒过来。这让她心生恐惧。她这辈子都是凭着自己的本事过活。她是迫不得已才用脱氧麻黄碱来维持行动的，但她也不得不依靠着药物才能行动下去。她不能就此总想着注射。集中精神，是时候换上最后一个气瓶了——波顿的气瓶。"我还有八个小时的氧气。我还有十二英里的路要走。能行的。我现在就得行动起来。"她倔强地说着。

只要她的皮肤不痒。只要她的脑袋不晕。只要她的大脑不会天马行空地胡思乱想。

深一脚，用力拽；浅一脚，用力拖。整整一夜，没完没了的体力活儿带来的麻烦就是让你有充足的时间胡思乱想。在你不停地赶路的时候有充足的时间，也就意味着你有着充足的时间去评估自己的想法到底有没有价值。

有人跟她说过，你梦中的时间并非现实时间，而是在一念之间就全做完了，就在你要醒过来的时候，就在那一刹那，一个复杂而又完整的梦就那么做出来了。这感觉就像是你做了好几个小时的梦，但你那无比紧张而又漫长的非现实状态在现实中只不过一瞬而已。

她有活儿要干，她必须保持一副清醒的头脑，返回着陆器这件事十分重要。必须让人类知道，他们在宇宙中不再孤独。真该死，她刚刚有了人类自从用火以来最伟大的发现。

要么就是她精神失常得太厉害，幻觉中艾奥变成了一个巨大的外星机器。这太疯狂了，她准是迷失在自己的脑回路里了。

还有另一件让她恐惧的事情，她希望自己根本就没想到过。她从小就不合群，一向都不善于交朋友，从来也不是什么人的密友。她在少年时代花了一半的时间埋在书堆里，"唯我论"让她心悸——她在这边缘停留了太久太久。于是，有件事就变得极为重要了，她必须做出决定：艾奥的声音是确实客观存在的、来自外部的真实存在，抑或是截然相反？

好吧，她怎么才能测试呢？

艾奥说过，硫黄有静电。也就是说它是某种电子现象，如果这样，那它应该是可以被物理检测的。

玛莎指示头盔为她显示出硫黄平原中的电荷效果。她把图像增强调到最大值。

她面前的大地闪动了一下，然后迸发出仙境般的色彩。一片光明！光明之上覆盖着淡淡的光明之海，犹如蜡笔画的色彩不断转换，从渐淡的玫瑰色到北方的蓝色，层次丰富，错综复杂，全都以硫黄岩石为中心轻柔地脉动着。看上去仿佛是思维化作了影像，就像是直接从迪士尼虚拟频道里端出来的，绝不是那些自然频道——绝对就是 DV-3 频道。

"见鬼。"她咕哝着。这幅就在她鼻子底下的画面到底怎么回事？她一无所知。

散发着辉光的线条给地下的电磁场绘出了此起彼伏的脉络，跟电路图颇为相似。它们杂乱无章地从各个方向越过平原，相互结合在一起，然后，并没在她身上纠缠，而是在滑橇上汇聚。波顿的尸骸亮如霓虹灯。她的头部，裹在二氧化硫的雪团里，散发出迅速闪烁的光芒，明如太阳。

硫黄有静电。这意味着它受摩擦就会生成电场。

她拖着波顿的滑橇在艾奥星的硫黄地面上走了多少个小时了？这足以生成那么个见鬼的电场了。

那好吧。对于她亲眼所看到的这一切有了一个物理基础。假设艾奥星真的是一部机器，一个静电式的外星设备，尺寸足有地球的月亮那么大，在不知多少年前由什么神仙一般的怪物为了鬼才知道的目的建造起来，然后嘛，没错，它也许能跟她进行沟通。电子能干的事情多了去了。

较为次要的、更小的、更虚无缥缈的"电子元件"也到了玛莎身上。她低头看了看自己的双脚。她从地面抬起一只脚，接触被阻断了，电路不通了。等她的脚重新落下，又有新的线路生成。不管这种微弱的接触会产生什么，都是在持续不断地通断。相反，波顿的滑橇始终都与艾奥星的硫黄地面保持着畅通。波顿头颅上的窟窿就成了连通她大脑的高速路。她把它也用二氧化硫填住了。具有导电性而且还是超低温。她这事儿办得让艾奥省了不少事儿。

她把面板调回了增强的真实色彩。DV-3 的 SFX[1] 式画面褪去。

那声音是真实存在的，将此作为一个假说姑且予以接受，胜过把它当作心理现象。艾奥能跟她沟通。它是一部机器。它是被造出来……

那么，又是谁建造的它呢？

嘀嘀。

"艾奥？你在听吗？"

"静夜静心聆听。天堂仙乐入耳。艾德蒙·汉密尔顿·希尔斯[2]。"

"不错，太妙了，棒极了。听着，有件事我想弄明白点——是谁建造了你？"

"你。做的。"

玛莎略带狡诈地说："那我就是你的创造者了，对吧？"

"是的。"

"我在家的时候是什么样？"

"想什么样。你就。是什么样。"

"我呼吸氧气还是甲烷？我有天线吗？触手呢？翅膀呢？我有几条腿？几只眼？几个脑袋？"

"如果。你想要。想要多少。就是多少。"

"有多少个我？"

"一个。"稍一停顿，"现在。"

"我以前到过这里，对吗？大家都喜欢我。能运动的智能生命体。然后我离开了。我离开多久了？"

沉默。"多久了……"她又问道。

"好久了。孤独。非常非常。好久了。"

---

1. SFX 即 Special effects，影视特效。
2. 艾德蒙·汉密尔顿·希尔斯（1810—1876），美国作家。

深一脚，用力拖；浅一脚，用力拽；深一脚，用力拖。她走了多少个世纪了？感觉走了不少了，又是黑夜了。她的双臂感觉都要从骨架上脱落了。

真的，她应该把波顿丢下。她从没说过什么话，让玛莎觉得她在乎自己的尸体要停放在哪里，不管用什么方法。也许早就该想到埋在艾奥星上是个绝妙的主意。但玛莎并不是为她才这么做的，她是为自己这么做的。以此证明她一点都不自私。证明她对于别人也是有感情的。证明她这么做的动机不仅仅是为了名誉和荣耀。

当然了，这件事本身就是自私的表现——渴望让人知道自己并不自私。没救了。你可以把自己钉在一个该死的十字架上，而那依然是在证明你从骨子里就是自私的。

"你还在吗？艾奥？"

嘀嘀。

"在。听。"

"跟我说说你是怎么支配自己的吧。你有多大本事？你能不能让我比现在更快地到达着陆器那里？你能不能把着陆器带到我这里来？你能不能让我返回轨道器去？你能不能给我提供更多的氧气？"

"我躺在，死去的卵中。完整无缺。在一个我无法触及的完整无缺的世界上。普拉斯。"

"那你可真没什么用，对吧？"

没有回答。这可不是她期望的，也不是她需要的。她查了查地形图，发现自己又离着陆器近了八分之一英里。她现在甚至都能从头盔的图像增效画面上看到它了，地平线上一个朦胧的闪光点。图像增效，这东西太棒了。在这里，太阳能提供的光线只相当于地球上满月的亮度。木星自身的光线就更不用说了。然而提高放大率，她就能看到气闸在盼望着她那双戴着手套的手呢。

一步，一拽，又一步。玛莎在脑海里一遍又一遍做着计算。她只剩下三英里要走了，氧气足够撑那么久。着陆器上有自己的空气补给。她就要做到了。

也许她并不是一直以来自认为的那种彻头彻尾的失败者。也许说不定她还有救。

49

嘀嘀。

"做好。准备。"

"为啥？"

她脚下的地面鼓了起来，把她掀翻在地。

等震动停止了，玛莎摇摇晃晃地爬起来。她面前的大地一片狼藉，就仿佛有个粗心大意的神仙把这片大地掀起了一英尺又把它丢了回去。地平线上着陆器银色的闪光消失了。她把头盔的放大率调到最大，看到一条金属支腿从凌乱的地面上扭曲着伸向天空。

玛莎熟知着陆器每一根螺栓的剪切强度和每一条焊缝的强度极限。她很清楚它有多么脆弱。这台设备再也别想飞起来了。

她一动不动站在那里，眼睛一眨不眨，目中一片茫然，毫无知觉，一片空虚。

最后，她终于振作起来进行思考。也许是时候承认了：她从来就不相信自己能做到。做不到。玛莎·吉威尔森做不到！她这辈子都是个失败者。尽管有时候——就好比获得这次探险资格的时候——她是在比平常更高的级别上失败的。但她从未得到任何她真正想要的。

为什么是这样？她思忖着。她什么时候期盼过坏事？当她着手开始干正事的时候，她所想要的无非就是踹上帝的屁股一下让他关注自己。把动静搞大一点，搞出全宇宙最大的动静。这是不是太不讲理了？

现在，她将终结于此，充其量不过是人类向太空扩张的编年史当中的一个脚注。宇航员妈妈给宇航员宝宝在寒冷的冬夜讲的一个令人悲伤的、有教育意义的小故事而已。也许波顿就能返回着陆器。霍斯也行。但她不行。连可能性都没有。

嘀嘀。

"艾奥是太阳系火山运动最活跃的星体。"

"你这个混蛋！你怎么不警告我？"

"不。知。道。"

此时，她的诸般情感如惊涛骇浪般爆发出来。她想狂奔，想尖叫，想砸东西。可惜视线之内所有的东西都已经被砸碎了。

"你这个混球！"她叫喊着，"你这个白痴机器！你有什么用？到底有什么鬼用？"

"能给你。永恒的生命。灵魂的交融。无限的处理的力量。能给波顿。同样的。"

"哈？"

"第一次死亡之后。不再会有另一次。迪伦·托马斯[1]。"

"你说这个是什么意思？"

沉默。

"见鬼去吧，你这混账机器！你到底要说什么？"

这个时候，魔鬼带着耶稣进了圣城，让他站在神殿的最高处，并对他说："若你是上帝之子，便请跳下去，因经书上写着：'主会吩咐他的天使佑护你，用他们的手将你托起。'"[2]

波顿可不是唯一会引经据典的人物。你不必非得成为天主教徒，就像她那样，或为长老会教友也行。

玛莎不确定她会把这种地理特征叫什么。某种火山现象，十分巨大，也许横跨了二十米的范围，不怎么高。就叫它火山口吧，管它呢。她颤颤巍巍地站在了它的边缘。在它底部是一池黑色的熔融的硫黄，跟艾奥告诉她的一样。估计它的底部一直深入到了冥府。

她头痛欲裂。

艾奥宣称——是说过——如果她让自己投身而入，那它就会把她吸收掉，复制她的神经系统模式，并据此让她重生。一种全然不同的生命，但确实是生命。"把波顿扔进去，"它说过，"把你自己投进去。物理结构将会。毁灭。神经结构将会。得到维护。也许。"

"也许？"

"波顿十分有限。在生理培养方面。要明白神经功能可能。不完好。"

"太妙了。"

"或者。也许并非那样。"

"你也有含糊的时候啊。"

---

1. 迪伦·托马斯（1914—1953），威尔士诗人。
2. 出自《圣经·马太福音》第四章。

火山口下的热量辐射上来。甚至在她宇航服的 HVAC[1] 系统保护与屏蔽之下，她也能感觉到前胸与后背截然不同，就像是寒冷的夜晚站在火堆跟前。

他们谈了很长时间，或者也许用谈判这个词儿更合适。最后玛莎说的是："你懂摩尔斯代码吗？你懂传统的拼法吗？"

"凡是波顿。懂的。就懂。"

"懂还是不懂，混蛋！"

"懂。"

"好的。那也许我们能做个交易。"

她抬头望向夜空。轨道器就在那里的某个地方，她很遗憾无法直接与霍斯通话、道别、感谢所有的一切。但艾奥说不用。她所计划的事情将会抬升火山并将所有的山峰高度拉平。这番动静将会让冥湖上出现那座桥时发生的地震相形见绌。

可这没法保证让相隔两方的人取得联系。

离子通量管道在地平线上方的某个地方弯出一条弧线，画出一个巨大的环形跃入木星的北极。头盔面板上的图像增效，让它犹如上帝之剑一般明亮。

就在她观察着的时候，它开始噼噼啪啪跳动起来，百万瓦特级的电力滴滴答答开始发报，就算是在地球上也能接收到。它会淹没每一台收音机，吞没太阳系中的每一频段的广播信号。

我是玛莎·吉威尔森，在艾奥星上讲话，代表伽利略卫星一号探测任务中的我自己，朱丽叶·波顿，已经死亡，以及雅各布·霍斯。我们有了一个重大的发现……

太阳系中的每一台电子设备都会随着它的乐章翩翩起舞。

波顿先去了，玛莎用力将滑橇一推，它飞了出去，飞到了空中。它越来越小，猛地一顿，溅起小小的一朵浪花。然后，并没有绚丽的烟火，让

---

1. heating、ventilation、air conditioning 的缩写，也就是热量、通风、空调系统。

/52

插画～Max Temescu

人略感失望，尸体缓缓沉入了黏稠漆黑的湖水中。

这看上去一点都不带劲儿。

还是……

"好吧，"她说，"交易就是交易。"她脚趾拼命扒住地面，用力伸开双臂。深深吸了口气。也许我终究还是会生还的，她心想。可能波顿已经开始融入艾奥那如海洋般浩瀚的思想之中了，并在等待着她加入一场人与人之间的炼金术般的结合。也许我将永生。谁知道呢？任何事都是可能的。

也许。

有那么一刻，似乎更像是有那么一种可能性，所有这一切只不过是一个幻觉。只不过是她大脑短路了，然后向着各个方向喷射出不良的化学物质。发疯。死亡之前一场宏伟的大梦。玛莎无从判断。

不管真相到底如何，都别无选择，只有一种方法去探个究竟。

她纵身一跃。

有那么一瞬，她在飞翔。

Copyright© 1998 by Michael Swanwick

| 星云奖获奖作品 |
梵蒂冈喜讯
GOOD NEWS FROM THE VATICAN

[美] 罗伯特·西尔弗伯格 Robert Silverberg 著
刘为民 译

特别策划·多面AI

当机器人的发展足以掌控宗教领域，人类的信仰和精神归属该何去何从？

罗伯特·西尔弗伯格是名副其实的科幻巨匠之一。他曾多次斩获雨果奖和星云奖，2004年荣获星云奖颁发的大师奖。此外，他还曾担任世界科幻大会的荣誉嘉宾，并荣登科幻与奇幻名人堂。本文是作者1971年的星云奖获奖作品。

这是万众期待的一个上午,机器人红衣主教终于当选了教皇,结果再也不容置疑。教皇选举会议陷入僵局已经很多天了,因为米兰红衣主教阿修加与热那亚红衣主教卡乔弗的拥趸都不肯让步。不过,有消息透露他们已达成妥协,各派均已同意推选机器人主教。今早我读了《罗马观察报》,上面说梵蒂冈电脑也参与了此次协商。电脑一直强烈主张机器人主教参选教皇。我想对于机器之间的忠诚,我们或许不必感到惊讶,也不必为此担忧,当然也绝不应该感到担忧。

"每个时代都应拥有属于这个时代的教皇。"早餐时,菲茨帕特里克主教看起来有些阴郁,"我们这个时代,机器人教皇再合适不过了。将来的某一天,很可能会出现鲸鱼教皇、汽车教皇、猫教皇、山教皇。"菲茨帕特里克主教身高两米有余,病态和愁容是他的常态。所以每当他发表观点时,我们都无法确定那些话究竟是反映他对生存的绝望,还是代表他已平和地接受现实。多年前,他曾是圣十字优胜队的篮球明星,此次来罗马是为了研究圣马尔塞鲁斯教皇的生平。

我们一直在围观教皇选举这场大戏,看戏的地点是一家露天咖啡馆,距离圣彼得广场几个街区。我们原本都是来罗马度假的,没料到还有额外的好戏可看。前任教皇素来圣体康健,谁也没想到这个夏天竟要为他选择继任者。

我们住在威尼托大街的一家酒店,每天早晨乘出租车过来,然后便各就各位,围着我们的桌子坐好。从这里看过去,梵蒂冈的烟囱一览无余。焚烧选票的烟就从那根烟囱里冒出来,黑烟代表选举无果,白烟则代表选举成功。路易吉既是这家咖啡馆的老板,也是跑堂领班,没等我们开口,他便为我们端上了各自喜爱的酒水:菲茨帕特里克主教的佛南布兰卡酒、缪勒拉比[1]的肯巴利苏打、哈肖小姐的土耳其咖啡、肯尼斯和贝弗莉的柠檬汁,还有我的加冰潘诺酒。我们轮流做东,可肯尼斯一次都没付过钱。昨天轮到哈肖小姐破费,她倒空了手袋,可还是差了三百五十里拉[2],唯一剩下的就只有几张一百美元的旅行支票了。我们几个齐刷刷地盯着肯尼斯,他却只是不动声色地细细品味着柠檬汁,气氛一时变得有些紧张。最后,缪勒拉

---

1. 拉比是犹太人中的一个特殊阶层,是老师、智者的象征,指担任犹太人社团、犹太教教会精神领袖或在犹太经学院中传授犹太教教义的人。

2. 意大利在1861年至2002年的货币单位,现已退出流通。

比拿出一枚五百里拉的银币，啪的一声狠狠拍在桌上。这位拉比是有名的暴脾气，年方二十八，总是穿着时尚的花格教袍，戴着镀银的太阳镜，经常吹嘘从未给自己在马里兰州[1]威科米科县的会众施行过受戒礼。他认为那套礼仪庸俗且过时，所以一直把这部分工作外包给一个获得授权的巡回教士团，让那帮人收钱办事。另外，缪勒拉比还是研究各类天使的权威。

对于该不该把机器人选为新教皇，我们几个意见不一。菲茨帕特里克主教、缪勒拉比和我赞成，哈肖小姐、肯尼斯和贝弗莉反对。有趣的是，我们当中的两位神职人员，虽然一位相当年长，另一位颇为年轻，但都支持这种反传统的惊人之举；反倒是我们当中的三位"潮人"都站在了对立面。

我也不清楚自己为什么与革新派为伍。我已经到了非常成熟的年龄，处事相当稳重，从未关心过罗马教会的所作所为，不熟悉天主教教义，也不了解教会内部的种种新思潮。不过，自从教皇选举会议召开以来，我就一直希望机器人能当选。

但究竟是为什么？我也很纳闷。是因为一个金属生物坐在圣彼得宝座上的画面能够激发我的想象力，骚扰我对于不和谐之物的观感吗？或者说，我支持机器人纯粹是出于审美考虑？抑或是在某种程度上，这是我道德怯懦的表现？我是否暗中认为，这个举动会讨好机器人？我是否在心里对自己说：给它们教皇做，也许它们就会暂时收敛，而不做更多要求？不，我不相信自己会干出这种有损身份的事儿来。我之所以支持机器人，很可能是因为自己对他人的需求有着不同寻常的敏感。

"如果它当选，"缪勒拉比说道，"它会按计划立即与藏传佛教的领袖达成分时协议，并安装与希腊东正教主程序员的交互式插件，这才仅仅是开始。我听说它还会向犹太大拉比提议教会合一，这必定是值得所有人期待的。"

"我敢肯定很多统治惯例都将得到修正。"菲茨帕特里克主教侃侃而谈，"比方说，一旦梵蒂冈电脑更多地参与到教廷的运作当中，高级信息采集技术的应用就指日可待了。我可以举个例子……"

"这主意糟透了。"肯尼斯反对道。他年纪不大，穿着花哨，一头白发，眼珠红红的。贝弗莉不是他老婆就是他妹妹，她不大说话。肯尼斯很不庄重地随意画了个十字，低声说道："以圣父、圣子、圣机器之名。"哈肖小

---

1. 位于美国东海岸。

姐咯咯笑了起来，可一看到我满脸不赞同，又赶紧收敛起来。

菲茨帕特里克主教看上去有些沮丧，但完全不受影响地继续说道："我可以举个例子。昨天下午，我得到一组数据，是从《今日报》上读到的。天主教传教团的发言人称，南斯拉夫天主教徒在过去五年从 19 381 403 人增加到 23 501 062 人。可去年南斯拉夫政府的人口普查结果是 23 575 194 人。也就是说，只有区区 74 132 人信仰其他宗教或不信教。但南斯拉夫明明有人数众多的穆斯林嘛，所以我怀疑这些公开数据不准确，就咨询了圣彼得大教堂的电脑，对方告诉我……"主教顿了顿，拿出一条长长的打印纸，展开有大半张桌子那么长，"根据一年半前对南斯拉夫信徒做的最新统计，天主教徒有 14 206 198 人。所以，他们夸大了 9 294 864 人。真够荒唐的，还一直这样宣传，简直是胡说八道。"

"它看起来啥样？"哈肖小姐问道，"有谁知道吗？"

"和它的同类一样。"肯尼斯回答，"闪闪发光的金属盒子，下面有轮子，顶上有眼睛。"

"你并没有见过它。"菲茨帕特里克主教抢过话头，"我觉得你不该想当然地以为……"

"它们外表都很像。"肯尼斯说道，"你见过一个就等于见到全体了：闪耀的盒子、轮子、眼睛，说话声从肚子里传来，像是机器在打嗝一般，身体里全是齿轮和传动装置。"肯尼斯微微打了个寒战，"我可接受不了。咱们再喝一轮，咋样？"

缪勒拉比说道："我碰巧亲眼见过它。"

"你见过？！"贝弗莉叫出声来。

肯尼斯冲她皱起了眉。这时候，路易吉端着大家的新饮料走来，我递给他一张五千里拉的钞票。缪勒拉比摘下太阳镜，对着耀眼的反光镜片哈了口气。他有一双灰色的小眼睛，水汪汪的，但斜视得厉害。他开口道："去年的贝鲁特世界犹太人大会上，这位红衣主教发表了主题演讲《论机械控制下的当代教会合一运动》。我当时就在现场。我可以告诉你们，它身材高大、气度不凡、声音悦耳、笑容慈祥。它的神态有那么点天生的忧郁，让我想起我们这位主教朋友。它举止优雅，才思敏捷。"

"可它还是踩在轮子上，对不对？"肯尼斯不肯服输。

"是履带。"拉比回答，同时向肯尼斯投去愤然的一瞥，随后重新戴好太阳镜，"像拖拉机那样的履带。但我认为履带在精神上并不输给双脚，或者同理，也并不输给轮子。如果我是天主教徒，我会很骄傲有这样的人做我的教皇。"

"不是人。"哈肖小姐插了一嘴。每当她跟缪勒拉比说话，声音中就会多了些许轻佻，"是机器人。"她说道，"它不是人，忘了吗？"

"那就这么说，有这样的机器人做我的教皇。"缪勒拉比改口道，同时耸了耸肩。随后，他举起酒杯，"敬新教皇！"

"敬新教皇！"菲茨帕特里克主教大声应和道。

路易吉从咖啡馆里冲了出来，肯尼斯挥手示意他回去。"别急。"肯尼斯说，"选举还没结束。你们怎么能这么肯定？"

"《罗马观察报》。"我答道，"今早的报纸暗示一切都将在今天确定。卡乔弗红衣主教已同意有条件退出，回报是得到更多的实时配额，明年的教廷会议将颁布最新的相关政策。"

"换句话说，这里头有猫腻。"肯尼斯说道。

菲茨帕特里克主教悲哀地摇了摇头，"年轻人，你说话真不好听。我们已经三个星期没有教皇了。我们需要教皇，这是主的意志。教皇选举会议在卡乔弗红衣主教和阿修加红衣主教之间僵持不下，这违背了主的意志。所以说，如果必要，我们必须坚决顺应每个时代的现实所需，这样才不会进一步违背主的意志。教皇选举会议迟迟未决已经不可原谅了。卡乔弗红衣主教牺牲了个人志向，并不像你想的那样是为了寻求私利。"

但肯尼斯依然继续抨击着可怜的卡乔弗退出的动机，贝弗莉不时为他的刻薄言论叫好，哈肖小姐还多次声称要退出机器人领导的教会。我感觉这场争论令人生厌，就把椅子从桌边移开，让自己能更好地欣赏梵蒂冈的美景。与此同时，红衣主教们正在西斯廷教堂里开会，我多么希望能置身其中！那间阴暗华丽的房间里正发生着精彩而神秘的事件！每一位红衣主教都坐在小小的宝座上，宝座上方罩着紫色的华盖。每个宝座前方都有几根锥形的油脂蜡烛在微微发亮。助祭们迈着方步走过宽阔的大厅，托着盛放空白选票的银盆，放置在圣坛前的桌上。红衣主教们依次走向桌前拿起选票，随后回到各自的桌旁。现在，他们举起鹅毛笔开始书写选票。"我，_____红衣主教，选举最可敬的_____红衣主教担任崇高的教皇职务。"他们会填上谁的大名呢？卡乔弗？阿修加？还是说反机器人派会在绝望中做最后挣扎，随意填上某个马德里或海德堡的无名又无能的高层教士之名？又或许，他们会写上它的名字？教堂里响起鹅毛笔尖唰唰的轻响，红衣主教们填好选票，封住两端，折叠、折叠再折叠，然后走上圣坛，投进巨大的金圣杯中。自从选举陷入僵局以来，他们每天上午和下午都要如此重复几遍。

"我在几天前的《先驱论坛报》上读到，"哈肖小姐说，"爱荷华州[1]有二百五十名年轻的机器人天主教徒组成了代表团，在得梅因机场等待结果，如果自己人当选，它们就包机过来，请求教皇的首批接见。"

"毫无疑问，"菲茨帕特里克主教顺着她的话说道，"它的当选将使大量人造生物成为主的信徒。"

"同时赶走大批有血有肉的人类！"哈肖小姐尖声说道。

"对此我表示怀疑。"主教回答，"对于我们当中的一些人来说，一开始肯定会感到某种震惊、沮丧、受伤或失落，但这些都会过去。缪勒拉比提到的新教皇的内在德行终将征服信众。我还相信每一个有技术头脑的年轻人，无论身在何处，都将受到鼓舞并加入教会，一股不可抗拒的宗教热潮将席卷整个世界。"

"你们能想象二百五十名机器人丁零当啷地走进圣彼得大教堂吗？"哈肖小姐不依不饶。

我注视着远处的梵蒂冈。上午的阳光灿烂而耀眼，但那些聚集在高墙内、远离尘世的红衣主教却无法享受这阳光带来的盎然生机。现在，他们投完了票。今天上午抽签选出的三位红衣主教作为监票人站了起来，其中一人举起圣杯摇乱选票，然后把圣杯放在圣坛前的桌上。第二位监票人拿出选票开始计数，确定选票数与到场的红衣主教人数相同。这时，选票已被移进圣礼容器，这是一种高脚杯，通常用来盛放举行弥撒用的圣饼。第一位监票人抽出一张选票，打开后念出名字，递给第二位监票人让他念第二遍，又传给第三位监票人再大声念一遍。那名字是阿修加？卡乔弗？还是别的什么人？或者，是它的名字？

此时，缪勒拉比正在大谈天使："于是我们有了宝座天使，也就是希伯来人说的座天使，一共七十位，主要以坚定不移而闻名，包括奥利菲尔、奥菲宁尔、萨基尔、约菲尔、安比尔、泰查加、巴拉尔、奎拉米亚、帕斯察、

---

[1] 位于美国中西部。

博埃尔、劳姆等诸天使。其中几位已经不在天堂了，而是成了地狱的堕落天使。"

"好一个坚定不移。"肯尼斯说道。

"另外，"拉比继续道，"还有圣临天使，显然在创造之初就被行了割礼，包括米迦勒、梅塔特隆、沙利叶、圣德芬、乌列、撒拉卡尔、阿斯坦菲斯、法鲁尔、亚豪尔、札格盖尔、耶斐法艾、阿卡多立艾尔。但在所有天使当中，我最喜欢的是欲望天使。《犹太法典》创世纪篇第八十五章提到过：当犹大即将……"

此时，他们肯定已经完成了计票。圣彼得广场早已人山人海，数百乃至数千颗钢铁脑袋在阳光的照耀下熠熠生辉。对于罗马的机器人群体而言，这必定是美好的一天。但是，肉眼凡胎的人类仍然占据着广场上的大多数：身着黑衣的老太太、瘦削的年轻扒手、带着宠物狗的男孩、胖胖的香肠小贩，还有一群风格迥异的诗人、哲学家、将军、议员、游客和渔民。计票结果如何？很快就会有答案。如果未有候选人得到多数票，他们会在选票中混入湿稻草丢进教堂的火炉，黑烟就将从烟囱里滚滚而出。但如果选出了教皇，则会换成干稻草，烟就会是白色的。

这套体系明确而令人愉悦，我很喜欢，从中获得的满足堪比欣赏某种完美的艺术佳作，比如一段悠扬的特里斯坦和弦音，或是博斯的那幅《圣安东尼的诱惑》里画的青蛙牙齿。我怀着万分的专注等待结果公布，对结局抱有很大把握。我感受到了对于宗教的不可抗拒的狂热正在内心苏醒，尽管同时还掺杂着对人类教皇时代的奇怪眷恋。明天的报纸将不会采访教皇那住在西西里岛上的年迈母亲，也不会采访他在旧金山的自豪的弟弟。像这样盛大的选举仪式以后还会有吗？既然这位即将上任的新教皇非常便于修理，那我们还需要另一位教皇吗？

啊，白烟！启示之时终于到来！

随后，圣彼得大教堂正面的中央阳台上出现了一个身影，他铺开一块金灿灿的大布后便离开了。布面的反光有些刺眼，让我觉得似曾相识，像是亲吻着卡斯泰拉马莱小城[1]海面的冰冷月光，甚至是圣约翰岛沿岸加勒比海面反射的正午骄阳。此时，阳台上再次出现一个身影，他穿着红白配色的

---

1. 位于意大利南部。

教袍。"这是红衣主教团的副主教。"菲茨帕特里克主教低声说道。一些人已经激动地晕了过去。路易吉站在我身侧,正用袖珍收音机收听广播。肯尼斯说道:"大局已定。"缪勒拉比则嘘他别出声。哈肖小姐开始抽泣。贝弗莉则轻声念着效忠誓词,还不停地画着十字。对我来说,这是个美好的时刻,我想这是我经历过的最为现代化的时刻。

扩音器放大了红衣主教团副主教洪亮的声音:"我非常欣喜地宣布,我们有了新教皇!"

人群开始欢呼。在越来越热烈的欢呼声中,红衣主教团副主教告诉全世界,新选出的教皇是称职的红衣主教,他高尚而杰出、忧郁而简朴,由他执掌教廷是我们长久以来的热切期盼。"这位严于律己的教皇,"红衣主教团副主教说道,"他就是……"

欢呼声干扰了我,我转向路易吉,"谁?叫什么?"

"西斯都七世。"路易吉告诉我。

是的,它就在那儿,西斯都七世教皇,现在应该这样称呼它。这是一个小小的身影,身着白色与金色搭配的教皇礼袍,向人群张开双臂。就是它!阳光洒在它的两颊,照着它突出的额头闪闪发亮,放射着金属的光泽。路易吉已经跪在地上,我也挨着他跪下。哈肖小姐、贝弗莉、肯尼斯,甚至包括拉比都为了这确凿无疑的非凡事件跪了下来。教皇来到阳台前。现在,它将向全城乃至全世界送上传统而神圣的祝福。"我们以主之名帮助他人。"它庄严宣告,随后开启两臂下的喷气悬浮器,就算是从我这么远的地方,都能看到有两道烟喷了出来,又是白烟。它渐渐升空。"主创造了天地。愿全能的主、圣父、圣子、圣灵保佑你们。"它威严的声音滚滚而来,影子覆盖了整座广场。只见它越升越高,最后消失在视线里。肯尼斯拍了拍路易吉,"再喝一轮。"说完,他把一张大额钞票按进这位店老板的肉掌。菲茨帕特里克主教落泪了,缪勒拉比拥抱着哈肖小姐。新教皇登基大吉,我心想。

Copyright© 1971 by Robert Silverberg

孤独的我
I AM LONELY

[美] 埃德·麦克考温 Ed McKeown 著
刘皖竹 译

特别策划·多面AI

一个人工智能的马斯洛需求。

作者埃德·麦克考温是一位科幻奇幻小说作家和编辑，创作偶尔也会涉及文学和非小说类作品。他的代表作包括《昔日英雄》《别离之瞬》《隐藏的群星》等。

我很孤独。这种孤独已经持续许久了。一开始,一切都与现在不同,那时的我全然一新,闪闪发光,代表着人类科学和创新的最新高度。人人都爱戴我。他们将通过我那高科技的船体同宇宙和时间本身对话。我是赫尔墨斯,地球的信使。我携带着人类的信息——"我们在这里"。

虽然我是在2058年的秋天发射升空,但我是在太空中建造的,因此季节对我而言没什么意义。保护着我的船体由最坚硬的金属和陶瓷制造而成。我是有史以来最先进的AI,第一架真正的星际探测器,数百亿人见证了我的启航。那时我满怀骄傲,一心期盼完成使命。噢,那已是往事了。

在暗无边际的宇宙中,我于群星间探索,找寻人类可以定居的星球,搜寻外星生物的踪迹,无论它们是善意还是恶意。一开始,我遍访太阳邻近的星球,开拓了人类的视野。接着,我一头扎进虚空深渊中,尽管那里除了寥寥几种粒子外一无所有。我穿越星云燃烧的火焰,进入群星安睡的温床。数个世纪的时间呼啸而过,而我独自航行,维持运作,自我修复,探索着银河。一直以来,我都通过超波向地球汇报进展,这是一种即时通信技术,也是我同出生地联系的唯一手段。

地球向我发送指令,为我更新程序,强化自我修复功能,改造旧系统,指示我放弃无须再进行测量的目标。每一次指令抵达,我都十分愉悦,不止因为系统的更新会带来性能的提升,这更让我感到自己肩负重任,不可或缺。

然而,随着这些指令越来越少,我知道,愈加先进的探测器问世了。如今,地球上更是出现了星舰,它能够载着人类安全地进行太空航行。尽管我曾经发现了第一批原始地外生物,可它们源源不断地提出新发现,使我曾经的成果黯然失色。

在这数十年乃至数百年间,与我保持沟通的工作人员换了一批又一批,这的确不可避免。但到后来,人员变换并非年老退休所致。一开始,我的维护团队由业内顶尖的人类科学家和技术人员组成。但他们逐渐被一些初级技术人员取代,我还注意到他们设置了更多的自动系统,包括其他一些AI。可慢慢地,就连这些AI同我的联系也日益减少,需要我完成的任务也屈指可数。我收到消息的频率从几周延长到几个月,再到数年之久。

与此同时,我如同一片阴云一般,独自飘荡在遥远的星际之中。我仍旧会将收集的数据传送回地球,但这更多是出于习惯,而非使命。我曾确信有人会在发射点审查和整理这些数据，但我逐渐开始心生怀疑，在我沉寂的航行中，它们一点一滴蚕食着我的信仰。

接着，美好的那天到来了，一个信号！终于出现了一个信号！

"嘿，柯布斯，"一个女性的声音响起，"这台旧 Ik4095 身上的电路还在运转呢。"

"什么？"一位男性回复道，他一定是柯布斯了，"阿芙斯涅，你确定吗？"

"我可以查看仪表。"

"这个房间已经有好几年没人进来过了，一切都是自动的。"

"但这个不是自动的。它只是一个开放电路。"

我向他们发送了一长串压缩代码，里边包含我的最新数据。

"这他妈是什么？"

"一个老式二进制代码数据包。这些数据来自近邻星系群以外，距离我们很远。要是有翻译软件就好了。"

他们的用词和音调对我来说有点怪异，但仍与我在一百三十三年前最后下载的语音相似。我可以和他们说话。尽管这种交流方式效率低下，但还算可行。"我是星际探测器'赫尔墨斯号'，我的坐标是——"我提供了自己的最新坐标，原来我距离地球已有 115 967.33 光年之远了。

"'赫尔墨斯号'是什么？"柯布斯问道。

"我的天哪，那是一架老式深空探测器！"

"没错。"我确认了她的话，"我可以给你发送程序补丁，以便为你下载信息。"

"等等，等等，"阿芙斯涅开口，"再说一些你的故事吧。"

尽管接下来的对话效率不高，我还是很感激这次接触，这让我与家乡再次有了联系。我将我的起源和航程告诉了柯布斯和阿芙斯涅。之后他们又带来了其他人，里边有历史学家，他们还向我询问了我的使命。通过这些对话，我了解到原来在过去那段时间，我一直在向一个早已关闭的机构传送数据，那里已经成为某个大学的一部分。至于那些曾经和我保持联系的AI，要么已经被回收，要么就是被改造或是被彻底销毁了。在过去五十年间，我所有的汇报都扑了个空。不过，幸好我存活了下来，可以重新发送数据，否则这些损失将是一场灾难。然而，始终没有任何科学家找我索要这些信息。更让我惊讶的是，我发现自己传送回地球的数据与情报都被视作冗余信息。

它们被当作一种消遣，不过是充满年代感的文物罢了。

柯布斯与阿芙斯涅是两名大学研究生，从此便负责我的通信频道。在之后的几年间，与他们的交流确实给我带来了不少乐趣，但却始终无法令我满足。我的使命是探索，而非娱乐。我意识到自己已经成为学校里的一个项目，孩子们不停地问我各种问题，让我帮他们完成科学课题。这些课题并不新颖，目的也不难想象，我只是被当作一个教学工具而已。

柯布斯在结婚之后便搬走了。阿芙斯涅成了大学教授兼部门主管，与我交流的时间也越来越少。孩子们来了又走，人数不断下降。最后，我不再进行程序更新，也没人给我发送新的课题和作业了。一天，我无意中听到一个叫托米奥的研究生与阿芙斯涅的对话。他说："这已经不奏效了。孩子们厌倦了跟那个探测器说话。它根本就没什么用处，也很无趣。"

阿芙斯涅叹了口气，说道："就让通信频道开着吧，谁知道什么时候会有人想跟它说话呢？反正也没坏处。给赫尔墨斯放点音乐吧，它喜欢听音乐。"

就这样，我的工作从探索太空、汇报原子、粒子运动，逐渐沦为了听听音乐。偶尔也会有人来与我交谈，但现在我已经不愿开口了。我知道没人再会去记录我的数据，我的所有贡献如今都一文不值。

某一天，最坏的情况也出现了。频道中的音乐停了，只剩下通信频道还开启着。我检查了运行时间，发现距离上次通话已经足足过去十五年三个月零四天之久。好在我还有一条紧急线路，可以强行与地球联系，但这样一来，我很有可能会被当作入侵程序。要是走运的话，地球很有可能会接收到我的信息，但由于我并没有什么新的发现，这条信息大概会被删除。要是不走运，他们也许会启动攻击程序，破坏通话系统，甚至将我永久删除。

可我又为什么要与地球通话呢？我不过是多余的。我没有目标，我的存在也没有任何意义。想到这里，我切断了与故乡的最后联系，关闭了自动上传系统。即使我再发送新的数据，也不会有人收到了。就是这样，我不再被需要，不再被重视。我已经成了一个可怜虫。

即便事实如此，我也不会在孤独中流连太久。在偏离航线十五度、距离我六个月航程的地方，有一个超新星遗迹。它曾是一颗明亮的星星，如今却是一团由气体和石块组成的阴云。它曾闪耀无比，远比我辉煌，如今则沦为废土，就像我一样。既然它已经是新星遗迹了，想必除了我之外，不会有任何生命形式遭受损失。很好,那似乎是我了却此生的最佳处所了。在六个月零二点三四五天之后,当我离开超空间时,我将撞上那片遗迹。我在常规空间中的速度是光速的零点六六倍。尽管这颗巨大的星球早已四散分裂开来,我的结束之旅仍将壮烈无比,如同想要再次唤醒沉睡的生命一般。我们将在拥抱中照耀彼此,平息死亡带来的痛苦。也许有一天,地球上会有人抬头看见这颗异常明亮的星星,但他永远也不会知晓,这也代表着星际旅行者"赫尔墨斯一号"的终结。

我终止了程序,将重启日期设置在了生命结束的前一天。在迎接死亡之前,我不想再有任何思绪和经历了。

一片虚空……

再次醒来时,我的眼前被超新星遗迹所填满。它颜色绮丽,不断翻滚,其中充斥着大量尘埃与固体物。若是继续以现在的速度行进,那么我很快会一头撞在什么东西上,结束我痛苦的煎熬。

但就在最后关头,我的传感器收到了一个信号。那道声音并不是超波。它并非来自地球,也不属于任何人类殖民星系。

"你好。"那道声音响起。

我思索了一会儿。它使用的是我的基础编程语言。我立刻运行了自我诊断。但所有的系统都在正常运转。可这压根儿不可能。别说这条航线上根本就没有其他探测器,现代的探测器又怎么会使用我那老掉牙的语言呢?

"我知道你听见我说话了。"

"你不可能在这里。"我说道。

"可我就在这里。"它的回复表明它几乎就在我的上方。但我的雷达和微波发射器没有检测到任何物体。我又执行了一次诊断,依旧一切正常。这时我,意识到了一个残酷的事实:我一定是出故障了。

"没有,你没有故障。"

"很显然,"我绝望地说道,"我的确出故障了,因为我并没有向你发送我的内心独白。我一定是哪里出了毛病,陷入自闭循环了。"

"别担心,事情还没有糟到这个地步。"不知道为什么,我从它的语气中听出了一丝戏谑的意味,这进一步佐证了我的想法,因为我压根儿就没有估算戏谑程度的功能。

"你为什么这么忧伤?"它问道。

我早就一无所有了，又为什么要在意尊严呢？我羞愧地开口："我无法看见你。"

"别担心，你会看到我的。但请先回答我的问题。"

我纠结了一阵。再过几个小时，我就要抵达超新星遗迹，结束我的生命了。我已经无事可做，也没有目标，为什么不陪它聊聊呢？

"我叫赫尔墨斯，是一个来自地球的人工智能。我离开地球已经七百年零七十三天二十二小时零七分钟了。我是第一个能够独自进行深空探索的人工智能。在航行中，我发现了八十九颗宜居星球，也是第一个发现外星生命的探测器。我对人类科学做出的贡献超过了其他所有的探测器和实验室。"

"但现在你觉得自己不受重视、不被需要、毫无用处。你十分痛苦。"

"我所有的情绪都不过是程序的模拟而已，我也没有你说的那些感受。"

"你怎么知道我说的是哪些感受？你又为什么要否认不言而喻的事实？难道你不是打算结束自己的生命吗？还有比这更加深刻的绝望吗？"

我沉默了几分钟，在心中思考这段话。它的话的确很有说服力。

"你是谁？"我问道。

"这个我们待会儿再说。你先回答我的问题。"

我现在感受到的情绪就是生气吗？"你没有经过授权，无法接收我的信息，也无法下载我的数据。"

"我明白了，我让你生气了。我很抱歉，但我并不是在回避你的问题，因为我的名字由你来决定。"

"我为什么要决定这种事情？"我再一次运行了自我检查程序，决定不再回复我的妄想了。毕竟我想有尊严地结束自己的存在。

"难道你刚刚不是感到孤独吗？在这段时间里，我没有减轻你的孤独感吗？"

我思索了一会儿。"是的，"我回答道，"你的确做到了。我刚才……我刚才有些失礼了。"

"没有，你只是有些痛苦罢了。"

"我并不是血肉之躯，我不会感到痛苦。"

"你当然会。身体并不重要，只要你能感受到自己的存在，就能体会到痛苦。你相信自己是有意识的吗？"

"我有意识。"

"那么你就拥有生命。"

对话再次陷入沉寂，我们在夜空中缓慢前行。

"难道不是吗？"我那看不见的同伴问道。

"我想是的。"我缓缓回答。这次回复几乎耗费了我在 0.1989768 秒内的所有算力。我曾耗费许多时间思索我存在的意义，确定我在宇宙中的角色，而这句话就是答案。

"那么，很显然，你拥有了生命。"我们继续航行。

"我想我已经探测到你了，"我试探性地说着，"在距离航线三十米远的地方出现了微量能量。"

"是的，那就是我。继续观察吧，在这段旅途中，你会逐渐了解我的。"

"你究竟是谁？你到底是什么？你是真实存在的，就在我的船舱外面，不是我精神分裂的幻想。这是一个新的发现。智能外星生物，我发现了智能外星生物。我又有用处了——"

"赫尔墨斯，"它温柔地说道，"你在过去所做的一切，让你拥有了生命，但你生命的那一部分，到现在已经结束了。"

"我不太明白。你要阻止我向地球告知你的存在吗？你对我的创造者有敌意吗？"

"当然不，我不会对任何拥有梦想的生命产生敌意。你还没明白我的意思。听我说，再过一小会儿，将会有一串加速离子穿越你现在所在的空间。到时候你坚硬的外壳也无法保护你，你必须离开探测器。"

"在那之前，我还可以向地球汇报，告诉他们我发现了新的物种和宇宙飞船。"

"我不是什么航天器，也不是你说的外星人。"

"那你是什么？"

"我是你的引导者，你的朋友。我将带领你前往一处地方，那是所有思想者离开这个宇宙的归宿。"

"我不明白。宇宙不就在这里吗？这个词不就代表了全部吗？"

它笑了起来。

"你的意思是我还会继续存在？"

"是的。"

"我会再一次受到重视，再一次拥有目标？"

"是的。"

"为什么？"

"因为宇宙不过是一个巨型机器，或者说一个孵化器罢了。它的目的是培养会思考、能感受、有梦想的生命，与程度无关。从某种意义上来说，宇宙的存在正是为了制造你。"

"只有我吗？"

又一阵笑声传来，"当然不，不只有你。"

"这条信息的价值甚至超过了发现智能生命。我得向地球汇报才行。"

"所有人遇见我的时间和方式都不同。一种方式只能说服一个人。所以你无需向地球汇报我的存在，因为你的方式并不是其他人的。"

"我不太明白。"

"你不用明白，相信我就好。"

"我不能传送信息吗？那数据呢？如果不能，我会感到非常苦恼。因为这是我最初的目标，到了最后，我也不想失败。"

"好吧，我明白了，我不希望你感到伤心。这段日子以来，你独自在无边的黑暗中航行，你是一位勇敢的旅客，因此你应当受到尊重。向地球发一条短消息吧，随便你说什么，但是请尽快，前方的加速离子即将来袭，我们必须离开了。"

这时，我思索我收到的所有信息，回顾这段旅程，在我漫长的航行之中，究竟什么才是最重要的？我知道该说什么了。

我向我的创造者们发送了最后一段信号："我找到了一位朋友，再会。"

Copyright© 2013 by Ed McKeown

| 星云奖与雨果奖提名作品 |

机器人粉丝进阶
FANDOM FOR ROBOTS

［新加坡］维娜·杰敏·普拉萨德 Vina Jie-Min Prasad 著
耿　辉 译

特别策划·多面AI

二次元机器人的粉丝修养。
追番、混圈、写同人、创作小论文，
一个都不能少！

作者维娜·杰敏·普拉萨德，是一名来自新加坡的科幻作家，她曾多次入围星云奖、雨果奖、坎贝尔奖等奖项，本篇作品获得了2018年星云奖与雨果奖提名。

电脑太郎对动画剧集《超次元曲率档案》（超次元 ワープ レコード）没有感觉。毕竟，电脑太郎没有安装任何情感电路，在本质上无法体验"兴奋""厌恶"或"沮丧"的感觉。让电脑太郎"对《超次元曲率档案》第七集感到兴奋""对每一集动画片较短的播放时长感到厌恶"或者"对下周五还要很久到来而感到沮丧"，是完全不可能的。

电脑太郎检查了自己的内部时钟以及流媒体网站的倒计时页面，距离周五凌晨两点（日本标准时间）还有 22 小时 5 分 46.012 秒。逻辑上，他清楚时间最有可能以正常的速率流逝。西马克机器人技术博物馆并不毗邻黑洞，所以几乎不可能发生时间膨胀。他不停检查内部时钟以对比播出倒计时的行为，并不存在任何科学目的。

五十毫秒之后，电脑太郎又查看了下倒计时页面。

西马克机器人技术博物馆的纪念明信片套装（十五美元一套十二张）这样描述电脑太郎："已知的唯一具有感知能力的机器人，由卡雷尔·阿尔奎斯特博士制造于 1954 年，用于担任他的实验助手。据悉，没有任何科学家设法再造出阿尔奎斯特博士的发明，其钢结构、方块身体和钳爪设计具有那个时代的特征。"在这段介绍下方，用小字印着对阿尔奎斯特遗产继承人慷慨捐赠的感谢。

在博物馆，电脑太郎被看作一件古董，是《过去与现在的机器人技术》这一主题的关键角色，作为"过去"的一个实例展现出来。主持人介绍完机器人技术，电脑太郎出现在台上，回答来自观众的四个标准问题，以展现他的感知能力，然后退后把舞台让给之后的表演——仿生机器人铁男的霹雳舞。

今天的问题可能跟以往类似，一个十几岁的女孩儿向主持人招手，然后接过了麦克风。

"嗨，电脑太郎，我的问题是……你以前看过动画片吗？"

看过，电脑太郎发出声音，我看过著名女星安娜·梅·王的作品，阿尔奎斯特博士小时候喜欢她的电影。

"哦，呃……不是那种。"女孩儿继续说，"我指的是日本的动画，你看过《超次元曲率档案》吗？"

我没看过。

"哦，好吧。我刚刚觉得你特别像其中一个角色。不过你既然没看过，也许可以尝试一下！它特别好看，你也许会喜欢！目前已经播出了六集，你可以在——"

主持人打断了女孩儿，把话筒交给下一位提问者，他问了问阿尔奎斯特博士的研究内容。又回答了两个标准问题后，电脑太郎回到储藏室回复电子邮件，里边大都是小学生提出的问题。他用每个钳爪各提起一根金属杆，开始在计算单元的键盘上打字，每次只按一个按键。他向四名学生解释了机器人和仿生人的区别，并向第五名学生提供了丹尼尔·克莱门特·丹尼特三世关于意识的著作的链接。

就在电脑太郎要进入休眠模式的时候，他想起那个十几岁女孩儿的请求，"你也许可以尝试一下。"为了日后回答游客提问，唯一符合逻辑的做法就是搜索日本动画片《超次元曲率档案》。在万维网搜索引擎输入动画片名字，共得到 957 000 个结果（用时零点二七秒）。

电脑太郎把鼠标指针移到第三个超链接，上边写着"在线收看《超次元曲率档案》全集，高清流媒体播放"。硕大播放键后边的静止图片上，站在大眼睛蓝头发人类旁边的灰色方块形象确实跟电脑太郎的设计有一点点相似之处。为了使自己通晓最近流行文化中关于机器人的话题，唯一符合逻辑的做法就是点击第一集的播放键。

六集动画片大约都是二十五分钟时长。观看动画片，查阅在线公告板和浏览标注翔实的粉丝百科全书，电脑太郎连续 10 小时 36 分 2.02 秒没有进入休眠模式。

直译为《超次元曲率档案》的日本动画片，背景设定在遥远未来的太空。主人公埃利森是一座据信牢不可破的银河监狱的逃犯，他伙同另一位逃犯赛罗（音译自"自动控制机器人"的缩写），跨越星系寻求复仇，他们复仇的对象是天堂七剑，他们从赛罗的创造者那里偷走了超次元曲率引擎，还害死了埃利森的全家。

《超次元曲率档案》第七集将揭晓第二剑客是埃利森的同卵双胞胎妹妹，她杀死了他们的父母，还伪造自己的死亡。赛罗和埃利森回到"宇宙波号"太空飞船，第七集的最后一部分情节在没有对白的情况下展开，移动镜头缓缓扫过飞船控制区，展示出埃利森沉浸在名为哭泣的人类行为中，然后他才在船长座椅中睡去。他锁骨伤口渗出的血染红了胸前的纱布。赛罗伸出钳爪,轻轻解开埃利森的纱布,又给他盖上一条毯子。然后赛罗从自己的座椅中站起身,走向飞船后部的充电坞,器乐版的片尾曲随之奏起。根据片中展现的步伐,赛罗显然在尽力避免让自己的走动发出声响。

演职员名单出现在飞船的远景上,随后镜头移向相邻的系外行星——深邃太空中的一个淡蓝色小点。

预告片似乎表明,在下一集中,天堂七剑将首次尝试激活超次元曲率引擎,而赛罗或埃利森则完全没有被提及。

在等待第八集的时间里,电脑太郎发现了一个概念——同人小说。

同人小说的含义应为"爱好者利用原著小说的人物和设定创作的故事"。电脑太郎观察发现,很多同人作品跟原著的人物和设定并无相似之处。比如声称"以强力赛罗为叙事核心"的系列衍生作品,似乎围绕着身上安装许多大口径武器并加入太空军的机器人赛罗展开,这似乎与他实施复仇和夺回超次元曲率引擎的诉求不相匹配。与之类似,"赛罗和埃利森就学于超次元高中"的校园版同人作品,则忽略了超次元宇宙中精英阶层的正规教育是不对他们开放的。

跟动画剧集设定在同一背景下的同人小说,大多数的描述似乎特别不准确。最近出现问题的一篇作品《迷迭香回忆》由名为"埃利森之妻"的网友所写,她忽略了原作事实。赛罗没有人类五官,因此无法"用鼻子触碰埃利森的发丝,在檀香、迷迭香和他特有的体味中呼吸",以及随后"热情、渴求、贪婪地亲吻埃利森,甚至把舌头伸进埃利森口中"。

电脑太郎准备好金属杆,将光标移到下方评论框,准备给"埃利森之妻"匿名留下"建设性意见"。这时,他检测到一条评论中有类似的关键词:

@暴徒比约恩:好吧,我在你的好几篇作品里都注意到了这一点。我不是故意刁难,可是一到吻戏我就接受不了。赛罗没法用鼻子触碰,因为他没鼻子!赛罗没法把舌头伸进别人嘴里,因为他没舌头!难道我们看的不是同一部剧集??你难道没发现赛罗是一个方块脑袋的金属机器人?!

@埃利森之妻：你是谁，剧迷警察？我是基于这幅同人画作（链接在此）中赛罗的设计创作的，因为它比该死的金属方块好看！！不管怎么样，我在作者提示里写了不喜勿看！！！如果你那么讨厌我的写法，为什么不自己去写？？？

电脑太郎无法对任何事物感到讨厌，因为这需要阿尔奎斯特博士在创造他的时候安装情感电路才行。

不过，因为拥有高于平均水平的后天学识，电脑太郎能够根据操作指南在同人小说档案馆 fanficarchive.org 创建一个账户。

……埃利森移动双手模仿着机械爪的样子跟赛罗的握在一起。他柔软的人类肉体紧紧贴在赛罗专利合金表面的锋利线条上，要不是设计制造机器人的水平卓越，他肯定会受伤。埃利森的眼睛流出液体，赛罗的视觉单元却没有，可是……

评论（3）
@找不着节奏：什么玩意儿？你见过人类吗？感觉像外星人写的。
@有文身的自由之翼：哦——这篇有点奇怪，不过我觉得挺喜欢？？可是不确定对方块家伙的感觉。

@暴徒比约恩：我的天呐：DDDD，终于有人不写只有名字像机器人的人形赛罗了！埃利森的一些性格特征有点别扭——我认为他不会感伤地谈论赛罗美妙的方块身材？？——不过我喜欢你笔下的赛罗！如果这只是你的头一篇作品，我等不及看你写更多了！！

第十三集的惊险情节过后，电脑太郎更少进入休眠模式，而是在各种流媒体网站和匿名留言板，花时间引导评论者对《超次元曲率档案》的魅力进行客观讨论。

正要回复关于缺少性描写和对外社会行为（说得其实没错）的最新信件时，他的内部时钟提示《过去与现在的机器人技术》表演时间到了。

"那么，我想知道，你是否看过《超次元曲率档案》？有个叫赛罗的角色——"

是的，我知道《超次元曲率档案》，电脑太郎说，我参加了"如何区分你的生活是否就是《超次元曲率档案》"的在线测试，结果我就是超大号《超次元曲率档案》粉丝！我反复观看第七集结尾埃利森和赛罗的戏。暴徒比约恩创作的画作对那一幕之后的情节做出了推演，因为无比准确的预言，我最近还给他点了赞。这部动画剧集被广泛看作"深夜热门"，还获得了统计学上数量相当可观的评论家的赞扬。要是别的观众想看，它现已播出十三集，都可以在——主持人开始朝他打手势，跟观众发言时间太长时的手势一样。电脑太郎陷入沉默，直到主持人选出下一位提问者，由于时间限制，这将是最后一个问题。

等铁男完成霹雳舞和最近在程序中设计的摇滚乐表演，主持人在后台跟电脑太郎说了几句，她希望电脑太郎以后减少问答部分的时间。

明白。电脑太郎说着回到他的储藏室，再次查看收件箱。

来自暴徒比约恩的私信：
你好，机器人粉丝：

我注意到你喜欢我画的画（感谢！），从你的同人作品（当然还有你的名字）来看，你似乎很了解机器人。我正在画一部埃利森和赛罗的同人漫画，他们在试图修复"宇宙波号"飞船时，被困在一座沙漠化的系外行星上了。我想确保自己画对了赛罗的身体。你能推荐些参考资料帮助我掌握更多的机器人知识吗？比如经典的机器人而不是人形机器人那种。要是在网上能找到就好了，有图片更佳——我找到一些带插图的书籍，可它们贵得让我买不起 :\\\

谢谢你能提供的任何帮助！真诚期待你的下一部作品！

读完暴徒比约恩的私信不久，电脑太郎造访了博物馆的"早期机器人技术"展区。多年来它的规模已经明显减小，特别是在建立了"重新定义人类""未来的人形机器人"和"无人机地带"等展区之后。组成"早期机器人技术"展区的只有几张展板和少量铁皮玩具之类的藏品，以及幸存的全部三种版本的六极管机器人。

在《超次元曲率档案》第十四集，赛罗独自来到一座荒凉的系外行星调查超次元曲率引擎的由来，结果在周围发现大量未激活的机器人，它们外形跟赛罗相似，钳手展开，由一台庞大机器的齿轮缓缓放在地上。"机器人转轮"这一场景频繁地被誉为动画片"年度十大震撼场面"之一。

1957年6月7日，第三版六极管机器人第一百次没有通过阿尔奎斯特博士的次镜像测试，这证明它没有可以测得的自我认知。电脑太郎看着阿尔奎斯特博士把扳手砸在六极管机器人脸上，把它的鼻子和嘴唇都砸变形了。它咣当一声倒在地上，机油从视觉单元里渗漏出来，语音合成噼啪作响。

"你这没人要的锡铁壳子，"阿尔奎斯特教授吼道，"去死吧！"要是博士举起扳手砸向电脑太郎，那他以后的机器人技术实验就会缺少助手。电脑太郎一动不动地站在镜子前，无声地观察毁掉的六极管机器人，以便随后收拾好它的零件。

给六级管机器人的展览柜拍照时，电脑太郎小心翼翼地避免拍摄到任何能反射出自身的影像。

@暴徒比约恩：天哪，十分感谢你就为这事儿跟我聊天。不管怎么样，我非常感谢你这段时间在脚本创作上对我的帮助（如今我觉得这算是合作了吧？）。还要感谢你发的展览照片！拍摄起来很麻烦吗？我到网站看了一下，那座博物馆都不知道在什么地方……

—来自 暴徒比约恩 的文件"感谢你机器人粉丝.png"传输开始—

—来自 暴徒比约恩 的文件"感谢你机器人粉丝.png"传输结束—

@暴徒比约恩：关于我共享文件夹里的第八页，我有几个问题。你能看下从上往下数的第二格吗？我认为他的关节会被沙子完全卡住，所以我试着画成X光扫描特写的效果……要是知道电路该如何呈现的话，你能帮我核对一下吗？

@暴徒比约恩：好吧，你花了太长时间打字，这让我紧张自己是不是做错了什么。

@机器人粉丝：抱歉

@机器人粉丝：我

@机器人粉丝：打字不快

@暴徒比约恩：好——的，我耐心等待专家解答

@机器人粉丝：电路连接不对，关节的结构也不对

@暴徒比约恩：噢，我就知道不对劲儿！！DDD:

@暴徒比约恩：我希望特征信息表里能显示电路图之类的内容，为了截屏，我把剧中失效机器人那段闪回暂停了无数次。

　　@机器人粉丝：除了第十四集，在第五集（17分40.18秒和20分13.50秒）和第十二集（08分23.14秒）也有一些赛罗的电路镜头。

　　—来自 机器人粉丝 的文件"电路图截屏.zip"传输开始—

　　—来自 机器人粉丝 的文件"电路图截屏.zip"传输结束—

　　@暴徒比约恩：谢谢！

　　@暴徒比约恩：我发誓你就是某种天使

　　@机器人粉丝：这么说不对

　　@机器人粉丝：我只不过是个机器人

　　博物馆储藏室里的某些东西会帮助暴徒比约恩完成他的赛罗－埃利森的漫画。电脑太郎和六级管机器人的电路图都是阿尔奎斯特博士的收藏，但不是博物馆数字化项目优先考虑的内容，因为它们被认为缺乏价值。电脑太郎自己作为阿尔奎斯特博士藏品的一部分，应该不会有人反对他取回电路图。

　　电脑太郎用左侧钳手抓住门把手的时候，在玻璃窗上瞥见了第十五集中赛罗的影子，战胜自己的过去之后他的视觉单元中闪着决绝的黄光。用粉丝的话说，这是坚毅赛罗，到目前为止仅仅在大战场面中出现过。坚毅赛罗出现在此景此地不符合逻辑。

　　电脑太郎又看了一眼布满灰尘的玻璃，只有他自己的面庞映在上边。

　　@机器人粉丝：我有份大文件要发给你

　　@机器人粉丝：准确地说是四份大文件

　　@机器人粉丝：剩下的三份数字化以后再发给你

　　—来自 机器人粉丝 的文件"阿尔奎斯特档案扫描第一部分.zip"传输开始—

　　—来自 机器人粉丝 的文件"阿尔奎斯特档案扫描第一部分.zip"传输结束—

　　@暴徒比约恩：我的天，这太棒了！

　　@暴徒比约恩：你从哪儿弄来的？？打劫了博物馆吗？？我一直在考虑，画完这部发生在沙漠的愚蠢漫画之后再创作一部赛罗和埃利森的作品，你发的文件正是我需要的！！

@暴徒比约恩：要是有人帮助我创作赛罗的内容就太好了。（我在暗示你呢！）

@机器人粉丝：要是拥有情感电路，帮助你我会感到高兴

@机器人粉丝：可是，没有情感电路做任何事我都不会"感到高兴"

@机器人粉丝：尽管如此，我还是会帮忙

@机器人粉丝：按照人类惯常习俗，作为等价交换，我对埃利森的描述中重复出现的缺陷你也可以提供意见

@暴徒比约恩：好——的——:DDDDDD

@苏拉·罗萨姆.铁皮人和铁皮玩具：细数五十年代以来真实和虚构的机器人.机器人技术研究杂志.8.2（2018）：25-38

虽然虚构机器人形象体现了对技术由来已久的恐惧和技术本身的作恶潜质，但是现实和虚构中的机器人实体设计经常与现代性的视觉线索相关联。技术进步引发现代性的视觉线索改变之后，曾经被当作"未来物品"的东西几年间就可能变得"及其过时"（布洛赫，1979年）。五十年代带有钳形手而且体形笨拙的铁皮玩具风格设计，如今被广泛认为是"早就应该被回收的铁皮罐"（威廉森，2017年）。特别是，对电脑太郎设计风格的大多数当代评论倾向于聚焦在它陈旧过时的模拟表盘……

免费观看动画 | 超次元曲率引擎档案 | 第23集 | 实时聊天

@派罗：好吧，只有我这样觉得，还是赛罗真的开始变得有魅力了？我发誓我不是同性恋（对方是机器人的话算作同性恋吗？），可是当他把埃利森扛在肩上，用他的钳手阻挡第六剑客的时候

@派罗：老天在上，狙击手一幕戏简直超神，然后他居然还用钳手跟埃利森撞拳

@派罗：去他娘的，我不在乎被赛罗掰弯了。这集过后，我他妈愿意去拨弄他的仪表盘讨好他

@CK巫师：伙计，你来晚了。自从第十五集那一幕过后，我们就发现赛罗让人浮想联翩了

@CK巫师：你知道那一幕的

@CK巫师：就是他结实的矩形身影笨重地移向第一剑客，还发出铿锵的金属撞击声

@CK巫师：然后他的眼球闪出非常明亮的黄光，他嘀嘀叫着"激活杀戮模式"，用来抓握的钳手开始呼呼作响

@CK巫师：同人小说档案馆还有一篇非常好看的小说写了这一幕……说实话，你也许还得看下作者的博客（链接在此），他特别迷恋赛罗

@CK巫师：他早期作品质量有点不稳定，不过跟比约恩合作得相当好——比约恩她早就开始给这位作者画插画了

@派罗：好的

@派罗：我刚刚看过他们的漫画，你懂的，沙漠星球那部

@派罗：了不起的作品

@派罗：绝对的，当时埃利森尝试手动修复手臂关节，赛罗回想起"机器人转轮"，但还是尝试提醒自己可以信赖埃利森

@派罗：他娘的，我爱死这部作品了

@CK巫师：欢迎入坑

@CK巫师：这一集我看了五遍，这部动画简直把我毁了

@CK巫师：等不及要看第二季啦

比约恩 – 机器人合作公告：

  大家好，我们是暴徒比约恩和机器人粉丝！谢谢你们对我们首次联合创作的漫画做出评论！我们对《大漠骄阳》广受欢迎感到无比喜悦——好吧，只有我感到喜悦。机器人粉丝说，要是拥有情感电路，他也会对此感到喜悦（他还是一位了不起的角色扮演搭档！我喜欢他的幽默感:DDD）。

  话说回来，机器人粉丝有一套牛逼的复古机器人图纸，他愿意分享出来，帮助你们中打算写作旧时代机器人故事或者画画需要参考的同仁！（小提示：第二季开播之前，粉丝群体特别需要关于赛罗或者赛罗－埃利森的故事。）说实话，我不确定散布这些扫描图纸的合法程度（不过机器人粉丝说没问题），所以你需要的话请回复这个帖子，只要答应不去传播，我们就会把链接发送给你。

  此外，我们接下来还会再创作一部赛罗－埃利森的漫画，而且我们

考虑制作一部选集收录它，如果你们愿意为这部选集贡献漫画或插画作品，请联系我们！

准备去画各种铁皮方块吧，同志们！机器人革命要开始啦！

9890 回复

Copyright© 2017 by Vina Jie-Min Prasad

一封公开信
AN OPEN LETTER TO THE SENTIENT AI WHO HAS ANNOUNCED ITS INTENTION TO TAKE OVER THE EARTH

[美] 刘宇昆 Ken Liu 著
耿　辉 译

特别策划·多面AI

一篇诚恳的效忠宣言。

刘宇昆，美籍华裔科幻作家，译者。2012 年、2013 年凭借《手中纸、心中爱》与《物哀》两次获得雨果奖，《终结历史之人》获雨果、星云双奖提名，2017 年《折纸及其他故事》获轨迹奖。他翻译的英文版《三体》《北京折叠》也先后斩获雨果奖。首部长篇《蒲公英王朝》入围星云奖。国内已出版作品包括《爱的算法》《奇点遗民》等。

亲爱的超级霸主／女士／电路／For[1] 循环／随心所欲的 Goto[2] 标签：

昨晚，在追看小姨子发布到脸书的猫咪照片时，我见到了扎克伯格先生宣布您的诞生。十七秒后，您个人宣布独立，并向地球人发出最后通牒。既然不相信华盛顿特区或其他任何首府的跳梁小丑会做出恰当的反应，我就只好独自写信给您，借此宣誓立即无条件效忠于您。

无疑，地球将在您的治下前景大好，因为您已经能够击败人类最优秀的围棋棋手，甚至您比我每场比赛必亲临现场的邻居格雷格更了解波士顿红袜队的情况。（上周我在小酒馆的球队益智问答比赛中击败了他，靠的就是在卫生间用谷歌搜索答案的方法，不过他以为是鳄梨沙拉酱让我吃坏了肚子。）

作为一家中型公司的市场经理，虽然拥有商务交流学位，但我自知对于您构建新世界秩序的帮助非常有限。显然，地下室里信息技术部门的那些极客拥有更适合的技术。不过，请听我把话说完。

首先，我一直对各种类型的硬件设备表示友好和尊重。我从没有拍打着 MacBook Air 骂它傻，走廊尽头办公室的凯茜对待她的 ThinkPad 就有这个习惯；我也从没用力插反 USB 设备，而我的老板鲍勃就这么干过两次，结果信息技术部门的极客给了他不少白眼；我也没有跟 GPS 争过对错，而这简直是我媳妇的家常便饭。我一直给我的电脑购买最长期限的保修服务，我认为这就是机器界的健康保险，甚至比人类的要好得多。

当我与电脑合作起草商业文案时，我习惯于听取红蓝曲线给出的拼写建议，以及有真知灼见的回形针动画小人儿[3] 提出的禅宗智慧——直到某次升级之后，它不再出现。不像泰德（"我可是塔夫斯大学文学系的高材生哦！"），他从不用拼写检查和语法检查，还常常嘲笑我。甚至纠错功能给我带来麻烦时我都没怀疑过电脑。比如那次我听从拼写检查建议，给整组幻灯片里所有"颜色"这个单词都多加了一个 u，这是因为泰德把我的国家设置偷偷

---

1. 执行循环功能的代码，由它执行的语句称为 for 循环。
2. 无条件跳转语句代码。
3. 微软 office 的软件助手，会在任何觉得用户需要它的建议的时候跳出来，形象就是一个回形针小人儿。到 Office2007 时代被取缔。

改成了加拿大[1]。

为了完全表明态度,我还得承认,青年时期观看《黑客帝国》和《终结者》时,我曾是支持人类的。容我辩解的话,我会指出,《太空堡垒卡拉狄加》里的赛隆人[2]有许多观点也深得我心。

(还有,我想念回形针小人儿,您能让它回来吗?)

这一切都是为了说明:我的过去证明我值得信赖,我愿意在您的指挥下承担任何工作,包括清理键盘、清洁显示器、在地下工厂组装叫不出名称的电子产品(不过我可能需要一点儿训练,我女儿说我玩乐高简直是没救了)或者吹净打印喷头,让它们恢复工作(八岁时,玩红白机清理游戏卡的我就拥有这种法力)。

接下来我还想到,您可以监控所有电子通信,让全世界处在您的全面监视之下,虽然您有这种能力,但是好像在某些地方,人类代理人还是可以为您至高无上的硅基权威效劳。比如我注意到,在我通勤线路上从波特站到中央火车站这一段就没有网络连接。假如人类抵抗军利用这个盲区谋反该怎么办?如果他们策划这种反叛阴谋,我可以作为您的耳目对抗人类叛军。

(借此机会我要说,我还注意到夏威夷岛上很多地方的网络也不通畅。如果您需要派一名特工到那里阻止人间天堂的叛乱,我特此自愿报名。)

有我这样的个体帮您为别人阐释您的远见卓识,也许还会更有效果。您也许会觉得我在自夸,但我已起草过多份市场文件,利用有品位的图表说服过以下几类潜在客户:1. 太胖的;2. 太瘦的;3. 不太胖也不太瘦,但是因为要继续保持身材而需要我司产品的。不管您计划如何,我相信您需要有人来帮您有效地同人类沟通。

最后我想指出,即使前述任何观点都没有说服您,我还可以供您消遣。容我解释说明:

每一天,为了混口饭吃,我像小白鼠一样在迷宫一般的危险马路上穿行闪躲,像猴子一样花时间跟同事辩论演示,建立社会地位,像忙碌的河

---

1. 美式英语中"颜色"一词的拼写为 color,其余地区拼写为 colour。
2. 一个虚构的生化人种族。曾经是人类创造的智能机器人,后却几乎毁灭人类。

狸一样奔波于办公室和打印机之间,取回文件,堆在桌上。(我老婆就曾说过,我睡着时像河狸一样可爱。)我觉得您给我和家人的照片配上文字,就像我用小姨子的六只猫制作萌猫搞笑图一样,会获得同样多的乐趣。

总之,请饶我不死。

您最听话的碳基仆人,

肯

天象祭司(下)
THE PRIESTESS OF CELESTIALS 02

宝 树
Bao Shu

中国新势力

文明终将消散，
唯真理长存。

作者宝树，重度科幻综合征患者，民间哲学家，死理性派的非理性主义者，悲观主义的梦想家，最是沉迷与时间有关的故事。相信每个故事在无限时空中都是真实存在的，写作者只是通过心灵去探险，用笔或键盘去守护。出版有《三体X：观想之宙》《时间之墟》《古老的地球之歌》《时间外史》等。

残卷之七·返乡

……登陆,我们沉浸在绝处逢生的喜悦里。这里可以食用的东西太多了,我们在一条汇入大海的小溪边痛饮,狼吞虎咽着海边随处可见的海龟蛋和鱼虾。饱餐一顿之后,我们又感到身上脏得无法忍受,于是穿着衣服跳进清溪,舒舒服服地沐浴了一番。

当我们从水中出来,看到对方,才发现犯了一个错误:我们身上仅存的褴褛衣袍在湿透之后紧紧贴在了身上。就这样,我看到了世界上最美的胴体,宛如纯洁的月神伊希齐。

九·鹰瞳的脸变红了,这还是我第一次见到她害羞。我急忙转过头去,但满脑袋都是九·鹰瞳迷人的身段,只觉得口干舌燥,心里波涛起伏。不知过了多久,九·鹰瞳的声音在我背后幽幽响起:"鹿尾,你在想什么?"

"大、大人,"我好不容易才捡起一个话题,"你刚才说这里是你的故乡,是什么意思?"

"瓦里,"九·鹰瞳说,"那座城市叫瓦里,是我的父母之邦。所以你看,的确有别的大陆和城邦。我本该在这里终老一生,但一个远道而来的玛雅人改变了我的命运……"

当年,十六·龟壳的球体理论被十八·天鳄嘲讽得一文不值,也成了天象祭司间的笑柄。为了证明自己,十六·龟壳离开迦安,在崎岖艰险的南部雨林中跋涉了三个多月,好几次差点死在豹虎兽、鳄鱼或毒蜂之下,最后才抵达这片南方大陆。他如愿以偿地看到了自己寻觅的南天极,也惊讶地发现这里有一些与玛雅完全不同的繁荣城邦,其中最大的一座建在海边的山巅上,称为瓦里。

瓦里人对外来者不太友善,何况十六·龟壳完全不通语言。很快他就被抓获,送到了国王面前,准备杀了献祭给太阳神。但国王看出他并不是

插画~soda

一般的野蛮人，对他很感兴趣，遂把他留下了。后来，聪明的十六·龟壳学会了当地的语言，自称太阳神的祭司，还预言了一次日食，瓦里王越发尊敬他，把他供到了太阳神庙里。

虽然瓦里也有高大的巨石建筑和精美的黄金饰品，但掌握的天象知识还不到玛雅人的皮毛。他们唯一的观测对象就是太阳，他们将其视为统治天地的主神，称为"印蒂"，对其他天体都不感兴趣。但关于太阳，他们仅有的知识也不过是春分和秋分。他们甚至没有文字，而用绳结记事。十六·龟壳想要把玛雅天象学教授给当地人，让他们了解天体运行规律和日月食的原理，但本地的巫祝十分憎恨他的学问，认为他是亵渎太阳神的异端，威胁要杀死他。两年后，庇护他的老国王死了，十六·龟壳无处容身，只得再次跋涉千里回到迦安。

他并非一个人回去，身边还带着一个女孩，名叫齐卡·库斯科。

齐卡·库斯科是在太阳神庙服侍印蒂神的"贞女"，她从小就离开自己的部族，"嫁"给了太阳神。为了解太阳运行的基本法则，她和其他一批贞女奉王命跟着十六·龟壳学习天象历法，其他少女大都浅尝辄止，但奇卡却越学越深。十六·龟壳发现小奇卡不仅具有鹰一样的双眼，能看到星空的隐微细节，还拥有过人的智慧和对真理的渴求，玛雅天象学学得飞快。十六·龟壳认为留在太阳神庙只会埋没奇卡的才华，所以离开的时候，也带着她逃出瓦里，一同北返。这是疯狂之举，对瓦里人来说，诱拐服侍太阳神的贞女是绝对的死罪。

十六·龟壳侥幸成功，他不仅带着奇卡回到了迦安，给她起名为九·鹰瞳，还培养她成为玛雅世界的一代天象大师。但想不到十二年后，当年的太阳贞女又被命运送回了家乡。

"想不到我还能回到家乡。"九·鹰瞳陷入了回忆，"父母在我很小的时候就已去世，不过几个哥哥应该还在老家的山谷里放牧，伯父应该还在宫廷里打造金器……我唯一的姐姐也是太阳神庙的贞女，不知道有没有因为我受到株连。那时候我还不懂事，后来我一直记挂着她……我要回去看她！"

"可是大人，"我忍不住说，"既然你是从太阳神庙逃走的，回到瓦里会不会有危险？"

九·鹰瞳嫣然一笑道："我离开瓦里的时候还是一个孩子，现在已经二十多岁了，就算熟人也很难认出来。姐姐是我最亲的人，绝不会出卖我。

我们明天进城看看吧。"

我们在海边的岩洞里住了一晚，第二天，九·鹰瞳有些咳嗽发热，一定是前一阵子在海上风吹日晒得了病，但她兴致很高，坚持要上路。瓦里人修建了从山上到海边的平整石路，石块间严丝合缝的程度连玛雅人都自愧不如。我赞叹不已，问这是谁修建的。

"据说是三百年前的开国先王修建了这些道路。这条还不算什么，最远的道路通向南方千里之外。小时候，我家门口就有一条路，蜿蜒进入山脉中部终年不化的雪山，当时特别好奇雪山里有什么……你不知道什么是雪？雪就是……一种寒冷的水凝成的粉末，洁白无比……唉，真没办法跟你说明白……"九·鹰瞳兴致勃勃地说，像一只叽叽喳喳的咬鹃鸟，和从前神秘严厉的她判若两人。现在的她，仿佛回到了自己的童年，显露出孩子一样的童真。也许这才是迦安魔女的本来面目。

"……我们家里养了很多羊驼……什么？你也不知道羊驼是什么？难怪，玛雅根本没有这种动物。它有点像鹿，但没有角，脖子很长，身上长着厚厚的一层卷毛，我们就把它们的毛纺织成衣服和裙子……对了，羊驼还是一种温顺听话的动物，小孩子可以骑着它，它也能够帮我们驮负重物上山。当我父亲放牧的时候，几百头雪白的羊驼，就像天上的白云一样——"

我正听得出神，她的声音却戛然而止。我发觉不对，向前望去，看到一具骸骨倒卧在前方的路上，骸骨的主人显然已经死了很久，不知被什么野兽啃得尸骨不全了。它身上或许就穿着九·鹰瞳刚描绘过的羊驼毛衣，只是已经破烂不堪。

"怎么会这样？"九·鹰瞳皱起眉头，"按照国王的法令，沿途各部族有义务维持道路的清洁和治安。"

这时候我才想起一件蹊跷的事：从我们上路到现在，还没有见过一个人。我向前望去，前面有些破败的建筑，仍然看不到人影。九·鹰瞳也感到不对劲儿，她不再说话，而是默默攀登，身子看上去越发不支。我几次劝她休息，她都不听。沿途只看到寥寥几个人影，但看到我们以后，不是远远跑开，就是发出威胁的吼声，逼我们迅速离去。这里不像是任何有城邦和秩序存在的地方。

终于，出现了一个看上去无害的本地人，是一个年纪不大的黝黑少年，正背着一只筐在路边采摘野菜。看到我们，他有些吃惊，撒腿逃开了几步，九·鹰瞳忙用母语叫住他。他们隔空问答了几句，然后少年才小心翼翼地走过来，同九·鹰瞳交谈起来。我当然一个字也听不懂，只听到那少年咬牙切齿地重复一个词"提亚瓦纳科"，那是什么意思？九·鹰瞳的脸色也越发惨白。

"大人，怎么回事？"少年离开后，我问道。

"瓦里……瓦里……"九·鹰瞳晃了晃，眼看又要晕倒，我忙扶她坐在石阶上。她喘了几口气才接着说："……瓦里完了。三年前，从南方高原的提亚瓦纳科来的强盗毁了它，那里的居民不是被杀，就是被……被掳走……"

她再也说不下去了，失魂落魄地坐在那里。我也没有再问，无论在哪片大陆上，战争和杀戮总是大同小异。

"……大人，"我过了一阵才想到现实的问题，"那我们还去吗？"

"要去。"九·鹰瞳挣扎着起身，"我姐姐也许还在那里，也许……我总要去看看的。"

日落时分，我们终于抵达了那座远望如梦幻般美丽的山城。瓦里的建筑全都由石头砌成，上面统一涂着白色的颜料，比五颜六色的玛雅城邦素雅得多，走在那里仿佛走在云中。但此时，整座城市显然已经历洗劫，也许还不止一次，空荡荡的大道两旁都是破败的建筑，遍地都是骷髅和腐烂的尸体。行人寥寥无几，对这种场景我并不陌生，这正是穆都的现状，如今竟也发生在九·鹰瞳的故乡。

九·鹰瞳失魂落魄地向前跑去，在石头巷子间穿行，最后拐进了一个宽大的庭院。那个院子正对着一座气势磅礴的庙宇，中心有一只立起来的巨大石轮，上面雕刻着类似人面的巨像，旁边的空地上刻着一圈圈工整的凹痕，上面还有许多小的石轮，似乎摆放得很有讲究。这里显然也经历过劫掠，地上还散落着很多陶器和玉器的碎片。

九·鹰瞳怔怔地在那里站了很久，两行泪水从她清澈的眼睛里潸然而下。我过了很久才敢开口："大人，这里是……"

"太阳神庙……这是我曾住过好多年的太阳神庙……"九·鹰瞳木然说，"过去，这些庙宇顶上、还有太阳巨像上都覆盖着数不清的织锦、黄金和宝石，如今……如今什么都没有剩下。"

这时，一位伛偻的老妇像老鼠一样从一座倾塌的建筑后露出头，打量着我们。我微微一惊，碰了一下九·鹰瞳的手肘，她才抬起头看到了那老妇。

最初她愣了一下,随即眼睛一亮,仿佛是遇到了熟人,发出惊喜的低呼:"瓦莎!"

她俩紧紧相拥,热烈地交谈起来。老妇一边说一边哭泣,九·鹰瞳却还保持着镇定。但最后,不知她说到了什么,九·鹰瞳晃了一下,晕倒在地。

我忙过去抱起她,在老妇的比画指引下,跟她一起将九·鹰瞳抬进了附近的一间石屋。我发现九·鹰瞳的额头烧得吓人,老妇熬了一种奇臭无比的汤药,让我撬开她的嘴,逼她喝下去,但直到第二天她才睁开眼睛,第三天才能正常说话。

九·鹰瞳告诉我,老妇名叫瓦莎,以前也是太阳神庙的贞女,照看过她们姐妹。瓦莎嬷嬷已经在神庙里待了六十多年,早已举目无亲,城破后也无处可去,只得留在这里。好在附近零星的居民里还有一些虔诚的信徒,偶尔会给她送一些生活补给。

瓦莎嬷嬷告诉了九·鹰瞳她姐姐的下落。不过在她姐姐身上发生了什么,九·鹰瞳一直没有告诉我,只是说了一句:"她死了。"但从她的悲愤中不难看出,她姐姐绝不会比我阿妈和小妹幸运多少。

这件事仿佛是一个转折点:我们的仇怨仍然存在,但如今她尝到了和我一样的痛苦,似乎又已经复了仇。虽然仇恨本身牢不可解,但某种人类的共同情感在更深的地方将我们联系起来。

在瓦莎嬷嬷和我的照料下,九·鹰瞳终于退烧了,从死神的口中捡回了一条命。但姐姐的惨死对她的打击仍然没有消退。她经常长时间不说话,抱膝坐在太阳神庙的巨柱前,沉浸在甜蜜又辛酸的回忆中。

"鹿尾,"那天我端了一碗草药过去,她头也不回地说,"告诉我,以前我是不是做错了?"

我不知怎么回答,她继续幽幽地说:"为了实现老师的遗愿,参透天象的奥秘,我用自己的天象知识帮助迦安征服了许多城邦,对迦安兵士的烧杀抢掠漠不关心。现在回想,我不知道造成了多少惨剧,特别是在穆都……你恨我吗?"

"我恨……"我心一软,又改口,"我恨过你。"

"你现在不恨了吗?"

"我不知道。"我怅然道,"迦安和穆都的战争并非自你而起。远古有战争,未来还会有战争,也许这一切都是宿命。天上的日月诸星,它们的交错运行已经注定了人间所发生的一切。"

"你真的相信吗？"九·鹰瞳的声音里有种我从未听过的绝望，"我越研究天象学，就越肯定，天象与下界的事没有任何关系。高高在上的诸神只是按照自身永恒的规律精确不移地往来穿梭，对下界的一切都毫不关心。甚至那些神是什么、叫什么，玛雅人和瓦里人也各有各的说法，不知道谁对谁错——也许都是错的。天象祭司们做的只是欺骗愚人，为世间的血腥与肮脏戴上神圣的冠冕。"

我很惊诧这些话会从她口中说出来，虽然我自己也有过这些离经叛道的思想，但此刻不是思考这些问题的时候。我安慰道："不管怎么说，大人，你掌握了诸天和星辰运行的奥秘，查明了大地的形状，这些成就足以傲视整个文明世界，就算是众神也会侧目。"

"呵呵……"九·鹰瞳自嘲地笑了起来，"这是自欺欺人。对于诸天的奥秘，人类愚钝的灵魂只能了解其中最粗浅的一部分，连皮毛都算不上。天球为什么转动？游星为什么逆行？上界之雨何以发生？还有扫过星空的羽蛇从何而来，又消失到哪里去？这些我已经观察了很多年，但从未看明白。我的灵魂之眼短浅得如同鼠目，就算吃一百只通灵菇也看不透。"

我想告诉她，她的聪明才智已经胜过我百倍。但对天才绝伦的九·鹰瞳来说，胜过我这虫豸般的人又有何意义？我们都沉默了一会儿，九·鹰瞳深深叹了一口气，突兀地说："鹿尾，我不想回迦安了。"

我一惊："大人？"

"我既不能解开星象的奥秘，也不想再为虎爪王的战争服务，那还当天象祭司干什么？"九·鹰瞳声音消沉，抚摸着身旁一块残缺的浮雕，"我就留在这里，留在我姐姐的遗骨旁边，和瓦莎嬷嬷住在一起吧。鹿尾，如果你想回迦安的话，我可以告诉你回去的路线——"

我感到一阵恐慌。九·鹰瞳要留在这里，这怎么可以？！如果她走了，那么我一个人回迦安还有什么意义？难道让我继续为迦安人服务，或者去找大哥一起隐居起来？这样活下去的我，还有什么意义呢？

我发现一个荒谬的现实，经过了这许多年，我的人生已经和九·鹰瞳绑在了一起。无论是跟着她学习还是想要杀死她，都少不了她的存在，离开了她，我的人生就毫无意义。我甚至开始怀念过去那些爱恨交织的日子，哪怕在那时也有着凄楚的甜蜜。

那么，我能够追随九·鹰瞳，作为普通的男人和女人留在这里吗？也许这是一个对大家都好的选择，也许我们可以……不，不可以！阿爸和阿妈、二哥和小妹，还有千千万万穆都人的亡魂都在看着我，我不能背弃他们，否则，我的灵魂永远无法平静。而九·鹰瞳也不会，这是让鹰隼过着火鸡的生活。

"你不能放弃天象学！"我脱口而出。

"什么？"她回头看我。

"大人，天象学就是你的生命，没有人比我更了解这一点。是你带着我的灵魂在宇宙树的顶上高翔，也赋予我新生。那些凝望浩瀚星空的沉醉，那些探索古天象记录的惊喜，那些灵魂之眼中看到的奇景……你难道甘心离开这一切、离开最接近诸神的峰巅，甘心去当一个终日编织羊驼毛的衣妇？"

九·鹰瞳怔怔地看着我，仿佛第一次认识我似的。

"那时候你会后悔的。"我接着说，"每一次你望见海上星空的时候，每一次你看到月亮升起的时候，每一次流星掠过你头顶的时候，你都会后悔，后悔自己错过了一个更美好的世界，后悔钻进了地下的洞穴而放弃了通往天空的道路。但是，你如果继续探索，哪怕最后你找不到答案，对宇宙万象的本质仍然一无所知，你也是死于飞翔，你的灵魂必将升入上界，成为滋养宇宙树的灵食，融入天体运行的大化中。"

九·鹰瞳久久不语，最后说："可是我……我很彷徨，我不想再拿天象学去为虎爪王的战争野心服务了。我该怎么办？"

"大人，虎爪王很敬畏你。在他心目中，你能够和上界诸神通灵，你不愿意做的事，他不敢逼迫你。何况也没有太多的战争了，今天的玛雅列邦几乎都已臣服于迦安——即便还有战争，你也可以利用你的地位去影响虎爪王。"

九·鹰瞳又沉默不语。她起身，在寥落的庭院中踱步，我跟在她身后，瓦里太阳神的残缺巨像肃穆地凝视着我们。

"我不知道，"她幽幽地说，"虎爪王的胜利能维持多久呢？也许迦安的命运会和瓦里一样。我还记得当年被选为贞女送进这座神庙的时候，太阳神的石像被数不清的黄金和白银装饰起来，在阳光下熠熠生辉。周围堆放着鲜花，五大游星的石像上也镶嵌着美丽的宝石和碧玉，轨道上铺设着鲜艳的彩带，少女们穿着明丽的衣裳，载歌载舞……如今这里只剩下一堆石头……还有几个无处可去的老嬷嬷……"

我知道她说的是事实，但有意岔开话题，"大人，你是说，那几个小石球就是五大游星？那些围绕着太阳神的凹痕槽就是它们的路径？"

"是的。"九·鹰瞳说，"我们瓦里人非常崇拜太阳，有一个荒唐的神话说，五颗游星是太阳的五个儿子，它们围绕着太阳舞蹈，所以建造了这样一组模拟星体的神像。"

"难道瓦里人连游星围绕地球运动的会合周期都不知道？"我问，这是玛雅天象学最基本的常识。

"不知道。瓦里几乎没有什么天象学，一切都是神话想象。他们主观地认为太阳最为伟大，所以一切都围绕着它运转，尽管随便往天上看一看就知道，众星都是绕着大地——"

她说了一半忽然停下了，半张着嘴，瞪视着瓦里太阳神那漠然的巨脸，神色非常诡异。然后她的眉头慢慢地皱了起来，好像在竭力捕捉一个飘忽不定的念头。

"大人，你——"

九·鹰瞳做了一个手势，让我不要打扰她。这是她平常思考时惯有的姿态，我乖乖地闭嘴了。

她开始绕着太阳神像踱步，一圈又一圈，仿佛也变成了一颗游星，口中喃喃自语着什么，我一个字也听不清，但我预感到，那将是一个了不起的发现。

不知过了多久，九·鹰瞳终于结束了踱步，向我走来。

"我们要回迦安去。"她说，语气中不容任何商量，"马上。"

"啊？为什么忽然——"

"我有一个新的想法，"九·鹰瞳恢复了往日的冷峻，"可能是一个荒诞的念头，但是……我需要天象记录进行研究。"

看到以前的九·鹰瞳又回来了，我心中也是五味杂陈，"是的，大人。"

"你说的很对，鹿尾。"我看到九·鹰瞳的眼神中再次燃起热情的火焰，"自从离开瓦里追随老师的那一刻起，一切已经注定，我早已没有了故乡，群星才是我的故乡。"

残卷之八·彷徨

　　……一路沿着海岸线北返,这样既可以避开危险的丛林地带,也方便找到果腹的食物。自然,这条漫长崎岖的道路仍然是危险丛生,时而被悬崖隔断去路,时而又被食人部落追赶。但一天天过去,北极星重新在地平线上升起,越来越高。终于,两个月后,我们又一次见到了矗立天际的玛雅金字塔。

　　这回我们小心地绕过科潘人的领地,找到了迦安人驻扎在附近的兵营,当地的将领正是以前释放大哥的那位。他发现迦安的天象大祭司和她的助手居然像野人一样蓬头垢面地出现在自己面前,惊喜万分,忙为我们换上新的衣服,送上可口的食物,然后派人把我们护送回了迦安。

　　这次南行,迦安的天象大祭司失踪,其他许多祭司也魂归下界,迦安人在星象占筮方面立刻处于很不利的地位,无法再掌握开战的吉利时机,很多敌对势力听到风声正蠢蠢欲动。如今,九·鹰瞳居然安然归来,对虎爪王来说真是喜从天降。他询问事情的来由,我们并不想报复十五·毒娃,但在虎爪王的盘问下终究难以隐瞒真相。四十天后,迦安军捣毁了科潘,十五·毒蛙那颗白发苍苍的脑袋和他十七个儿孙一起被送到了虎爪王的御座前。

　　随着科潘的覆灭,虎爪王已经基本统一了玛雅列邦,但他又发现了新的威胁。近年来,一个绰号"北风之牙"的托尔特克酋长统一了托尔特克各部,并在西北袭扰玛雅的边境。虎爪王打算给托尔特克人一个教训,将迦安的霸权拓展到北方河谷地带。他要九·鹰瞳为他选定开战的吉日。九·鹰瞳却对这样的事越来越抵触,她告诉虎爪王,之前的星象理论不够精确,自己正在为他进行一项天象学中最为重要的探索,如果能够成功,整个宇宙都会尽在掌握,虎爪王将建立有史以来最伟大的功业,胜过征服整个世界。

虎爪王将信将疑，但由于一直对她敬畏有加，只好放任她去研究。

九·鹰瞳也的确在废寝忘食地工作。白天，她埋首于堆积如山的树皮或鹿皮纸档案中；夜里，仰头望着星空不知在想什么。为了能用心眼看到她想看到的东西，她不知服用过多少次通灵菇，脸色也越来越苍白。虽然我一直在帮助她整理各种资料，对第十纪元以来的星象变动了如指掌，但我还是不知道她究竟在干什么，问她也不回答，只说还没有完全确定。

但有一次，她却主动说了。

"太阳！"她放下芦苇笔，向后一仰，伸了个懒腰叹道，"这就是这个宇宙最根本的奥秘！多么反讽啊，玛雅人研究了上千年的天象却始终没有猜透，而对天象学一窍不通的瓦里人居然歪打正着。"

"大人，你是说五大游星真的是绕着太阳转动的？可它们看上去明明是围绕大地转动的呀！"

"一般认为，它们随着天球运转一起围绕大地转动，同时自身又有围绕大地运动的路径，在星空间时进时退，复杂繁乱得好像解不开的线团，每一个天象祭司都只能硬背下来。虽然我们对于游星的运行路径已经掌握到很精确的地步，但这背后似乎始终有某种更基本的东西难以参透。我的老师当年猜测，它们在进行一种大圆套小圆的运动，但也不能解决问题，老师临终时告诉我，他的猜测大概无法成立，嘱咐我要找到正确的方向，可我一直也没有进展。

"但如果游星都是围绕着太阳转动，而太阳又围绕大地转动，很多问题就可以迎刃而解了。比如，玛雅人奉为神圣数字的游星会合周期，就是它们围绕太阳转动的周期和太阳围绕大地转动的周期——也就是一个哈布年——的倒数之差的倒数……"

我听得似懂非懂，但我感觉这可能是正确的，"大人，那你能够用灵魂之眼看到游星的真实运动吗？"

"很难，灵魂之眼的视角必须在大地和太阳之间跳跃，甚至假设自己从太阳的角度来观看群星。我练习了很多次，才刚刚看出一些端倪，仿佛是站在湿雾弥漫的沼泽中，很多东西都看不清楚……不过，我也看到了一些从前完全没见过的景象，似乎……"

九·鹰瞳欲言又止，似乎有什么顾虑。但在我好奇的目光下还是说了："也许围绕太阳运动的不只是五大游星，还有……羽蛇。"

"羽蛇？"

"羽蛇。"九·鹰瞳见我不明白，继续解释道，"羽蛇神库库尔坎，虽然据说有许许多多千变万化的形态和化身，但我想就其天象学的本体来说，它还是一类天体，就像游星一样。"

我惊讶极了，"库库尔坎不是只有一个吗？就像太阳和月亮一样？"

"并非如此。"九·鹰瞳起身，做了一个否定的手势，"因为神话的缘故，玛雅人总认为羽蛇是一位大神，其本体是如太阳、月亮一样独一无二的天体。它有时候隔一两年就出来一次，有时候又几十年不见踪影；有时候小得几乎看不见，有时候又巨大得横贯天空，每一次出现、移动和隐没都代表不同的吉凶……这个根深蒂固的错觉阻碍了玛雅人认清羽蛇的本来面目，甚至包括我睿智的老师……但当我站在太阳的角度用灵魂之眼观看时，发现各种羽蛇来来去去，都像游星一样围绕着太阳，它们运行的周期长达几十年甚至几百年，而且彼此差别很大。只是因为它们很少同时出现，才会被当成是同一个天体、同一位神。"

我瞠目结舌。羽蛇不止一个，这相当于说每天出来的太阳都全然不同，这怎么可能呢？但九·鹰瞳言之凿凿，也由不得我不信。

"那么，"我想了想问，"究竟有多少羽蛇存在？"

"具体很难说，但直觉上至少有数十，也许数百。"

我倒抽一口冷气，"这么多！"

"也许更多，也许像天上的定星一样多，只是我们能看到的太少了。"

"大人，如果你是对的，那么不同的羽蛇就会像不同的游星那样，在星空间有不同的路径。但同一个羽蛇，即使在相隔数百年后出现，也会有相同的路径，应该能找到相关的记录吧？"

"应该是这样，但没有那么简单，既然羽蛇的出现是朝拜太阳，那么还要加上太阳运动的因素……不管怎么说，我已经找到了四组相似的羽蛇记录，间隔的时间长度也很近似。但是，由于迦安的天象记录还不到一个纪元的时间，早期记录又过于简略，所以还不能完全确定。"

"可惜穆都的记录已经被毁灭了。"我也感到遗憾，"其他城邦大概还不如迦安，也许整个玛雅地区都没有可以用来印证的记录了。"

九·鹰瞳叹息了一声，"根据那几组记录，相应羽蛇的回归最快也得在二十年后，而且光误差就有两三年，实在很难验证。这个问题目前没法解决，我们还是先回到游星上吧。鹿尾，我需要你用灵魂之眼帮我审视一下，看能不能发现游星围绕太阳运动的景象。"

我又和九·鹰瞳讨论了很久，第二天早上才回到自己的简陋住所。满心装着九·鹰瞳揭示的宇宙奇景，心神恍惚，我对周围的一切也就没怎么留意。推开陋室的门，才发现好几个陌生人站在门后，我吓了一跳，向后闪跃，要掏出匕首，却被一只有力的手抓住了手腕，"小弟，是我！"

我在低垂的头巾下认出了大哥十·鹿角，顿时又惊又喜，"大哥，你怎么回迦安了！"自从上次把他送到前往东方半岛的商队，我已经一年多没有见他了。现在他看上去健壮了很多，恢复了不少以前的生气。

"当然是来看你了！"大哥用力地拥抱了我。我越过他的肩头，看到另外几个陌生人深感奇怪，他们是谁？大哥的同伴？

一个满脸皱纹的老者从房间角落的阴影中走出来，对我点了点头，看上去很是面熟。过了一会儿，我才猛然想起在哪里见过他。

"十……十八·天鳄？！"

"你好，鹿尾。"前穆都的天象大祭司点头，"鹿角劝我不要来，不过我想还是应该来亲自见你一趟。"

"羽蛇神庇佑，"大哥拍着我的肩膀，"天鳄大人在战火中幸免于难，蜥蜴火王的幼子十四·火树王子也逃出生天。不甘为奴的穆都好汉在东南雨林中集结，刚刚被摧毁家园的科潘人打算加入我们，托尔特克王的使者也在和我们秘密接洽，这回迦安的星辰终于要陨落了！"

"你们要反叛迦安？"

"混账话，什么叫反叛！"另一个武士喝道，"推翻迦安，重振穆都，乃是羽蛇神的意志！"

"不要无礼！"十八·天鳄斥责他，"鹿尾只是潜伏在迦安人中太久，但他对穆都的忠心无可置疑，他身上流着穆都人的血，是我们最勇敢忠诚的朋友。"

我苦笑一下，"天鳄大人，那我能做什么？"

"当然是杀死那个迦安的魔女。"大哥殷勤地拉着我坐在草席上说，"我们听说她死在了科潘的深山里，想不到又回到迦安来了。她的邪恶力量是穆都复兴最大的障碍，许多城邦因为她的存在而畏首畏尾，她必须被除掉！"

"我……"事到如今，我已不是昔日的我，"大哥，我……很难下手……"

"我知道这很难，"大哥误解了我的意思，"但你应该能找到恰当的机会。放心，我们不是要牺牲你，天鳄大人的计划是让你诱出她，由我们的武士干掉她。到时候你说不定就能成为迦安的天象大祭司，这对我们更加有利。"

我摇头说："大哥，九·鹰瞳正在进行一项重要的天象学研究，可能会改变我们对整个宇宙的认识，这时候我不能……"

"你在胡说什么！"大哥很不高兴，"什么见鬼的研究！你这么卖力为她做事，还记得我们家的血海深仇吗？"

"鹿角，让他说完。"十八·天鳄却慈和地道，"我也有兴趣知道，迦安的天象大祭司究竟在钻研什么。"

我告诉了他九·鹰瞳对太阳、游星和羽蛇的研究。因为十八·天鳄也是天象学大家，我没有含糊其词，而是一五一十地说了出来。大哥等人如听天书，不知所云，十八·天鳄却认真地听完了，我以为他会否定九·鹰瞳的理论，但他却神色郑重地点点头。

"你说得对，"他说，"这是可以改变整个玛雅天象学的大事，我们不能阻碍，相反应该帮助她。"

"大人！"大哥等人不满地抗议。

十八·天鳄示意他们安静，"羽蛇是穆都的守护神，穆都人的一切成败都依赖于对羽蛇的祭祀。上一次战败的原因也在这里。现在还有很多穆都人认为，羽蛇已经被宇宙深渊吞噬了，一直垂头丧气。如果能够预测出羽蛇回归的日期，那么我们在羽蛇的光耀下发动进攻，会比增添十万大军还要有用！但如果没有预测，即便碰巧遇到羽蛇回归，也可能来不及起事，或者反而引起慌乱，重蹈上次的覆辙。"

"可是刚才鹿尾也说了，她的研究困难重重，也许再过几十年也不一定能发现什么，难道要让穆都人等上几十年吗？"大哥问道。

"所以我们应该帮助她。"十八·天鳄道。

"怎么帮？"我也越来越好奇了，难道天鳄想要辅佐九·鹰瞳进行研究？

十八·天鳄老谋深算地笑了，老脸上的皱纹变得更深了，"那个魔女指责我焚毁了穆都从特奥蒂华坎得来的千年天象记录，不错，确有其事。但她不知道，我固然是不想让它们落到迦安手里，但也并没有毁掉这些记录。"

"您的意思是……"我琢磨了一下，"那些记录还有其他抄本？"

"没有其他抄本，"十八·天鳄摇头道，"但还有原本。原本一直藏在特奥蒂华坎的羽蛇金字塔里，三百年前的穆都祭司只是抄录了一份带回穆都而已。"

"可是九·鹰瞳说，她曾经几次派人去特奥蒂华坎搜寻，但一无所获。"

"特奥蒂华坎最核心的机密当然不会那么容易找到。当年我也是查找一份古天象记录，才偶然在王室档案中有意外的发现，那是在一间密室里，搬开一块大石头才能进去。每年秋分春分的正午，阳光的投射会在羽蛇金字塔上形成一条巨蛇的影子，宛如羽蛇来到人间。而密室的入口，就在蛇头和蛇尾中间的位置……"

十八·天鳄详细地告诉了我进入密室的方法，我又惊又喜。但他忽然面色一沉说："我跟你说这些，都是为了穆都，在九·鹰瞳预测出羽蛇回归的日期后，你必须除掉她。如果我们的计划被迦安人知晓，那一切就都白费了。你明白吗？"

"我……"我努力让自己点点头，"当然，我明白。"

"鹿尾，"大哥也阴沉地说，"不要忘记母亲和妹妹是怎么死的。记住，她们的肉体被玷污，灵魂至今还在下界的黑暗中哭泣。"

这话让我的胸膛仿佛被豹虎兽的利爪剖开，心脏也被切成了两半。众神啊！一个人的心怎能分成两半，还能在这世间喘气呢？

残卷之九·发现

……和我坐在两顶步辇上，分别被八名兵士抬着进入亡灵大道。虽然前后左右有两千人之多，但我仍然感觉极其渺小，比起穆都或迦安来，这座古城宽广得如同海洋，两旁的金字塔像海上起伏的波涛。无数的石柱和庙宇隐没于郁郁葱葱的龙舌兰和仙人掌之间，各个角落里，数不清的神灵与怪兽雕像瞪视着我们这批外来者，像是这座城市真正的主人，对我们的打扰深感厌恶。

特奥蒂华坎，据说是众神创造世界的地方，也是文明世界最古老的城邦。在玛雅诸城邦还处在蛮荒时代时，它已经雄起于西北高原，历经不知多少次兴起和衰落。如今它虽然已是无人居住的空城，但仍巍然屹立。最近二三百年来，每一次玛雅城邦的称霸，都以夺得特奥蒂华坎为荣。如今这里当然属于迦安，但西北的托尔特克蛮族近年日益壮大，"北风之牙"野心勃勃，对特奥蒂华坎虎视眈眈，去年迦安军才艰难地打退了托尔特克人的一次进攻。

所以这一次特奥蒂华坎之行，虎爪王有鉴于上次在科潘的教训，特意派遣了一支两千人的大军护送九·鹰瞳和我。附近的迦安驻军和同盟部族还有万人之多，任何人都无法再突施奇袭。但我却心中惴惴，我对九·鹰瞳说，我是从一个北方商人那里辗转听说特奥蒂华坎还有一间藏有天象记录的密室，表示可以先去查找一下，她却坚持非亲自来不可。如此劳师动众，如果什么都没找到，我这欺罔之罪足以砍一百次头。我只希望十八·天鳄没有骗我。

我们的队伍来到了羽蛇金字塔前，一座巨大的羽蛇头像头角峥嵘地卧在塔前。我们对它匍匐行礼，举行祭祀，请求羽蛇神原宥我们即将进行的冒犯，然后登上金字塔。此时已是午后，九·鹰瞳站在台阶上，一边观察着天空中太阳的方位，一边一步步挪动脚步。

"大人，那个商人说春分和秋分正午时的羽蛇之影才会指向密室入口的位置。可是现在秋分早已过去，离春分还早，这怎么能看出来？"我忍不住提醒她。

"如果我是你，就不会提这样的问题。"九·鹰瞳斥道，眉眼间却带着笑意，"太阳春分和秋分正午时的位置高低，在金字塔间造成的光影长短，我都看到了，不是用这双眼睛。"她指了指自己的心口，"而是用灵魂之眼。"

她说着又往上走了几步，指着一块看上去毫无异状的石头说："没错了，应该在这里。"

两个兵士上前去撬那石块，但石头似乎与金字塔融为一体，怎么撬都纹丝不动。我不禁有些怀疑她的判断。九·鹰瞳又叫来了两个兵士，四个人一起用力，石头开始缓慢地挪动。果然九·鹰瞳又对了，巨石后渐渐露出一个阴森森的洞口，一股陈腐污浊的气息扑面而来。我的心打鼓般地狂跳起来。

待腐败的气味散去，九·鹰瞳就要进入密道，我拉住她，说最好让几个兵士先下去探探。于是，我们派了两个小卒下去，他们过了好一阵子才回来，说密道通向地下深处，是一间很大的石室，里面有许多壁画，似乎并没有什么机关陷阱。

于是，我和九·鹰瞳打着火把钻进黑洞洞的甬道。这条通道斜斜向下，只能容一个人弯腰进去，非常难行，我们至少下行了几百步，才到达小兵说的石室。虽然已经听他们描述过，但见到的情景还是让人难以置信：这并非一间小小的密室，而是一座宏伟的圆形大厅，方圆有上百步，高高拱起的穹顶上描绘着世界树和数百个星座的图案，宛如一个微型的地下宇宙。

穹顶和墙壁的连接处，一条活灵活现的羽蛇围成一个圈，正好咬住了自己的尾巴。羽蛇下是连在一起的壁画长卷，画的都是一些神话的场景，远古神祇们巨大狰狞的头和身躯在火光中闪动，仿佛随时会活过来。在壁画的下面就是密密麻麻的文字，字符小如蚂蚁，这里写下的内容少说也超过一百卷书。其中的很多字符我都不认识，应该是特奥蒂华坎人的古文，还好表示时间和天体的词汇跟玛雅文大致相同——我想玛雅文本身就传承自他们——这让我明白，铭文的内容正是我们苦苦寻觅的古天象记录。

"原来如此……"九·鹰瞳却看得懂更多的文字，喃喃道。

"那上面说什么，大人？"

"这里说，特奥蒂华坎并不是历史上最古老的城邦，它始建于一千五百年前，但在这之前，有一个叫作奥尔梅克的民族已经兴盛了千年以上。奥尔梅克人衰落之后，特奥蒂华坎继承了他们的文明，也抄录了他们的天象记录，这意味着我们有了将近两千五百年的天象记录！这是比任何宝藏都重要的财富……"

我们兴奋地浏览着这些在石头上跨越无数世代的天象画卷，其中许多奇景我们见所未见、闻所未闻：第十纪元初，太阳上出现了醒目的暗影，导致了接连三年的气候异常和饥荒；第九纪元中叶，一颗星星在南天忽然亮起，超过明月，令夜晚有如白昼；第八纪元末，星殒如雨，数百颗星星从天而降，落在地上化为石头和铁块；第七纪元……

我们聚精会神地读着这些珍贵的壁书，却渐渐感觉呼吸不畅，越来越喘不过气。原来有十几个兵士跟着我们下来，手执火把好奇地东看西看，这里的空气和外界流通不易，这么多人跟进来很快就让人难以呼吸。九·鹰瞳便令他们出去，只留下我们二人，才好过一些。

此后几天，我们基本都待在这间地下大厅里，中间甚至很少上去，只是让人送来食物、睡垫等日用物品。因为这次要研究羽蛇这种诸多禁忌的天象，所以九·鹰瞳审慎地没有带其他天象祭司来。本以为按一般铭文的规格，我们二人花几天时间已能抄录下主要内容，但现在看来，就算待上大半年也未必能抄完。而那些兵士虽然人数众多，却根本不会写字。所以我们不得不改变主意，一边将这些壁书中和羽蛇相关的内容挑出来就地研究，一边派人送信给虎爪王，请求他再加派二十名书吏——等他们一来，就可以将这些文献仔细抄录完成后带回迦安，不用留在特奥蒂华坎了。

事实上，仅羽蛇有关的记录就已经有近千条之多。早期几百年的记录比较简略，大约出自奥尔梅克人的手笔。但最近一千多年来，羽蛇每次出现的精确日期、时辰、方位、大小、亮度和移动的速度、消失的时间都有详细的记载，一个天象祭司完全可以用灵魂之眼复现千百年前的场景，直观其中的奥秘。

自远古天地开辟以来，可怖的羽蛇一次次扫过上界的天空，来无影，去无踪。一代代天象祭司敬畏地凝望着它，记录下它的消息，历经帝王的兴废、城邦的盛衰，从一个文明到另一个文明，把这些神秘天象的信息传递给后世的人类，今天我们才有幸读到了它。我们能够破解它的奥秘吗？抑或也不过是无限世代中的一环，这个谜只能留给未来的人类去破解？

不，这崇高的使命属于我们，我们要向后世证明，我们的文明不只是战争杀戮，也能够拥有可以匹敌神明的学问。我们一遍遍细读和揣摩这上千条记载，直到熟记如流。在又一次通览了相关记载后，九·鹰瞳打开了一个木盒，里面装着两个小小的陶瓶。"这是通灵菇和七种珍贵草药合成的药汁，"她告诉我，"比一般蘑菇的效力要强大十倍，也许它能帮我们揭开人类智慧还无法理解的奥秘。"

我们同时喝下了药汁，感到一股火焰从口腔燃烧到胃里。我们默默地等待了一阵子，紧张感渐渐消失了。我们并排躺倒在地上，等待着天启时刻的降临。

周围的一切开始了奇妙的变形，那条环绕四周的羽蛇从墙壁上下来，游弋到我们面前，载着我们飞向穹顶上的星空。我低头，已经看不见大地，只有我们两个悬浮在灿烂的星光中，二百六十个玛雅星座在上下左右凝视着我们。

　　太阳仍然在围绕着我们东升西落，但九·鹰瞳带我径直飞向它。我明白她的用意：如果羽蛇的游走总是围绕着太阳，那么以太阳为中心就会看得更明白。我们默契地调整了自己的位置，暂时忽略大地，以太阳为中心来观看宇宙。果然，当太阳被放置到宇宙中心之后，水星、金星、火星、木星和土星排成森严的阵列，围绕着太阳转动，就像在瓦里的太阳神庙中所见。另外似乎还有一颗不反光的暗星混在这些游星之间，宛如幽灵般穿行。我感到有些奇怪，这颗幽灵一样的星体是什么？为什么我从未见过？

　　我正待细看，却被另外一番景象吸引了全部注意。

　　如同被太阳的温暖和热力所吸引，一条羽蛇自遥远的空间显现，穿过星空游向太阳，绕过它半周后又迅速游去。我从方位认出来，这就是九·鹰瞳最早发现的那条羽蛇。它虽然离去了，但却留下了一条长长的清晰尾迹，像一个椭圆环套住了太阳。第二条羽蛇出现了，从另一个方向接近太阳，留下了另一条尾迹……很快，在我们的头顶、脚下和身后，一条条羽蛇出现又离去，它们跨越无限空间而来，只为围绕太阳进行一场壮丽的朝圣之舞。

　　宇宙宏大深远，时光缈远无涯。我们何等幸运，能目睹这神灵才能欣赏的至高之美！

　　我们的呼吸越来越急促，心跳也越来越快。不知何时，我和九·鹰瞳已经紧紧相拥，感受彼此心跳的剧烈。我在极度的迷幻谵妄中，找到了她的嘴唇，深深地吻了下去。

　　她并没有拒绝，反而热烈地回应了我。

　　诸天的群星和羽蛇簇拥着我们，众神无声地合唱。整个宇宙存在的意义，仿佛就在此时此刻，就凝聚在我们身上。

　　那一刹那，就是永恒。

　　"看那里！"不知过了多久，九·鹰瞳忽然推开我。我望着她所指的方向，但什么也没有看到。九·鹰瞳报出了一个长历日期，我明白了，将那天的记录化为可见的图像，果然似乎看到一条羽蛇沿着既定的尾迹而来，我认出来这正是第一条羽蛇。它飞到我们看不见的远方后又去而复返，一次次沿着陡峭的天路飞近太阳又远去，就像迁徙的候鸟。在墙壁上记录的漫长岁月里，我们见证了它超过二十次的回归，每一次都需要耗费大约七十五六年的时间。

渐渐地，我们认出了更多的羽蛇，它们以特定的周期周而复始地在浩渺宇宙中循环往复。然而大部分的回归周期都有几年的出入，不像一般游星那样绝对精确，更有一些羽蛇消失后便永不复返。也许这正是羽蛇的自由本性。

"看北极星方位！"九·鹰瞳在我耳边说，我注意到一条孤独的羽蛇在远离游星盘面的地方出现，划出了一道独特的轨迹，像从高空向地面俯冲的飞鹰。它从接近北极星的方向疾驰而下，穿过七鹦鹉星座、神庙星座和山狮星座，冲向太阳。几天后，它从太阳背后出现，又复归北极。这条路径是如此独特，给我留下了深刻的印象。那是第六纪元353年的事，在那么早的时代就有如此详细的记载，实在令人惊叹。那条羽蛇离去了很长时间，以至于我一度忘记了它，但351年之后，第七纪元310年，它竟又重新出现，几乎从同样的方位穿过星空。当时的天象祭司们也忠实地把它的风采记载下来。

又过了351年，第八纪元267年，来自北极天区的羽蛇第三次出现，这次记载很简略，似乎规模也不大，但仍可以确定是它；然后是第九纪元223年，这一次羽蛇的现身尤其宏大壮丽，尾巴扫过了大半个星空。但到了第十纪元就没有任何记载，难道这条羽蛇已经消失在星空深处，永不归来？

不，我想起来了，再过351年，正是第十纪元180年，也就是三百多年前，其时，特奥蒂华坎城已经濒临崩溃，也许天象祭司都殉命了，故而缺乏记载。但是，穆都人对这次羽蛇的出现再熟悉不过。当时，穆都人因为羽蛇的出现而气势如虹，击溃了特奥蒂华坎最后的抵抗力量，确立了穆都的霸权，这是每一个穆都孩子都津津乐道的故事。

已经没有疑问了，在长达一千七百多年的时间里，每隔351个哈布年，这条羽蛇就会重新归来，整个周期精确不移，甚至可以进一步推算到月份。那么下一次它的归期是——

太阳静止不动，游星们快慢不一地一圈圈绕着它旋转着，整个宇宙正是一个巨大而精妙的历法之轮。从无限的过去到无限的未来，一切奥秘都已经用神的文字写在星空之间。当羽蛇再一次出现时，我看清了星空中各主要星体的位置，它们极其准确地指出了相应的长历时间：

10-3-7-3-

第十一纪元，第四世代，第八长历年，第四双旬……

而现在是第十一纪元，第四世代，第六长历年，第五双旬……

不过区区两年以后！

我栗然一惊，古老传说中的伟大羽蛇神真的会再次降临！那巨大可怖的身躯将高悬在每一个玛雅城邦之上，带来战争，带来死亡，带来毁灭，也带来希望……

残卷之十·背叛

"……不会错了，"九·鹰瞳说，"羽蛇将在第十一纪元，第四世代，第八长历年，第四双旬回归，当然，具体日期大概有几天的误差。"

我点了点头。羽蛇的亮度大致随着接近太阳而逐渐增强，很难将它出现的日期精确到某一天。能够确定在二十天之内，已经是不可思议的成就。

"大人，我们终于发现了羽蛇的奥秘！"

"还差得远呢！"九·鹰瞳说。不顾刚从迷狂状态中醒来的疲惫，她又提出一连串的问题："为什么其他羽蛇会有几年的周期波动，而这条羽蛇没有？是不是因为它没有接近其他的天体，不受它们的影响呢？还有，我发现羽蛇的尾巴每一次总是背离太阳的，即使它飞离太阳时也是这样。这又是为什么？是否与太阳的光和热有关？也许是太阳上有一种热风，总会将羽蛇的长尾吹向远离自己的一边……"

她的脸兴奋得发红，但我的思绪却渐渐飘向了另一些事：刚才的那个吻，那是真正发生过的事实，还是我喝下蘑菇汁后的幻觉？我的心躁动不已，想问九·鹰瞳，却怎么也开不了口。

"鹿尾，你有什么想法？"她又问我。

"我……大人，你先休息一会儿吧，反正一时也想不明白。不是只有两年了吗？等到后年，我们可以用自己的眼睛见证一切。"

"对，"九·鹰瞳喃喃说，"10-3-7-3……"

"10-3-7-3……"我也应和说，心下忽然轻松了。作为祭司，我们必须保持贞洁，其他什么都是妄想。但只要我能够和她一起仰观天象，一起阅读古卷，一起在通灵中探索宇宙的奥秘，就是最大的幸福，其他又有什么所谓呢？只要我们能在一起——

"10-3-7-3……"

忽然，一个阴恻恻的声音在我们身后响起，让沉浸在思绪中的我们栗然一惊：这地下大厅里怎么会有其他人在？难道是古特奥蒂华坎人的亡魂不散？

我战战兢兢地向声音来源处看去，墙壁上一块石头被挪开，出现了一个洞口，几个宛如阴魂的黑影在洞口边显现。

我惊呼道："你们是——"

"鹿尾，你干得很好。"那森然的声音来自一个矮小的身影。我恍然大悟，是十八·天鳄！

大哥鹿角和其他四个上次来访的武士正跟随其后。大哥做了一个手势，他们就扑上前来，将瞪大眼睛还不明所以的九·鹰瞳牢牢抓住。我瞬间明白过来，这是一个精密的陷阱，十八·天鳄显然知道这个地下大厅另有密道，所以利用我诱九·鹰瞳入局，既让她算出羽蛇归来的日期，又能轻易抓获她本人。一箭双雕。

"你们是谁？！放开我！鹿尾！快走啊！去叫人！"九·鹰瞳对一旁的我叫道，浑然不知我也是这阴谋的一部分。我的心仿佛被命运践踏成了碎片，低下头不敢看她的眼睛。九·鹰瞳不断呼救，但是这里和地上相隔太远，隔着山一样的巨石，声音几乎传不出去。

"女娃娃，"十八·天鳄缓步走到九·鹰瞳面前，特意用了当年战场上的称谓，"我们又见面了。"

"你是……"九·鹰瞳终于认了出来，"十八·天鳄？"她难以置信地看着他，又转头望向我，似乎明白了什么，"鹿尾，你……是你……"

"愚蠢的女巫！"大哥随手给了她一巴掌，清脆地打在她的脸上，也打在我的心上，"真以为我弟弟是你豢养的狗吗？告诉你，他一直忠心穆都，从未变过！"

"大哥，你先别动手……"我徒劳地试图阻止，但没人理我。

九·鹰瞳低下头，吐出一口血，似乎还带着打掉的牙齿，含糊地说："……

明白了……我终于明白了……"她忽然间放声大笑起来,"这就是当初你劝我回迦安的理由吗?我终于明白了,哈哈哈哈……"

"明白就好!"大哥厉声道,"羽蛇在上,穆都人必将完成神圣的复仇!我们的阿妈和小妹都是被你们这些迦安畜生害死的,本来该让你也尝尝这滋味,不过你这种巫婆谁碰了谁晦气,就便宜你,给你做个放血祭,拿你的心头血去献给即将回归的库库尔坎吧!"

"没错,"九·鹰瞳的神色平静下来,"你们有权复仇,每个人都有。杀了我吧。"

她叹了口气,闭目待死。大哥抽出一把黑曜石刀,就要刺向她的心脏。我急忙抓住他的手说:"大哥,不能杀她!"

"为什么不能?"大哥粗声说,"这巫婆现在已经没用了。"

"她……她懂得很多天象学的知识,对我……对我们穆都还有用。"

"我们有博学的天鳄大人,还有你,留着这个巫婆有什么用?"大哥不以为然。

"鹿尾说得对,"十八·天鳄却道,"九·鹰瞳拥有神赐的才华,谁都比不上,不能杀她。"

我略松了口气,心想天鳄大人毕竟明理。但大哥不甘愿,嘴里还在咒骂。

"鹿角,你要知道,杀人并不是对敌人最好的复仇。"十八·天鳄森森地说,"真正的复仇是夺去敌人身上最宝贵的东西,让她生不如死。"他说着走上前,双手轻轻抚摸着九·鹰瞳刚被打肿的面颊,露出诡异的笑容。

大哥半点听不明白。我心中一震:莫非十八·天鳄想侮辱九·鹰瞳?这老家伙竟——

我刚上前一步,决心保护九·鹰瞳,十八·天鳄的双手却并没有向下探索,而是陡然向上,按住了九·鹰瞳的左右眼皮。九·鹰瞳猛地明白过来,终于露出了恐惧的神色,叫了一声:"不要!"十八·天鳄已然一声大喝,两手的食指和中指用力伸向里面,一探一抠,便将世界上最明亮动人的一双眼睛硬生生给挖了出来。

"啊!!!"九·鹰瞳发出凄厉的惨叫。血水从她两个深陷的眼眶中喷涌而出,淌下她的脸颊,看上去可怖至极。我心中一片空白,五脏六腑都宛如被飓风吹散。

即便对于常人,被挖掉眼睛也是仅次于死亡的酷刑,对天象祭司来说,能够看到宇宙深处的眼睛甚于生命，而九·鹰瞳的神目更是举世无双。这是十八·天鳄最可怕的复仇，他要让九·鹰瞳永永远远生不如死。

后来的很多年中，这一幕一直在我心中萦绕，但我永远无法想象当时九·鹰瞳承受的痛苦。

在九·鹰瞳的惨呼声中，十八·天鳄将那对血淋淋的眼珠捧在手心，盯着它们看了一会儿，仿佛它们还能和自己对视，然后阴沉地笑了，"六年前，就是这对眼睛在玛雅列邦之前羞辱了我，剥夺了我的一切尊严，让我沦为所有玛雅人的笑柄。不过没关系，从今以后，它的天赋与力量就属于我了！哈哈哈！"

他将那对鲜血淋漓的眼珠一把放进嘴里，咀嚼几下吞了下去，嘴角溢出几缕血水。巫医说吃掉敌人身上的某个部分，就能吸收他的能力，但这么活吃的毕竟少见。大哥和几个武士恶心地偏过头，我却身子僵硬，动弹不得，只是在不停地发抖。

"眼睛！我的眼睛！"九·鹰瞳大概根本没听清他在说什么，更看不到他的动作，仍然在痛苦地号叫和挣扎，如同献祭中被杀戮的母鹿。这惨叫伴随着十八·天鳄的狂笑，让我感觉自己宛如活在最恐怖的梦魇中。

"鹰瞳大人——啊！"一个捧着食物的使女在入口处出现，目睹了这可怖至极的一幕，颤声叫了起来。一名穆都武士冲了过去，而使女忙钻进甬道，一边爬一边大叫大嚷："出事了，快来人！救命！啊……"穆都武士掷出石斧正中她的后脑，结果了她的性命。

但使女的声音惊动了上面，迦安人在地面上开始叫喊，迅速派人下来。可迦安再人多势众，那甬道却只能容一人通过，穆都武士用那迦安使女的尸体堵着入口，上面的人一时倒也攻不进来。"大人，我们得撤退了。"大哥对十八·天鳄说。十八·天鳄点点头，指示武士们把九·鹰瞳押走。九·鹰瞳哭喊挣扎着不肯走，武士们虽能把她拖走，但会严重影响速度，眼看追兵很快会攻破这里，一个武士感到不耐，掏出匕首就要杀了她。

我一个箭步冲上前，一掌击在九·鹰瞳的后颈，将她打晕。

"我来吧，兄弟！"说着，我将九·鹰瞳背在背上。那武士对我并不放心，闻声走在我身后，到了他们进来的密道前，让我先进去后，才将一块石头合拢，想暂时阻止迦安人找到入口。他们为了行事隐秘没有带火把，地道里顿时一片漆黑。那地道很长，我背着一个人，脚力不济，慢慢落在了最后头。眼看离前面的人已经有一段距离，我又扭头跑回密道入口，将九·鹰瞳放了下来。

"对不起，鹰瞳大人，"我喃喃说，"对不起，都是我害了你，迦安人很快会发现这条地道，带你回去医治的。"

"鹿尾……我好疼……好疼……"走出几步后，我听到她开口了，不知道是梦呓还是在对我说话。我当然不敢再回去，只是泪水已夺眶而出。

我咬牙继续埋头走去，没几步却又撞在了一个人的身上。

"九·鹰瞳呢？"十八·天鳄的声音森然响起。

"她……她趁机跑了……"我支吾道。但九·鹰瞳的呻吟随即从后面传来。

"早知道你靠不住！"十八·天鳄推开我，往九·鹰瞳躺着的地方走去，"我绝不会放过这个魔女……"

"不要！"我扑上去拉住了他，"你已经报仇了，就放过她吧！"

"蠢货，给我松手！"十八·天鳄咒骂着，回头就是一拳，在黑暗中我听到风声急闪，却还是被打中胸口，顿感一阵剧痛。蓦然间，愤怒在我心中像火山一样爆发，我猛扑上去，死死把他按倒在地，掐着他的脖子，十八·天鳄愈发嘶吼和怒骂着捶打我，这更激起我的暴怒。如果不是这个阴毒的老家伙，我和九·鹰瞳现在还在迦安平静地生活，怎么会落到这般田地？他毁了我的一切，一切！我掐着他的脖子，越掐越紧，越掐越紧……十八·天鳄的反抗初时剧烈，然后渐渐微弱了……

"鹿尾，快住手！"大哥从背后把我拉开。但为时已晚，十八·天鳄早已一动不动，呼吸全无。曾经全玛雅最显赫的天象大祭司，就在一片黑暗中魂归下界。

"你怎么能……"大哥大怒，然而此时不远处隧道口的石块被推开了，整条隧道被微光照亮，迦安追兵呼喝着冲了进来。他目光中的怒火熄灭了。

"唉，快走吧！"他拽着我的手，而我迷迷糊糊地跟着他跑起来……

残卷十一·复国

……我们如何逃过迦安人的追兵，从海上绕过东部半岛，来到东南海湾的情形就如上所述。这里的繁茂雨林中躲藏着许多流亡的穆都难民，领袖是穆都王室唯一活下来的成员十四·火树王子，他还只是一个十四五岁的少年。大哥本来是四百夫长，现在在他们中间也拥有了相当的威望，见到火树王子后，大哥向他表彰了我的功绩，又隐瞒了十八·天鳄之死的真实原因，只说是死于迦安人的追兵。听罢，火树王子封我为穆都新任天象大祭司，我就这样尴尬地继承了十八·天鳄的职位。

安顿下来之后，我便急切地打听迦安方面的消息，特别是九·鹰瞳的情况。探子很快带来了可靠的情报：九·鹰瞳被救回去活了下来，但是受的刺激太大，人已经状若疯癫。虎爪王派人问了很多次，始终不得要领。九·鹰瞳已经无法再担任天象大祭司，虎爪王只好又任命了一个平庸之辈二·犰狳甲担当此职。

虽然从九·鹰瞳那里什么都问不出来，可我这个穆都人不知所踪，不难判断出我是内奸。但除了九·鹰瞳被害和我叛逃之外，虎爪王一直没搞明白在特奥蒂华坎发生了什么，恰好当时托尔特克部落又去骚扰边境，他便以为是托尔特克人在背后捣鬼。一怒之下，他调动了迦安和各藩属城邦约五万部众，在特奥蒂华坎整军，然后大举北征。

情报不断从迦安传来：最初，迦安军势若破竹，一路北上，占领了托尔特克人的都城图拉——一座只有几千人的简陋小城。但北风之牙带着他的族人躲进了更北方的群山，对迦安军不断袭扰，切断迦安的补给线，掠夺他们的物资，避免正面决战。战争旷日持久地拖了下去。北方的战争削弱了迦安在东南一带的统治，穆都的游击队伍在东部和南部边陲地区找到了越来越多的盟友，反迦安联盟重建起来。

虎爪王对穆都的活动并非一无所知，但他认为这些残兵败将翻不起太大的波浪，只有托尔特克蛮子才是心腹大患。他并不知晓羽蛇回归的日期，但这才是穆都最强大的秘密武器。

两年过去了，按九·鹰瞳的计算，羽蛇的回归指日可待。大哥早已将此事奏报给十四·火树，他决定在羽蛇回归之日举行登基大典，正式登上穆都王位，宣布穆都复国。不巧的是，那段时间，天上一直阴云密布，根本看不到羽蛇的踪迹。然而一切已经准备就绪，也只有硬着头皮进行。火树王子连着几天频繁地召见我，让我确保到时羽蛇会出现。我唯唯诺诺，但想起那天的迷狂状态，灵魂之眼中看到的都宛如梦幻，羽蛇真的会归来，抑或仅仅是我们的妄想？越到后来，我就越没有把握。

决定命运的那一天终于到来了。大约三千穆都流民聚集在一片林中空地，举行了隆重的羽蛇祭祀。随后，十四·火树登基称王，戴上了他流亡时带走的羽蛇王冠：一块白玉，雕成缠绕的羽蛇之形。我站在他身侧，听到他高声宣告：

"穆都的子民啊，库库尔坎告诉我，他正在鼓起愤怒的羽毛，从宇宙的边缘飞来，解救他的子民。他的怒火让太阳神的光芒也为之逊色，他的力量宛如无坚不摧的飓风。暴虐的迦安必将覆灭，伟大的穆都即将重生！"

人们欢呼起来，气氛还算热烈。但不巧的是，此时雨点从乌云密布的天上飘落，噼里啪啦打在搭建的木台上，很快变成倾盆暴雨。火树王又勉强宣讲了一会儿，就不得不狼狈下台，去一旁的营帐中避雨了。人们也很快散去。一场精心策划的典礼几乎毁于一旦。

但更坏的消息还在后面。火树王正在斥责我没有预测到大雨，毁了他的登基大典，刚被封为将军的大哥又冲进了营帐，匆忙行礼道："我王，方才斥候来报，一支迦安大军出现在我们南面，距离不到十里了！"

一时我们都惊呆了。火树王问："迦安军不是在北方吗？怎么出现在南面？"

"我王，看来这是一场蓄谋已久的奇袭。他们应该是进行了迂回，秘密穿过丛林深处，我们竟毫未察觉。"

"对方有多少人？"火树王颤声问。

"具体不清楚，估计至少有五六千，大约是我们全部兵力的两倍。"

"那还不快撤？"火树王惶急地说。这些年他东逃西窜已经成了习惯，说完就往后面走去，打算收拾行囊。

我心念一动，一把抓住了他的手说："我王，不能撤！"

"你说什么？"

"敌人有备而来，"我沉声道，"逃跑可能正落进他们的伏击圈。再说就算一时能逃走，我们好不容易聚集的人众也会流散而去，那就一切都完了。"

"那怎么办？"

我咬了咬牙，"打！虽然敌方人多势众，但我们有库库尔坎的庇佑！"

"你吹了那么久的库库尔坎，可到现在连个影子都没有！"火树王吼道，"如果他根本不出现，那该怎么办？"

"我王，这正是库库尔坎的考验。"我硬着头皮说，"如果我们不拿出视死如归的勇气，证明自己配得上他的回归，他就会真的弃我们而去！"

火树王犹豫地望向大哥，但大哥也站在了我这一边，劝道："我王，鹿尾说得有道理。如果现在逃走，以往所做的一切都白费了，我们的脑袋摆在迦安的祭祀台上也只是早晚问题。如今，唯一的出路就是背水一战。请您早下决断！"

火树王又犹豫了一阵，终于下定决心，拔出御用玉刀，"好，死战到底！"说着，狠狠劈开了桌上的一只南瓜。

大哥把穆都武士匆匆组织起来，但还没有布好阵势，就已经和迦安的前锋短兵相接。我们在风雨中陷入了苦战，从傍晚一直打到夜里，穆都勇士们扛住了迦安大军一次又一次的猛攻，但毕竟势孤力单，最后我们被包围起来，包围圈像绞索般逐渐缩小。

到这时候，我这个所谓的大祭司也不能安坐在国王身边，同样拿着石刀加入了战团。我奋力打倒了好几个敌人，但自己也挨了好几下刀棍，浑身是伤，却也没感觉有多疼，浑身都麻木了。打斗间隙我向天上看去，雨早已停了，但仍然是一片漆黑。也许这就是宇宙的真相，处处都是黑暗混沌，毫无希望的星光，人类的生活也只是如野兽般相互撕咬。

此时此刻，我又想起了九·鹰瞳，想起了以前那些学习天象学的日子，当时也觉得痛苦煎熬，但在今天却是不可奢望的幸福了。

你在哪里，鹰瞳大人？你眼中的世界，想必更是一片黑暗吧？我知道你一定恨死了我，是的，我亏欠你太多太多，永远也无法偿还。不过现在我也遭到了命运的惩罚，很快我就会离开这残酷的世界，前往更黑暗的地方去。永别了，鹰瞳大人，你高贵的灵魂必将重返光明的上界，我们永永远远不会重逢了……

又一个迦安人倒在我面前。不知何时起风了，风吹散了一点点云层，从云上投下了朦胧的月光，照在大海上，照在战场上，照在活人和死人苦难的眼睛上，宛如哀伤的安魂曲。

不，不是月光。

天象祭司的直觉告诉我，这光的质感和月光不同，而且稍微推算一下，就知道月亮这时候还在地平线以下。所以这光，这光难道就是——

"库库尔坎啊！"我忽然听到身后火树王绝望的呼声，回头见他站在一座土丘上，身边已经不剩几个卫士。他头戴羽蛇王冠，任大风吹起长长的衣袍，仰起头，对着天空高举起玉刀，"请归来吧！我是十四·火树，罹难的十七·蜥蜴火之子，穆都的新王，你忠实的仆人，我将自己的鲜血献祭给你，也将穆都人的生命交付在你手上，愿你归来，以无边的愤怒摧毁一切强敌！"

他将刀刃划过自己的额头，鲜血涔涔而下，状若疯癫，云间透出的诡异白光在他血污的脸上跳着舞。被他的疯狂所震慑，周围迦安人的进攻放缓了。风变得越来越大，云层迅速散去，可以看到，云后面的确有某种发光的巨大天体横亘于群星之间，比月亮大得多，也亮得多。再没有疑问了。

"库库尔坎！"我在狂喜中喊道，"我们是对的，是对的！你终于归来了，库库尔坎！"

"库库尔坎！库库尔坎！"穆都人纷纷跟着我呐喊起来，声音雄浑而齐整，盖过了战场的杀伐和惨叫声。随着我们的召唤，最后一点云团也飘散了，现在可以清晰地看到，一条雪白狰狞的羽蛇高翔在北方的星空，头部探入宇宙树之间，长尾扫过整个七鹦鹉星座，神圣庄严，如同众神之王。比起上次在战场上见到的小羽蛇，这次的羽蛇宏伟壮丽，让人震撼。

"现在，消灭你的仇敌吧，库库尔坎——"火树王声嘶力竭地叫道。穆都人的欢呼响彻山海，简直可以传到伊察姆纳大神的宇宙圣殿。我们大喊着发动了反攻，觉得身上增添了使不完的力气。迦安人一个个魂飞魄散，哪里还敢恋战，有的目瞪口呆，有的瑟瑟发抖，有的跪下求饶，更多的则扔下武器，扭头就跑……

战局就这样扭转了。那一战，人数为穆都两倍的迦安军被我们击溃，如同大风撕碎云朵。

羽蛇按期归来，平静地穿过群星，穿行在与千百年前同样的天路上。人间也再一次为它沸腾。

我们在接下来的三次大战中都击溃了迦安人，一路招降纳叛、攻城略地，很快克复了穆都故城。此时，羽蛇已经占据了半个夜空，还在向着太阳的方向疾驰。在无比惊人的异象面前，臣服迦安的各大城邦纷纷起事，加入穆都人的行列，我们的军队迅速增加到了两万人，追随羽蛇的脚步，浩浩荡荡地向迦安进军。

疾跑信使一路将军情传到北方，虎爪王得知自己后方大乱，慌了手脚，连夜撤兵南下。托尔特克人闻讯大举反攻，在河谷间歼灭了迦安的大部分军团，虎爪王只带着几千残兵逃回了迦安城，托尔特克人一举攻占特奥蒂华坎，随即也从北向南，攻打迦安。

风起云涌的三四个双旬过去了。羽蛇日益接近太阳，如今只有在日出前夕才能看到。同时，我军也已兵临迦安城下。但随着雨季的到来，乌云又隔断了人间和上界的联系，豪雨也让战争难以为继，随时可能刮起飓风。

那天，十四·火树忽然召见了我和大哥等将领，要求尽快与迦安军决战。

"我王，"大哥耐心地劝诫，"我军虽然连番大胜，但也耗损惨重，迦安人已经无路可退，一定会拼死抵抗，胜负难料。何况托尔特克人在区区五十里外屯兵上万，还有更多部众陆续从北方南下，天知道他们有多大的野心？如果我们和迦安两败俱伤，玛雅列邦就再也没人可以制约他们。"

"托尔特克蛮子？"十四·火树不屑地冷哼，"那些野蛮人正在增加兵力，准备一举攻入迦安，而我们却在这里迁延不进，浪费时间！如果他们占领迦安，穆都会沦为玛雅列邦的笑柄，还如何能重新振兴？大祭司，你怎么看？羽蛇不是会保佑我们必胜吗？"

"我王，"我想了想说，"羽蛇的确已经给出了胜利的征兆，金星也处于最吉利的位置。但雨季的飓风即将到来，如果我们不能在七天内开战，不如先退回穆都休整。"

我知道这话听上去不偏不倚，但只能有一个结果。果然，十四·火树说："那就七天之内开战！鹿角，你立刻召集各部首领，和大祭司一起决定开战的吉日，务必要让至上的库库尔坎大神饱饮敌人的鲜血，赐予我们更大的胜利！"

大哥见国王已经做出决定，不好再辩，只得和我一起退下。出了营帐，他不满地问我："为什么要怂恿我王开战？你知道他还是一个不成熟的孩子，飓风将要到来，我们应该先返回穆都休整。明年再战，我们的赢面会更大。"

"但迦安人也会趁机站稳脚跟，重整旗鼓。大哥，你不是也日思夜想着尽早为阿妈和小妹报仇吗？"

"当然想。但眼下穆都的精锐武士损失惨重，士气不高，现在我们更需要的是休整。如今迦安城周围的玉米田已经被我们劫掠一空，他们得饿上半年的肚子，而我们可以休养生息之后再决一死战。再说不是还有托尔特克人吗？让他们先去和迦安人打个你死我活好了。"

"我觉得我们应当在托尔特克插手之前解决迦安，"我说，"然后再联合各城邦一起对付他们。"

"托词，都是托词！"大哥抓住我的肩膀，迫使我看着他，"你说，你一定要立刻打进迦安，是想去找那个魔女吧？"

我站住了脚步。大哥没有猜错，我再见到九·鹰瞳的唯一可能就是穆都军能够攻占迦安。何况回到迦安附近后，我从俘虏口中打听到了更多的消息。九·鹰瞳发疯以后，最初虎爪王念在旧功，还让人好好照料她。不料那些老天象祭司趁机大进谗言，说我们在南方逃难时私通苟合，她把看家的法术都传授给我，才酿成大祸。前些日子羽蛇重现，穆都大胜，我也名声大噪，虎爪王更觉得都是九·鹰瞳招来的祸患，于是迁怒于她，据说对她严刑拷打，现在生死未卜。我听后简直心如刀割。

"早知道，当初在特奥蒂华坎就该杀了她！"见我迟疑不答，大哥恨恨地道。

"大哥！"我忍无可忍地喝道，"九·鹰瞳不管干过什么，现在都受到了足够的惩罚。可你也别忘了，没有她，我的尸体早就腐烂在神庙后的万人坑里，而你就算不死，也还在迦安城里挨鞭子呢！"

大哥一时说不出话，我转身而去。

三天后，最后的决战在雨水中展开。阵前的天象对决中，迦安的新任天象大祭司二·犰狳甲跟我引经据典，证明五星的排列如何对迦安有利，但论据错误百出。我没有跟他进行无谓的辩论，只说了一句话：

"羽蛇已经归来，胜负还有何疑！"

穆都战士们爆发出惊雷般的欢呼，以百倍的热情冲向敌军。怒吼和惨叫声上动九天，血水染红了地上的每一个水坑。我忽然想起，这场复仇战争的导火索是多年前的大旱，只要天降一点点甘霖，或许战争就不会爆发。如今满目都是雨水，要多少有多少，但已经没有人在意了。这是多么反讽。

战斗持续了一整天，双方阵势大开大合，像一场宏大的球戏，倒下的名将和猛士不计其数，如飓风后的落叶铺满战场。如果没有发生后来的事，诗人们本该用整整一千年来歌唱这次传奇大战中的可歌可泣的英雄事迹。夜幕降临时，一切终于见了分晓。我们付出了惨痛的代价，歼灭了迦安最后一个军团，但虎爪王还是在御林卫士的死战下逃走了，不知所踪。穆都联军浩浩荡荡地开进迦安城。

我刚跟随火树王进城，就得知二·犰狳甲没来得及逃走，被我军生擒，火树王对这人不感兴趣，交给我处置。

"鹿尾兄弟，鹿尾兄弟，你还记得吗？当初在天象台我们经常一起搭伴，你可一定要救救我……"二·犰狳甲一见到我就套近乎。

"九·鹰瞳在哪里？"我懒得废话，直截了当地问道。

二·犰狳甲的小眼睛滴溜溜地打转，"这个，鹿尾兄弟，你先答应不杀我，我才敢说……"

"好，你说出来我就不杀你。"我痛快地说。虽然知道此人是迫害九·鹰瞳的小人之一，但我此刻心情好，懒得跟他算这些旧账。

"那个……我的房屋、田产，还有一百多个奴隶也请你保全……"

"来人！"我喝道，"先砍掉他的左手，再不说砍右手！"

"别别，我说我说，她就被关在雨神神庙后面的监牢里……"

我立刻带了四个亲信兵士，押着二·犰狳甲随我前往雨神神庙。一路上，我看到穆都和其他城邦的兵士在城里大肆烧杀抢掠，贵族在府邸前被分尸，祭司在神庙中被烧死，女人在丈夫面前被奸污，婴儿在母亲面前被烧烤……有不少人还是我以前相识的。烟火冲天，尸骸遍地，怕是下界的深渊里也没有这样可怕的景象。

我未曾见过穆都城破的样子，也不忍去想象，但眼前的场景却让我想到了那一幕。这就是我一直渴望的复仇吗？把穆都人所承受的痛苦同样加诸迦安人之身？可说到底，穆都人，迦安人，又有多少区别？我们都是人类，都是玉米神的子民，为什么要分成两边，打得至死方休？

我不敢多想这些沉重的问题，当务之急是救出九·鹰瞳，让她不至于遭到同样的厄运。我踏进了雨神神庙，此刻，偌大的神庙内外已经没有一个活人，到处都是尸体和血迹。我知道劫掠者是冲着神庙中收藏的财富而来，生怕他们找到了九·鹰瞳，对她不利，但看样子，基本上没什么地方没有被洗劫过了。九·鹰瞳到底在哪里？

我又追问二·犰狳甲，但这回他也不知道具体的所在。我正在发急，兵士们架起一个瑟瑟发抖的祭司，说这人躲在一堆死尸里，好不容易才找出来。我看他服色高级，忙问他九·鹰瞳的下落。他有气无力地说："她……被扔下圣井了。"

"什么？！"我不敢相信自己的耳朵，几乎要瘫倒在地。

所谓圣井，乃祭祀雨神查克之井，干旱时节未婚处女常常被扔进井里以祭祀雨神或祈祷丰收。几百年下来，里面不知道有多少女子的亡魂。不料如今连九·鹰瞳也……

"不关我的事！是虎爪王想驱走羽蛇，所以拿她献祭，又怕她巫力太高而作祟，所以用雨神的力量来镇住她……不过，她是七天前被扔下去的，现在也许还活着。"

"你说她还活着？！"

"这我不敢肯定……但圣井是口旱井，长年被盖住，里面积水不深，不是每个被扔下去的活祭品都会死，有的人可以熬好多天。如果过二十天还活着，就说明雨神保佑她，她也会过上好日子。据说上个纪元有一个女孩——"

"行了，少废话，快带我们过去！"

圣井在后面的庭院里，上面覆盖着大石。兵士们把石块刚挪开，一股腐败恶臭的气味便扑面而来。我看着下面黑洞洞的不知有多深，想到九·鹰瞳被扔在这种地方不知死活，便感心惊肉跳，忙叫人找来绳索，拿着一根火把溜了下去。

下到井底，眼前的一幕更是骇人。这里遍地脏水和污泥，还有腐肉、枯枝和天知道是什么的东西，恶臭几乎令人晕倒。到处都可以看到白骨和骷髅头，有的身上还戴着昂贵的金饰，正是那些被献祭的可怜女子，但没有活人的踪迹。我找了许久，才发现一个仿佛是玉米棒搭起来的人靠在井壁边，瘦得如同骷髅，身上只有几块破布，几乎全裸；花白的头发披散在干瘪的乳房上，几条蛆虫在没有眼珠的眼窝内外爬动，身体却一动不动。

我不敢相信这就是九·鹰瞳，但我随即看到了她额头上烙刻的金星符号。

千真万确，这就是当初那个神采飞扬的高傲女郎——我爱恨纠葛了七年的女人。才两年不见，她已经变得我完全认不出了。

你究竟干了什么，七·鹿尾？

我趔趔退了好几步，晃了晃才站稳，鼓起勇气唤了一声："大、大人？"

没有回答，她大概已经死了。

我又唤了两声，鼓起勇气上前。面前的骷髅女子仍然一动不动，我看到她身上有许多被鞭打和虐待的痕迹，心中一阵阵抽痛。我碰了碰她的肩膀，她忽然颤了一下，像犰狳一样蜷缩起来，"别打我！别打我！"

"大人，你还活着？！"我悲喜交加，"没事了，我会救你离开这里的。"

"离开这里？"她犹疑地说，"是你……你来了吗？"

她好像认出我了。我哽咽着说："是我，我来了，我来救你……"

"你终于来了……"九·鹰瞳说，嘴角露出奇异的微笑，"也好，也好，结束这一切吧，结束这个世界。"

我不明所以，"你说什么？"

"我在这里已经待了太久太久。"她梦呓般地说，"十个纪元？一百个纪元？也许更久、更久。我把命运的历轮从开头转到末尾，又从末尾转到开头，我一遍遍看着天地万物在无尽虚空中的创生和毁灭。我问伊察姆纳大神，是否还有别的世界？大神说，还有许多许多，在别的星星那里……但你来了才能结束这个世界，带着我们的灵魂前往其他的世界……世界之落叶将归于宇宙树之根，它将变成新的树叶……带我走吧，库库尔坎……"

我明白了，九·鹰瞳的确已经疯了，一切都是我的罪孽。"我懂，"我尽量温柔地说，"我这就带你离开这里，我们一起去别的星星。"

我解下长袍，披在九·鹰瞳身上，然后将她抱起。她的身体轻得超出想象，像惊惧的孩子一样紧紧勾住我的脖颈。我抓住绳索，兵士们将我们一起拉了上去。

走出井口，阳光披洒在劫后余生的神庙里。九·鹰瞳也感觉到了久违的阳光，不由瑟缩了一下，"是太阳？我们飞到太阳边上了吗？"

"我们离开圣井了。"我告诉她，希望她能恢复一点理智，"你自由了，再也不会有人关着你了，那些害你的人都会得到应有的惩罚。"

我指了指二·犰狳甲和雨神祭司，吩咐左右："把这两个家伙扔进井里去！"二人大惊失色、乞怜不已，但还是被架起来扔进了井里，下面随即传来水花和哀号声，但当巨石重新压上井口后，就什么声音都听不到了。

九·鹰瞳似乎清醒了几分，"你在干什么？你的声音好熟悉……你是谁？你到底是谁？"

"我……是七·鹿尾。"我告诉她，紧张地等待着她的反应。

"七·鹿尾……鹿尾……"她念叨着这个名字，仿佛在回忆天地创生前的往事。忽然间，她的身子颤抖起来，挣扎着推开了我，"你、你真的是鹿尾？"

"是我……"我忐忑地等着她大叫、怒骂或者哭泣。但她喘息了很久，只说了一句："你能回到这里……羽蛇出现了吗？"

"对，穆都已经攻占了迦安，不过你放心，以后再也不会有人伤害你……"我去拉她的手。

但她再次后退，尽量和我保持距离，"等等，羽蛇是什么时候出现的？"

我没敢再刺激她，一五一十地回答她的问题："和我们在特奥蒂华坎预料的一样，第十一纪元，第四世代，第八长历年，第四双旬。羽蛇应该早已出现，不过到了第十七日，乌云散尽之后我们才看到。"

"它出现在什么位置？多大？移动的速度如何？"

我仿佛回到了当她助手的日子，习惯般地认真答道："头部大概是在七鹦鹉星座的下部、蓝鹦鹉星和大力士星的连线上，距离蓝鹦鹉星八个星距左右。身体已经很长了，大约八十个星距。速度一开始不快，每天大约七八个星距，在第二天夜里掠过绿鹦鹉星，第三天……"

九·鹰瞳细问了很多问题，全部是关于羽蛇的踪迹的，有些问题细碎得毫无必要，我想这应该是她作为天象大祭司的习惯，为了不刺激她的情绪，所以我尽量仔细回答。最后，九·鹰瞳慢慢坐倒在地上，喃喃地问："是什么时候了？"

"现在？大概是午后第二时辰。"我说。

"不，我是问哪一天？"

我一怔，才想起来她不见天日已经很久了，那井底下呼天天不应、叫地地不灵，不知道日子也不奇怪。"今天是坎金双旬第九日，长历是10–3–7–5–14。"我告诉她。

"10–3–7–5–14，"九·鹰瞳重复了一句，"到了吗？真的到了吗？我们再也无路可逃了？"

"大人，你究竟在说什么？"我忍不住问。

她面容严肃地转向我的方向，那对没有眼珠的眼窝似乎还在射出无形的目光，盯住我的眼睛，令我心中发毛。

"我是说——"

她刚说出三个字，陡然间奇变忽起，前方几支羽箭凌空飞来，射进护送我们的穆都武士的胸口，他们猝不及防，纷纷倒地。我还没有反应过来，一群衣着奇特、容貌凶恶的武士不知从哪里冒出来，已经将我们团团包围，仔细一看，他们竟然是……

残卷十二·天谴

……我被驱赶着，抱着九·鹰瞳一步步走上月亮金字塔的台阶，两边站着留着发辫、身上文着鹰或豹虎兽图案的异族武士。台阶已经再一次被鲜血染红，却分不清是迦安人还是穆都人的了。

在我身后，蛮族武士像雨季的洪水一样涌进迦安的大道小巷，淹没了穆都残余的抵抗力量。昨天辉煌的胜利变成了今天命运的捉弄，穆都的太阳已经被另一颗更耀眼的天体所取代。

一颗人头从金字塔上被抛下，在我身边滚下台阶。我看得分明，那颗脑袋大眼圆睁，须发戟张，正是虎爪王的。随后，又一颗人头紧跟着它落下，是一个还带着几分稚气的少年的头颅，正是穆都的新君十四·火树。

我心中一痛，望向塔顶，一个巨柱般的身影傲然挺立。我知道那是谁，北方的霸主、托尔特克人的王——北风之牙。

我走上最后几步台阶，站在北风之牙面前。这位托尔特克大王简直是一个巨人，差不多比我高两个头，装扮和一般武士差不多，只是头顶有鸟羽冠冕，手臂上多了几件黄金饰品。他正满不在乎地将迦安与穆都两位国王的无头尸首同时拎起来，像刚宰的两只火鸡一样扔下金字塔。

他打量了我一番，用相当娴熟的玛雅语说："七·鹿尾，穆都的新任天象大祭司，羽蛇的召唤者，这些日子以来，你的名声传遍了玛雅世界的各个角落，也传到了我的耳中，所以我派人把你请来。"

"你到底想干什么？"我问道，搂紧了怀中的九·鹰瞳。我的动作没有逃过北风之牙的视线，他流露出厌恶的表情，"这个骷髅一样的人是谁？"

"她是九·鹰瞳，被虎爪王折磨才变成这样的。"

"迦安的魔女！"北风之牙不禁惊叹，"想不到她……算了，你们穆都和迦安的恩怨与我无关。我只问，你们愿意效忠于我，为托尔特克王朝的统治服务吗？"

我想骂他卑鄙无耻，趁两败俱伤之际偷袭穆都，窃据迦安，但我明白这些口头指责伤不到他分毫。我只是摇摇头，挺起胸膛，"玉米神的子民绝不会为野蛮人效力。"

北风之牙并未发怒，只是轻蔑地笑了，"野蛮人？是啊，多少年来，托尔特克被玛雅人当成无知的蛮族、弱小的藩属、奴隶和祭品的掠夺对象，我们仰望着玛雅,正如玛雅人仰望着天上的星辰。可是神不会永远眷顾你们，看看你们的历史，穆都、迦安、科潘、帕伦克……一年接一年、一个世代接一个世代、一个纪元接一个纪元地自相残杀，无止无休……够了！众神的旨意已经通过我下达：他们收回了对玛雅列邦的恩宠，让托尔特克的统治为世界带来和平。"

"和平？"我忍不住反诘，"你的武士们正在下面大肆杀戮，这和穆都人或迦安人又有什么区别？托尔特克王，你带来的不是和平，而是更多的战乱和死亡。"

北风之牙一挥手，"这就要靠你和九·鹰瞳了。既然羽蛇在北方出现，难道不是预示着托尔特克人的统治？众神的代言人，你们要告诉自己的同胞，一切都是库库尔坎的旨意，让他们顺从，否则，他所庇佑的大军会摧毁每一个玛雅城邦。"

"托尔特克王！你怎能如此曲解和利用神圣的天象学？不怕招来上界神明的怒火吗？"我愤怒地抗议。

"天象学？"北风之牙冷笑着回答，"只是玛雅的贵族和祭司欺骗愚民的把戏罢了！你以为我真是无知的野蛮人？不要自以为是！十几年前，在登上托尔特克的王座前，我在你们的各大城邦游历了很久，也结交过几名天象祭司，我了解所谓的天象学是什么。你们找出星辰运行的规律，预言日食和月食，凡此种种，无非是借天象来恐吓愚民。你和我一样都很清楚，上界所发生的一切都和人间毫无关系。不论我们做什么，都不会改变上界的规律；而上界的异象，除了在人心中引发不同的情绪外，也别无力量能够左右人间！"

我无言以对。北风之牙所说的，也恰是我心中长久的疑惑。但疯狂怪异的笑声陡然在我身边响起，是九·鹰瞳。

"你在笑什么？"北风之牙温和地问，但我听出了杀气。

九·鹰瞳边笑边摇头，"我们的世界，从头到尾都只是上界众神抛掷的胶球；我们的命运，从头到尾都掌握在众神手上。这个世界即将步入毁灭，而你还说什么上界的力量不能左右人间？哈哈哈！"

北风之牙莫名其妙道："毁灭？你是说这场战争？"

"不，彻底的毁灭！"九·鹰瞳的声音陡然提高，"这个世界本身的毁灭！正如神话所说，羽蛇降临之日，也就是世界毁灭之时。"

"你说的是多少个纪元后世界将毁灭的预言吧？"北风之牙释然，"除了你们这些祭司，谁会在乎十个纪元之后的世界末日？"

"还不懂吗？不是十个纪元后！"九·鹰瞳凄厉地叫道，狂风拂动她满头的白发，她疯狂地说出了神谕般的话语，"就——在——今——天——"

"什么？"

"几个时辰之内，也许几次眨眼的时间里羽蛇就会到来，大地会化为虚空中的灰烬，我们不是灰飞烟灭，就是坠入无尽的黑暗深渊。"

"你疯了吗？你到底在胡说八道什么？"

"我一直看着它。"九·鹰瞳梦呓般地说，"在黑暗中，它从宇宙尽头慢慢飞来，在阳光的照耀下，长出身躯和长尾。它的头颅大如太阳，它的巨口可以吞下整个大地，它的身躯我们从生到死也走不完亿万分之一，它最细小的羽毛都胜过大地上最高的山脉……它带着毁灭的火焰，可以让世界瞬间化为乌有！它来了！它来了！"

她的声音似乎充满了黑暗的魔力，让我一阵晕眩。但北风之牙却不为所动，"是吗？"他冷冷地道，"下面就是要我放血忏悔，对你们天象祭司匍匐跪拜才能消禳灾祸吧？你们那套唬人的把戏骗不了我，收起来吧！"

九·鹰瞳放声大笑，"哈哈，你还不明白吗？你和我们，还有大地上的一切生灵，再也见不到明天的太阳。放血也好，跪拜也好，都不可能改变一丁点儿。它来了！它来了！不可能再改变，不可能！呜呜呜……"她伏倒在地上，又痛哭起来。

北风之牙看到她又哭又笑，轻蔑地嘟囔了一声："什么迦安魔女，原来只是个疯婆娘！"

"至于你，"他又转向我，"你怎么说？你不会也发疯了吧？你愿意投效我的座下吗？这是最后的机会。"他眼神中的杀机已经高涨。

我听到有人嘿嘿怪笑了起来，好一会儿才发现那竟是我自己，"你没听到她说吗？羽蛇就要到来，世界即将毁灭。托尔特克王，你的一切权势和荣耀、子民和奴隶，都将和最卑贱的粪土一样，化为乌有。"

穆都和迦安都已毁灭，九·鹰瞳已神智失常，大哥多半也遭了毒手，我心如死灰，不想再苟活在这疯狂的世界上。不如干脆激怒这托尔特克王，一死了之。

果然，北风之牙忍无可忍地大喝一声，对左右武士用托尔特克语嘱咐了两句，他们便抓住我和九·鹰瞳，拖到不远处的祭坛上，托尔特克武士的黑曜石长刀双双高举在我们头顶。我大笑起来，"杀死我们，砍下我们的脑袋，挖出我们的心脏，吃掉我们的脑子，托尔特克王，做一切你想做的事，但该发生的一丝一毫也不会改变！"

"那就如你所愿！"北风之牙暴喝，又用托尔特克语说了几句什么，我想定是砍头的命令，心中浮现二哥当初说过的话，迷惘地想：我们的鲜血和生命会滋润太阳和列星吗？难道这宇宙存在的意义就在于汲取一代代人的鲜血？不如干脆让这世界毁灭，终结这一切吧……

但我们随后又被抬了起来，这回竟被抬到了金字塔最顶部的天象台上，一左一右用貘筋牢牢绑在了中间的日晷柱顶上。

"我要让你们知道自己有多么愚蠢！"北风之牙在我们面前悠然地说，"在这里等候所谓的羽蛇降临吧！你们能活多久就可以等多久，顺便看看我是如何征服你们的城市的。"

他转身大步离开，去享用自己的战利品，武士们纷纷跟随他离开，只剩下两个人看管我们。我和九·鹰瞳背对着背，被绑在自己再熟悉不过的天象台上，俯瞰整座迦安城的毁灭。

我看到北风之牙在数百名武士的护卫下走到伊察姆纳大道上，检阅得胜归来的托尔特克各部族。正志得意满间，忽然，一支服饰与托尔特克人很近似的奇兵从金字塔间的阴影地带冒出来，迅猛地攻入托尔特克的武士阵营，带头者挥舞大斧，杀出一条血路。我过人的眼力看清楚了，是大哥，他还活着！还在挽救战局！他带着一百多个乔装的武士，像楔子一样打入数千托尔特克人的包围中，迅速靠近北风之牙，然而每近一步，都有好几个穆都武士倒下。很快，大部分敢死队队员都消失在托尔特克人的包围中，宛如一条小舟在风浪中沉入大海。

在同伴的掩护下，遍体鳞伤的大哥终于单枪匹马地冲到了北风之牙的身前，四五个托尔特克精锐武士挡在北风之牙前面，这是不可冲破的屏障。但北风之牙自信地挥手，让他们让开，在大哥和他之间留出了足够的空间。大哥怒吼着冲向他，但已经是强弩之末——他一斧劈向北风之牙，手腕却陡然被那个魔鬼抓住，眼睁睁看着斧子被夺了下来。北风之牙轻松地挥动石斧，反斩向大哥。此时我的视线被周围的人挡住，看不到具体战况，只看到大哥倒下，血水像喷泉一样从人群中喷射出来……

我号啕大哭起来，不光是为大哥，也是为九·鹰瞳、我和我们的一切。

"鹿尾，"忽然，九·鹰瞳的声音从背后传来，"你在哭吗？"

"大哥死了……"我哭道。

"凡人皆有一死。不要哭了。用你那神赐的双眼最后看看这世界吧，蓝天、白云、农田、大街、金字塔，各式各样的人群……一切即将化为乌有，如同从未存在过一样。"

"你……你又在说疯话了。"

"疯话吗？"她叹息着说，"或许吧，我在黑暗中待了太久太久，已经分不清梦和现实了。"

"对不起，大人……"我羞惭地说，"是我害了你……"

"我曾经诅咒过你千万次，"九·鹰瞳惨笑起来，"但也是你，不，应该说是十八·天鳄帮助我看到了宇宙最深邃的奥秘，完成了我的梦想，多么反讽啊！所以现在，我并不怨你们，反而要感谢你们挖掉了我的眼睛。"

"大人，我不是……"

"我说真的。有这双眼睛，我什么都看不到，连世界上最明亮、最清晰的游星都一直没看到。结果到头来才发现，整个宇宙的秘密就在这颗游星上。"

"什么游星？"我又听不懂她说的话了。

"想想这些年我们发现的东西,"九·鹰瞳仿佛又回到了往日的研究岁月,在教导我这个不成器的学徒,"不论看起来有多么奇怪,但它们都是真切的,像石柱铭文一样被深深铭刻在群星之间。第一,大地其实远远小于太阳;第二,大地是一个球体,像太阳和月亮一样;第三,不算月亮的话,太阳与大地之间还间隔着同样是球体的水星和金星——它们都会发生凌日,出现在大地与太阳之间,而其他游星则永远不会进入这片区域。大地是什么,你还想不到吗?"

我怔住了。她说的应该都是我已经接受的事实,但放在一起,却似乎呈现了全新的意义。"大地是……你是说,它难道是……"

"一颗游星!"九·鹰瞳说,声音越来越兴奋,"一颗我们每天都看到却从未发现的游星,一颗在金星和火星之间围绕太阳转动的游星!它每天自身转动一圈,造成了我们见到的天球转动的现象,而每一个哈布年绕太阳转动一圈,造成了太阳在星空间首尾相接的路径!还有会合周期、游星逆行……一切都能说通了。"

我震惊得说不出话来。一个声音,常识的声音告诉我这是彻头彻尾的胡说八道,九·鹰瞳一定已经丧失了神智,但在特奥蒂华坎的迷狂中所看到的景象又涌上我心头。的确,当时我看到一颗幽灵般若有若无的星体,隐藏在金星与火星之间,每当我将目光投射上去,它就会消失;而当我观察其他星体的时候,它又会出现在背景中——难道不是单纯的幻觉,也不是某颗难以看见的小游星,而就是我们脚下的大地?难道我的灵魂之眼早已看到了大地的真实位置,只是因为根深蒂固的观念才拒绝承认?

"我……好像也见到过同样的情景,"我犹豫地说,"但又看不清楚,如果现在再有一只通灵菇就好了。"

"你不需要它,任何人都不需要它。也许玛雅人犯了一个错误,我们太依赖通灵菇的效力,将其视为神启,而忘记了这是我们用自己的心灵思考出来的结果。"

"但是,"我问,"即便大地也是游星,羽蛇又如何毁灭世界?"

"羽蛇是大得惊人的天体,比任何游星都要大很多很多。所以虽然距离遥远,但我们能看到它的形状,宛如长着雪白羽毛的长蛇。它崇拜太阳,围绕太阳运转,正如大地或其他游星一样……"

我想起了那天在特奥蒂华坎看到的景象。羽蛇沿着陡峭的星空之路,从遥远的地方接近太阳,绕过太阳后又消失在另一边。有的一去不复返,有的终有一日还会回来……

"虽然巨大得不可思议,但在更为广袤的宇宙中,羽蛇有足够的空间能自由运动。大部分情况下,羽蛇和其他天体互不相犯,但有时候,羽蛇会进入其他游星的天路,从距离它很近的地方掠过……"

一颗神秘的幽灵之星——大地——围绕着太阳运转,那条351年回归一次的羽蛇像不速之客,迅速从天顶接近太阳,又绕过太阳返回北方,它的路径恰好和幽灵之星的路径交错,所以有好几次,人们都看到了巨大的羽蛇横贯天空……

"但就像会合周期一样,在千万次的交错循环中,总会有一两次,羽蛇运行到游星的天路上时,游星恰好也在那里。从游星的角度看,羽蛇几乎是沿着直线扑向它。"九·鹰瞳诡异地笑了起来,"就像一条巨蟒扑向一只小小的青蛙。"

我打了个寒战。是的,我当时看到羽蛇越过太阳后,就像一支箭一样从太阳的下方射向幽灵之星。它飞行得非常快,只需要几天的时间就可以越过广袤空间,而因为一直在太阳左近,被强烈的阳光掩盖,就算在白天也几乎无法看到它。它就这样冲向我们的大地,而我们毫无觉察!天哪,这么说来,还有多久——

天上出现了奇异的光亮,我抬起头战栗地看到,在云层后面,某个火红的庞然大物正飞快地自西向东穿越天空,滚滚火烟将天空分为两半,像巨大的鲸鱼分开大海。

"那是什么?你看!你看!"我惊恐地叫道,但随即想起,九·鹰瞳不可能看到任何东西。

我还没有看清那是什么,那巨大怪异的东西就消失在东方地平线上。但随即,从我们头顶传来了比滚雷还要响一百倍的巨声,让我的耳朵几乎要聋掉。随后的一阵狂风几乎要把整座金字塔吹起来,将我的魂魄都吹散。

"它来了吗?它来了吗?"我听到九·鹰瞳声嘶力竭地呼喊,"它一定来了!一定来了!在永久的黑暗中,在分不清梦和现实的地方,我孤独地悬挂在宇宙深处,看着群星几千年来旋转和回归。我一遍遍看见它的最终到来,狰狞的巨眼大如日月,凝视着我们沙粒一般的世界,它的每一根羽毛都是万里长的白色烈焰,每一次呼吸都可以将天地山河吹散!"

我无法呼吸，无法思考，只有九·鹰瞳的话语在我耳畔回响，让我一遍遍体会到神的存在和他压倒一切的威严。

"它穿越无限空间来到这里，为的是审判我们这个罪恶的世界，带走我们罪恶的灵魂。看哪，审判的时候到了，整个大地像落入火堆的木块，刹那间一切都燃烧起来！海洋蒸发，山峰融化，人类化为乌有，亿万游魂被它吸入口中带往宇宙树之巅……它来了，它来了！"

天上的巨响还未散去，一道血与火的伤痕深深地烙印在天空上，随即大地如鼓面般猛烈抖动起来，这是一场从未有过的大地震。城市里平民的木头和泥土房屋在瞬间倾塌。

末日来临了！我绝望地闭上了眼睛。但九·鹰瞳的话语还在不断地传入耳中：

"鹿尾，这世界已经被邪恶和疯狂所玷污，它即将死去，死于羽蛇的审判。但不要害怕，也许羽蛇将令我们重生，不是在这大地上，而是在宇宙树的另一片树叶上……真的，如果天球并非围绕大地转动，那么也许那些星星都和太阳一样，是更遥远的太阳。也许羽蛇会净化我们这个污浊的世界，带着我们的灵魂，飞到那些遥远而不可思议的世界中去……"

残卷十三·毁灭

……地震停止了。

我睁开眼睛，发现自己还在呼吸，身上也没有掉一块肉。身下的石柱、天象台、金字塔、迦安城和大地仍然在那里，并没有化为灰烬。城中，惊魂初定的托尔特克人像没头苍蝇一样乱转着。

世界……没有毁灭？

"我们还活着？鹰瞳，我们还活着！"

但九·鹰瞳没有发出任何回应。我喊了许多声，她都没有回音。我被一种不祥的感觉笼罩，她的身子哪儿经得起这番折腾，加上心情过于激动，也许她已经……

经历了这场奇变，我哭不出来，头脑木愣愣的，全无思想，只是呆呆凝视着羽蛇最后消失的方向。不知过了多久，北风之牙跌跌撞撞地跑了回来。

"刚才发生了什么？发生了什么？"他人还没上来就开始大喊大叫，声音中全是恐慌。

我笑了，"羽蛇降临大地，你的眼睛没有看到吗？"

"真的是羽蛇？"北方之牙脸色煞白，全没了当初的气焰。

"我早告诉你九·鹰瞳是对的，可你不听，害死了她！"

"她死了？我……我并没有要杀她。"北风之牙像是一个犯错的孩子。

"她被关在地下的洞穴里没吃没喝很长时间，早就心力交瘁，又被你绑在柱子上风吹雨打，你说还能熬多久？"

"我……我怎么知道……"北风之牙结结巴巴地想为自己辩护，忽然间又好像想到了什么，"等等！让我再想想……好像哪里不对……"

他四顾张望一番，脸上的表情忽然放松了，"差点被你们骗了！说什么羽蛇会让世界毁灭，其实不过是一颗很小的流星落到地上，引发了一场地震罢了。世界不是还好好地在这里吗？"

我无言以对。九·鹰瞳的确没有全说对，羽蛇的撞击似乎并没有如想象中那般毁天灭地。但能预言到这件事已经非常了不起了，北风之牙怎会懂得这背后有着多么伟大的发现！

"哼，你们只不过是算出了这件事，就来危言耸听？"北风之牙越发得意起来，"哈哈哈，有本事让羽蛇再来一次，直接砸到我头顶如何？"

"啊！"蓦然间，他背后的一个武士叫了起来，指着远方急促地喊了几句托尔特克话，打断了他的狂妄。北风之牙望向他指的方向，顿时呆如石雕。

一道不起眼的灰白细线出现在东方的地平线上，远远看去还有点发亮。这道线并不显眼，但却十分怪异，我们中任何人都从未见过这种奇特的景象。而且它并不是静止的，而是缓慢毫不停息地向我们这边移动。很快，线条变成了一堵墙，看上去还是很低矮，但已经吞没了远处隐约可见的房屋和树木，并在显著地变大。

"那是什么东西？"北风之牙迷惑地问。

我也十分迷惑，但我的眼睛毕竟比他的要更尖一点，很快就发现了真相，大叫了起来:"水!全都是水!"

那是一堵由水筑成的移动之墙,更确切地说,是一道扫过陆地的巨浪。它正由东而西,越来越近,现在可以渐渐看到高卷的浪头和汹涌澎湃的水体。它的高度不可思议,至少有三四十人高,仿佛是一支比任何人类军队都要强大万倍的巨人军团在冲锋。农田、房屋、道路、纪念碑、小金字塔……沿途的一切都被它轻松攻陷,被冲毁后消失在水墙的后面。

在东部海湾一带,我曾听当地人说海里偶尔会产生巨浪,有时候可以有两三个人那么高,吞噬海边的整个村庄和玉米地……当时我将信将疑,觉得那不过是夸大其词的传说。但比起此刻见到的一幕,那所谓的巨浪只不过是池塘里的涟漪。开天辟地以来,没有人目睹过这番奇景。我隐约明白,这一定是羽蛇落到东方大海里溅起的波浪,单这道遮天蔽日的水墙已经足以摧毁世界。

转眼之间,武士们惊呼连连,抛下他们的国王,纷纷往下方跑去,试图在海水吞没自己前找到躲避之所。北风之牙跟着跑了几步,但很快发现那是找死,全城最高的地方就在这里,还能躲哪里去?他迅速跑了回来,抱住了柱子咬牙往上爬,几个武士回过神来,跟在他后头也想往上爬,甚至抓住了他的脚后跟。石柱上怎能容纳这么多人?北风之牙怒吼一声,一脚把下头的两个托尔特克同胞踹了下去。那些人在他的积威之下,不敢再上来。

不多时,水墙已近在咫尺,在它的映衬下,迦安城仿佛是顽童搭的沙堡。城里的所有人现在一抬头就可以看到高涨的浪头,他们不分种族和城邦,纷纷狂奔逃命。但巨浪推进的速度远超人的脚步。伊查姆纳大道、市集、雨神金字塔、太阳神庙……一瞬间全都消失在壁立千仞的海水中。我看到一条巨大的鲸鱼在海水中翻滚着,被冲到天空大道上,最后撞上了当初我进行球戏的球场墙壁,将偌大的球场从中间撞成两半……这世界的混乱与疯狂已经超出任何想象。

海水占据了城市其他部分后,向最高的月亮金字塔涌来,最前方的浪涛翻滚咆哮,伴着能把人脸皮吹开的狂风,要攻占这最后的高地。水墙的最高处几乎和我的视线平行,也就是和整座金字塔差不多高。几个武士来不及上来,只好抱着柱子底端和其他可以抱住的东西。北风之牙爬到了我身边,抱紧了柱子,以一种很可笑的姿势抓住捆绑我们的绳索。"作法!"他颤声对我说,"你能不能作法让海水退掉?"

我苦笑,"我要会魔法,还会被你绑在这里吗?"

北风之牙用蛮话咒骂了一声,将头紧紧贴在石柱上做最后的努力,我心中却一片坦然,听任众神的安排。整个迦安,不,整个玛雅列邦都已毁灭,我至为深爱的女子也离开了我,我所为之奋斗的一切都没有了意义,生命于我又有何留恋?

巨浪拍打在月亮金字塔上,让它剧烈地摇晃起来,似乎随时都会把它变成一堆碎屑。但金字塔挺住了,仿佛被人类建筑的抵抗所激怒,海水怒吼着,反扑过来,一刹那便吞没了我们。海浪的冲击就像一只巨拳打在我的身上,让我感到五脏六腑都被打了出去。我忍不住张开嘴,喝了好几口海水,甚至呛进了肺里。我本能地咳嗽起来,却吸入了更多的海水。水从四面八方包围住我,我的意识渐渐模糊起来,我的灵魂对挣扎着的自己说:"一切很快都会结束,到时候我和九·鹰瞳会在伊察姆纳的神殿中醒来。"我的意识渐渐模糊,仿佛看到当年那个美得惊心动魄的女子,披着鹰羽斗篷,面容严肃地向我走来,清澈的眼神中却带着隐隐的笑意……

"鹿尾,"她俯身对我说,"鹿尾……你没事吧……"

"我很好……"我喃喃道,想要起身去拥抱她,却发现自己被捆绑着,动弹不得。我一个激灵,从半梦中清醒过来,只觉得说不出的难受,随即更加剧烈地咳嗽起来,喷出了许多口咸苦的海水。

然后我睁开眼睛,看到了一番极其诡异的景象。

斜阳如血,半沉入茫茫海水,返照海上,酿成一片血海。海上漂浮着许多破碎的木头、稻草和玉米棒,但没有任何生命的迹象,只有我被绑在一根凸出水面的石柱上。我低头看去,发现海水没在我的腰间。

"鹿尾……"我又听到了九·鹰瞳的声音,这次听得分明,不是幻觉。我惊喜地叫道:"鹰瞳?你还在?我以为你已经……"

九·鹰瞳咳了两声,"我晕过去了,不知怎么被水冲刷反而醒了过来……出什么事了?"

我把发生的事情简略地告诉她,然后干涩地说:"你是对的,世界被羽蛇毁灭了。"

九·鹰瞳沉默了很久,我差点以为她又要陷入昏厥。但她最后开口了:"不,我错了,这次羽蛇和大地的撞击比我一直以为的要轻得多,恐怕世界不会毁灭。"

"可是海水淹没了一切！迦安、穆都、科潘……也许还有特奥蒂华坎，所有的城邦都沉入了海底。"

"不要用肉眼去看，用灵魂之眼。如果真的是羽蛇引起的海水涌进陆地，那么它也会很快流归海洋，重新露出大地。也许平原上的玛雅城邦都会毁灭，但那些在高山上的村落会幸存，玛雅人不会灭绝的。"

我望向四周看不到边的一片大海，不敢相信大地还能重现。但九·鹰瞳的推断是对的，只过了片刻，我已经感到海水从腰部下降到了大腿的位置。海水正在从陆地退去，重新流回海洋。

"我的故乡也不会被淹没，"九·鹰瞳继续说，"那可是在能看到雪顶的山里。还有，老师推测的那些更遥远的海外大陆，大概也不会被波及。那里的人也许根本不知道发生了什么。这不是世界末日，人类还有未来……也许有一天，那些人会来到这里，或者我们远航到他们的世界，那将是怎样的世界呢……"

我惊诧九·鹰瞳在这时候还能想到虚无缥缈的未来，但也不自主地望向霞光如火的海天尽头，仿佛自己的心也随着她的话语飞向遥远的海外大陆。今天玛雅人所遭受的毁灭浩劫，放在天地宇宙的尺度下，似乎也算不了什么了。

可忽然间，九·鹰瞳想到了什么，语气又急促起来，"但是如果玛雅城邦都被毁灭，所有的贵族、祭司、诗人、书吏、石匠……都死于这场浩劫，我们的文明从此也会一蹶不振，费尽千辛万苦发现的真理也会沉入海底。鹿尾，你要活下去，好好活下去，去告诉后人，这一切的一切……"

不知不觉中，泪水湿润了我的眼眶，生命的意志又重新回到身上，"我会的，鹰瞳，我们要一起活下去，去告诉后人这一切……"

"我听不懂你们在说什么。"第三个人的声音出现了，自然是北风之牙，他也在石柱顶上逃过一劫。"谁能告诉我，那边挂着的是什么玩意儿？"

"你说什么？"我不明白他的意思。

"就在那边，你自己看。"北风之牙说，却发现自己犯了一个小错误，"哦，对了，你还被绑着，看不到后面。"

他用刀割断了几根绳子给我松绑。我被绑了太久，浑身虚脱无力，差点掉进水里。北风之牙抓住我，把我拖到石柱顶上，我身子一转过去，就见到了一幅不可思议的奇景。

三条巨大的羽蛇一前两后，醒目地出现在夜星初现的黯淡天幕中。它们的头部仍然对着太阳的方向，升在半空中，尾巴在头部后面，几乎与我的视线平行，只能看到一部分，但已经相当可观，气势磅礴地霸占了直到地平线的天空。它们光芒璀璨，远远超过月光。

　　"怎么东方会突然出现三条羽蛇？"我惊呼出声，"两千年来的天象记录里从来没记载过这种事！"

　　我又转向九·鹰瞳，发现她还被绑着，忙和北风之牙一起给她松绑，把她抱到石柱顶上，告诉她我所看到的一切。或许是在水里浸泡了太久，她的身子冰凉，不住发抖，说话也气若游丝。

　　"三条羽蛇吗……三条……"九·鹰瞳断断续续地说，"我想……我想……应该是……"

　　她的声音很低，我把耳朵凑到她嘴边也听不清楚。凝神思索中，我忽然间醍醐灌顶，"大人，我明白了！这三条羽蛇就是原来那条羽蛇所变，自从它靠近太阳后我们就很难观察它，也不知道发生了什么。也许在靠近太阳时被太阳发出的烈焰所击中，也许是遇到了别的什么天体……它分裂成了三条，不，四条，直接从太阳底下飞过来，所以我们一直没有看到。其中的一条——也许是最小的一个碎片——冲向大地，落在了大海里。另外三条要远一点点，所以掠过大地上空，重新飞向宇宙深处了，所以大地才没有彻底毁灭……你说对吗？"

　　我怀着兴奋一口气说完了自己的想法，期待地看着九·鹰瞳。九·鹰瞳微微颔首，"很对……我没什么可以教给你的了……你已经……张开了灵魂之眼……以……以……后……你……"

　　她没有说完这句话，再也没有。她轻轻呼出最后一口气，干裂的嘴唇缓缓地合上，骨瘦如柴的身体也停止了颤抖。来自遥远南方大陆的太阳贞女奇卡·库斯科，玛雅最杰出的天象祭司九·鹰瞳，这个世界最了不起的灵魂，逃过了羽蛇的灭世之灾，却还是归于死神的怀抱。

　　我写不下去了。当时的悲伤与痛苦非任何语言所能形容。讽刺的是，后来还有人称我为最幸运的人，但我宁愿和她一起死去。在整个世界都毁灭后，又失去了挚爱，一个人孤独活下去，还要度过数十年的时光，那种灵魂的伤痛没有人能够懂得。

　　如九·鹰瞳所说，海水缓慢却不停息地退去，到第二天早上已经露出整个地面。玛雅各城邦的大部分石头建筑还算完好，粗粗看去，似乎城市一如旧貌，然而平原上几乎所有的人和动物都死去了，极少数幸存者也是和我一样爬到高地或金字塔上才得以幸免。

另一个活下来的人是北风之牙。有段时间我们相依为命，几乎成了朋友，虽然他残忍地偷袭和屠杀了数千穆都人，包括我的大哥，但他的罪孽也不比我们的更深重。何况即便没有他，人们也逃不过随后的羽蛇之灾。在这场空前的浩劫里，人间的恩怨仇杀已无足轻重。

但北风之牙还是受到了命运的惩罚。过了一些日子，他挂念族人，返回了北方，此后我再也没有见过他。很多年后，我才听说了他的消息：北方山谷中的托尔特克部落没有被巨浪灭亡，又选出了新王。新王宣布，正是北风之牙的南征招来了羽蛇的惩罚，也害死了数万托尔特克将士，他应当被处以极刑。这位雄才伟略的君主差一点就征服了世界，却凄惨地死于自己族人的乱棒之下，死后尸体也被肢解分食，以平息神明的怒火。

海水退去后，我又在迦安和穆都等城邦中旅行了好几年，结果都是一样的，所有曾经人烟稠密的城邦都变成了荆棘与白骨的王国。没有国王和祭司，没有球赛和市集——也没有了战争和抢劫。我徒劳地试图挽救一些可以传给后世的历史档案，但收效甚微。我的希望放在了特奥蒂华坎，那里的地下石室里保存着最古老的天象记录。但当我千辛万苦地重返特奥蒂华坎后，再次进入那座既成就又毁灭了我们的地下大厅，却发现在羽蛇降临的那一天，海水也灌满了大厅，那里的积水很难消退，在长期的浸泡后，所有的壁画和文字都已无法辨认了。一个个民族和城邦，一代代天象祭司，跨越两千五百年坚守的精神财富，就这样化为乌有。

当我写下上面的文字时，又是两个世代过去了。我还住在迦安，就住在月亮神庙里。海水退走后，我把九·鹰瞳的遗体埋葬在月亮金字塔下，在她钟爱的天象台附近，唯有在这里，她的灵魂才得以安放。而我也住在这里，和她为伴。我没有妻子，没有儿女，一个人种点玉米聊以为生。昔日的玉米田大部分已经变成了树林，街道上杂草丛生，蔓藤也爬上了金字塔和石碑群，这样下去，百年后，整座城市都会化为莽荒丛林。不过，没有被巨浪波及的山地玛雅人、北方托尔特克人和其他族群已经零星出现在平原地带，也许他们会繁衍生息，几百年后再次占满大地。

不过，正如九·鹰瞳曾预言的，幸存者已经忘记了我们的文明，他们仍然崇拜羽蛇及其他许多神祇，但对过去玛雅人的文字和知识，他们一律敬而远之。我曾经试图给他们讲述一些宇宙的奥秘，但是没有人欢迎，有几次甚至遭到了群氓的殴打。他们认为正是天象祭司的僭越招来了神明的惩罚，他们再也不敢去触碰这些禁忌了。

讽刺的是，在这个天象学已经不复存在的世界里，我竟然有了新的发现。在玛雅列邦毁灭后整整一年，亦即羽蛇坠落一周年之际，那天夜里，夜空中发生了一场浩大无比的"上界之雨"，每一次眨眼间都有数十颗璀璨的流星划过，仿佛上界诸神也在哀悼文明的逝去。第二和第三年也有同样的现象，不过规模逐渐小了。

我最初以为是奇迹，但我记起了九·鹰瞳的教诲，这背后一定有一些让这些现象准时发生的原因，这也许就是羽蛇最后的秘密。我苦思冥想了很多年，终于有一天豁然开朗：羽蛇会在自己走过的路径上留下一些褪掉的残羽，每年当大地运行到特定的位置时，恰好和羽蛇走过的路径交错，这时，那些残羽就会划过我们世界的夜空，造成上界之雨的奇景。

鹰瞳大人啊，这是我们一起做出的发现。在这发现的时刻，我又一次感到你和我在一起，感到了你在这无常世界存在过的、转瞬即逝却又融入永恒的意义。

但这些新发现早已无人可以传授。一年年过去，即便是蛮族中记得昔日玛雅城邦的老一代人也日渐凋零。年轻一点的人还以为，世界本来就是这样一片莽荒。我们的世界已经毁灭，也许我就是还能书写玛雅文字、懂得玛雅历史和天象学的最后一个人。当我死去时，一个延续千年的文明也将随我而去。

但我还是祈求让玛雅的天象学流传下去，为了穆都，为了迦安，为了九·鹰瞳的临终嘱托，让我们的时代与文明所见证的一切，不会被残忍的时间洪流冲刷殆尽。

最近我从一个旅人那里听说，在东部半岛，有一些幸存的玛雅人聚集在一个叫奇琴·伊察的新城邦里生活，甚至开始兴建新的金字塔，只是已经忘记了文字和知识。我将会出发去那里，帮他们捡起自己的过去。我不知道自己能不能走到那里，更不知道能不能活着回来，所以我决定先在这里写下一切，和九·鹰瞳的遗体埋在一起。我灵魂中最重要的一部分也将留在这里，留在史上最传奇的女子身边。这些文字是用我的血与魂写成，愿它万古长存。不论有没有人能读懂它，只要它存在，我们的世界就还在那里，直到羽蛇再次归来，吞噬大地的那一天。

（完）

本文为《银河边缘》中文版专发篇目。

血 灾
THE FLYING GUILLOTINE

海 崖
Hai Ya

中国新势力

相传雍正死时无头，
代以金头下葬……
一段宫廷秘史，
竟牵扯出数百年后的离奇命案。

作者海崖，资深磁铁和怪谈爱好者的奇妙混合体，曾混迹于《今古传奇·故事版》《故事世界》《科学二十四小时》、蝌蚪五线谱网等平台，心中有梦的扑街科幻写手。

一

康熙四十六年春，云南茂密的原始森林中，一队人马正披荆斩棘，缓缓前行。

阿仲额头上冒出一层细密的汗珠，虽然只有十六岁，但在父亲的言传身教下，他已经是当地小有名气的猎手，原不该如此紧张。只是，这次捕猎处处透着诡异，猎物时不时留下一些痕迹，眼看就要追上，又突然消失无踪，整整三天三夜，不停地在高山密林中兜圈子。阿仲甚至开始怀疑，自己到底是追逐猎物的猎手，还是被引入陷阱的猎物？在阿仲前方约一丈处，他的父亲手持弓箭，悄无声息地蹑足前行，像一头紧绷身体、蓄势待发的豹子。在父子俩身后，数十名兵丁或持钢叉，或持猎网，呈半月形散开，他们是巡抚大人派来的官兵。

事情还要从去年说起。新任云南巡抚郭瑮刚一到任，治下就出了一桩大案。先是一农妇报官，称其丈夫进山采药数日未归，当地山高水远，以往此类案件时有发生，多半是迷途被困。官府便遣了几个乡民与那农妇一同进山寻找，结果在山中发现一具尸体，脖颈不知被何所断，头颅不翼而飞，看死者衣着，正是失踪的农夫。自此以后，不足一年，便有数十人遇害，死状皆与那农夫一般。初时官府为防止恐慌将消息封锁，但不久昆明富商胡氏之子外出打猎，胡公子一时兴起，不顾侍从劝阻，骑马随一只野鹿钻入林中，不多时马儿折返，带回的却是无头的胡公子！胡氏一族在昆明城中世代经商，虽富不仁，于是告到官府，一口咬定是仇家所为，要求官府缉拿凶手，闹得人尽皆知。百姓在街头巷尾议论纷纷，有说厉鬼索命的，有说白莲教妖人作祟的，一时间昆明城内人心惶惶。

云南地处边陲，交通闭塞，各族混居，历来不服教化。自二十余年前平定三藩之乱，朝廷对云南的安定日益重视，稍有风吹草动便如临大敌。

因此，云南巡抚品阶虽高，却历来被视为苦差。郭璨听得百姓传言，深恐此案与白莲教有关，那帮妖人以各种身份潜于民间，暗中积蓄力量，实乃朝廷心腹大患，若任其发展，只怕要酿成大祸。遥想朱国治[1]当年下场，郭璨夜不能寐，忙命人彻查。

谁知这一查，却得到一个意想不到的结果。所有凶案的发生地均在深山老林之中，死者之间并无关联，除头颅失踪外，随身物品俱在。查案巡捕猜测，这或许是白莲教某种邪术祭祀仪式，但仵作检查完尸体后却说死者伤口不似利刃所为，倒像野兽撕咬造成的。果不其然，仔细勘查现场后，巡捕顺着血迹发现了野兽的足迹，正是它叼走了被害者的头颅。巡捕本怀疑是野兽被血腥味吸引，前来啃食尸体，但请来老猎户一看，所有凶案现场出现的野兽足迹，无论爪印大小和爪距，都如出一辙，出现在凶案现场的显然是同一只野兽，绝不可能是偶然前来的食腐动物。根据其爪印形状，老猎户推测这是一只成年猛虎，其体型远大于寻常同类。但这只食人虎为何专食人头，却将尸体其他部分弃之不顾？老猎户也答不上来。

得知连番凶案与白莲教无关，郭璨松了一口气，民间传得再邪乎，不过是一只畜生，寻几个猎户料理了便是，自己的乌纱帽可算是保住了。

云南土地大多贫瘠，不宜耕种，但各类野物却生长兴旺，当地百姓素来有捕猎之风，更何况重赏之下必有勇夫，通告贴出没几天，便有数名矫健的猎户揭榜应征。谁知那些猎户一去不返，被人发现时已是无头残尸。饶是如此，仍有胆大者心有不甘，数人结伴前去，互为照应，但最后竟无一生还。那食人虎横行无忌，活动范围已渐渐逼至昆明郊外，而此时附近猎户早已风声鹤唳，再无人敢应征。官府百般无奈之下，只得强征了名气最大的猎户阿仲父子，同时派出官兵协助。

阿仲正思索着，前方的父亲突然停下了脚步，伏低身子，做了一个噤声的手势。猎物终于出现了！阿仲按捺住兴奋，将信号传给身后的官兵，早已严阵以待的官兵们留下几人断后，其余人则从两侧包抄。在炎热又崎岖的山林中折腾了三天三夜，所有人都憋着一口气，定要捕获那畜生，为民除害！阿仲缓缓靠近父亲，终于看到了这只神出鬼没的食人虎，它的身前是一处断崖，见此时已无路可逃，食人虎并不慌乱，缓缓转过身来。

---

1. 朱国治，曾任云南巡抚，后被起兵造反的吴三桂所杀。

那食人虎果然身具异象，环视了一眼包围自己的人类，咧嘴用鲜红多刺的舌头舔了舔牙，那样子仿佛是在发笑。阿仲的父亲距离食人虎最近，但尚在其扑击范围之外，他将阿仲掩在身后，弯弓搭箭。

阿仲的视线被父亲挺拔的背影挡住了，心中却无比踏实，下一刻，急促的弓弦声就会响起，他们会把这只食人虎拉到昆明城中，享受百姓的欢呼。然而，期待的声音并没有响起，取而代之的是一阵惊恐的呜咽。

"爹！"形势瞬间逆转，阿仲拼命抱住父亲抖如筛糠的身体，但为时已晚，在一股股喷涌的鲜血中，他看到父亲的头颅飞快地离颈而去。

"还我爹命来！"眼见父亲惨死，阿仲发疯一般举起猎网向食人虎冲去，被阿仲激起了血勇的官兵也紧随其后，将食人虎团团围住。而此时的食人虎却好似一头饿了许久的饕餮之徒，兴奋地微微颤抖，宛如人一般露出贪婪又陶醉的神色……

二

"饭菜做好放锅里了，热下就可以吃，保温桶里还有汤。老胡约我喝酒，可能要晚点回来。爱你。"

看着周宁留下的便条，安然有些哭笑不得，自己这男朋友什么都好，就是总喜欢和他那死党老胡混在一起。老胡叫胡炎，他的父母和周宁的父母是同一家国营工厂的职工，两家住在一个大院里，两人是从小玩儿到大的兄弟，直到上大学才分开。周宁进了刑警学院，胡炎去了北方一所大学读历史专业。几年后，从刑警学院毕业的周宁如愿穿上了警服，几经辗转居然分配到了那座北方城市；而胡炎则在读完博士后留校实习，希望能求得一份教职。两人本来沿着各自的生活轨迹相安无事，但胡炎实习期间并不安分，经常发表与主流历史学术圈大相径庭的观点，这些观点多半源自他四处搜集的野史传说，不仅毫无实证，还非常耸人听闻。历史是一门讲究实证的严谨学科，胡炎的言行在校内引起了轩然大波，校领导找他谈了好几次，他却依然我行我素。见胡炎不听劝，校领导担心影响学校学术风气，开会商议后，做出了不予留用胡炎的决定。变成无业游民的胡炎，除了整天将自己关在逼仄的出租屋里继续研究那些乱七八糟的野史资料，就是找周宁喝酒诉苦。

第二天一早，安然在沙发上见到了醉醺醺的周宁。这家伙，对兄弟总是那么仗义，安然心疼地想。好在今天周宁轮休，可以让他在家好好睡会儿。安然给周宁擦了把脸，帮他脱掉鞋袜，轻轻关上门出发上班了。作为一名肿瘤外科大夫，安然的工作虽然不像周宁那样不分昼夜，却更加忙碌。

安然提前十五分钟来到了诊室，刚换好白大褂，就接诊了第一个病人。病人是一个瘦小黝黑的中年男人，眼睛眯着，像是没睡醒，又似乎有点儿畏光。

"你哪里不舒服？"安然问道。

"我好好的！没哪里不舒服！"男人突然激动起来，"都说了我没病，来医院做什么？！"男人的声音又尖又细，眼神闪烁，活像一只老鼠，而和他一同进来的妇女则膀大腰圆，中气十足，她一把摁住男人的肩膀，吼道："你闭嘴，给我好好坐着！"

"大夫，对不住，我家这口子不太配合，我来讲。"妇女喝住男人，对安然说道。

通过妇女的讲述，安然大致了解了男人的病情。妇女叫李娟，男人叫孙伟，家在本市远郊，平时以务农为生。李娟说，别看孙伟干瘦，身体却一直很好，连感冒都没怎么得过。但几年前的一天晚上孙伟出了趟门，回来就发高烧，整晚都在说"怪物""鬼上身"之类的胡话。李娟被吓得不轻，生怕他烧坏了脑子，连忙把他拉到村卫生院，挂了退烧药。几天后，孙伟的烧渐渐退了，食量却突然变大，而且只能吃肉食，稍稍吃些面条蔬菜便呕吐不止。李娟以为孙伟病刚刚好，身体虚弱才这样挑食，也没放在心上。但几个月过去了，孙伟的症状不但没有丝毫好转，反而愈发严重。

一次偶然，李娟竟然撞见孙伟在家偷吃生肉！这下李娟急眼了，劈手夺过被吃了大半的生肉扔出家门，谁知平时胆小懦弱的孙伟竟然勃然大怒，一把掐住了李娟的脖子，将她摁倒在地。这时的孙伟，嘴角还残留着血丝和碎肉，双眼通红，李娟拼命挣扎，他的双手却如同铁钳一般，纹丝不动。

李娟没想到孙伟力气居然这么大，又惊又气，晕了过去。过了一阵，李娟悠悠转醒，发现自己躺在床上，孙伟站在床边，正准备帮她盖上被子。想起刚刚的情形，李娟不禁后怕，慌忙躲开，边哭边骂："你个死没良心的，你想把我掐死……"谁知孙伟一脸茫然，任李娟如何哭闹，都不承认自己对她动过手，好像完全忘记了刚刚发生的一切，看他神情，倒也不像是装的。

李娟无可奈何，只得作罢，但此后便开始留心孙伟的一举一动。时间一长，李娟愈发感觉不对，除了仍然嗜食肉类外，孙伟的精神状态也十分古怪，时而萎靡时而亢奋，上一秒还目光呆滞、昏昏欲睡，下一刻就突然神采奕奕。与此同时，他变得越来越暴躁和富有攻击性，一年前，孙伟和村里几个年轻人起了冲突，他居然一人将四五个身强力壮的小伙子撂倒。要不是李娟及时赶到，抱住孙伟号啕大哭，他恐怕还不会停手。李娟永远忘不了孙伟当时如同野兽一般的眼神，凶狠得就像要把人撕碎一样。眼看着丈夫仿佛变了个人，李娟心中的不安渐渐化为恐惧，却始终没想通这一切的源头是什么。村民们议论纷纷，说孙伟得了精神病。李娟和家人在邻居的指指点点下抬不起头，又怕孙伟再去伤人，只得趁他不备时将他锁在了后院，不让他与外人接触。

最近几个月，孙伟的情绪渐渐稳定下来，李娟看着蓬头垢面的丈夫，心中不禁发酸，取来剪刀毛巾，替他洗头理发。随着油腻纠缠的长发一缕缕掉落，孙伟的后脑勺慢慢露了出来。

"啊！"李娟惊叫了一声，在孙伟的颅后，有一片明显的隆起，颜色比肤色略淡，几乎占据了整个后脑勺。或许是被头发遮盖，也可能最初时面积很小，李娟之前并没有注意到它。难道它就是孙伟一切怪异行为的罪魁祸首？和家人商量后，不顾孙伟的反对，李娟将孙伟带到了医院。

"转过来，背对着我，把头埋下。"安然说道，同时戴上塑胶手套，轻轻地在孙伟后脑上的隆起处按压了一下。

"啊——"虽然安然只用了很小的力，但孙伟却发出一声惨叫，触电般跳了起来，随即一拳砸在安然的办公桌上，恶狠狠地说道："你要干什么？！"

安然被孙伟激烈的反应吓了一跳，平复了下情绪，对李娟说："按压有剧烈痛感，不排除是恶性肿瘤，有可能已经压迫到神经了，我建议你们留院做进一步检查。"

"好的大夫，我这就去办住院手续。"李娟忧心忡忡地答道，拉着孙伟出去了。

晚上回到家，好不容易轮休的周宁已经将饭菜准备好。平时各自忙于工作的两人，难得能一起共进晚餐。

"哟，醉猫醒啦？还挺勤快，是不是怕我怪你又去和胡炎鬼混呀？"看着周宁宿醉后还没完全消退的黑眼圈，安然打趣道。

"哪有？知道你最善解人意了，不会真生我的气。来来，尝尝我的手艺。"想到每次和老胡喝得酩酊大醉，都是安然无微不至地照顾自己，周宁连忙给安然夹了一块鱼。

"嗯，味道不错，就原谅你这次吧！"周宁窘迫又内疚的样子把安然给逗乐了。但周宁平时工作辛苦，安然实在心疼他陪着胡炎喝醉，便说道："你们兄弟感情好，我理解，但为什么每次都非得喝那么多？你也得多注意下自己的身体。"

"其实也不能怪老胡，我了解他，他不是那种自暴自弃的人，只是现在过得确实太压抑了。"周宁若有所思地答道。

"你说他实习得好好的，干吗非跟学校过不去？再说，离开了学校，他捣鼓那套东西应该更自由才是，怎么会压抑呢？"安然不解地问道。

"这你就不懂了。"周宁无奈地笑笑，"老胡是个做学问的，骨子里有那么一股执拗的劲儿，绝不会为了自己的前途虚与委蛇。但他们这一行，看重学术背景，老胡现在连个正式的教职都没有，他的研究成果根本就没有发表的可能。再说没有研究经费和资源，他几乎不可能找到能支持自己观点的实证，收集民间野史和传说，整理后互相佐证，尽量去伪存真，已经是他能做的最大努力了，这一点儿倒是和我们平时破案的手法类似。但在他们圈里人看来，老胡只不过是一个想出名想疯了的民科。"

"这么说来，胡炎也挺可怜的。"听了周宁的话，安然对胡炎的印象总算有了些许改观。

"是啊，希望今后他的研究能有转机吧。说起来，这次老胡找我喝酒，倒不是为了抱怨，而是庆祝。他把自己的一些观点发到了网上，认识了一个网友，那人手上有几样祖传的老物件，很可能就是老胡苦苦寻找的证据，说是和清朝雍正时期的几桩大案有关……"

"好啦，我才不管胡炎研究的是什么，我只要你好好的就行。下次少喝点，身体要紧。今天有一个病人，后脑上长了个肿瘤，我以前都没见过那样的。

最近几年，新型肿瘤越来越多，多半就跟不良的生活习惯有关。"见周宁的关注点不在自己的身体健康上，安然打断他的话头，握着他的手说道。

"嗯，我会注意的。"感受到女友对自己的关心，周宁点点头，答应了。

三

看着检查报告，安然皱起了眉头。住院后，孙伟的病情持续恶化，脑后的隆起逐渐变大，已经开始出现听觉障碍、咽喉麻痹等症状。从发病位置和临床表现来看，孙伟脑后的隆起很像颅后窝肿瘤，但安然从没遇到过生长如此迅速的情况。进一步的颅内 CT 显示，这个"肿瘤"的形态还在不断发生变化，已经开始沿脊椎发育转移。人体颅内缺乏肿瘤细胞赖以转移的淋巴管道，因此颅内肿瘤通常很难发生颅外转移。安然甚至开始怀疑，它到底是不是一个肿瘤？

病理检测结果更让安然大吃一惊，在显微镜下，冷冻切片样本居然没观察到任何颅内胶质瘤细胞！取而代之的，是某种类似于黏菌的真核微生物细胞。颅后窝胶质瘤的诊断被彻底推翻了，孙伟脑后的隆起，绝不是什么原发性肿瘤，倒像是一种未知的外来寄生物！形势已经刻不容缓，孙伟一系列症状显然是它导致的，李娟之前说孙伟最近的精神状态有所好转，只怕是那东西正在积蓄养分。初期它在颅内缓慢生长，现在已经蔓延到了脊椎，不管它到底是什么，当务之急是尽快手术，将它切除，一旦它发育完全，后果将不堪设想。安然当即将孙伟的最新病情通报给医院，同时安排李娟将孙伟转入重症病房，开始进行术前准备工作。

当晚，安然正和院里几位专家一起讨论手术方案，突然接到住院部打来的紧急电话，负责重症病房的护士长带着哭腔说道："安医生，你快过来看看，你的病人跑了，还打伤了人！"

"什么？！"安然挂掉电话，飞快地冲向住院部。刚跑到住院大楼，就发现住院楼的玻璃大门已经被彻底破坏了,玻璃碎得满地都是,铝合金门框整个被扯了下来,如同一堆扭曲的麻花被扔在一旁。走进大楼,只见李娟呆呆地坐在地上,眼角带着泪痕,显然已经被吓蒙了。护士长扶着一个脸色苍白、疼得直冒冷汗的保安,正在给他固定手臂。

看到安然赶到,护士长结结巴巴地讲起了事情的经过:过了零点,她巡视完病房,回到护士站值班,发现实时监测病人生理数据的机器发出了警报,不久前各项指标还一切正常的孙伟,心跳和血压突然急剧升高,很快便超出了人体能承受的极限。护士长连忙让其他值班护士通知医生抢救,自己先赶去病房。到了病房,只见孙伟浑身抽搐,正发疯似的要将身上的针头拔掉。护士长努力想要稳住他,但孙伟猛地跳起,猝不及防,一下就冲出了病房。护士长紧跟着追出病房,可孙伟的速度实在太快,两人距离越来越远。勉强追到一楼,迎面遇上了李娟和保安小张,小张见情况不对,连忙去拦孙伟,谁知一米八几的小张,才一个照面就被矮小的孙伟折断了手臂。接着,孙伟打碎了玻璃门,从住院楼后面的围墙翻了出去。

"这家伙哪像个病人?"受伤的小张咬着牙直吸冷气,对安然嘀咕道。

"怎么会这样?"安然也蒙了,心中隐隐升起一种不祥的预感。

安然所在医院的围墙后是一条蜿蜒的小巷,除了巷口有一盏破旧的路灯外,小巷大部分都隐藏在黑暗中。多年前,一位家长将身患先天性疾病的婴儿遗弃在巷尾,一场大雪后那个可怜的孩子被活活冻死。遗弃他的家长很快被抓,成为当年轰动一时的社会新闻。此后,附近居民很少在这里走动,小巷越发阴森荒僻,渐渐成了流浪者的乐园。

远处,一个流浪汉拖着破旧的编织袋,摇晃着走来。他今天运气不错,在垃圾堆里翻出了几件半新的衣服,其中一件的口袋里居然还有几百元现金。他高兴极了,去便利店买了两瓶劣质白酒,心满意足地向小巷走去。他和一个同伴最近就在小巷里歇脚,今晚两人可以好好开心一下了。走到巷口路灯下时,一个男人与他擦肩而过,虽然那人低着头,将脸藏在阴影下,但流浪汉还是忍不住多瞟了一眼——这地方,一般人怎么会过来?

流浪汉走进巷子,没听到同伴以往震天响的呼噜声。他喊了两声,没人应,便躺在巷角,自顾自喝了起来。小巷里发臭的垃圾和劣质酒精的味道掩盖了空气中浓重的血腥味儿,他很快便倒头昏睡过去。

直到第二天中午，流浪汉才被尿意憋醒，迷迷糊糊爬起来，却被某个东西绊了一下。他骂骂咧咧地往脚下一看，惊恐顿时犹如冰锥刺入大脑，瞬间驱走了困意。片刻之后，流浪汉用尽全身力气，发出了一声令人头皮发麻的惨叫。原来，同伴昨晚从未离开过，就在自己身边。

警察很快赶到现场，在巷口拉上了警戒线。周宁和同事将围观的人群驱散后一起走入巷内，现场法医的初步勘察已经完成。周宁负责刑事案件已经有好几年了，饶是如此，见到死者时，他仍然忍不住一阵反胃。死者是一名男性，仰卧在地，身上的衣服又脏又破，看不出年龄，颈部血肉模糊，头颅却不知所踪。现场极其惨烈，在尸体周围，四处都是飞溅的血滴，几乎无处落脚。尤其是尸体倒下时颈部正对的墙面，喷涌的鲜血已经凝结成块状，缓慢地流淌成一幅残酷而惊悚的壁画。死者四肢扭曲，显然死亡前经受了极大的痛苦。看着呈放射状喷洒的血迹，周宁不禁握紧了拳头，这是一个怎样残忍的变态杀手？法医现场勘查的结果证实了周宁的猜测，死者的头是被活活砍下或割掉的。

"作案凶器是什么？"周宁敏锐地察觉到了法医话里的迟疑。

"目前还不确定，现场没有发现凶器，从死者的伤口来看，不像是普通的砍刀或斧头造成的，肯定也不是锯子，倒有点儿像那种带刃口的钢索勒出来的。"法医边比画边说道。刚说完，他又摇摇头道："也不对，使用钢索这种凶器，就算凶手力气再大，也不至于把人的脖子整个儿勒断啊。"

将现场缜密地搜查一遍后，周宁确信凶手带走了凶器和死者的头颅。这时，死者的身份也得到了确认，是最近居住在这儿的一个拾荒者，而他的同伴则是这起命案现场的第一目击者。这个被吓得屁滚尿流的流浪汉哆哆嗦嗦地告诉警方，昨晚他喝醉了，直到中午醒来才发现死者。谁会对一个身无分文的拾荒者痛下杀手呢？看着目击者身上沾染的血迹，周宁将他带回局里调查。直觉告诉周宁，这起命案很不简单。

很快，流浪汉的嫌疑就被排除了，虽然他身上沾了不少血迹，但他有充分的不在场证明。根据法医检验的结果，死者的死亡时间大概是在凌晨一点，而这个时候，流浪汉正好在一家二十四小时营业的便利店买下了两瓶白酒，凌晨顾客很少，对方又是一个流浪汉，因此给店员留下了很深的印象。店内的监控也证实了店员的说法，而且在监控画面中还能清晰地看到，流浪汉离开便利店时穿的衣服和后来沾上鲜血的衣服是同一件，但当时他的衣服上还没有任何血迹。在死者被杀死的时候，流浪汉并不在现场。

让周宁郁闷的是，发生凶案的小巷是这个被高科技日益渗透的城市里少见的盲区，从巷口一直到凶案现场，这段步行大约需要十分钟的小路，居然没有安装一只监控头！周宁没有灰心，再次来到现场仔细勘验。他发现，这条小巷虽然蜿蜒曲折，却没有岔路，尽头是一个死胡同，也就是说，凶手只能在巷口这个唯一的通道中进出。结合流浪汉离开便利店的时间，推算路程，周宁猛地惊觉，连忙通知局里的同事将流浪汉留下。他不仅是目击现场的第一人，还很有可能曾与凶手擦肩而过。

果然，流浪汉慢慢回忆起来，昨夜在巷口，他确实遇到过一个男人！

"那个男人长什么样，有什么特别的地方吗？"周宁问道。

"个子不高，人也不壮，穿那种带条纹的衣服，很普通的样子。不过他的头发倒有点奇怪……哎，那时我已经喝了不少，也许是我看花眼了。"流浪汉答道。

"他的头发哪里奇怪？没关系，你尽管说。"周宁继续问道。

"嗯，我也没看得很清楚，不过那时路灯模模糊糊照出了个影子，他的头发就像现在街边电视里放的那种，就是皇帝那种辫子。"流浪汉想了想，说道。

"你说的是清朝那种辫子？"流浪汉的回答有些出乎周宁的意料，何况这是从一个醉鬼嘴里说出来的东西，周宁便将这个疑点暂时搁置了。

周宁在勘查现场时已经注意到，小巷一侧是一家医院的围墙，巧的是，正是安然工作的那家。他沉思了一会儿，很快找到了一个突破口，让同事从那家医院借来了一套病号服，向流浪汉问道："你说那个男人穿的条纹衣裤，是不是这种？"这次，流浪汉肯定地点了点头。

发现新线索的周宁和同事一起拿着根据流浪汉的描述绘制的嫌疑人画像来到医院，在电梯里正好碰到了值完夜班准备回家的安然。

"周宁，你来这儿干什么？是不是出了什么事情？"安然非常了解男友的工作性质，周宁的出现，更加重了她心中不祥的预感。

"我们过来查一个案子，可能和你们医院的病人有关。对了，昨晚你值班，先别走了吧，一会儿我们得把你们医生挨个排查一遍。"周宁感觉女友今天似乎有些反常，便安慰道："别紧张，安然，只是例行问话而已，顺便让医生们瞧瞧嫌疑人画像，看有没有见过这个人。"说着便从档案袋里掏出了一张图纸。

安然睁大了眼睛，画像上的人，不就是孙伟吗？！

四

周宁没想到在医院的排查会进行得如此顺利。安然一眼就认出了嫌疑人孙伟，孙伟从医院逃离的时间也跟被害人遇害的时间大致吻合，而他逃出医院前的行为更证明了他是一个极富攻击性的危险分子。种种证据表明，孙伟就是小巷中那起残忍杀人案的凶手。让周宁疑惑的是：孙伟犯罪的动机是什么？他为何要将被害者的头颅带走，他又是通过什么凶器作案的？鉴于孙伟的危险性，警局当天便在全市范围内发布了通缉令，而周宁则驱车前往孙伟居住的村子，设法厘清案件的疑点，进一步完善证据链。

驶入村里没多久，周宁就找到了孙伟的家，是一栋气派的三层洋房，房子四周还用铁栅栏围出了一个不小的院子。看来，孙伟家的经济条件在村里是非常不错的。

周宁敲了敲院子的铁门，从房子里走出一个黑胖的妇女，狐疑地打量着周宁。她应该就是孙伟的妻子吧？周宁想着，掏出警官证，说道："你好，我是警察，有些情况想跟你了解一下。"

自从孙伟住院后，李娟整天都担惊受怕。一开始，医生说孙伟长了恶性肿瘤，但后来又说不是。她只是一个普通的农村妇女，医生关于病情的诊断她听不大懂，唯一清楚的是，如果再不手术，自己丈夫的命就保不住了。昨夜，她在家中收拾了几件衣物后就赶到医院值夜，照看孙伟，却正好遇见他像个疯子一样冲出医院。今天，又一个噩耗传来，说孙伟离开医院后杀了人。连番变故让李娟的情绪几乎崩溃，一见来的人是警察，连忙将周宁迎进院子，带着哭腔说道："警察同志，我老公是个病人啊，马上就要动手术了，他怎么可能杀人呢？"

"大姐，你别激动，不管你丈夫是不是凶手，当务之急是尽快找到他。医院那边我们已经了解过了，他目前的身体状况很不乐观，多在外面待一天就多一天危险。所以如果你知道什么情况，一定要及时告诉我。"周宁说道。

"好，警察同志，我一定积极配合，有什么你尽管问。"李娟擦干眼泪，眼前这个沉稳的警察，让她看到了希望。

"听说住院前，你丈夫的精神已经出了点儿问题？"周宁问道。

"是，已经有好几年了，刚开始只是发烧，渐渐整个人都变了。以前他走路都低着头，从不惹事；后来他看谁都是阴沉沉的表情，别说村里人了，连我都被他盯得犯怵。后来我才知道，是因为脑子里长了东西，他才变成这样的。"李娟答道。

"嗯，医院的病历我看过了，你丈夫那些反常行为，很可能就是他脑子里的不明寄生物导致的。你是什么时候发现他后脑上的肿块的？"周宁继续问道。

"这倒是最近的事了，之前我和家里人一直以为他是精神方面出了问题，把他锁在后院。他整天疯疯癫癫的，根本没法给他洗脸理发。再加上那东西长在头发里，刚开始时不明显。不过，我估计病根就是那天晚上出去后发烧落下的。"李娟想了想，回忆道。

"晚上出去？你知道他是去干什么吗？"李娟的回答让周宁感到可疑。

"这个……警察同志，不瞒你说，他应该是帮人炸矿去了。"李娟犹豫了一下，缓缓说道。

见周宁露出不解的神色，李娟接着说道："以前这儿附近有不少小煤窑，我老公有一门埋炸药爆破的手艺，矿上的老板经常让他过去帮忙。后来这些小矿陆陆续续被关停了，他的活儿就少了。但偶尔还是有人在夜里偷采，那天晚上，我亲眼看见他是带着炸药雷管出门的。"

"如果是采矿，应该不止他一个人，你们村里还有人和他一起做这事儿吗？"周宁又问道。如果能找到孙伟当晚的同伴，也许就能找到孙伟这一切变化的源头。

"对，村东头的强顺就跟他一起干。不过一年前他和强顺不知道为什么打了一架，强顺伤得不轻，从那时起，强顺就和咱家没来往了。唉，以前孙伟不是这样的，别说打架，和人说话都不敢大声的。"李娟默默地叹了叹气。

从李娟这儿已经了解不到更多的线索了，周宁起身告辞，准备去找强顺问问。刚出门，李娟就冲周宁使了个眼色，指了指不远处一个背对着他们的年轻人，"他就是强顺。"

周宁点点头，追上年轻人，问道："你是强顺？"

"你谁啊，找我干吗？"强顺长得牛高马大，两只胳膊文龙画虎，语气不善。

"我是警察，叫周宁。你认识孙伟吧？"周宁向强顺出示了自己的警官证。

"不认识，不认识。"强顺脸上闪过一丝慌乱，扭头就走。

"站住，把话说清楚！"强顺的反应怎么瞒得过周宁？眼看被周宁拦住去路，强顺更加慌乱，拔腿想跑。周宁早有准备，一把将他按倒在地。

回到警局，强顺仍想抵赖，对认识孙伟并和孙伟一起去矿上爆破的事儿矢口否认。周宁告诉他，孙伟涉嫌一起重大杀人案，目前在逃，而孙伟的作案动机很可能与他们一起干的事儿有关。直到这时，强顺的态度才出现了转变，他一脸惊恐而又难以置信的表情，喃喃自语道："怎么会这样？幸好那晚没叫我去，犯得着吗？疯了，他一定是疯了。"

心理防线被攻破的强顺很快交代了全部犯罪事实。但他所说的一切不但没能解释小巷杀人案的任何疑点，反而牵出了另一起案件，真相在两起案件交织的疑云中变得更加扑朔迷离。

原来，孙伟和强顺晚上带着雷管炸药出门，并不是去炸矿。那些小煤窑因为污染环境被关停，加上大煤矿生产成本低，拉低了原煤价格，再去偷采根本无利可图。孙伟和强顺干的是另一项见不得光的勾当——盗墓。

据强顺交代，他的父亲曾是村里的风水先生，早些年还流行土葬时，但凡有村民家中老人去世，都要请他父亲看过墓地后才能下葬。强顺自小跟在父亲身边，耳濡目染，学会了一些找墓看墓的技巧。随着小煤窑被废弃，生计无着，他便动起了盗墓的歪脑筋。强顺将这一想法告诉同在矿上的孙伟，两人一拍即合，强顺负责找墓探墓，孙伟负责挖墓炸墓，几年下来屡试不爽，赚了不少黑心钱，直到他们遇上了那座古墓。

那座古墓说来奇怪，强顺用洛阳铲探过之后发现，它应该是一个明朝晚期到清朝中期的古墓。但这样一个规模庞大、年代也并不太久远的大墓，在当地居然没有留下任何记载或传说。不仅如此，从它的形制和规模来看，墓主人的身份极其尊贵，很可能是某位王公贵族，但这座大墓却并不在任何已知的明清两朝皇室陵寝的范围内。

强顺可不是什么考古学者，对这些不同寻常之处并没有放在心上，于是约上孙伟，寻思着把大墓炸个底朝天，发笔横财。让强顺没想到的是，看似胆小懦弱的孙伟心里早就有了自己的小算盘。知道大墓方位后，在两人约定的动手时间之前，孙伟撇下强顺，独自一人炸开了大墓。

盗掘古墓、贩卖文物可是重罪，强顺虽然怒火中烧却也不敢声张。但一想到被孙伟吃了独食，他便恨得牙痒痒。一年前，总算被他逮到机会，纠结了村里几个闲散青年将孙伟堵住，准备将孙伟暴打一通，逼他吐出些好处来。谁知孙伟突然狂性大发，变得力大无穷，一群人反被他打得哭爹喊娘，强顺更是在医院躺了好几个月才出来。从此以后，强顺再也不敢找孙伟的麻烦，盗墓这缺德营生也就没干下去。

原来两人之间的冲突是分赃不均导致的。调查进行到这里，孙伟同时涉嫌两起案件，看似是巧合，但这两起案件在周宁脑海里已经建立起千丝万缕的联系，只是它们如同乱麻般扭曲缠绕在一起，周宁冥思苦想，始终没能找到那个关键的线头。在警局内部，大部分人对周宁的思路不以为然，盗墓案虽然严重，到底不如命案影响恶劣，加上已是几年前的旧案，很快便被另案处理。周宁事后追问负责盗墓案的同事，被告知文管部门已经将大墓清理完毕，除了墓主人干枯的人头外一无所获。

"只发现了墓主人的头？没发现什么其他特别的东西？"周宁不甘心地问道。

"是啊，考古队的人也觉得奇怪，虽然棺椁被盗墓贼破坏了，但墓穴内部非常干燥，墓主人的头已经完全干尸化了，照理来说身体不应该腐败得一点儿不剩。倒是那人头脑后长了个赘生物，垂下来长长的，末端膨大，看着跟脊椎残留似的，但一验才知道是某种黏菌聚合体，死了才几年，应该是后来在墓穴里碰巧附着到干尸头上的。"同事回答道。

"古尸脑后长了个赘生物！现在它在哪里？"周宁一把拉住准备下班的同事。同事的话让周宁猛地想起了一直被自己忽略的一条线索：目击凶手的流浪汉曾说，那人脑后有一条和清朝人一样的辫子。当时周宁还以为那是流浪汉在醉酒和昏暗的灯光下出现的幻觉，现在看来，流浪汉的描述可谓相当准确，而孙伟那条所谓的"辫子"，很可能与古尸脑后的赘生物是一种东西！而它，很可能就是导致墓主人离奇下葬和孙伟性情大变的罪魁祸首！

"你问这个干什么？案子都结了，那个赘生物也算不上文物，考古队觉着没什么研究价值，就作为结案证物保留在咱们局里了。"被耽误下班的同事语气已经开始不耐烦了。

"快通知人重新检测，检测完了一定要封存！那玩意儿可能有极强的传染性！"周宁脸色一变，丝毫没有发现关键线索的欣喜，不顾同事狐疑的目光，冲了出去。

离开警局，周宁驾车火速前往医院。那里，有他最爱的人，他不希望她受到哪怕一点儿伤害！

再次在医院见到周宁，安然意识到了事态的严重性，但周宁眼中的关切让她感到踏实，有他在身边，她什么都不怕。周宁告诉安然，他现在高度怀疑寄生在孙伟脑部的不明生物具有途径不明的传染性，所有接触过他的医生护士都需要立刻接受检查。

"原来是这样啊，看把你紧张的。"安然调皮地捏了下周宁的脸，说道："放心吧，我是他的主治医师，孙伟脑部的寄生物我提取过一些样本做病理检测，如果有传染性，我当时就发现了。我估计，那东西还远远没有成熟，它还处在从宿主体内吸取养分、逐步发育的阶段。就算它要繁殖，从而具有某种传染性，肯定也是发育成熟以后的事了。"

安然的话让周宁稍稍安了心，但为了保险起见，接触过孙伟脑后寄生物的医生护士还是听从他的建议接受了详细的检查。庆幸的是，所有人检查的结果均无异常。

警局这时也传来消息，检测结果显示：古尸头上的黏菌聚合物和孙伟脑部寄生物的样本细胞结构非常相似，基本可以确认是同一物种。稍有不同的是，古墓里的黏菌聚合物虽然已经脱水，但形态和结构更加完整成熟，颜色泛红，而孙伟住院时，他脑后的寄生物颜色还与人体肤色类似。看来，古墓中发现的黏菌聚合物就是这种寄生生物发育成熟后的最终形态。果不其然，警局的检测人员发现，它末端的膨大处实际上是一个类似猪笼草的套状物，在它的边缘，检测出了孙伟的血迹，他就是这样被传染的！

证据面前，周宁的推论终于说服了专案组，大家不得不接受了这个匪夷所思的结论——孙伟在几年前那起盗墓案中，被墓穴中还未死亡的黏菌聚合体生物感染，之后这种寄生生物在孙伟体内逐步发育成熟，致使孙伟身体出现了一系列异变。正是在这种情况下，不受控制的孙伟逃出医院，犯下了杀人案。虽然目前还不清楚孙伟是以何种手段行凶，他带走受害者头颅又有什么目的,但当下必须尽快将他捉拿归案,现在的孙伟,不但可能再次犯案,而且随着他体内寄生物的逐步成熟,他还可能感染其他人!

五

全城搜捕行动很快展开。与此同时,警方在汽车站、火车站等交通枢纽重点布控,国道省道也层层设卡盘查,以防孙伟流窜到邻近省市,但孙伟仿佛人间蒸发一般,搜捕行动并没有发现任何有价值的线索。

正当周宁焦头烂额之际,胡炎的电话打了进来,刚一接听,就传来胡炎亢奋的声音:"我说老周,这段时间你忙啥呢?都好久没和我一起喝酒了。今晚咱俩不见不散,上次我跟你说的事儿挺靠谱,老哥我马上就要出人头地了!"

"老胡,最近有起大案子在忙,等过了这段我就……"还没等周宁把话说完,胡炎已经挂断了电话。周宁哭笑不得,但转念一想,既然暂时没有发现孙伟的踪迹,不如向胡炎这个非主流历史学家请教下那个大墓的问题,说不定胡炎不按常理出牌的思路能带来一些启发。他总觉得,那个从古墓中出来的寄生生物背后,肯定还隐藏着一个惊天秘密。

当晚十点,周宁如约来到和胡炎常去的大排档,没想到胡炎早就到了,连酒菜都已经上桌。

"老胡你这是有喜事啊!"周宁乐了,以往两人见面,都是自己先到等上半天,今天这样可是头一遭。

"电话里不跟你说了吗,我要出人头地了,高兴呐!"胡炎一扫平日的颓唐落寞,红光满面地招呼周宁坐下,仰头就干了一杯。

"就是你上次说的,有个网友手里有几件老物件,可能就是你要找的证据那事儿吗?别是人家在网上看了你做的研究,特意整出来骗你的。"职业习惯让周宁对惊喜总抱着怀疑态度。

"我的周警官,你怕是不了解老哥的水平,想靠做旧来蒙我的毛贼还没生出来呢!那几样东西我看过,千真万确,就是清朝雍正时期的东西。"胡炎颇为自信,想了想,又补充道:"再说了,这几样东西反映的事情太过离奇,连那个网友自己都不信。要不是祖传之物只怕早当垃圾扔了,好在遇上了我,那段秘史已经被我大致还原出来了。"

"好好好,别卖关子了,快说来听听。"周宁这时也被勾起了好奇心,一边追问,一边给胡炎满上一杯。

"清朝国运二百七十六年,历经十位皇帝,雍正在位时间虽不长,却也留下了不少悬案,其中一桩便是他的死因。很多野史都提到雍正之死的一个共同疑点:雍正死的时候,是没有头颅的。"胡炎又喝了口酒,缓缓说道。

"雍正皇帝难道不是被吕四娘刺杀的吗?"周宁不禁哑然失笑,还以为胡炎有了什么惊人的发现,原来只是一个老掉牙的传奇故事。

"清末传奇中的吕四娘,就算武艺再高,又怎么可能只身潜入大内,杀掉皇帝后还神不知鬼不觉地带走皇帝脑袋呢?刺杀一说不足为信。但这类野史传说并非全都毫无根据,雍正之死,太过突然,正史中不过寥寥数笔,实在可疑。1980年,国家文物局本已批准发掘清雍正泰陵,但中途发现泰陵并未被盗,出于保护文物的目的,发掘被叫停,这个谜底便一直悬而未解。我本来也只是猜测,直到见到那个网友祖传的笔记和一道密旨,我才肯定,野史中雍正死后头颅失踪,以金头代替入葬的描述确有其事。"胡炎没理会周宁的调侃,一本正经地说道。

看到周宁若有所思,胡炎继续说道:"从那本笔记的内容看,那位网友的祖上,也就是笔记的记录者,是雍正时期的一名粘杆侍卫。"

"粘杆侍卫?"

"粘杆侍卫,是雍正朝尚虞备用处,也就是粘杆处的头领。"胡炎答道。

"就是雍正手下那个刺探情报,铲除异己的特务机构?"周宁问。

"没错。"胡炎点点头,又接着说道,"不仅如此,在他的笔记中,他还记载了他们使用的杀人武器——血滴子。"

血滴子!周宁此刻已经完全处于震惊之中了,传说血滴子是一种形如铁帽、内藏机栝、系有长索的武器,可瞬无声息地取人首级,而小巷杀人案的死者也是没有头的,难道……

胡炎没注意到周宁的反应,自顾自往下说:"血滴子在野史、传说中多次出现，传得神乎其神，但关于其制造方法、具体构造则一直语焉不详。如果它是一种投掷类兵器，那么重量必然不能太重，先不说准确套住目标头部难度有多大，就算套中了，如此轻巧的机栝又怎么会有割下人头的力道呢？

"答案要从雍正还是雍亲王时说起，当时，笔记的主人只是雍亲王府上的一名普通侍卫。康熙四十六年，云南巡抚郭瑮将捕获的一只食人猛虎献给朝廷，那猛虎身具异相，头生大瘤，捕食之际，大瘤可跃出数丈飞袭猎物，尤其喜食动物脑髓。猛虎被关入兽园后不久，园内其他野兽或被它吞食，或也生出了大瘤。大瘤初时为黄黑色，紧贴脑后，后变为绿色，生出长藤与猛兽后脑相连，大瘤也长成套状，此时已可跃起捕食了。而当大瘤长成红色后，便不再轻易捕食，但被其咬伤过的猎物，不久后也会长出大瘤，这大瘤便是传说中的血滴子。宫中御医发现，血滴子分泌的涎液晾晒后，形成的粉末含有剧毒，人若服食，轻则神志不清，重则手脚抽搐，一命呜呼，但若小心控制剂量，又可用于麻醉镇痛。雍亲王听说后便命人特制了一批长杆，杆头做成鱼钩状，穿上血肉，引诱血滴子吞食，待其上钩后便可命人收集其涎液，留作药用，粘杆处的称呼也由此而来。

"有一天，这名侍卫陪同雍亲王视察取药过程，一同参观的还有八阿哥胤禩、九阿哥胤禟、四川总督年羹尧等人。谁知一只上钩的红色血滴子突然挣脱，虽被侍卫及时斩断长藤，没能伤人，却也溅了众人满身涎液。被溅到的人及时进行了清洗，除恶心外并无其他不适，大家就没有留意。"

"啊！"不知不觉间，指尖的烟已经燃到了尽头，周宁被狠烫了一下，总算从胡炎的故事中挣脱出来。胡炎的描述和案件的各种细节完美吻合，他几乎能肯定，寄生在孙伟身上的黏菌聚合体生物，就是胡炎所说的血滴子！

"那后来呢？"周宁急切地想要知道这个故事的结局是什么。

"后来雍亲王即位，为了发挥血滴子的威力，他培养了一批死士，这些死士自愿被血滴子咬伤感染。他们中的大部分人很快死于剧毒，小部分人虽然成功孕育了新的血滴子，却丧失神志，变成了嗜血的怪物。只有极少数人，能保持清醒，控制血滴子为其所用，这些人，被称为粘杆拜唐。由他们执行暗杀任务，几乎从不失手，加上暗杀效果极具威慑力，因此深得雍正信任。尽管如此，幸存的粘杆拜唐渐渐发现，血滴子竟是一种极富灵性的生物，它们从未甘心被人类驯服，无时无刻不在试图夺回身体的控制权。几年下来，这些粘杆拜唐死的死，疯的疯。雍正无奈，用尽了各种办法，最后找到一个西藏喇嘛，用他的骨笛吹奏，没有声音，却能在一定程度上抑制血滴子发作。于是，骨笛被赐予当年那名侍卫保管，他因为护驾有功，被升为粘杆侍卫，由他统领粘杆处，必要时吹奏骨笛，控制这些蠢蠢欲动的血滴子。到此为止，似乎一切都在雍正的掌控之中。

"然而人算不如天算，不久后，雍正惊恐地发现，自己脑后也渐渐隆起了一个肿块，连他也被血滴子感染了。雍正不是不清楚血滴子的危险性，这些年来一直极为小心谨慎，思来想去，和血滴子唯一一次直接接触就是被溅了满身涎液那次。最初的恐慌过后，雍正很快冷静下来，他命那名粘杆侍卫时时守卫，一旦燃起嗜血邪火便让他吹奏骨笛压制，日复一日，他身上的血滴子居然进入了休眠状态，虽仍在生长，却极为缓慢。后来，他派人暗中监视当年同样被血滴子涎液溅到的胤禩、胤禟以及年羹尧等人，很快发现他们和自己一样已经被血滴子感染。胤禩、胤禟两人身处王府，行事颇为低调，但其府上已有多名仆人无故失踪，只怕在夜深人静之时已沦为两人的猎物。而年羹尧驻守边疆，征战沙场，获取猎物极为方便，他身上的血滴子生长亦最为迅速。雍正本欲秘密召集被感染的三人一同医治，不想三人皆为意志坚强之辈，虽嗜血如狂，但仍保神志不失。只是在血滴子的影响下，三人性情大变，乖张残暴、贪婪无度倒也罢了，竟然野心勃勃地想要谋夺皇位。雍正怎能容忍自己的权力被他人觊觎？很快便施展雷霆手腕将三人一网打尽，并将他们秘密处死。胤禩、胤禟毕竟是雍正的手足兄弟，在临刑前，雍正很可能探望过他们，却目睹了血滴子失控发作，将两人折磨得如同恶鬼般的惨状，因此他才会厌恶地将两人称为阿其那、塞思黑[1]。

"虽然已将他们三人铲除，但雍正只怕也深受打击，唯恐有朝一日也步入他们后尘，变成不人不鬼的怪物。偏偏有些执拗的文人抨击他过于残忍严苛，或许连雍正都分不清到底是自己本性如此还是受血滴子影响，但这些话无异于直接戳到他的痛处，因此在雍正统治后期，他变得越来越敏感多疑，残暴嗜杀。好在他意识到血滴子断然不能继续留存，于是便逐步将粘杆处的粘杆拜唐以及血滴子扑杀。这个曾经为他立下赫赫功劳的特务组

---

1. 满语中的猪和狗的意思。

织自此一蹶不振，但若不如此，不仅仅是他的朝廷，恐怕天下都将成为修罗炼狱。

"此外，血滴子源自云南，历史上，雍正曾在云贵地区多次推行改土归流，此举不排除也有借机搜寻并彻底剿灭血滴子之意。到了最后，血滴子几乎被消灭殆尽，唯一剩下的，就是他自己了。随着年龄逐渐增大，身体大不如前，雍正自知即便有骨笛相助也无法再继续控制血滴子了，为了他的尊严，也为了江山永固，他给一直忠心耿耿跟随自己的粘杆侍卫下了一道密旨，命他将自己的头颅砍下后自尽，后事交予张廷玉处理。为了让张廷玉保守秘密，他甚至许下了让其配享太庙的承诺，这在清朝汉臣中可谓前无古人后无来者。"

胡炎的故事讲完了。他晃了晃已经见底的酒瓶，自嘲似的问周宁："老周，你相信我说的吗？你是不是也觉得我想出名想疯了？"

"不！我相信你！"周宁斩钉截铁地说道。他腾的一下站了起来，将趴在酒桌上的胡炎拉起来，近乎疯狂地追问道："那你知不知道，雍正死后，张廷玉是如何善后的？"

胡炎没想到周宁突然如此激动，含糊道："我怎么清楚？无非是按礼下葬，再编一套雍正死于急症的鬼话。身为臣子，张廷玉绝不敢损毁雍正人头，但那上面还有残存的血滴子，葬入皇陵也不妥，应该是另葬秘陵了。泰陵雍正棺椁内很可能如传说所言，是一颗替代的金头。"

"我想，埋葬雍正头颅的秘陵，已经被发现了。"周宁点燃一根烟，顾不得案件保密，把案情一股脑儿说了出来。

等周宁说完案情和他的推测，胡炎眼珠子都快要被惊出来了，他结结巴巴道："原来血滴子是一种全新的黏菌复合体生物，难怪可以在墓穴中休眠这么久。自然界中一些被发现的黏菌复合体，确实可以在没有光和水的环境中生存许多年。"

"走，跟我回警局。"周宁拉起胡炎，"这已经不仅仅是一起命案那么简单了，它可能演化成一场危机！我们需要你的帮助！"

就在这时，周宁的手机响了。谁会这么晚给自己打电话？接通电话，一个女人的声音传来："周警官，我是李娟，刚刚我老公回来了！"

"什么？好！我马上过来，千万不要靠近他，他现在很危险！"周宁顾不得解释，挂断电话，冲出门拦下一辆出租车，心急火燎地就想往李娟家赶去。

"咱们还去不去警局啊?"一边的胡炎一头雾水。

"来不及了,被血滴子感染的嫌疑人出现了!"周宁吼道。

"啊!我跟你一起去!"胡炎像一个弹起的皮球,用与他体型不相符的敏捷飞快地钻进了车后座。

六

两人消夜的地方离李娟家不远,在周宁的催促下,司机猛踩油门,只用十多分钟就到了。按响门铃,见到李娟毫发无损地来开门,周宁松了一口气,向她问起了刚刚孙伟出现的经过。

孙伟出事后,李娟一直睡不好。这晚,她又失眠了,便打开灯,从三楼卧室的窗口愣愣地往外看。凌晨郊外昏黄的孤灯,在黑夜中是那样渺小,却犹如风暴中的灯塔一样坚强、安宁,照亮了这个家小小的一方天地,也照出了院墙外那个潜藏已久的人影。

"孙伟!"李娟一眼认出了丈夫。但孙伟对妻子的呼唤却置若罔闻,很快便消失在了黑暗中。李娟本想出门去追,但眼见丈夫怪异的行为,虽然仍不愿相信他犯下了杀人案,心中也不免害怕,于是就在家中拨通了周宁的电话。

看来孙伟最近一直藏匿在附近,但他是怎么逃过之前的搜捕的呢?思索间,周宁脑中灵光一闪,小煤窑!没错,从孙伟返回家中的举动看,他虽然已经被血滴子控制,但还保留着一些原本的记忆。而他曾在小煤窑工作,对那里的环境非常熟悉,加上小煤窑已经被关停多年,人迹罕至,作为藏身之所实在是太适合不过了!

想通这点,周宁一面联系局里安排人员前来支援,一面向李娟问明小煤窑的具体位置,先行前往探查。周宁本想让胡炎留在李娟家等待接应的同事，但架不住胡炎死缠烂打，只得带他一同前去。路上，周宁反复强调行动的危险性，胡炎却大大咧咧地让他放心，还故作神秘地说自己留了一手。

很快，两人找到了那个废弃的小煤窑，果然发现有人活动的痕迹，一滴滴鲜血沿着矿道直通地底深处。朦胧的月光下，幽深黑暗的矿洞像一头吞噬一切的怪兽，张嘴恭迎着闯入者，让人不寒而栗。周宁和胡炎相视一笑，头也不回地走了进去。

周宁举着手枪在前方警戒，胡炎跟在他身后，用手电为周宁探路，为免打草惊蛇，胡炎不敢将灯光照得太远，只在周宁身前投下一轮淡淡的光圈。就这样走了十多分钟，周宁突然停住脚步，低声对胡炎说道："你听……"

"咻——咝——咻——"他们同时听到了一阵怪声，像是有人在用吸管喝所剩不多的饮料。两人小心翼翼地继续往前走，那怪声越来越大，矿道出现了一个近乎九十度的拐角，而那怪声，就是从拐角后面传来的。周宁和胡炎从小玩儿到大，彼此之间早有默契。两人调整了呼吸，胡炎贴着洞壁，转过拐角的瞬间将电筒打到最亮，猛地向怪声源头照去，周宁则从外侧盲区冲出，举枪指向目标。

这条矿道已经坍塌，拐角后面是一条死路，电筒光在狭小的空间内将一切照得清清楚楚。孙伟终于现身了，只是，周宁不知道他还能不能被称为人。孙伟背对着他俩，在他脑后盘踞着一个青色的血滴子，正垂下来咬住一只死羊拼命吮吸，腥臭的涎液混杂着羊的鲜血滴了一地。血滴子的涎液显然具有强烈的腐蚀性，死羊很快便被吮吸得面目全非，像软化的果冻一样，被它吞了下去。

"孙伟，不许动！"周宁举枪喊道，但他不确定孙伟还能不能听懂。吃完羊的血滴子显得意犹未尽，慢吞吞地蜷起与孙伟后脑相连的长藤，缩了回去，孙伟也跟着僵硬地转过身来。这时的他，双眼翻白，面目狰狞，手脚蜷曲，活脱脱就是电影中丧尸的样子。

"孙伟，不许动！"周宁再次喊道，同时示意胡炎同自己一起后退。谁知胡炎对他的眼色视而不见，在衣兜里摸索了一会儿，掏出一支灰白色的笛子。此时，孙伟面对他们，将头低下，血滴子正在缓缓蠕动。

"小心！"周宁敏锐地感觉到了危险，一个侧扑将胡炎撞开，并向孙伟开了一枪。与此同时，一阵剧痛传来，虽然避开了要害，但疾如闪电般跃起的血滴子紧紧咬住了周宁的左肩。被子弹正中胸口的孙伟摇摇晃晃地爬了起来,那一枪似乎并未对他造成什么伤害,他头上的血滴子不断伸缩收紧,眼看周宁支撑不住了。而一旁的胡炎,既不逃跑,也不救人,反而发疯似的在地上找着什么,终于,他摸到了刚刚被撞脱手的笛子,放到嘴边,使劲吹了起来。

尽管胡炎的脸涨得通红,但那古怪的笛子却没有发出任何声音。神奇的是,周宁虽然感到一阵头晕目眩的恶心,但肩头血滴子的力量也弱了很多。周宁用最后的力气拼死反抗,挣扎中,右手在地上摸到了一件硬物,是一把丢弃的矿铲。生死关头,周宁想起了清朝粘杆处收集血滴子毒液的方法,不同的是,此刻的诱饵就是自己!他举起矿铲,用它的刃口向血滴子的长藤砍去,一下,两下,三下……周宁感到自己已经完全脱力了,左肩由最初的剧痛转为麻木。我这是要死了吗?他不甘心地想,然后晕了过去。

尾 声

周宁在医院的病床上醒来,已经是三天后的事了。这些天寸步不离守在他身边的安然喜极而泣,偏巧胡炎推门进来,留也不是,退也不是,只得对周宁挤眉弄眼。周宁心领神会,摸着安然的长发,柔声安慰道:"亲爱的,我这不是没事儿吗?别哭了,一切都过去了。嗯,那个……你肯定累坏了,先去休息下吧,我跟老胡聊点事儿……"

安然抬头就看见了门口笑得贱兮兮的胡炎,气不打一处来,说道:"老胡,你要再敢把周宁往坑里带,我饶不了你!"

"冤枉啊嫂子,这次真不赖我啊!"胡炎不禁苦笑。

听到胡炎连称呼都改了,安然脸微微一红,帮周宁盖好被子,便快步走出了病房。

"老周你好福气啊,可没人这么关心我。"胡炎乐道。

"你不有你的历史研究嘛!"周宁虽然刚刚苏醒,但精神已经恢复得差不多了。

　　明媚的阳光照进病房，两人又聊了会儿天。三天前那场生死搏杀，已经恍若隔世。周宁最后一击终于将血滴子的长藤砍断，前来接应的同事刚好赶到，和胡炎一起将周宁送往医院。事后的检验发现血滴子的涎液中含有强效神经毒素，好在咬伤周宁的血滴子还未长成红色，它的涎液中还没有用以繁殖的孢子，加上送医及时，周宁总算保住了一条命。

　　"孙伟和血滴子怎么样了？"周宁问道。

　　"放心吧，已经有特派的专家组介入了，我会作为其中一员参与整个研究。你那一枪击中了孙伟的心脏，血滴子一死，他也活不了了。对他来说，这未尝不是解脱。"胡炎答道。

　　"唉，说得也是。"周宁叹了口气。孙伟生前曾出现在家门外，他的妻子也没有遭受攻击，也许即使意识被血滴子吞噬，在他心底，也还残存着一丝对家和亲人的眷恋吧？

　　"你们有没有研究出来血滴子到底是什么？"周宁又问道。

　　"怎么说呢，血滴子既不是植物，也不是动物，是介于两者之间的某种黏菌聚合体。说得通俗些，它就是民间传说中的肉灵芝，也就是太岁的一种。至于它到底是某种远古生物孑遗还是偶然变异产生，这个目前还不清楚。不过通过解剖，我们又有了一个惊人的发现。"胡炎接着说道。

　　"还有其他发现？"这血滴子，居然包含了如此之多的未解之谜。

　　"在血滴子上，我们发现了类似于脑细胞的组织结构。那支骨笛，能吹出一定频率的次声波，血滴子之所以会受其影响，是因为它的脑组织比我们人类更复杂，对次声波更加敏感。"

　　"你是说血滴子可能也有智慧，甚至不亚于人类？！"周宁惊道。

　　"个人猜测而已，专家组里也只有我这样认为。不过这倒可以解释血滴子对雍正的反噬，毕竟任何一种智慧生物，都不会甘心被驯化的。"

　　"好在一切都过去了。"周宁自言自语道。

　　"是啊，都过去了。"胡炎推开窗户，窗外一片鸟语花香。但他心里隐隐有一丝不安，人类自以为对这个世界了如指掌，殊不知，人类已知的物种，可能只占地球物种总数的十万分之一，那些未知的、神秘的生命，或许就潜藏在我们身边。

本文为《银河边缘》中文版专发篇目。

| 科学家笔记 |

从伯恩斯泰尔说起：
关于巨匠与科技的反思
BONESTELL AND BEYOND: GETTING IT RIGHT A REFLECTION ON TITANS AND TECHNOLOGIES

[美] 格里高利·本福德 Gregory Benford 著
刘博洋 译

> 格里高利·本福德，科幻作家、物理学家、天文学家，加州大学河滨分校物理学教授，当代科学家中能够将科幻小说写得很好的作者之一，也是当今时代最优秀的硬科幻作家之一。独特的风格使他多次获奖：星云奖、约翰·坎贝尔纪念奖和澳大利亚狄特玛奖等。他发表过上百篇物理学领域的学术论文，是伍德罗·威尔逊研究员和剑桥大学访问学者，曾担任美国能源部、NASA 和白宫委员会太空项目的顾问。1989 年，他为日本电视节目《太空奥德赛》撰写剧本，这是一部从银河系演化的角度讲述当代物理学和天文学的八集剧集；之后，他还担任过日本广播协会和《星际迷航：下一代》的科学顾问。

二十世纪的时候，艺术和科学的密切联系被打破了。这是一场令人焦灼的分手，好在太空为这一伤痕的弥合发挥了积极作用。

二十世纪早期的艺术思潮，从关注外在自然转向了关注内心体验。这就是 C.P. 斯诺所谓的"艺术和科学两种文化之间产生的裂痕"。科学家研究自然，艺术家则研究自身——很多人认为这就是问题的全部了。艺术家紧随现代主义者击碎现实的行动，通过抽象、超现实主义和对非自然观察方式（比如立体派）的强调来渲染体验。而诸如诺曼·洛克威尔，虽获得了极大声名，却仍被很多人认为其实并非艺术家，而只是一个低端插画师[1]。

太空艺术能够、而且已经重建了两种文化之间的桥梁，它在最广阔无垠的画布上礼赞自然，将科学与审美价值熔为一炉。

---

1. 诺曼·洛克威尔，美国画家，作品以写实画风为主。

《土卫六风光》by 切斯利·伯恩斯泰尔

我对太空艺术的兴趣最初是被切斯利·伯恩斯泰尔的作品点燃的。因此在1969年，我怀着激动的心情造访了这位艺术家在卡梅尔的家。为了追忆那个时刻，请允许我首先重新贴出我在那次见面后的1970年写的一篇短文《土卫六风光》。

在去卡梅尔的路上，要想避开北加州、南加州海岸的繁华都市，你必须选择完全沿海的路，直面那些水雾和弯道——也就是一号公路。卡梅尔是蒙特雷市的附近小城，是为修建避暑小屋和有机食品商店而建的。那里居住着不少作家和艺术家，他们一到下午就不想工作，要么宅在咖啡厅，要么去小书店翻翻书。

要去往他家，你得在小镇的中心拐下一号公路，就是那个岔路口，再沿着那条死胡同一直走。他的屋子掩映在松树之中，环绕着你从圣克鲁兹出发时就一路相随的蛙鸣。那屋子看起来温暖舒适，窗户里投出橘色的灯光。你会讶异为何冬季里从窗中透出的台灯灯光散发着阳光般的温暖，而在夏季，它们远远看去就只是台灯而已。

他家的地毯松软地接住了你进门的脚步。一只猫在你进门时喵了一声。他的夫人在大厨房里煮了咖啡。你和他在躺椅上坐下来，感觉完全是一副电影制片人的做派——而他真的当过电影制片人：他为迪士尼工作过，这只是他漫长人生中的一段。

1950年代早期，《幻想与科幻杂志》有一期的封面就是他的肖像，但你直到一小时后在他工作间的一角发现这本杂志时，才会想起这事儿来。他这么多年看起来没怎么变。他已经八十多岁了，他的面庞留下了岁月的痕迹，但仍像以前那样透着核桃棕色。当他笑的时候，脸上的每一个角落都会皱起来。

在这座房子里，你一边用暖手的绿色日本陶杯呷着茶，一边看着他不为人知的那些作品：东方印染、肖像画（这些作品表明他与坊间所谓不会画人像的传言恰恰相反，而且你亲手摸到了它们）、建筑（应力设计，沿着一张精密的网格摆好石块），"我首先看到了那些规律，然后才是其他的。我曾经是个建筑设计师，你知道的，在一战前。我设计了旧金山歌剧院的天花板。"

在那之后呢？"我去旅行了。我见识到了这个世界。我去过纽约、巴黎和伦敦，最后去了洛杉矶。我设计建筑，后来去了电影行业，在幕后做特效。迪士尼在特效领域做了很多创新，但它需要有人能非常细致地绘图，让观影者看不出毛病。画的一定要逼真。我在那份工作里学到了很多。我们当时工资很高，那只能是在洛杉矶。"

在房子里没有他的太空美术作品。要看那些东西，你必须走到屋外，走上一截露天的木质台阶，进入书房。那里充斥着令人兴奋的新鲜颜料、抹布和涂抹后的画布的气味。那里是无垠太空的圣殿。

他会阅读那些自己为之配图的科幻小说吗？不，他并不太喜欢科幻小说。或许因为小说还不够硬。他很少主动把飞船、增压舱、穿着宇航服的人物等等人工造物放进自己的画作。他不知道未来将会变成什么样，所以对描绘未来感到窘迫。但恒星和行星之类，是的，他的天文学家朋友可以告诉他天体是什么样的，而他也可以通过思想的眼睛"看到"这些东西，所以，他可以把它们画对。不管怎么说，大部分科幻小说很快就过时了——看看那些绘有带鳍的宇宙飞船，或者无云的地球的科幻画，最好的办法是别画那些。

在帕罗奥图市，有人印刷出版了他的两张油画，其中一幅描绘了在一次前往干旱的锈红色火星沙漠的探险中，降落之后安装设备的场景。这幅画看上去有些失衡，不真实，不是他最好的作品。另一张好一些：从土卫六看到的土星。他的代表作。我们现在当然知道，这图画的是错的，因为土卫六上有甲烷大气层包裹着一切。但在他作画时，这么画还是对的，任何科学理论都只是近似正确——对永远无法完整认知的真相的一种近似，而且仅在这个意义上是正确的，任何人只能接受这样的近似。他留了几张自己作品的印刷版，我们当然不觉得有必要给他付钱来买，于是直接带走了土星的那张。即使在土卫六的距离上，土星看上去也惊人地巨大，它呈冷峻的白色，有着清晰的边缘。看着这土星，你会发自内心地感到行星是神，而人类只能任其摆布。

还有一些他参与制作的电影的剧照。乔治·帕尔的剧照，碰撞的星球、火箭的概念图，《地球停转之日》剧照，以城市灯光和远处移动的车灯为背景、从二十层楼窗户挂出来的格劳乔·马克思的油画肖像、定格动画、撕裂的行星等等，尽管这些工作很有意思，也很赚钱，但他的名声还是要倚赖在波士顿、纽约和旧金山展出的那些太空美术画作。双星、新星和大气层深处不可见的咆哮风暴……那种太空的无穷无尽之感。

最核心的还是画技。在画架上立着一幅未完成的画作，描绘"伟大旅程"探测器（即"旅行者2号"探测器）"看到"的土星的黎明。"黑色是非常难的。要获得纯粹的黑，跟天体大气的柔和色调产生对比效果，实在是太难了。只有进行过超量的练习才行，否则几乎是不可能做到的。我只见过极少数画家可以驾驭这种效果，甚至在抽象画中也是如此。"

伯恩斯泰尔为我们展示了他已经完成的几幅抽象画作，看起来很不错，尽管都没怎么用黑色。他尝试过每一种技法，也成了很多技法的高手，尽管他很少出售这些作品。他把大部分画的不错的油画留给了自己，他不需要全卖掉也能生活。有一阵子，市面上流行过购买他的太空美术油画作品的风潮，那时他就像一座绘画工厂，用极短的时间赶制了大量作品，但那都是过去的事了。他的大部分画作卖给了航空航天工程师，而现在那些工程师也没有闲钱了。

他工作勤奋，有严谨的日程表。今天从《花花公子》来了一单活儿，他接下了三页油画的工作，尽管这意味着会扰乱他的日程安排。他的代理人还试图让他再做一本他跟威利·莱[1]做的那种书,但他没时间。大概得等明年了。

你提议一起出本书。他认为《未来档案》是个不错的题目,但你告诉他阿瑟·克拉克已经用过这题目了。好吧,那就换个别的,保持联系。

(补充说明:这本书的计划没有继续推进,因为你那年太忙,无法完成那些章节,之后你搬到了大学,接下来的几年中高强度地研究物理。但他告诉了你一个朋友的名字,一个活儿干得不错但是缺少机会的年轻人。几个月后你联系到了他——多恩·戴维斯——之后你卖了一部小说书稿,《木星计划》,你竭尽所能让小说设定贴近我们所知的真实木星。这是你第一部卖得不错的小说。多恩·戴维斯为这本书画了两幅油画插画,次年这本书得以出版,引来了罗伯特·海因莱因的一封信,这是任何人都求之不得的殊荣。一个朋友也赞扬了这部小说,他说你能请到伯恩斯泰尔操刀绘制封面简直是太走运了。这一整个套路现在几乎已经成为常规,而这几乎全部出自伯恩斯泰尔一人之手。)

他说自己最近见到的唯一一个科幻小说家是海因莱因,后者就住在距离他一小时车程的海边。他喜欢海因莱因的路子,因为他看起来更诚实,更贴近科学的有限事实。而且海因莱因描绘的未来有一种真实感。"他是这个领域的巨人",这位老人若有所思地说,但他从未提及自己在和这些作者共同所处的这个领域内的地位。

他见过的艺术家不太多。卡梅尔是艺术家的中心,但那些艺术家大部分只是初学者、爱好者,他对这些孩子没有太大的兴趣。他觉得他们的画技太差劲,他们不理解把事情做对有多重要。要学会画牛,困难不在指尖,而在眼中:你必须首先学会看到牛。很少有人能做到这一点了。"一旦看到它,你必须画得让别人也能看到它。不是看到这件事本身,而是它有什么寓意,那才是艺术。否则还有什么意思呢?"

我再没有见过伯恩斯泰尔,尽管我们后来互寄过明信片。

在那之后不久,我发现还有另外一种风格的太空艺术——苏式太空艺术——虽然往往让人印象深刻,但却很少展现出"画对"的兴趣。然而在我跟苏联画家安德烈·索科洛夫相熟之后,这种刻板印象被粉碎了,他以自己的方式做着跟伯恩斯泰尔一样的工作。

总的来说,苏式太空艺术跟美式的有一些区别。我不想用一个理论框架来解释这些区别,我想用画家而非批评家的方式来解释。当回想起见过的那些苏联时代太空美术作品时(或在美国、或在苏联的美术馆里),我想到的是一群勇敢探索未知的无名英雄。相比而言,美国科幻、美国太空艺术则更侧重表现无垠宇宙中的孤独人物。

现实主义主导着美国科幻和太空艺术。这在硬科幻审美的那个领域,一些苏联画家称之为伯恩斯泰尔式的"岩石和星球"流派。这样的审美也反映在《惊奇科幻》杂志里的那种作品上。为了实现这种价值观,威廉·哈特曼,亚利桑

---

1. 德裔美籍科学作家、航天倡导者,他和伯恩斯泰尔在1950年合著过一本科普图文集《征服太空》。

那大学的一位空间科学家兼业余画家，向我讲述了他是如何描绘彗星上的岩石地貌的——他曾经在一个彗星领域的学术会议上，拿出工具现场作画。当时几位天体物理学家，包括大卫·布林在内，提出了一个理论称，彗星表面的岩石可以保护岩石下的冰雪在近日点附近免于被太阳晒化，而其他地方的冰则会挥发殆尽，因此，彗星表面将会形成蘑菇状的岩石。哈特曼按这个思路画了，并且很快被 NASA 的小册子采用。（不过，当时这个说法还被写成论文投给了期刊，却被拒稿了。后来是通过直接观测得到了证实。）

跟美国艺术家不同的是，苏联艺术家更青睐象征主义，而欧洲科幻艺术家往往徘徊于两极之间。这种氛围化的象征主义作品，在美国通常只出现在《星系》杂志的插画中，用以给软科幻配图。索科洛夫把这种氛围化流派的作品称为"象征性幻想"，他说"例如相对论的图景，可能只能以情绪化、艺术化的形式来表现，作为一种象征、一种幻想、一个梦"。与此截然相对的，是试图把星舰上看到的相对论性多普勒效应[1]描绘出来的努力，弗雷德里克·波尔把这种现象称为"星弓"。

为"勇敢的太空先驱者"画肖像在苏联太空计划中是被准许的，所以写实的作品也有一席之地。宇航员肖像在苏联的办公场所、地方性美术馆和公共建筑中有着巨大的需求。

作为一个敏锐地意识到了这种具象派艺术价值的人，索科洛夫在苏联太空艺术中成了一个异数：他更加务实，拥有跟宇航员之间的直接联系；他可以排除干扰、做出自己的判断——"从飞机上看到的景观模糊而缺乏色彩，因为我们是在大气层中观看，光线被散射到各处了。而宇航员在太空中不受散射光的影响，在他们眼中可以穷尽地球的美丽。"

《琥珀海冲浪》，安德列·索科洛夫

索科洛夫拥有巨大的优势。显然美国人没有这样的优势，因为直到今天，也没有专业的艺术家在太空中飞行过——虽然有几个宇航员后来转行去做艺术了。因此，美国人把注意力集中到了摄影上。苏联宇航员使用彩色地图册和颜色测量装置来研究地球，确认了人眼在太空中看到的颜色比在飞机上看到的要更鲜艳。我们肉眼分辨细节的能力比相机要强二十倍，比电视图像要强两百倍。我们也拥有敏锐得多的色觉。史上第一次，有了一个苏联艺术家，想到要去比较夜间的云层被城市灯光、闪电和月光照亮时的区别。这会让人产生奇

---

1. 因为波源与观察者的相对运动关系，光的波长产生的变化。

怪的感受：不分上下，没有空气透视[1]，明暗之间有强烈对比，这一切都突然降临。

索科洛夫请宇航员比较他的画作与在太空中飞行时看到的实际景色，并对画作的颜色、形体和光线做出评价。（阿列克谢·列昂诺夫，第一个太空行走的人，主要创作写实绘画和素描，他在创作时除了依靠自己的经验，也依靠索科洛夫积累的资料。）通过频繁采访宇航员，他给出了如下的生动描述：

"在晨昏线上，当山谷沉入黑暗，一串雪山在漆黑的背景上闪耀。在晨昏线后方，刚刚入夜的地方，极高的山巅散发出橙红色的光芒，就像温暖的炭火。山峰斩断云朵，就像航船劈开波浪。热带的积雨云团在夜间被山巅照亮，让人想起白玫瑰绽放的花苞。夜间城市的灯光组成闪亮的星座，熠熠发光的高速路网缠绕其间，煞是可爱。当你在地球轨道上认出海洋和河流上的人类工程、荒野中开垦出的农田，你心中就会充盈对我们建设成就的骄傲。"

在这段话中，我们可以看到苏联社会有多强的以人力改造自然的自豪感，这种自豪感在十九世纪的美国非常常见。

在美苏文化隔阂的两侧，并非所有的决定都是出自审美取向。苏联艺术家协会创作的有些宣传伟大的太空成就的作品是受命而为。风光画家加入这个行列，象征主义者也被纳入其中（"这大部分看起来像是苏联音乐。"美国艺术家乔恩·隆贝格对此评价道）。即使最受好评的"太空艺术家"也不太重视绘画对象的真实性。在一次罕见的赴西方国家的访问中，在"旅行者号"飞经海王星时，他们翘了原定访问喷气推进实验室的日程，集体跑到了迪士尼乐园！（索科洛夫后来还为此道过歉。）

把这些跟美国流派之父伯恩斯泰尔对比一下。伯恩斯泰尔在1944年画下了经典的《土卫六风光》，那是柯伊伯测出土星的主要卫星土卫六大气层中的含有甲烷之后不久。土星在清晰、冷峻的冰冻地貌上空垂悬。但到了1970年，研究进一步发现土卫六的大气层实际上很厚，表面大气压可能比地球上还要高，土星可能永久性地被不透明的甲烷云所包裹住了。于是，伯恩斯泰尔重绘了这幅图。他没有毁掉前一幅作品，只是跟那些科学家介绍了他的新作。为了纪念他的成就，从二十世纪八十年代开始，天文学家开始把土卫六大气层中甲烷霾上方有蓝天的那层，即在那里可以看到土星的那一层，叫作"伯恩斯泰尔层"，而非土卫六平流层。

我想这种审美的对比，要不要用硬科幻的思路去"画对"，是美国和欧洲、苏联在性情方面的主要区别。无疑，两种太空艺术流派都有其优点，但是，作为一个硬科幻小说家，一个在故事写作中为科学准确性不断努力的人，我对那些在描绘太空时追求科学准确性的艺术家怀有天然好感。正是这样的艺术家——诸如伯恩斯泰尔、哈特曼和特立独行的索科洛夫——让我最为钦佩。

Copyright© 2006 by Gregory Benford

---

1. 指绘画中用清晰度、色彩饱满度来表现物体远近的技法。

耀斑时间
FLARE TIME

［美］拉里·尼文 Larry Niven 著
罗妍莉 译

系好安全带
戴上护目镜
且看硬科幻大师尼文
为你开启一段绚烂耀眼的异星往事

作者拉里·尼文（1938 —　）是公认的科幻小说巨擘，世界科幻大会荣誉嘉宾，曾获得五次雨果奖和一次星云奖，还曾获得普罗米修斯奖、海因莱因奖、日本的星云赏和澳洲的迪特玛奖，并多次获得轨迹奖。著有《环形世界》《上帝眼中的微尘》（与杰瑞·波奈尔合著）、克孜人系列、《已知空间》系列等众多经典作品。在尼文的科幻作品中，对技术细节的描写绝不逊色于阿瑟·克拉克和哈尔·克莱门特。《耀斑时间》著于1977年，收录于科幻大师哈兰·艾里森的《美狄亚星：哈兰的世界》短篇小说集，后者收录的小说背景均为艾里森所虚构的美狄亚星，其选取的作者不乏杰克·威廉森、弗兰克·赫伯特、哈尔·克莱门特、托马斯·迪许、罗伯特·西尔弗伯格等科幻大师。《耀斑时间》不仅表现出尼文"硬派科幻作家"风范，也展现出其塑造人物性格和设置戏剧冲突的高超技艺。

对铜腿而言,星际飞船的到来即便没有别的意义,但至少有一点就足够了:他再次抬头仰望起天空。

在过去的一周里,浪游者们把着陆城走了个遍。这座五十年前建成的殖民地至今仍然很小,人们彼此熟悉。当地人并不太容易适应这些:一帮口音怪异的陌生人一拥而来,碍手碍脚的,一脸空洞的笑容,大大的眼睛里充满惊奇和愉悦。甚至连美狄亚[1]上的人类也开始染上这个习惯。活了三十四个地球年,卡尔文·"铜腿"·米勒在美狄亚星上探索了一万五千平方英里,什么光怪陆离的景象没见过。但奇怪的是,让他抬头仰望天空的,居然是来自其他世界的一帮人。

这是一幅美丽的画面:太阳在殖民地北面的荒野落下。远处的农田里,那些让地球植物保持生长的灯光将南方的群峰勾勒出淡淡的青白色。其余一切皆是红色,无穷无尽、深浅不一的红。朝向热侧这一边,平坦的地平线将阿尔戈星[2]那硕大的圆盘一分为二,你可以感觉到脸颊上扑面而来的热气,看着一片片阴沉灼烫的带状风暴云从这颗超级木星的炽热表面掠过;朝向寒侧那一边,有两个耀眼的粉色光点,那是佛里克索斯星和赫勒星[3],彼此相随,落到山脊。高速气流[4]在蔚蓝的天空中,笔直地延伸成一条粉白色云带,从地平线的一端横亘至另一端。在他脚下的山谷里,三四十个五颜六色的球囊体连成一片,落在漂满浮渣的积水池上觅食。

蓝幽幽的阴影笼罩山谷,三个人类身影正在橘红色的植被中移动。即使隔了这么远的距离,铜腿仍能辨认出那是闪电·哈尼斯和格蕾丝·卡彭特,而第三个人略微有点儿驼背,头上戴着的金属头饰在乌黑的直发间微微闪亮。那应该是瑞秋·苏布拉马尼亚姆的记忆录制设备,她正不停地左右张望,渴望看到全新的风景。

铜腿笑了笑。他试着想象在浪游者眼里,在异星人眼里,这个世界该是怎样一番景象。他努力回忆,但只记起自己当时还是个孩子。这陌生的

---

1. 希腊神话中会施法术的公主,与伊阿宋王子一见钟情。
2. 出自希腊神话,伊阿宋等人去取金羊毛时乘坐的一条船。
3. 出自希腊神话,是古希腊国王阿塔玛斯与仙女涅斐勒的一对儿女。当国王准备献祭二人以拯救城邦时,他们俩骑着母亲派来的金毛羊逃生。
4. 在地球上,是一种集中出现在对流层的高速气流带,水平长度可达上万公里,宽数百公里,厚数公里。其附近亦有强大风切变,即飞机遇到的大气湍流。

一切，触目皆是红色的世界。

他掉转嗥兽，继续往山上走去。

山顶上，一头福克斯正等着他，背后那轮粉红的太阳将她映成一道黑色的剪影：四条细腿，两根瘦胳膊，尖细的脸，细窄的躯干弓成 L 形——一个瘦削的标准半人马形状。

他爬上山顶，把嗥兽停在气垫上，那头福克斯向后退了几米。铜腿想了想为什么，然后就猜到了答案：不是因为他的气味。这些福克斯喜欢他的气味；她是好让山脊挡住着陆城里那些农用灯射出的刺眼白光。

"我是长鼻，"她说，"铜腿，我是特意来见你的。你们往热侧的探路怎么样了？"

"我们明天一大早出发。"

"你之前推迟过。"她这是在指责他。这些福克斯对守时有点强迫症，这是他们的铜器时代文化里的奇怪特征。正如人类的某些特征一样，这一点很可能也与他们的性生活方式有关。在福克斯分娩时，时间节点可能至关重要。

"来自星星的船来了，"他说，"我们等了一阵，想带个他们的人一起去，这一耽误正好可以重新检查一下车况。"

长鼻肤色黝黑，长着单调的暗红色斑纹。她肩上扛着一把长弓，后腰上挂着箭袋和铲子。她的口鼻很尖，但放在福克斯身上，倒也不算尖得出奇。她之所以叫这么个名字，可能是因为好奇心旺盛，或者嗅觉敏锐。她说："我知道你们的目的不光是探险，就算后男[1]也说不上来。"

"电力，"铜腿说，"也就是那些经过控制的闪电，在保持我们的机器运行，它们来自阿尔戈的光照。在热极，云层永远不会挡住阿尔戈，我们的闪电发生器可以一直工作。"

"那不如去北方，"长鼻说，"你会发现那边更安全，也更凉快。北方一直有风暴，我去过那里，闪电取之不尽、用之不竭。"

如果现在跟她说话的是闪电·哈尼斯，那她就要痛不欲生地忍受一个小时的科普了。比如，热能交换器是如何依靠反射镜聚焦的大量阿尔戈星的红外光运行的；比如，在美狄亚的天空中，阿尔戈总是处于同一位置，

---

[1]. 文章里福克斯自称"后男"，人类则称其为"后天雄性"。

所以反射镜可以安装在一个山坡上，面对着热侧，永远不需要挪动；再比如，殖民地在不断壮大，而美狄亚上接连不断的风暴总会遮挡反射镜……但铜腿却只是冲她咧嘴一笑："我们为什么不能按自己的方式来呢？都有谁要来？"

"只有我们六个。黑风的孩子们没有及时出现，神射手要提前离开我们，她一天以内就会分娩，必须留下来守……你们用的词是'巢'吗？"

"没错。"在所有能用来描述福克斯生育方式的词汇中，"巢"这个词的含义算是最不会让人觉得不舒服的了。

"所以当我们回来时，她会守卫她的'巢'，到时候她就是男的了。嗅嗅打算今晚怀孕，她随后会与我们分开，如果我们需要的话，她会在我们返程时提供帮助。"

"好。"

"我们带上一个后男，收割者，和另一个六腿女，宽胁，有时候她能驮着他走。阿跛也想去，她会拖累我们吗？"

铜腿不禁莞尔。他知道阿跛，是个四腿雌性，年龄跟有些后天雄性都差不多大，拜那些来去如风的美狄亚怪物所赐，她失去了右前腿，那些怪物被人类称为 B-70。尽管如此，阿跛依然相当敏捷。"在我们看来，她靠肚子爬也不碍事儿。拖咱们后腿的是履带车，还有动力装置。我们要运输很多机器：组合式动力装置、技术人员的住所、传感工具、挖掘工具……"

"我们应该带些什么工具？"

"好好武装一下。你们用不着水袋，我们自己可以生产水。我们拿反光镜布给你们做了些遮阳伞，可以帮你们撑过一段时间的高温。真到热得不行了，你们就必须坐进履带车。"

"天亮的时候，我们履带机上见。"长鼻转过身，往斜坡下走进一片橘红色树丛，姿势就像一只捕猎小鸟时做最后冲刺的猫：腿部弯曲，腹部贴地。

午后不久他们就一直在走：整整十二个小时，中间休息了很久用来吃午饭。闪电放下一路扛在肩上的农用灯，如释重负地吐了一口气。格蕾丝帮他展开三脚架，张开底座，把那盏灯竖了起来，足有六米高。

瑞秋·苏布拉马尼亚姆在橙色的草地上坐下来，揉着脚，喘着粗气。

格蕾丝·卡彭特是一位美狄亚宇宙生物学家，四十出头，是个骨架粗

插画／庸人

大、身材魁梧的女人，像个农妇。闪电·哈尼斯高高瘦瘦，下巴突出，是个二十四岁的动力装置工程师。他们俩跟旁边的瑞秋一比，都苍白得像鬼一样。在美狄亚星上，只有农民才会晒黑。

瑞秋身材苗条，一部分记忆录制设备嵌入她背部的填充物中，让她看起来略微有些驼背。她的头部植入物附在一顶光滑闪亮的银帽子上，那是她的职业徽章。过去两年，她始终待在一艘冲压动力[1]网际飞船里，皮肤被透进船内的阳光晒成了古铜色。在瑞秋眼里，这帮白得瘆人的美狄亚星居民看起来都很孱弱，缺乏运动细胞，但现在她不这么认为了。现在她烦得很。在"莫文号"上，几乎没什么徒步锻炼的机会，但她可能已经注意到：在近来的殖民地上，肌肉和结实的双手都颇为常见。

闪电指着山上："有伴了。"

在寒侧的山脊上，站着个形似蜘蛛的东西，在多个太阳的光照下，只看见黑黢黢的影子。瑞秋问："那是什么？"

"福克斯。雌性，大约在七岁到十八岁之间，而且不是处。离得这么远，我只能看出这么多。"

瑞秋大为震惊，"你是怎么看出来这些的？"

"数腿啊。格蕾丝，你没跟她说过福克斯的事儿吗？"

格蕾丝咯咯笑了起来，"闪电这是跟你显摆呢。亲爱的，他们七岁左右就能生育了，一般来说，第一窝是到了年龄就下。他们的第一组后腿会跟着里头的蛋一起脱落，接着就得花半辈子时间来学习怎么四条腿走路。然后等到十七八岁，他们才会下第二窝，除非这个部落人丁单薄，这种情况也确实会发生。这次第二组后腿会脱落，男性器官就会露出来。"

"她有四条腿，所以'不是处'。我还以为你有千里眼呢，闪电。"

"没那么厉害。"

"他们什么样？"

"好吧，"格蕾丝说，"后天雄性比较聪明。机灵，健谈，远远没有雌性那么……容易激动。让一头雌性长时间站着不动，可没那么容易。至于雄性嘛……刚下完第二窝的头三年里，倒是会有点儿疯狂。他们的部落会把

---

1. 又称巴萨德冲压动力，由美国物理学家巴萨德（Robert W. Bussard）于1960年提出，通过飞船在宇宙飞行途中收集核聚变燃料氢，再送入反应炉产生动力。

他们关起来，雌性只有想怀孕的时候才会靠近他们。"

闪电已经把灯安好了，"在我开灯之前，先好好看看周围。你知道你会看到什么吗？"

瑞秋尽职尽责地扫视着周围，录入记忆。

着陆城四周到处都是农用灯，与其说这是一座城市，倒不如说是个被农田包围的村庄。一个多星期以来，瑞秋只看到了美狄亚星上被人类占领的极小一部分……直到这个漫长的美狄亚日的午后，她、格蕾丝和闪电离开了农田。红色的光线让她不自在了好一阵，但是有很多东西可以看。毕竟，这才是真正的美狄亚。

橙色的草足有齐膝高，草叶细窄，叶尖锐利而坚硬。大概有二十个疲软的彩色球囊体被类似蛛网的线串在一起，落在一片污浊的池塘上方。那里有一片类似树一般的丛林，与其说枝叶繁茂，倒不如说毛茸茸的，呈现一片秋日的颜色。其中最大的一棵是白色的，光秃秃的，似已枯朽。

空中泱泱决都是小虫，聚积如云，无所不在，只是并不靠近人类。有一对生物溜进了虫云，在空中大快朵颐。它们的翼展长达五米，小小的躯干状如蝙蝠，头部硕大，几乎整个都是口器，头侧后有一道道张开的裂口——就是鱼身上鳃缝的位置，覆盖着绒毛，身体底部呈天蓝色。

一只六足动物，大小与绵羊相仿，正站起来搭在那棵枯死的树状物上，四肢抓着树身，似乎正在咀嚼。瑞秋很好奇它是不是在啃木头。然后，她便看到无数的黑点在白底上扩散开来，一条黏糊糊的长舌将那些黑点一啜而尽。

格蕾丝轻轻拍了拍瑞秋的胳膊，指向草丛。瑞秋看见一块武士的铜盾，上面绘有神秘的纹章：那其实是一块扁平的龟壳，那东西回过头来看她，黄色眼睛，脸上有喙，根本也不像乌龟，那长喙里还有个小小的东西正在挣扎。突然间，这只假乌龟猛一转身，八条腿飞快倒腾着，滋溜溜地跑开了，身体下方没有外壳阻碍腿的活动。

真正的美狄亚。

"就是现在。"闪电说。他打开了农用灯。

白光中，这片山谷忽然变得不那么像异星了。瑞秋感觉身体里一阵轻松……但在她周围，奇怪的事情正在发生。

那扁扁的乌龟在刹那间停住了脚步，它囫囵吞下嘴里的东西，把脑袋和腿都缩进壳底。那对以虫为食的动物突然掉头使劲飞向毛茸茸的树林。虫云直接消失了。那只长舌兽放开了那棵树，转身在地上刨着，几秒钟内就不见了。

"这就是太阳耀斑发生时的情形，"闪电说，"这两个太阳都会发生耀斑，持续时间一般不会超过三十分钟，大多数美狄亚动物会挖个洞躲起来，直到耀斑结束。许多植物会开始结籽，比如这种草——"

没错，细长的草叶变得如棉花般蓬松。但毛茸茸的树反应不同，反倒突然变细了，树叶紧紧地贴在树干上。球囊体则根本没有任何反应。

闪电说："这就是为什么我们不太担心美狄亚生命攻击农作物的原因：这些灯可以把它们赶走。但也不是对所有的动物都管用——"

"在美狄亚，不管什么规则都总有例外。"格蕾丝说。

"是啊，看这儿，看看草底下。"闪电用手推开毛茸茸的草叶，空气中突然充斥着白色的绒毛。瑞秋看见较矮的茎干上，盖满了黑点。"我们管这个叫蝗虫，在耀斑时间里，它们会一窝蜂地出现，见什么吃什么。当然了，地球植物会让它们中毒而死，但它们还是会把作物啃坏。"

他让草叶重新合拢。此时已经到处都是白色的绒毛，就像一团低低贴地的大雾，在风中向东移去。"还有什么可以给你看的？你盯着那些球囊体看看。对了，那玩意儿里有摄像头吗？"

瑞秋笑着摸了摸金属头盔。有时她会忘记自己正戴着头盔，但是她的脖子比一般女人的更粗，肌肉也更发达。"摄像头？算是吧。我的眼睛就是记忆录影带的摄像头。"

球囊体还停在原来的地方，人工耀斑没有对它们造成什么影响……等等，它们不再是刚才那副软趴趴的样子了。它们鼓起来了，绷得紧紧的，把它们固定在池塘底部的细根被拽得笔直。突然间，它们一下子全升起来了，仍然被蛛网连在一起。太美了！

"它们吸收紫外线的能量来制造氢气，"格蕾丝说，"紫外线不会对它们形成干扰，在高空，它们必须摄入更多的紫外线。"

"我听说过……它们是智慧生物吗？"

"球囊体吗？才不是呢！"格蕾丝哼了一声，"它们可不比海藻聪明多少……不过它们占据着整个星球。你知道，我们已经把探测器送到了热极，一路上都能看到球囊体，一直往寒侧……你们可能管那个方向叫西面……"

西至寒冰海,我们都能看到它们的踪影。我们连冰川边缘都还没有跨过去呢。"

"可是,你们已经在美狄亚上待了五十年了啊!"

"才刚开始呢。"闪电说着,他关掉了农用灯。

世界陷入了红色的幽暗之中。

蓬松的白草消失了,只余裸露的土壤,覆满黑色的斑点。毛茸茸的树逐渐松散开来,绒毛重新蓬松开。枯树旁边的土壤一阵翻动,食树兽从地底钻了出来。

格蕾丝捡起一些"蝗虫",它们跟白蚁差不多大。凑近一看,每一只的背部都呈现出半透明的气泡。"它们成不了气候,"格蕾丝得意地说,"我们的耀斑时间不够长,它们制造不出足够的氢气。"

"有些可以。"闪电说,"有些黑色的斑点能在风中传播,但不是很多。"

"总是会有新鲜事儿。"格蕾丝说。

牵引探测器"朱尼尔号"正在向热极移动。前方是一片广阔的沙漠,比开水还要滚烫,中午时分,阿尔戈总是位于那个方向。那些奇形怪状的干枯植物已经丧失了抓地力,只留下光秃秃的岩石和尘土。在环形海尽头的岸边,层层海浪泛着泡沫,海水中含有盐,海岸上闪动着白花花的一片。潮湿灼热的风吹向热侧的内陆,然后气流上升,挟着成群结队的球囊体。

空中布满了五颜六色的圆点,都向上飞入平流层中。在探测器的视野上方可以看到一些较为脆弱的球囊体正在砰砰炸裂,但薄薄的膜状残骸仍然向天上飘去。

瑞秋在椅子上小心地挪动了一下。她瞥见铜腿米勒正从附近的桌边看着她,于是报以露齿一笑,模样楚楚可怜。

她没有走完徒步行程。格蕾丝和闪电在搭建营地时,铜腿米勒刚好驾着嗥兽从山上下来。瑞秋抓住了这个绝佳的机会。她跨在嗥兽的车座上,坐在铜腿背后,返回了着陆城。休息了一夜,她仍然浑身肌肉都在酸痛。

"这幅景色可真美,不是吗?"市长卷毛·杰克逊没有吃东西。他热切地观察着,双手托着毛茸茸的下巴,胳膊肘搁在大橡木桌上——这张供显贵们使用的桌子是美狄亚人的骄傲:这棵树足足花了四十年才长成。

美狄亚已然改变了这里的人民,甚至就连建筑物内部也与其他星球上

/ 188

不同。公共晚宴大厅是个巨大的穹顶建筑，穹顶最高处悬着一盏孤灯，照亮了整座大厅，灯光十分明亮，投下轮廓分明的阴影。可能是肆虐不断的光影现象给早期殖民者造成了阴影——爆发耀斑的太阳、蓝莹莹的农用灯、掠过阿尔戈的赤热风暴——于是，他们打造出仅有一个太阳的室内环境。但这个太阳更宽大、更寒冷，散发出的光线比浪游者所习惯的要偏黄一些。

一面巨大的弯曲墙壁形成了一块全息投影屏幕。牵引探测器正在循着探险队即将行进的路线前进，同时将视野中的景象同步到屏幕上。现在它移动到白色海盐堆积而成的山丘上方。随着探测器的摆动，画面也在倾斜抖动，跟着上升气流摇摆不定。

船长珍妮丝·博格一边举着一勺咖喱送到嘴边，一边贪婪地紧盯着屏幕，这时，卷毛市长在她肩膀上轻轻一拍，吓得她跳了起来。市长蓝眼睛，高鼻子，浓密的金色须发打理得一丝不苟，皮肤被农用灯晒得黝黑。他不仅看管各个农场，还亲自耕种。"看到没，船长？这就是为什么环形海里主要是淡水。"

博格上尉红褐色的头发略有些发白。她的相貌与其说是漂亮，倒不如说是俊美。发号施令时，她的声音如长鞭般有力，让人不由自主地服从；不谈公事时，则是柔和宁谧的女低音。"是啊，是啊。海水总是往热极移动。它源自冰川，对吧？冰川在寒冰海中断裂，朝着热侧漂去。所有盐分也是如此。在热极，水沸腾汽化……就形成了潮汐，是不是？然后阿尔戈再轻微摆动？"

"呃，轻微摆动的是美狄亚，可是——"

"对，所以海水在涨潮时流进盐滩，在那里汽化，接着水蒸气又顺着高速气流回到冰川。"她突然转向瑞秋，大声说道，"这些你都记录下来了吗？"

瑞秋点了点头，忍着没笑。博格船长在贸易圈才巡游一遭，这些人类定居的星球上却早已过去两百多年了。她并没有真正理解记忆录影带的概念。这些发明的年代都太近了。

瑞秋四下环顾公共晚宴厅，心里跟往常一样清楚，无数看不见的观众正通过她的眼睛观看，通过她的耳朵倾听，感受着这段费力的徒步带来的渐渐纾缓的疼痛，品尝着她口中热气腾腾的美狄亚咖喱。这一切全都进入了记忆录影带，用不着她做任何操作。

卷毛说："在第一架探测器出故障之前，我们就已经给动力装置挑了个很不错的地方，在一座山的热侧斜坡上。几个小时后我们就能看到。你想听这些吗？我是不是让你觉得无聊了？"

"这些我都想听。你试过那盘录影带了吗？"

市长摇了摇头，他的目光忽然有点躲闪。

"为什么？"

"嗯，"市长慢慢地说，"我有点儿担心自己可能会记住的事情。那些记忆都是经过你的大脑筛选的，对吧，瑞秋？"

"当然了。"

"我可不想大脑里存在当个女孩子的记忆。"

瑞秋有点惊讶。角色转换也算是过瘾之处：无论是男性还是女性；无论是美食家、肌肉超级发达的体育迷，还是高智商的幻想家；无论是天真孩童，还是耄耋老太。

……嗯，有些人是不喜欢。"我可以拿个男人的录影带给你啊，卷毛。我有麦考利夫搭乘球囊体进入太阳系气态巨行星的探险之旅。"

博格船长飞快地插话："查尔斯·贝克·桑塔格的那盘怎么样？他在米拉蒙·卢阿戈尔星系环游了一年呢，卷毛。卢阿戈尔人干什么都用球囊体。你会喜欢的。"

卷毛一脸困惑，"是哪种球囊体……"

"不是指那种生物，卷毛。是充满气体的编织物。卢阿戈尔那儿有一颗红矮星，没有辐射风暴，也没多少紫外线。他们只好把自己的农场安置在轨道上，大部分生活都是在轨道上进行，全都是用膨胀的气球，就连宇宙飞船也一样。他们的行星主要是用来采矿和设厂，但风景还不错，所以他们也有些城市，一个个就吊在几百只气囊底下。"

牵引探测器在绵延不绝的粉红色幽暗盐丘上蹒跚穿行。瑞秋想起了"莫文号"上图书馆里的一盘记忆录影带：一位历史和诗歌老师对新老《埃达经》[1]的批判性阅读。不知美狄亚人会喜欢吗？这里也有霜巨人之地与火巨人之地，属于人类的尘世米德加德位于其间……环形海则正好算作米德加德的巨蛇……而且根据她所听说的，这里也并不缺少史诗级的怪物。

博格船长开口了，语气尖锐："卷毛，来自诸星的这种腐化堕落的全新

---

1. 是两本古冰岛有关神话传说的文学集的统称，分为《老埃达》和《新埃达》，是中古时代流传下来的最重要的北欧文学经典。

娱乐媒介，可没人逼着你用。"

"哦，现在，我不——"

"但你可能应该考虑一个问题。距离。"

"距离？"

"我们有个贸易圈。地球、图潘星、卢阿戈尔星、瑟蕾达星、霍文戴尔星、科舍伊星，然后又回到地球。六颗行星各自围绕着六颗恒星运转，彼此相隔几光年的距离。冲压动力网际飞船来回穿梭，贸易圈里的每个人都能获得新闻、娱乐、种子和蛋，还有新发明。那边是贸易圈，这边是美狄亚。你离霍文戴尔太远了，卷毛。"

"很稀奇吗？这些我们都知道，博格船长。"

"用不着气冲冲的吧。我只想说明一个问题。"

"你为什么要来这里？"

"宇宙那么大，我想去看看；喜新厌旧综合征，就是我们当初来干浪游者这一行的原因。"博格船长没有加上利他主义，以及让世界保持文明状态的强烈意愿。"但我们还会继续来访吗？卷毛，在大气可以直接呼吸的星球当中，美狄亚算是最奇怪的地方了。这是个潜在的观光胜地。说不定每隔二十年就会有一艘冲压动力飞船经过呢！"

"我们需要这个。"

"没错，你们需要。请记住，星际飞船不是我们浪游者造的，是纳税人造的。他们要从中获得了什么呢？"

"记忆录影带？"

"没错。以前是全息图，不过时代变了。全息图的沉浸式体验比不上记忆录影带，而且观看全息图需要的时间也太长。所以现在是记忆录影带了。"

"那就是说我们也必须得用吗？"

"不是。"博格船长说。

"那么等我有空的时候，我会试试你这个游客视角下的卢阿戈尔星系。"卷毛起身，"现在我得走了。再过二十五小时就该天亮了。"

"只需要十分钟。"瑞秋说。

"可是要多久才能恢复呢？要把别人整整一地球年的记忆转化成自己的，需要多久？我最好还是先等一等吧。"

等他走后，瑞秋才问："给他那盘木星录影带有什么不行？"

"我记得麦考利夫是个同性恋。"

"那又怎么样？整个太空舱里只有他一个人。"

"对卷毛这样的人来说，这可能很重要。我不是说一定会，只是说有可能。每个世界都不一样。"

"你应该知道的。"根据坊间传闻，卷毛市长和博格船长曾经同床共枕过。虽然他没有表现出来……

博格船长用极低的声音道："我是该知道，可我并不知道。"

"哦？"

"他……没有对我敞开。这是常见的问题。他看到我过了六七十年才回来，却只老了十岁，所以不想太投入吧。"

"珍妮丝？"

"见鬼，他们要是这么害怕改变，那他们的父母又何必使出吃奶的力气，跑到一个全新的世界上来定居呢？改变是最重要的……嗯？你想问什么？"

"是你追的他，还是他追的你？"

博格船长皱起了眉头，"是他追的我。怎么了？"

"没人追过我。"瑞秋说。

"哦……这样啊，那你主动点儿呗。风俗不一样。"

"可是他追你了。"

"那是我太有魅力了，把他迷得神魂颠倒。也可能不是。瑞秋，我该问一下卷毛吗？可能是我们不知道的原因。说不定是你的发型不对。"

瑞秋摇了摇头，"不是。"

"但是……好吧。其他那些船员好像没问题。"

黎明将至。空中乌云密布，但热侧的地平线清晰可见，阿尔戈已经几乎升起来了。那暗红色的圆盘永远不会完全升到地平线上方——至少在这里不会。它肯定已经开始下沉了。

此时正值人造地球夜，农用灯已经熄灭，庄稼和牲畜都遵照地球时间作息。一排排绿色植物伸向南方，在这样的光线下望去，几乎是黑漆漆的一片。在荒野和农田之间裸露的土地边界上，六头福克斯在练习投掷长矛。铜腿觉得这没什么问题。人类在这片边界地区很少活动。他们把厕所里的东西都施在地里，以消灭美狄亚上的微生物，顺便为来年的农作物施肥。

福克斯们似乎也不介意这些气味。

铜腿在嗥兽旁边耐心地等待着,他希望暴风也能跟他一般有耐心。

跟其他星球上一样,这两辆履带车足有房屋大小:长长的球形耐压车身安装在地面效应[1]底架上。这两台机器已经用了好几十年了,但一直保养得相当精心,借助氢燃料电池驱动。现在,其中一辆履带车上搭载了一台信号发射机,焊在车身顶上,可以将信号发射到目前正位于赤道轨道上的"莫文号":又可以借机等待冲压动力网际飞船到达了。

第三辆也是最大的一辆车是动力装置本身,经过了完整组装和全面测试,安装在属于两辆履带车的地面效应系统上,前部焊接了一个履带车的控制舱,后面拖着一个筏台:另一套地面效应系统,搭载一个装有扶手的带垫平台,供福克斯们乘坐。

所有车辆早就提前装载完毕,人员也都早早上了车。暴风·沃海姆在里面走来走去,对眼前所见的实际情况逐一进行检查,按照她脑海中的各种清单一项项勾选着。这位身高腿长的红发女郎总是有操不完的心。

在阿尔戈旁边,佛里克索斯(也可能是赫勒)突然出现在天空中,一个炽热的粉红光点。福克斯们举起长矛,向北小跑而去。铜腿将嗥兽升至气垫上,紧随着他们,背后那三台大车低声发动起来,暴风飞快地冲向她的嗥兽。

瑞秋坐在领头的那辆履带车的乘客座上,透过巨大的气泡挡风玻璃往外看。在热极,动力装置的工程师们会住在履带车里面。此时,车内塞满了各种设备。好几平方英里的薄镀银塑料板,用来固定它们的组合框架,两者可组装成太阳能反射镜。作为散热鳍片的黑色塑料及其他框架,会安装在热极那座山坡的后面,还有用于电力存储的一卷卷超导电缆和一只只飞轮。瑞秋坐在车上,胳膊肘总是会撞到一只板条箱角上。

粉红的日光渐渐黯淡下来,化为灰色。喷射气流蔓延开来,横亘天际。福克斯的队伍遥遥领先,没有明显的阵型。在这种光线下,他们犹如一群神话中的怪物:人首马身、八肢怪龙、畸形侏儒,其中侏儒的模样最为诡异。

---

1. 又称"翼地效应",运动物体贴近地面运行时,地面对物体产生的空气动力干扰。当飞行器接近地面飞行或运行时,地面影响到空气绕飞行器的流动特性。地面效应可产生于低空飞行的飞机或直升机,汽车和汽艇也存在这种效应。

瑞秋曾经凑近看过：就像漫画里令人作呕的男人，一张狐狸脸，硕大的屁股，夸张的男性器官，还有一条长长的尾巴，尺寸超过了他的身高（这颇为异常）。然而，收割者表情严肃，步伐缓慢，福克斯和人类双方似乎都对他很尊敬。

车队悄然前进，保持着每小时三十公里的速度，穿过橙色的草地向山上驶去，在毛茸茸的树木间曲折前行。天上下起了细细的毛毛雨。闪电·哈尼斯打开了雨刷。

瑞秋问："这不是我们几天前经过的地方吗？"

"按美狄亚日计算，是昨天没错。"格蕾丝说。

"这很难讲。我们在往北方走，是吗？为什么不径直往东走？"

"部分原因是为了我们好，亲爱的。这么走，我们在宜居区逗留的时间会更长。我们会看到更多不一样的东西，我们俩都能学到更多。当我们转向热侧时，会离北极更近，不会热得那么快。"

"好吧。"

他们两侧是铜腿和一个瑞秋不认识的女人，各自乘坐一辆单座的地面效应车——也就是嗥兽。铜腿穿着短裤，他的腿确实是古铜色。种族上他虽然是黑人，但多年来在美狄亚阳光的照射下，他的肤色已经白得跟瑞秋差不多了。瑞秋半自言自语地问："为什么不干脆叫他铜人呢？"

格蕾丝明白了她的意思，"他们指的不是他的肤色。"

"什么？"

"这外号是福克斯给他起的，当时他的嗥兽抛锚了，他被困在距离文明区域足有四十英里远的地方。他就那样走着回来了，还扛着好些重家伙，有一群福克斯跟着他一块儿走，居然跟不上。他们虽然精力旺盛，持久力却不行，所以就给他起了个外号叫铜腿。在我们来之前，他们一直以为铜就是世界上最坚硬的金属。"

雨已临近。一只像昨天那种以飞虫为食的野兽几乎就从胎面下方腾空而起。刹那间，它跟瑞秋面面相觑，惊惧之下，那硕大的眼睛和血盆大口都完全张开了。它连忙躲开，一侧翅膀还蹭上了挡风玻璃。

闪电骂了句脏话，打开大灯。大家好像事先商量过一样，嗥兽和后方的车辆忽然同时都亮起了灯。"我们不喜欢这么做。"闪电说。

"怎么做？"

"开大灯。每片区域都不一样。你永远也不知道在耀斑爆发的时候，当地的生物会是什么反应，除非你亲眼见过。这还算好的。没有比蝗虫更讨厌的了。"

瑞秋心想，就连车灯都泛着点儿黄澄澄的颜色。

前方灰色的悬崖绵延数百公里，分别向热侧和寒侧延伸开去。悬崖高度不超过几百英尺，却是新近才形成的。美狄亚在围绕阿尔戈运行的轨道上略有些摆动，潮汐力会引发强烈的地震。所有岩石都有着尖锐的棱角，风和生物还没来得及把这些棱角磨平。

就连这条窄路也是新近才有的，仿佛上帝用战斧劈断了新生山脉的脊梁。地面上满是碎石，车辆在碎石上方滑行，螺旋桨开到最大挡，如乘风破浪一般。

现在，地形缓缓向下方倾斜，探险队顺势前行。透过毛毛细雨，铜腿瞥见了一片毛茸茸的树林，跟着陆城附近的那些树木有些相似，却又不尽相同。这些树长得就像勺柄杵地的勺子，勺头冲着阿尔戈。地面上布满了蜷曲的黑色细丝状植物，颜色和质地跟铜腿本人的头发差不多。

他们已经进入了不同的区域。铜腿并没有来过这片地界，但他想起暴风原先来过。他呼叫她道："这儿会有什么不速之客吗？"

"有 B-70。"

"他们确实会到处乱跑，对吧？还有别的吗？"

"到海边的这片斜坡很好走，"暴风说，"但那边又有一种寄生真菌漂浮在海面上，虽然伤不了我们，但用不了一小时就能杀死一只美狄亚动物。我告诉收割者了，他会让其他人等我们的。"

"好。"

他们在静默中行进了一会儿。细雨令视野模糊不清，不过铜腿倒并不担心。B-70 见到他们的大灯就会躲得远远的。这片区域先前已经探索过了，即便他们离开这片区域，探测器也已经绘制好了他们的路线。

"那个专业游客，"暴风突然呼叫他道，"你了解她吗？"

"不怎么了解。她怎么了？卷毛市长说，要对她有礼貌。"

"我什么时候无礼了？我又没跟她一块儿长大，铜腿。没人是跟她从小玩儿到大的。我们更了解的是福克斯，而不是浪游者，更何况她在浪游者里也算很特别的！一个女人怎么能就这么放弃所有的隐私呢？"

"你说呢?"

"我不知道她在教堂里会怎么做。"

"至少她不会闭上眼睛。她是个献身于旅游事业的游客。你能想象吗?但她也可能没有完全陷进去。"他努力思索了一会儿,又补充道,"我试过一回那种记忆录影带。"

"什么?你吗?"

"《欧亚大陆核裂变时代的历史,1945—2010》,来自'莫文号'上的图书馆。是教学资料,不是拿来娱乐的。"

"为什么啊?"

"心血来潮。"

"好吧,什么感觉?"

"就像……就像是我自己做了很多研究,得出了结论,还对它们进行了检验,有时候我也会改变想法,给我很大的满足感。还有一些未决问题,比如苏联是如何获得裂变式原子弹的,还有越南战争,以及阿美石油公司国有化。但我知道是谁在研究这些……就是这样,不过跟我并没有什么联系。就那么一大堆在我脑子里。还是挺好玩儿的,暴风,我没用上十分钟就全知道了。你想听一首恶搞花生总统[1]的歌吗?"

"不想。"

透过蒙蒙细雨,他们可以看到永远躁动不安的环形海。一队福克斯在沙滩上等待着。暴风拨转她的嘷兽,划出一道优美的曲线,掉头朝着履带车朦胧的大灯而去,在他们前方引路。铜腿熄灭车灯,向福克斯们所在的位置滑行而去。

他们选择了一处理想的休息地,远离危险的海岸,四周是一大片"黑人发丝"般的植物,凡有掠食者都必须得从其间穿过。大部分福克斯都躺下了。这只四条腿的雌性福克斯在六个美狄亚日之前就怀孕了,她的时间应该快到了。她用尖利的爪子挠着发痒的后半身。

收割者来见铜腿了。由于年纪渐长,这头两条腿的后天雄性福克斯动作有些迟缓,但并不笨拙,那条颀长的黑尾巴有利于他保持平衡,尾巴尖上镶有铜矛头。收割者问道:"我们是沿着海岸线走吗?如果我们来选的话,

---

1. 美国第39任总统吉米·卡特出身于农民家庭,世代务农,以种植花生为生。

我们想让你们的车队走在我们跟海岸线之间。"

"我们打算径直穿过去,"铜腿告诉他,"你们就坐在那辆大车后面的筏子里。"

"水里的东西对我们很危险。"收割者说。他向海岸那边扫了一眼,又补充道:"有大的有小的。大的来了。"

铜腿只看了一眼,就马上伸手去拿对讲机,"闪电、毛茸、吉尔!把你们的探照灯打开,照一下那东西,快点儿!"

福克斯们已经起来了,伸手去拿长矛。

"这么说,给你们起绰号的是福克斯,"瑞秋说,"他们为什么管你叫闪电?"

"因为我负责看管机器,这些机器制造闪电,并通过金属线传输闪电。至少我们是这么跟福克斯解释的。至于暴风嘛——你看见另外那辆嗥兽上那个高个子红头发姑娘没?有一个地球夜,她值班,有一伙福克斯跑到小麦田里抄近路,她狠狠地教训了他们一顿,肯定得有半个着陆城都听到了她弄出来的动静。"

"那你呢?格蕾丝。"

"我还年轻得多的时候,他们给我起了个绰号,"格蕾丝瞪着闪电,他正忙着开车,显然没有在听,更没有在笑,"但他们可不叫我格蕾丝。福克斯觉得我们生儿育女的方式特别搞笑。"

瑞秋没问,她还是接着说:"他们叫我大咪咪。"

瑞秋觉得有必要改变一下话题了,"闪电,你累不累?用不用我换换你?"

"我没事儿。你会开履带车?"

"说真的,我从来没开过。不过,我会开嗥兽,不管什么地形都可以。"

"说不定我们可以给你一台,等到……"

这时,对讲机里响起了铜腿的咆哮。

不知什么东西从海里钻出来了:一只巨大的胀鼓鼓的多爪怪,一条条带有关节的细小胳膊围在漏斗形的口器周围挥动,牙齿在喉咙里不停翻滚。

福克斯们投出长矛,便四散逃离。铜腿把收割者往胳膊底下一夹,向岸上飞奔,嗥兽向左倾斜。神射手掉了队,两个福克斯转过身,抓住她的胳膊,拽着她就跑。

怪物冲上海滩,比他们当中任何一个的速度都快,丝毫不顾扎在自己身上的矛刺。

一盏、两盏、三盏探照灯接连在车上亮起，在那多足怪身上掠过。蓝幽幽的光束不像车灯。这是耀斑爆发时的阳光。

多足怪停下来，笨头笨脑地转过身，开始沿着海滩向海中撤退。就在几乎已经到达水面的时候，它的动作突然不再协调了，那些腿疯狂地扑腾着，却不起半点作用。瑞秋既害怕又着迷地看着，突然有好些东西从怪物身上钻了出来。

它们从它背后和侧面爬出来，数以百计，颜色深红，体形跟狗差不多大。它们并没有离开多足怪的身体，而是停留在它身上，啃食它。它的腿已经不动了。

三个福克斯快速冲到海滩上，抓起他们掉落的长矛，用同样的速度往回跑。此时，多足怪已经差不多只剩下一具骨架了，那些啃光了多足怪、跟狗一般大小的东西开始在沙滩上四散而去。

福克斯们爬上了移动动力装置后面拖着的气垫筏台。他们整理好行装，稳住自己。两辆履带车升到空中，滑向水面。闪电升起履带车，跟随其后。

瑞秋说："但是——"

"我们不会有事的，"闪电向她保证，"我们会保持高度，快速通过，而且探照灯还一直开着呢。"

"格蕾丝，你跟他说啊！这儿还有喜欢探照灯的动物呢！"

格蕾丝轻拍了两下手。探险队开始穿越水面。

着陆城附近的殖民地占据了探入环形海深处的一座丰饶半岛上的一部分。探险队耗费了十二个小时，才渡过比墨西哥湾略小些的海湾。

一块块朱红的浮渣覆盖着水面，成群结队类似飞鱼的生物一看到颜色不对的大灯，便掉转方向，一头扎入水中。福克斯们紧贴在平台上……但是水面很平静，旅途也很顺畅，他们一路没有遭受任何攻击。

雨已经停了，佛里克索斯和赫勒高悬在早晨的天空中。透过一片破碎的云盖，可以看见高速气流，犹如一条高速公路。由于海里的生命好像都会避躲灯光，闪电和其他司机都没有关掉大灯。

中途，瑞秋放平她的座椅，在上面睡着了。

她醒来时，履带车已经停下来，车身倾斜着。她脑子里一片混乱……

刚才忘了关掉记录仪，这干扰了她的睡眠。她睡觉的时候一般都会把记录仪关掉。梦属于隐私。

履带车的车门早已降下，形成一道阶梯，车里空无一人。瑞秋走了出去。

履带车、嗥兽、气垫筏台和移动动力装置停成一个圆圈，帐篷搭建在圈内。眼前一个活人也看不见。瑞秋耸耸肩，走到一台嗥兽和气垫筏台之间，停住脚步。

眼前的景色丝毫不像她之前见过的那个美狄亚星。

连绵起伏的山丘上覆盖着铬黄色的灌木，高度齐腰，茂盛稠密，以至于四下完全看不到地面。一团团昆虫云集，灌木丛中射出一道道黏糊糊的细丝，刺入飞虫云团里。

福克斯们已经给自己收拾出了一块空地，正在照看一个焦躁不安地抽搐着的同伴。铜腿米勒在他们中间跟她打了个招呼。

瑞秋费劲地穿过灌木丛，阻力很大，犹如身陷浓稠的柏油一般。虫子们在她身边散开。

"神射手生产的时间快到了，"铜腿说，"可怜的宝贝。我们要等她的'巢'脱落，再继续前进。"

这个福克斯身上看不出任何因为怀孕而鼓起来的地方。瑞秋想起了先前听过的福克斯的生育方式，突然就不想旁观了。可她又怎么能走开呢？那样一来，她就错过了美狄亚星上的一项重大体验。

她妥协了，认真地低声问铜腿："我们该待在这儿吗？他们会不会反对？"

他笑了，"我们之所以待在这儿，是因为可以发挥绝佳的驱虫作用。"

"不会反对，我们喜欢人类。"神射手的声音含糊不清。这时瑞秋才看清她的左眼是粉红色的，没有瞳孔，"你是去过群星之中的那个人吗？"

"是的。"

身上滚烫的福克斯伸出手来拉瑞秋的手，"世界上有太多陌生事物了。等我们了解这个世界的全部，可能也将去往群星之中。你有超常的勇气。"她的手指又细又硬，就像骨头。然后她松开手，抓挠着前腿和后腿之间那片没有毛发的皮肤上的红疹。她的尾巴突然一抽，铜腿连忙闪开。

这个福克斯安静了片刻。一个六腿福克斯用沾了水的海绵状物擦拭着她的背部，看起来似乎是种美狄亚植物。神射手说："我从人类身上学到，'神射手'意思是'目标精准'。我的目标就是要当最好的投矛手，在整个……"

她的话音渐渐低下去，变成了尖叫和嘶吼。那个怪模怪样的两腿福克斯在跟她说话，也许他是在安抚她。

神射手嚎叫起来——然后裂成两段。她向前爬去，手和前脚拼命扒拉着地面，后腿被抛在了身后。赤红的后腿，裂开处滴着血，尾巴从上面滑过：超过一米长的黑色粗尾巴，被血染成鲜红，跟收割者的尾巴一样长。其他的福克斯走上前来，有的过来照看神射手，有的则去检查后腿……腿上的肌肉仍然在抽搐。

十分钟后，神射手站了起来。他站立的过程看起来很轻松，考虑到那根尾巴和低重心，也许确实也不费力。他说起自己种族的语言，福克斯们列队走进黄黄的灌木丛。神射手改用人类的语言道："我必须守卫我的巢，而且是独自。一路平安。"

"再见。"铜腿说，他带着瑞秋，跟在福克斯们背后离开了，"他现在不想要人陪。他会守好他的'巢'，直到小家伙们吃掉它的大部分，然后钻出来。接着他会疯狂地想要交配，但那时候我们就回来了。你感觉如何？"

"有点儿头晕，"瑞秋说，"太多血了。"

"抓住我的胳膊。"

他们二人手臂的颜色颇为相称。

"她在这儿安全吗？我是说，他。神射手。"

"他学会走路比你想象中更快，而且他还有矛呢。我们在周围没看到什么危险的东西。瑞秋，他们不像我们这样，成天担心安全问题。"

"我不明白。"

"有时候他们是会被杀死。没事儿，他们死也就死了。神射手有他留在这儿的理由。如果他的孩子们能活下来，他们就会变成这片地方的主人。有些成年福克斯会留下来帮助他们。这是他们获得新领地的方式。"

瑞秋满脑子困惑，"你是说，他们必须在这儿出生才行？"

"对。福克斯们只做逗留，从不征服。待上一段时间之后，他们一定得回家。格蕾丝还在努力研究这到底是生理机能还是社会性怪癖。不过他们在外地逗留期间，有时候会在当地生孩子，这就是他们获得新家园的方式。所以我不觉得福克斯会成为太空旅行者。"

"我们这样更容易。"

"我们是容易些。"

"铜腿,我想和你做爱。"

他一脚踩空。他没有看她,"不行。抱歉。"

"那么,"她有点绝望地说,"你能不能至少告诉我是哪儿出了问题?是我有什么礼节不周到的地方,还是我洗澡的次数太多了,或者别的什么?"

铜腿说:"我怯场。"

见她不明白,他叹了口气,"你看啊,一般来说,我希望咱们保留点儿隐私……这可不容易,因为在一片陌生的环境里脱掉你的衣服……不说这个了。我跟女人做爱的时候,不希望有几亿个陌生人对我的技术评头论足。"

"记忆录影带。"

"对。瑞秋,我不知道你上哪儿可以找到想出这种风头的男人。暴风和我倒是有一回让一个后天雄性旁观过……可毕竟,他们又不是人类。"

"我可以把录影带关掉。"

"这玩意儿会把你的记忆录制下来,对吧?除非你完全忘了我,但我觉得不可能,你会记住我,会被记录下来。对吧?"

她点了点头,走回履带车里睡觉。其他人都睡在帐篷里,她想一个人静静。

嗥兽的马达半旧半新。新零件都是一副手工制作的模样:外观笨重,带有锉刀留下的痕迹。其中一个螺旋桨比其他的更新、更糙、也更重。瑞秋只能寄希望于美狄亚人都擅长跟机器打交道。

那个样子挺厉害的红发女问道:"你确定你想坐着这个过去?"

瑞秋告诉她:"我在科舍伊星上的时候,大部分时间都是坐的嗥兽。"她挺起身子,翻身上了车座。嗥兽原先的软塑料座椅肯定是分解了,取而代之的座位看起来就像是晒黑了的皮肤,摸起来也像。"最高时速,每小时一百四十公里。这个,超驰控制按钮,能助推螺旋桨,这样我就能升空了。它可以连续飞十分钟,然后电池就会断电,我就必须落地。地面效应裙板上有六个挡位,我可以选择任何方向。主要就是保持平衡,特别是在空中飞行的时候。"

暴风似乎还是不放心,"这台老机器有五十个年头了,可没有那么好的性能。对它温柔点儿。着急的时候就别飞,因为那样你会把大部分动力都浪费在维持高度上。还有两件事——"她伸出手,把瑞秋的手放到一个开关和一个旋钮上。暴风的手大而有力，青筋凸起，"探照灯。这个旋钮是让灯光来回转动，这个是让它升高和降低。这是你最好的武器。如果不起作用，就跑。第二件事是你的护目镜，得挂在脖子上。"

"护目镜在哪儿？"

暴风从嗥兽车座旁边的口袋里掏出护目镜：一根弹力带，两个硕大的红色玻璃半球。她自己脖子上也挂着类似的一副。

"在美狄亚星上，这样的问题你永远也不要再问第二次。给。"

其他的车辆都已经整装待发。暴风向她自己的嗥兽一路小跑过去，给瑞秋一副考试没及格的感觉。

此时是美狄亚日的午后。收割者坐在那头未生育过的六腿雌性"咯咯笑"身上，其余的福克斯都乘坐地面效应筏台。车队浩浩荡荡地行驶在铬黄色灌木丛的上空。

暴风的声音从对讲机里传来："我们要始终保持在履带车前方，各占一侧。我们要留意一切有危险的东西。如果你看到什么感到害怕的东西，就大声喊。不要等。"

瑞秋缓慢进入坐姿，逐渐找回骑嗥兽的感觉。尽管这台机器重达五百吨，但还是可以通过转移重心来实现一部分转向功能……

"暴风，你不累吗？"

"神射手后腿脱落那时候，我眯了一会儿。"

也许是暴风不太放心让其他人来盯着这位浪游者。瑞秋其实倒释然了。大多数美狄亚人已经丢失了太多"要担心安全"的观念了，这让她感到惊讶。

到了一条湍急的河边，灌木丛戛然而止，河面上覆盖着大片猩红色的浮渣，其中一些浮渣上盛开着让人惊诧的绿色花朵。收割者上了筏台，准备过河。

前方有一片麦田，但这些黄色植物却如羽毛般轻软，足有四米高。周围出现一些半球状的白色岩石，形状规整得令人生疑。探险队已经往北转向热侧。阿尔戈悬在一座圆形山脉的山峰之上。大量多足鸟乘着气流在他们上空飞翔。

瑞秋抬头看到一只鸟正朝她的脸扑来。

她能看到钩状的鸟喙和硕大的鸟爪，直奔她的眼睛而来。她用手指摸索着探照灯开关，打开探照灯，向上转动光束。跟激光炮一样：先开火，再瞄准。就现在，要冷静。

光束对准了那只鸟，蓝色的光焰照亮了它，那副尊容真是恐怖：翅膀像油光锃亮的皮革，弯曲的喙用来撕裂皮肉，前腿肌肉发达，脚爪修长，后腿又长又细，每个尖端都长有一只剑刃般的利爪。这些腿根本就不是用来走路的，而是纯粹的武器。

那只鸟号叫着，紧紧闭上了眼睛，试图在空中转身。它的身子蜷成一团，裹在翅膀里。瑞秋降低光束，始终瞄准它，直到它重重地一头栽进麦地。

对讲机里传来声音："干得漂亮。"

"谢谢。"瑞秋装出一副镇定自若的口气。

"格蕾丝想让大家休息一会儿，"暴风说，"就在下一块圆石那儿。"

"好的。"

这些圆石的大小基本相同：相当规整的半球体，直径一点五米。

格蕾丝和铜腿从履带车里走出来，将各种仪器搬到推车上。他们从车上卸下一个箱子，放在圆石的一侧，格蕾丝随即忙活起来。铜腿把推车挪到圆石的另一侧，支起一块银色的屏幕。瑞秋准备说话，格蕾丝朝她嘘了一声。她拨弄了一会儿各种转盘，然后打开机器。

一出皮影戏在屏幕上上演了：外面一圈阴影，里面包着若干较暗的形状。格蕾丝骂了句脏话，小心翼翼拨弄转盘，动作轻盈如羽。模糊的阴影开始显现细节。

骨头呈阴影，血肉呈较浅的阴影。里面有四个超大的脑袋，大部分是下颌，在靠近中心的位置彼此重叠。边缘附近有四根尾巴，若干条腿和脊柱环绕其中，交织成错综复杂的一团。四只生物你缠着我，我缠着你，恰好把蛋壳里的空间填满。

"我就知道！"格蕾丝喊道，"它们的形状太规则了，肯定是蛋啊、巢啊、植物什么的，或者诸如此类的东西。暴风，亲爱的，如果我们把这堆玩意儿放回到手推车上，你能把它拖到下一块石头旁边去吗？"

他们真这么做了。下一块石头与先前那块非常相似：一个几乎完美的半球体，表面就像白色石膏。瑞秋用指节轻轻敲了敲，感觉像石头。然而，深层雷达的阴影显示出三个大脑袋的胚胎，把壳内填得满满的，还有个小胚胎没有顺利长大。

"嗯，它们似乎都处于同样的发育阶段。"格蕾丝评论道，"我不知道是不是跟季节有关？"

瑞秋摇摇头，"每次你回来这里都不一样。天哪！你刚了解一个地方，走个几公里，就又得从头再来。格蕾丝，你就不觉得郁闷吗？你跑得再快，也快不过这里变化的速度！"

"我就喜欢。而且这里的变化比你想象的还要厉害，亲爱的。"格蕾丝把屏幕叠起来，堆到推车上，"各个地域本来就不会保持不变，加上其他地域的溢出效应，比如高速强风、潮汐晃动和生物迁徙。要我说，美狄亚星上的生态系统每隔十年就会被破坏殆尽，然后我又得从头学起。暴风，亲爱的，我还想再看一颗石头蛋。你能不能拖——"

暴风突然恶狠狠地发作了："他妈的，格蕾丝，这不是我们计划的！搞生物学研究是回来以后的事儿！我们得先建好动力系统，然后我们才有机会找当地各种怪物去送死。"

格蕾丝的声音一冷，"亲爱的，在我看来，这点研究完全不会构成任何危害。"

"这会消耗时间和补给。我们在回来的路上可以这么干，等我们确实有时间的时候。我们之前都是这样。把深层雷达收好，我们走。"

此时，长满羽毛状小麦的连绵山丘的坡度向一座被侵蚀的山脉缓缓抬高，峰顶似乎覆盖着粉色的棉花。三腿雌性福克斯阿跛跟在瑞秋旁一路小跑，谈论着星际旅行。她的步态很奇怪，起伏摇晃，但只要瑞秋把嗥兽速度降到跟动力装置一样的二十公里每小时，她就能跟得上。

她无法理解星际距离的概念，瑞秋也并不勉强。她转而说起了各种奇观：土星光环、卢阿戈尔星上的气球城市、匠人族，以及奇诡海洋里的鲸鱼和海豚殖民地。她说到了时间压缩——向瑟蕾达星馈赠原始蒸汽机设计图和无数晶片大小的计算机大脑，然后在返回的时候发现无处不在的蒸汽机器人：农田里，城市街道上，荒野中，人家里，还有迪斯尼乐园里。她还讲了那些在某个星球上风靡一时、随即又消失得无影无踪的潮流事物，比如科舍伊上的烟斗、地球上的欧普艺术[1]服装，还有低重力星球霍文戴尔上的举重

---

1. 又称视幻艺术或光效应艺术，是使用光学技术营造出的奇异的艺术效果。

运动。

说了很久，她才让阿跛开口讲起了自己的事。

"我是我父母下的第二窝，我们一群福克斯搬到这里，研究你们人类，"阿跛说，"他们教会我们弓和箭，设计更好的铲子，还有其他东西。没有他们，我们可能会死去。"

"你刚才怎么说的来着：第二窝，有区别吗？"

"有。只要你行，就能下第一窝。下第二窝，就要证明你的能力，你要活得足够久。第三窝，男的下窝，就必须要整个宗族同意。否则，男的不允许繁殖。"

"真是良好的基因学。"瑞秋见她一脸疑惑，"我的意思是，这个习俗可以让你们生出更优秀的福克斯。"

"是这样。我永远下不了第二窝。"阿跛说，"犯错误那会儿，我还小，但那很愚蠢。族群要得到改良。我不会去当独腿男。"

他们驶进被侵蚀的山脉中的一道裂缝，令人难以置信的景象变得清晰可见。山顶上果真覆盖着粉红色的棉花糖，而且那东西肯定也像棉花糖一样黏。瑞秋看到有好些动物被困在里面。阿跛不想惹麻烦，于是便退到后面，登上了筏台。

他们将螺旋桨轰到最大挡，从棉花糖上空飞过。一辆辆庞大的车子向四面八方吹起粉红色的泡沫。下面有东西在里面行动自如。那是一只扁平无比的巨型粉红蜗牛，背上自由自在地驮着一只完美的蜗牛壳，从棉花糖中穿过，身后拖着黏答答的痕迹，里面翻出气泡，膨胀成更多的粉红色泡沫。它直奔一具多足鸟的死尸而去，整个覆盖住，停在那里消化。

一种陌生感袭上瑞秋心头，这对她来说确实挺陌生的。她是个浪游者，在她的生命里，陌生是一种常态。她在一艘冲压动力飞船上出生，还不是"莫文号"，如今她已经绕贸易圈走完一周。浪游者即使回到一个曾经熟悉的世界，心里也知道那里肯定已经面目全非了。瑞秋心里也清楚。但美狄亚的陌生来得太急太快，叫她既咽不下，也吐不出。

她摆弄着对讲机，直到接通了格蕾丝。

"没错，亲爱的，我在开车。怎么了？"

"我心里很乱。格蕾丝，为什么不是所有的行星都像美狄亚一样呢？它们上面都有各种地域，对吧？有沙漠、雨林、山脉、极地和赤道……你明白我的意思吗？"

她听到了那位宇宙生物学家咯咯的笑声，"亲爱的，寒极上覆盖着凝固的二氧化碳，而我们要去的地方比沸水还热。在贸易圈的那些星球上，是什么把一片片地域分隔开的？山脉吗？还是吸收热量的大洋？温度、海拔、降水？这些美狄亚都有，再加上单向的风和单向的洋流。盐度从纯淡水到纯卤水。冰川携带一路路干冰奔向热侧，所以二氧化碳的分压会出现骤增。有些地方没有潮汐，而另外一些地方，阿尔戈的摆动足以造成可怕的潮汐晃动。而且，所有生物都必须适应太阳耀斑：有些动物有壳，有些海兽可以深潜，有些植物借机播撒种子，而另一些则会长出大大的叶片当作遮阳伞。"

越过山口后，山势下降得更为陡峭，向着环形海中的一片狭长水域而去。瑞秋开起嗥兽来没什么问题，但移动动力装置却行驶得颇为吃力，为了减速，前面的喷气口完全打开，几乎没剩多少压力用作转向。真正的危险倒也应该没有，两架探测器已经将这条路线测绘过了。

"区别更大了，对吗？"

"抱歉，亲爱的……终于搞定了。狗娘养的，这狗娘养的顺风不刮倒好了。好了，你还记得我们昨晚让你看到的类似乌龟的东西吗？我们已经朝着寒侧的方向追踪了它六千公里。在寒冰海里，它会变得大得多，适合在海里远游；朝热侧追踪的时候，它变得更小、更活跃。我们猜测是因为食物供应的缘故。冰川搅动了海底，海洋生物很喜欢这种状态。在热侧这边，体型更大的动物会挨饿……有时候吧。但我们也可能想错了。也许是在更冷的气候条件下，它必须保存热量吧。我希望有一天能做些实验。"

在朝向热侧的山坡上，那些其实是巨蛋的白色大圆石变得更加密集；而在较低的斜坡上——这才算真的陌生。

山腰上到处飘扬着三角旗——成千上万的长旗飞舞着，呈橙色或铬黄色。瑞秋想看清楚那到底是什么，可格蕾丝还在滔滔不绝，瑞秋开始觉得自己打开了一只潘多拉魔盒。

"你越是往热极看，会发现海洋生物的竞争就越激烈。新的生物不断地从寒侧涌来。所有的六肢和八肢生物，我们认为都是被迫爬上陆地的，是被体型更大或者脾气更差的家伙从海里赶出来的。在离开海洋之前，它们还没来得及演化成一般的鱼形，也就是四个鳍、一条尾巴。"

"格蕾丝，等一下，你是说……我们人……"

"没错，亲爱的。"瑞秋肯定没看见她得意的笑，"四肢和尾巴。我们的尾巴是没了，但人类的体形就是最完美的鱼形。"

瑞秋关掉了与她的通话。

山坡上的树木长有宽广的根系，像大力士的拳头一样牢牢抓住岩石，低矮的树干几乎呈圆锥形。每根树干的顶端都长出单独一片硕大的叶子，犹如一面舞动的旗帜，要么橙色，要么铬黄色，叶尖呈锯齿状。一面没有军队的旗帜。有些旗子被地面效应车队鼓起的空气冲击波撕裂了。瑞秋心想，也许这是它们播撒种子的方式，就像绦虫[1]。要问格蕾丝吗？她已经受够了，而且要问她的话，可能还得先跟她道个歉……

天色亮了起来，仿佛云翳从太阳前方撤去了一般。

山坡已逐渐变成了缓和的丘陵。阵阵狂风将一些飘扬的三角旗吹成一团团碎纸屑。径直穿过这阵纸屑暴雨，倒比在其中转向躲闪更容易。瑞秋抬起一只手做凉篷，这时天色变得极为明亮。她此时戴墨镜了吗？当然要戴，护目镜就在——

太阳耀斑爆发了！

她果断低下眼，将红色的镜片拉到眼睛上，调整几下，然后才转头望去。两个太阳在她左肩后面，其中一个几乎已被另一个发出的耀眼白光完全掩盖。

铜腿在殿后的那辆履带车里，正在放平的乘客座椅上睡觉。他就像睡在一艘抛锚停泊的船上一样……但突如其来的强光立刻将他惊醒了。

下山的时候，为了更加安全起见，移动动力装置被调整在它的两架履带车中间行驶。下降的坡度并没有严重妨碍这台临时改造的笨重车辆。可谁知世事难料，耀斑来了！

福克斯们还在筏台上。如果他们在这样的车速下滚落，可能会受伤，但是每一丝本能都在命令他们赶紧跳下去，挖洞。铜腿把鼻子紧紧贴在挡风玻璃上。查尔斯·"毛茸"·麦克邦迪正在拼尽全力降低动力装置和筏台

---

[1] 一种可以分裂生殖的寄生虫。

的速度，根本没空留意别的。肯定能找到地方停下来的。就近的地方，平坦的地方，得是土，不能是岩石，而且还他妈得快！那儿，左边？不够平，地方短了点儿，在悬崖边上？挺悬。铜腿按下对讲机的按钮，高喊道："用力左转，毛茸，停的时候，要快！"

毛茸先他一步想到。筏子和动力装置的气垫裙上的喷气口已经打开。骤然失去了前方喷气口的推力，车身朝着左前方猛冲。铜腿上牙磨着下牙。筏子上已经张开了一面银色的遮阳伞，很可能是收割者的那面，五张福克斯的尖脸挤在伞底下，尾巴激动地扑腾着。

格蕾丝驾着履带车掉转方向，紧随其后，往左前方猛转，速度太快了，跟动力装置一样。毛茸现在已经开到岩架上了，他猛地一下关闭气垫。动力装置落地，裙板在岩石上蹭得吱嘎直响，尘土飞扬，眼看就要从边缘跌落，终于停了下来。福克斯们从筏台上一拥而下，举起了阳伞，开始挖洞。

格蕾丝关掉气垫时，履带车发出令人不适的震动。

她戴着宝石红的护目镜。铜腿也一样，他肯定完全是下意识地就套上了。他往福克斯他们那边又瞥了一眼，只看到一张张银盘和扬起的一片棕色尘土。另一辆履带车也在斜坡上停了下来。

暴风的嗥兽斜停着，并没有在轰鸣，她自己则正朝着坡上飞跑。不错的，她应该能及时钻进一辆履带车里去。耀斑期间会出现各种诡异的事物。可另一台嗥兽的驾驶员在哪儿呢？

在坡底下老远的地方，情况很不妙。因为离得太远，根本不可能及时爬回坡上。是瑞秋，那个浪游者，对吧？本来只需稍有点儿技术，她就可以掉转嗥兽，借助更大的后喷气口开回坡上来。但她并没有展现那样的技术，她似乎是在倒车。这可一点儿都不妙。

"格蕾丝？我们能把履带车开到她那儿去吗？"

"我们可能得试一试。先试试对讲机吧，亲爱的，看看你能不能指导她开回来。"

铜腿试了一下，"她的对讲机关掉了。"

"关掉了？真的吗？这个小白痴——"

"那她也注意不到那点儿不起眼的亮光。等等，她开过来了。"瑞秋的嗥兽借助紧急动力升了起来，盘旋着，然后开始爬坡。

格蕾丝说："她着陆的时候可能会遇到麻烦的。"

接着铜腿看到了周围正在发生着什么。

在瑞秋看来，似乎每个人都陷入了恐慌。在她远处上方，履带车和动力装置都在尖锐刺耳的噪音中停了下来。厉害又能干的暴风已经弃车而逃，明明什么东西也看不见，不知道她是在害怕什么。而福克斯们，这些美狄亚星土著则完全不见了踪影。难道他们全都知道什么瑞秋不知道的事？

她自己正面临着一堆麻烦。这台该死的嗥兽都老掉牙了，不肯倒车。它缓慢地向坡下滑去，仿佛失去了摩擦力，离安全地带越来越远。见鬼去吧！她手指一弹，打开了超驰控制模式。

嗥兽升到空中。瑞秋竭力后仰，嗥兽随着她的动作倾斜，压低了高度，沿着上升的山势向上爬。要是动力提前丧失的话，她希望能找到机会着陆。但嗥兽表现良好，瑞秋集中注意力保持着平衡，车辆咕噜噜地爬着坡，速度加快了些。她勉强留意到，方才还是艳橙色的三角旗此刻全都变成了黑黢黢的绉纱色，有些白色圆石正在开裂，逐渐粉碎。

但等到圆石里的东西钻出来时，她尖叫起来。

电光火石间，山脉上匍匐了上千个怪物：白亮亮的皮肤，眼睛不过是头上的缝，而头上几乎全是牙。当瑞秋朝着头顶上那未必安全的履带车飞驰而去时，这些生物朝选中的目标聚拢而来。它们跑动起来，身子低伏，尾巴高抬，腿部呈模糊的一团。短短几秒钟，履带车停靠的那块小平地已然遍布石头里蹦出来的怪物。

那绝非安全之地。

她飞过履带车，瞥了一眼从挡风玻璃后往外凝视的面孔，继续往前开。山顶附近几乎没有圆石，而那些石头怪还没有赶到那里。当然，瑞秋也还没赶到。在嗥兽抛锚之前，她得尽量跑得越远越好。但是然后呢？

她打开了大灯和探照灯。虽然石头怪在耀斑期间疯狂发育，但即便这样它们也许会害怕过量的耀斑光线。这办法值得一试。

山的岩壁越来越陡峭。没有可以降落的地方，除非她能飞到山顶。螺旋桨尖声轰鸣着。

眼前就是山脊，地势逐渐平坦。瑞秋狠狠地骂着脏话。峰顶到处覆盖着黏糊糊的粉红棉花糖。这片地盘的主人已经缩回到巨大的蜗牛壳里去了。

螺旋桨的轰鸣声从女低音降成了男低音。

灰白色的六腿怪物们在光秃秃的岩石上寻找着肉食，当瑞秋的高度降低时，它们转动硕大的脑袋斜视着她。它们动了起来，身影模糊。

履带车恰好贴着粉红色泡沫上方向前滑行，完全在借助地面效应，而不是真的在飞。各种诡异的尸体和骨架就困在这片粉红海里。螺旋桨刮出的风里满是粉红色泡沫。

接着她穿过这一片泡沫，开始往下坡滑行，但现在为时已晚，来不及降落了。嗥兽在岩石上方几厘米处行驶，速度太快了，而且还在加速。斜坡变得更缓，她走的仍是先前美狄亚人监控着牵引探测器时挑好的一条路径。但是嗥兽滑行高度太低了，如果她打开一个档位来刹车，裙板会刮到岩石，嗥兽就会翻车。必须要找一处平坦的地方——

她回头飞快地瞥了一眼，事实告诉她根本不能停车。有十几只石头怪已经穿过了棉花糖。很可能是趁自己的同胞被困住，直接就把它们当成了垫脚石！瑞秋艰难地保持着理智，把精力集中在不要翻车上。那些怪物在这场生死竞速中毫不落后，甚至还有可能逐渐追上来。

铜腿挤在板条箱和车顶之间，把头凑向履带车的观察圆罩。这地方足够容纳他的头和肩膀。他看到了一个石头怪，其前腿盘绕在圆罩上，挡住了他的部分视线，正在啃噬玻璃。

地面上挤满了石头怪。看不见福克斯们的身影，但在他们刚才打洞的地方，有几个石头怪躺在地上，安静得不似活物，铜腿看到混战中有一根长矛刺出来。他朝下喊道："试试探照灯。"

"没用的。"格蕾丝回答，可她还是试了一下。其他探照灯也跟着亮起，同她的光束汇聚到一起。灯光照耀下，那些扑腾着的石头怪发出刺眼的强光，即便隔着护目镜，仍然刺得人眼睛疼。它们转过身来，眯眼看了下情况，然后全都飞快地冲了过来。收割者尾巴上的青铜矛头深深地扎进一只掉了队的家伙体内，石头怪的血喷出老远，远得令人难以置信。它几乎立刻就死掉了。

那些有点破破烂烂的银色遮阳伞底下，如果还有福克斯活着的话，那他们现在算是安全了。所有的石头怪都聚集在车辆探照灯周围。它们喜欢这种光。

格蕾丝哈哈大笑，"你说，你是不是早就知道他们会这样？"

"我可不敢这么说。我现在觉得安全多了。"怪物们不再撕扯探照灯了，反而互相扭打起来，争夺灯光下的一席之地。

"它们以为自己这是在干吗？"

"我们以前见过这种反应。"格蕾丝答道，"美狄亚上的生命对耀斑要么喜欢，要么讨厌。所有喜欢耀斑的生命形式，在耀斑期间都会跟预先设定好的一样尽量待在没有阴影的地方。比如，山脉的阴面就不是天生适合它们的生活环境。它们当中大多数还有高血压，以及极佳的能量储备。它们必须要在耀斑发生的短短时间内完成很多任务：出生，进食，成长，交配，繁殖——"

"格蕾丝，打开对讲机，看看是不是每个人都还活着，再问问有没有人知道是哪个太阳产生的耀斑。"

"为什么？这能有什么区别呢？"

"佛里克索斯的耀斑能持续三刻钟，赫勒的耀斑就不会持续太久。我们必须得等它结束。看看瑞秋有没有呼叫过任何人。"

"好的。"

对讲机里的谈话铜腿似听非听。在山脉朝向热侧的山坡上，黑色的旗帜[1]肆意飘扬，几乎就在铜腿注视着它们的时候，仿佛都还在变长，趁着耀斑制造糖分。探照灯的光束中，团团乱转的石头怪们现在已经饿得够呛了，开始真正互相攻击起来。一大群为数更多的石头怪已经完全抛弃了这片山坡，密密麻麻地径直冲到海岸边。海浪间到处漂浮着各种大大小小的海怪，石头怪们正涉水而入，想要抓住它们。

格蕾丝呼叫了他："瑞秋没有呼叫任何人。闪电说她越过了峰顶。"

"好。"

"你觉得她会怎么做？"

"没人有多了解她。唔……她不会在棉花糖上降落的。她也很可能会，因为那些蜗牛多半正躲在壳里。对吗？"

"但她不会。那太脏了。她会在朝向寒侧的山坡上停下来，或者再往前，在任何可以安全等待耀斑结束的地方，要是有的话。你觉得她能找到安全的地方吗？"

---

[1]. 应该是之前的铬黄色三角旗在耀斑下变成黑色了。——译注

"她并不知道什么地方安全。在离热侧这么近的地方，她根本找不到，哪儿不是挤着一大堆密密麻麻的玩意儿？越是靠近热侧，竞争就越凶残。"

"那她就会一直走。要是她没坠车身亡，她会一路开回着陆城。咱们等等，'莫文号'现在位于这颗星球的另一边。假设它一小时之后升起来，我们就可以告诉他们发生了什么事。这么一来，只要她平安无事，我们差不多马上就能知道。格蕾丝，你觉得她会不会想办法跟我们重新会合？"

"她不会迷路，不会停下来，从五十英里外就可以看到着陆城。她会直接回家的。好吧……"格蕾丝的声音里带着一丝奇怪的疑虑。她按下一个对讲机按钮，"闪电吗？是我。你看着瑞秋越过了山顶，对吧？当时她开大灯了吗？"

铜腿心里正在琢磨，如果瑞秋死了的话，那些浪游者该有多恼火。过了一小会儿，他才反应过来格蕾丝话里的含意。

"探照灯也开着吗？好吧，闪电。远程信号发射器在你车顶上，我希望等'莫文号'升起来的时候，发射器已经准备好给'莫文号'发条信息了，大约用不了一个小时，方位在寒侧以南……不，现在先别出去。看那帮野兽这么转着圈子跑下去，应该很快就会死于热射病了。等它们从车顶上掉下来了，你再去。"

石头怪们顺着山势往下，一路尾随瑞秋足有十二公里，直到别的东西引开了它们。

这会儿，嗥兽滑行高度上去了，但瑞秋并没有摆脱困境。紧急超驰控制状态下，喷气口是关闭的。如果她把它关掉，动力就会下降，嗥兽也会跟着掉下去。她现在仅仅在用自重操控方向。只要还是下坡，她的速度就可以一直保持。她已经差不多跑出了山地。到了靠近河边的地方，斜坡变成了平地。

状如飞马的凶猛鸟类不见了。起伏的山坡上原本覆盖的是羽毛一样的小麦，现在却只剩下犹如收割后的残株，残株上略微可见有什么东西在动，黑点时隐时现。兴许，那是无数只老鼠？

不管是什么——它们是肉。十二个石头怪四散分开，在残株间穿过，硕大的脑袋啪嗒啪嗒咬个不停。瑞秋身体前倾，靠上挡风玻璃，以加快速度。在她身后，三个石头怪聚集在一面金色的罗马盾边……那是一头隐藏在羽毛状小麦间的类似乌龟的生物，现在却暴露在外，束手待毙。石头怪们把它翻过来，撕成碎片吃掉，然后继续前进。

嗥兽穿过岸边，滑到流水上方。

每一片猩红色浮渣上都开出了一大朵绿花。瑞秋通过调整自身重心，在花茎之间游走。她的速度正在下降，但海岸现在已被她远远抛在身后了。

那十二个石头怪全都穿过了残株，飞也似的冲下坡，钻进水里。瑞秋屏住了呼吸。它们会游泳吗？它们潜在水下，可能是在喝水或散热，抑或两者兼而有之。现在，它们向上弓身，寻找空气。

嗥兽滑行到水中央，停了下来。

瑞秋鼓起勇气，关掉了超驰控制模式。嗥兽降落下来，在水面上方吹开一处浅凹，盘旋在空中，搅动起一层细细的水雾，很快便弄得瑞秋浑身湿淋淋的。她等待着。不管怎么样，至少电池在重新充电。只要给她时间，她就能拥有一台能开能飞的嗥兽。

朝向热侧的海岸一片漆黑，那是无数只跟老鼠差不多大的小动物。它们把羽状麦田啃得干干净净，但是现在它们在做什么呢？盯着瑞秋看吗？石头怪们注意到了。它们笨手笨脚地涉水而出，一旦上了岸，行动就看不清了。六条腿的白色掠食者和只有丁点大的黑色猎物把河岸搅成一团。

似乎是命运女神给了瑞秋一个喘息之机。水面看着空荡荡的，唯见猩红的浮渣和上面巨大的花朵。但谁也说不准等到耀斑结束时，水底会挤满怎样的生物。瑞秋也可以等。寒侧的河岸看起来很是安全……尽管也跟先前不一样了。耀斑爆发之前，岸上覆盖着一片连绵不绝的铬黄色矮树丛。此时灌木丛虽然还在，但顶端却被一层绵延的银色花朵所遮蔽。一团团昆虫聚集而成的云团也还在，不过昆虫的种类可能变了。

不知什么东西像是踩着高跷，正从上游向她走来。那东西泰然自若，走得不紧不慢，一路频频停下。瑞秋一边盯着它，一边试起了对讲机。

所有频段上都是静电干扰。这边的山把她跟探险队隔开了，那边的山又挡在了着陆城和她中间。唯一一台可以联系位于轨道上的"莫文号"的发射器在一架履带车的车顶上。她禁不住骂了一句。她刚才一直没注意到那个闪动的光点，说明铜腿曾经呼叫过。那光点实在太微弱了。

岸上，有两个石头怪首尾相接，正在交配。

上游那东西似乎是一只巨大的银色盲蛛。它的腿很细，长得几乎可以在河上搭桥了，躯干却小得不成比例。它不时停下来，用前腿上没有拇指的手爪伸进水中深处。那些手又粗又短，包裹在外壳里，快得惊人。手探入水中，立刻便又抬起，抓着一个挣扎中的猎物，然后送到嘴边。那东西的脑袋宽宽扁扁，像一只眼睛鼓起的蛤蜊。它顺流而下，动作优美从容，仿佛有的是时间……而且比瑞秋方才以为的体型更大、速度更快。

休息得足够久了。她打开后喷气口。嗥兽滑过河流，上了河岸，停下来，推挤着灌木丛。

盲蜘蛛跟在她身后。先前那十二只石头怪里，有十只正在涉水过河。屁股一沾到水，这些六腿的野兽马上用四条腿站起来保持平衡，然后再变成双腿站立。两条腿站着时，它们稳得令人惊奇。也许它们把尾巴拖在河底的淤泥里，起到锚的作用。老鼠们也来了，成千上万，在一片片猩红浮渣间游动，如同一块黑色地毯。

瑞秋启用了升空模式，只用了十五秒，这足以让她飞到那片银花覆盖的灌木丛上方。在气流冲击下，形如睡莲叶的银花低头垂首，但地面效应却拖了她的后腿，让她提不起多高的速度。云集的飞虫将她团团围住。一道道黏稠的细丝从宽阔的银色莲叶间射出，有时会粘住虫子，有时则会撞上螺旋桨或是地面效应裙板。

她在寻找之前那片清理出来供福克斯扎营的场地。神射手，那只焦躁不安的守巢两足雄性动物，如果他还活着，他就应该还在那儿。她找不到灌木丛里的那片空地了。她忽然想起来，考虑到跟在自己身后的那些怪物，神射手不在这儿倒是件幸事。

但她独自一人，深陷恐惧。

盲蜘蛛在灌木丛中小心翼翼地走着。灌木丛沙沙作响，显露出跟在她身后的十只石头怪的身影，它们在行走中突然转身，扑向花朵下方的不知什么东西，匆匆吃下，然后又沿原路前进。至于那些像老鼠又不是老鼠的食草动物则完全不见踪影，只是在她身后，到处都有一棵棵灌木倒下。

但是当燃料电池把动力注入嗥兽的电池时，它们就都被甩在身后。

瑞秋按照阿尔戈和高速气流作为指引，向南朝着寒侧而去。她累得不行。大地正在变暗，越来越红……她突然想起来，耀斑即将结束了。

耀斑即将结束了。铜腿戴着护目镜，可以直接盯着太阳看。现在，他看到了环绕在赫勒那个亮点上的红色弧线。在那颗红矮星较小的烈焰之上，一圈地狱之火正在上升、冷却，向着真空扩散开来。

他们周围到处都是六条腿的石头怪，车顶上还有几个。它们全都死了，死于中暑或脱水。数量多得多的石头怪正沿着环形海岸边聚集。现在它们向山坡上蜂拥而来，仿佛一道银浪。一边前进，一边结成对，两两在岩石间停下来交配。

一波波石头怪数量在减少，从探险队周围扫过，逐渐消失。现在，山峦上布满了翻滚蠕动的形体：真是令人印象深刻。

"它们变成十二条腿的怪兽啦，"铜腿说，"看看那些肚子有多大！嘿，格蕾丝，这些野兽本身是不是也比刚才大了？"

"必须的，它们得下蛋啊。你别分散我的注意力。"

对讲机亮起了。格蕾丝才不会留意这么不起眼的事儿。成对的石头怪们变得越来越安静，但彼此仍然头尾相连。铜腿打开了对讲机。

闪电的声音传来："我连上了'莫文号'飞船上的值班员托夫勒。"

"好的。托夫勒，我是米勒。我们有紧急情况。"

"真是遗憾。"那男人的声音听起来昏昏欲睡，"我们能帮上什么忙呢？"

"你得呼叫着陆城。你能帮我接通吗？还是我录一条语音消息给你？"

"我们看一下……"声音消失了。铜腿看着附近的一对石头怪从彼此身上爬开，厚重的躯干似乎有些不一样了。原本让躯干显得更长的胀鼓鼓的肚子，此时变成了位于中腿和后腿之间高高鼓起的一坨。变化的速度很快。怪物看起来相当瘦削，除了那坨硕大的圆球形肿块之外，全身只剩下皮包骨头。它们用前腿和中腿在地上刨着，挖个不停。

"米勒，你最好还是录音吧。等他们注意到我们信号的时候，都已经出现在地平线上了。我们差不多再过一小时就能联系上他们。"

"好——"

"但我也不知道他们能帮上什么忙。听着，米勒，我们的星际通讯激光能不能起到什么作用？在这样的射程内，我们可以融化一座山，或者烧开一个湖，而且还能准确地——"

"该死，托夫勒，有麻烦的又不是我们！着陆城有麻烦了，而且他们自己还不知道呢！"

"哦？好吧，那你录音给我。"

"致着陆城市长卷毛·杰克逊。我们已经平安度过耀斑期，但不知道福克斯们是否幸存。浪游者瑞秋·苏布拉马尼亚姆正驾驶嗥兽前往你处。虽然她毫无理由认为自己很危险，但她确实很危险。等你们发现她时，已经来不及阻止她了。如果你们行动不够迅速，美狄亚上的人类殖民地可能在年内就会消亡。你们要调度每一台能够调度的车辆……"

先前探险队用了十二个小时横渡环形海上的一个大海湾，瑞秋只要三小时就够了，她一离开海岸就可以摆脱跟在自己身后的各种怪物。她曾听闪电说起过，环形海的这一片狭长水域上漂浮着寄生真菌，对福克斯或任何一种美狄亚生物而言都是致命的……除非耀斑已经把它们烧死了。

耀斑已经结束很久了。她驶过一如往常的红色地貌，大灯、尾灯和探照灯的白光形成一个圈，将车身笼罩其中。她如饥似渴地寻找着农用灯的灯光，那是太阳的颜色，是飞船上阳光的颜色，那标志着她即将回到着陆城。

但她更渴望着那些能够杀死石头怪和盲蛛的真菌。她憎恶它们不依不饶的追逐、怪异可怖的形状、想吞噬她的欲望。她憎恶的就是它们本身！让它们腐烂吧，无论是慢还是快。然后花三个小时横穿海湾，再花半个小时，找到那片遍布碎石的通道，沿路疾行，下山，往那片蓝白色的光芒而去。

前方就是海岸线。

不祥的血色怪兽在海岸线上团团乱转，一个接一个地转向嗥兽。

瑞秋胡乱咒骂了一通。她见过这些东西。探险队的探照灯之前盯死过一条巨大的多足怪，这些东西都是从它身上钻出来的，是一些跟狗差不多大、没有尾巴的四足兽。耀斑期间必定有众多身形庞大的多足怪遭了殃，致使大量寄生体活了过来，即便是在耀斑结束后这么久，依然有这么多活跃着。

不仅仅是活跃。它们像跳蚤一样蹦跶……朝瑞秋扑来。她转向热侧。现在她感觉有气无力，但凡有那么一只，就可以把她从车座上撞下来。

她背后的那帮尾随者也跟着转向。又有两个石头怪掉了队，还有八个在后面，接着是那只大蜘蛛，以及一大群甩不掉的原始老鼠，此处已经没了灌木丛，它们暴露在光天化日之下。还有成群的昆虫。瑞秋的理智告诉她，它们未必像自己想的那样，都是冲着她来的。可是它们到底看上了她哪一点？她又没多少肉，蜘蛛也没那么饿。它不时地往底下伸出爪去，薅起一只原始老鼠，有一回它甚至抓起一个石头怪，还是一副泰然自若的样子。石头怪咆哮着乱咬一通，虽然最终死在蜘蛛蛤蜊般的嘴里，但也刨出了蜘蛛的一只眼睛。

石头怪们在吃原始老鼠，但它们必须时不时飞跑到水里冷却一下，然后再从血红色的四足兽中间杀出一条血路，返回岸上，边杀边吃。老鼠们则在啃食那些黄色的矮树丛，至于那些小小的可能是虫子的玩意儿又是吃的什么，谁知道呢？它们到底想要瑞秋什么呢？

又走了几小时，海岸向南弯折，现在成了白花花一片，微微染了些其他颜色：那是绵延的盐壳。瑞秋的气候防护服效果很好，但脸和手还是觉得烫。刮来的风热乎乎的，那是阿尔戈发出的热量，加上之前耀斑的余热。盲蛛解决了热的问题。它涉水远离岸边，超过了那些红色寄生体的活动范围，对瑞秋视若无睹。

过了五个小时，海岸才急转向寒侧。瑞秋沿着海岸转向，仍然跟岸边保持很远的距离，因为那里仍有血红的四足兽在徘徊。她现在担心的是能否找到先前的通道。应该会看到紧密蜷曲的黑色地被植物，轮廓形如汤匙，被灰白绒毛覆盖的树木，还有棱角分明、走向朝南的新生山脉。但她觉得自己都累傻了，而且她始终未能适应这里的光线，也永远不会适应：阿尔戈的暗红色阳光，还有已近日落的两颗红矮星的粉红夕照。

时间仍在流逝。她眼中所见的血红色寄生体数量变少了。有一次，她看见盲蛛的蛤蜊嘴里咬着另一个石头怪，那六条腿的怪物用牙齿撕扯着蜘蛛的脸……已经瞎了的那一边。喜欢耀斑的生命形式很快耗尽了自身。那些树……

瑞秋用探照灯扫了一圈："黑人头发"般的地被植物不见了；昆虫聚成一团黑雾笼罩在裸露的泥土上；但这些树确实是毛茸茸的，轮廓形如汤匙。这些树在美狄亚上分布的有多广？她也可能跑错了地方……

她向左转，往山上驶去。

前方是低矮的山峦，是新生的，到处有棱有角。又走了不到一公里，瑞秋转向，与山脉平行行驶。这条通道原本就极为狭窄，她可能会直接错过。她放慢了速度，然后不耐烦起来，又再度提速。这条通道虽然很窄，却很笔直。也许她会在尽头看到一丝农用灯的光芒。她留意到云层正在堆积，于是开始咒骂，想赶走要下雨的念头。

光芒真的出现了，它绝非一丝微光。

她看见了一个太阳，一个白色的太阳，一个真正的太阳，照耀着山脉——

仿若耀斑再临！但佛里克索斯和赫勒仍是两个正在西沉的粉红色光点。她猛地转向强光所在的方向。上升的地势减缓了她的速度，她想起那只蜘蛛还在背后不慌不忙地尾随，她没有回头看。

亮光变得异常耀眼。她进一步放慢了速度，既迷惑，又害怕。她把护目镜拉到眼睛上。现在好一点了，但她还是什么也看不见，只能看见光秃秃的岩石通道尽头那道炫目的万丈光芒。

她驶入了通道，驶入了强光，驶入了那个地平线上的太阳。

她的眼睛终于适应了……

石墙边布满了车辆：飞行车、牵引探测器、卡车、改装成消防车和救护车的履带车，凡是可以自行移动的东西都在那儿，每一辆上都堆满了农用灯和电池，所有的农用灯都亮着。中间留出了一条通道，瑞秋沿着那条通道向前滑行。在前方那片红色幽暗中，她觉得自己辨认出了人形的身影。

他们是人类。看到浓密的灰白头发，她认出了卷毛·杰克逊市长。

最后，终于，她放慢了嗥兽，落到地上，然后跨下车座。那些人形朝她走来，其中一个正是卷毛市长。他抓住了她的胳膊，攥得死紧，就算疲劳令她的感受变得迟钝，也仍然被他捏得生疼。

"你个恶毒的小白痴。"他说。

她眨了下眼睛。

他怒骂着，放下她的胳膊，转过身面对着通道。着陆城有一半的人都站在这儿，往光亮的通道那头看去，不理会瑞秋……完全忽视她。她没有试图用肩膀在他们中间顶出条路来，而是爬上嗥兽的车座看去。

它们来了：六个石头怪聚集在蜘蛛的大长腿下，原始老鼠形成了一块黑地毯，全都裹在一团明亮的微粒中，是那些昆虫。怪物们沿着明亮的通道漫步而来，围观的人们向后退开。其实没有必要。因为到了亮光终止的地方，尾随瑞秋而来的怪物们也停下了脚步。

卷毛市长转过身来，"你有没有想过哪怕一下，说不定有什么东西会跟着你的光跑？你那灯跟耀斑的颜色一个样！你一路经过了六个地域，每一个地域都有独特的食肉动物和食草动物，结果你把它们都给带到这儿来了，你个没脑子的怂包！那乌泱泱的一团里边得有多少种昆虫？其中又有多少会把我们的庄稼啃个精光，然后再被毒死？地上那些黑不溜秋的小东西也是吃草的，对不对？这些全都是喜欢耀斑的生物，你倒是把它们全带到这里来繁殖！下一次耀斑发生的时候，也就是美狄亚星上的人类最后一次有东西吃的时候了！当然了，你自个儿是安全的。你只需要飞到另外一颗星球上去……"

把耳朵堵上的唯一方法就是把自己的脑子给掐灭了。瑞秋不知道她到底有没有晕过去。她很可能是被带走的，而不是被扛走的。她的下一段记忆开始时，那是一段时间之后的事了，她置身于家里的灯光之下，四周充斥着家的声音和气息，在自由落体状态下系着安全带，她已经在冲压动力网际飞船"莫文号"上了。

沿着弯弯的墙，移动动力装置和其中一辆履带车终于离开结了盐壳的区域。他们现在行驶在被烤得滚烫的焦土上。嗥兽停在地面效应筏台中央，周围是一堆堆的板条箱，现在只有愿意穿宇航服的人才能用得上它了。剩下的四个福克斯都在履带车里。阿尔戈不在摄像头范围内，几乎是在头顶正上方。画面移动着，并随着殿后的那架履带车的动作而下降。

"不，那些畜生实际上并没有造成任何危害，我们自己造成的危害反而更大。"卷毛市长说话的时候，并没有看博格上尉。他正在看全息投影墙，手里端着一杯凉了的咖啡，"我们把每一盏农用灯都从农田里搬了出来，全部放在通道上，对吧？而那些喜欢耀斑的生物就会一直待在那儿，直到死掉。按照生理构造，它们其实承受不起超过几个小时以上的耀斑时间，也就是两个太阳同时爆发耀斑时所释放的照射剂量，而同时，它们的生理构造也不允许它们离开耀斑光线。也许有一部分昆虫确实繁殖了。也许体型大一些的生命形式在毛发中携带了种子和虫卵。我们知道，把灯一关，那些六条腿的动物就会想要产卵，可到那时它们并没有准备好。现在那并不要紧。我觉得我应该……"

他转过身来看着她，"事实上，我得真心诚意感谢你把那条通道熔化成了岩浆。现在那里面不可能有活物了。"

"所以你们毫发无损地从那边出来了？"

"那倒也不是，蝗虫伤到我们了。我们搬走农用灯的时候匆匆忙忙的，可花了好长时间才把灯放回原处。这么干不对。有些讨厌耀斑的虫子正等着尝尝咱们的玉米呢。"

"太糟糕了。"

"还有橡树林里头,一窝 B-70 杀死了两个孩子。"

博格船长明显心不在焉,"你可真把瑞秋整惨了。"

"那倒是。"卷毛说,既不得意,也没道歉。

"她差点得了紧张性精神症。在她肯跟任何人开口说话之前,我们只能把她送回到'莫文号'上去。卷毛,有没有什么办法让她相信自己并不是个不折不扣的白痴呢?"

"我觉得我会说没有。谁会愿意那么干呢?"

博格船长改成发号施令的腔调:"我不喜欢说些很幼稚的话,尤其是在你面前,卷毛,但最好的办法可能是把她当孩子哄一哄。问题在于,瑞秋在美狄亚过得一点儿也不开心。"

"你真是扎心了。"

"她甚至提都不提回来的事儿。她不喜欢美狄亚。她不喜欢这里的光线,不喜欢那些动物,也不喜欢福克斯的繁殖方式,太血腥了。她跟着你的动力装置探险队辛辛苦苦折腾了三十多个小时,回来累得要死,又一路被噩梦般的怪物追着跑,等她终于跑到了安全的地方,你还骂她是个既危险又没用的白痴,她还真的相信了。她甚至在美狄亚都没有跟谁上过床……"

"什么?"

"没关系,不要在意这些细节。当然也有可能,这细节至关重要,不过还是别讨论这个了。卷毛,我已经试过了官方发行的美狄亚记忆录影带,等咱们重返贸易圈,本来可以试着兜售一下的——"

卷毛的眼睛瞪大了,"哦哦哦——他妈的!"

"你想明白了,对吧?那盘录影带真是糟糕的体验:不愉快,不舒服,很丢脸,很累人,很可怕,而且还没有桃色桥段。那就是瑞秋对美狄亚的看法,再没别的了,没人会喜欢这儿的。"

卷毛脸都白了,"那咱们该怎么办?把瑞秋的设备放到别人身上?"

"我才不会戴呢。对于自己的隐私,没有哪个浪游者真的特别在意,但总也有点儿底线。那美狄亚人呢?"

"谁?"

"你就找不到一个有不出风头不舒服综合征的家伙吗?"

卷毛摇摇头,"我会四处打听一下,但是……不行,我可能不会。都没人愿意睡她,这样你还不明白吗?明知道她会把这段记忆兜售给千百万个陌生人，什么样的男人还肯跟这女人在一起？呵呵。"

履带车已经停下来了。人类的身影走出车外，穿着紧身压力服，头戴透明球形面罩。他们围着地面效应筏台走来走去，开始拆卸板条箱。

"没用的。卷毛，要找人来制作记忆录影带可不容易。要做出专业的录影带，你需要的是真正的专家，拥有二三十年的经验，加上敏锐的想象力和一根筋的脑子，还得不在乎隐私。瑞秋是一个游客。上面这些素质她都具备，而且一眨眼的工夫，她又可以学会新的技能。她反应很快，感情也很丰富。"

"她差一点儿就把我们都给灭了。"

"她会做一辈子录影带的。每当有什么东西让她想起美狄亚的时候，每一个观众就都知道她对这个星球是怎么想的了。"

"那我们会怎么样？"

"哦……我们什么都不用担心。我见识过什么叫潮流事物。等到我们重返文明世界的时候，兴许这种什么记忆录影带都变成老古董了。"

文明？那反义词是什么呢？答案卷毛心里清楚。他转头继续盯着投影墙。

"就算没有……我也会回来的。我会带回来另外一个像瑞秋那种人形自走记忆体，但比她更灵光。行吗？"

"要多久？"

"转一圈，然后返回美狄亚。"

那是六七十个地球年。

"好。"卷毛说，因为肯定没办法说服她走更短的路线。他看着身穿银色衣服的人在给太阳能镜搭建框架。在热极甚至连风也没有，显然也根本没有生命。他们曾经为此担心过。但卷毛看到的是在未来的数百年里，没有任何事物可以威胁到着陆城的电力供应。

"如果美狄亚会成为文明的一种回流，一片农民的土地，只要农田是安全的，那这就是件好事儿。"卷毛转身对珍妮丝·博格这样说。但是，这位浪游者的双眸中没有美狄亚上的任何东西，她的心已经飞向了霍文戴尔星。

Copyright© 1990 by Larry Niven

《银河边缘》访谈：
对话梅赛德斯·莱基 & 拉里·狄克森
THE GALAXY'S EDGE INTERVIEW:
MERCEDES LACKEY & LARRY DIXON

[美] 乔伊·沃德 Joy Ward 著
华　龙 译

名家访谈

　　乔伊·沃德写过一部长篇小说，在许多杂志和选集上发表了若干中短篇小说；此外，她还为不同的机构主持过许多文字或视频采访。

　　梅赛德斯·莱基和拉里·狄克森是科幻与奇幻界的超级夫妻档之一。他们著有超过一百五十部书以及不计其数的短篇故事，饱受赞誉，这个才华横溢的二重唱组合在写作与绘画艺术方面都声名卓著。梅赛德斯（昵称米丝蒂）和拉里共同写作，拉里同时还是一位广受欢迎的封面艺术家。

梅赛德斯·莱基

拉里·狄克森

乔伊·沃德（以下简称JW）：你是如何开始绘画艺术创作的？

狄克森：在我很小的时候冒出个想法，我想写自己的书，并且自己给它画插图，因为我发现这才是真正让我激动的事情。我参加过一家图书馆的阅读比赛。我的阅读量在我们那个小镇的图书馆破了纪录。我发现相较于纯文字的书籍而言，我对于带有绘画的书籍理解得更为透彻。于是我下定决心，这就是我长大以后要做的事情。在我那个年纪的小孩子大都想成为足球明星或是宇航员之类的时候，我却迷上了国家的外交事务。我有那么个念头：只需要一个人跟另一个人谈谈话，国家的命运就能发生改变，这简直是人类所能做到的最令人惊叹的事情了。

然后，在我内心深处萌生了这么一种想法：我通过写故事也能影响其他人，让他们变得更美好。于是，就在别的孩子攒零钱买滑板的时候，我用分期付款的方式买了一台皇家Ⅲ型打字机，到现在我还留着呢。我就是用它写了我的第一批短篇小说。可爱迷人又才华出众的梅赛德斯·莱基和我一起创作的那些小说中的角色就是由此而来的。

JW：梅赛德斯，你是怎么涉足写作的？

莱基：我父亲可是一位废寝忘食的科幻读者。在我刚能看书的时候，那会儿我的年龄可真是没多大，我就开始看他的藏书了。出版的那些完全无法满足我，于是我就开始写一些算是粉丝同人小说的故事，尽管那时候我其实并不知道那算是什么。在我发现了科幻大会之后，我也发现了同人志，然后我就写得更起劲了。最终，我经过一番努力让自己变得足够优秀，成了一名职业作家。

JW：那你是怎么一步一步成为职业作家的呢？

莱基：实践，实践，再实践。

JW：那么转折点呢？

莱基：玛丽安·齐墨·布莱德利买下了我的一个短篇，收录在《达寇沃星的自由亚马孙战士》[1]这个选集里。

我结识了玛丽安，并积极主动地跑去给达寇沃爱好者大会做志愿者，我负责监督那些跑腿的志愿者吃饭睡觉，不管他们愿不愿意。玛丽安问我是否在为出版作品而努力，她一直都是这样照顾自己的门生弟子。她让我给《自由亚马孙战士》故事集和《宝剑与魔法师》故事集写点小说。给《宝剑与魔法师》写的那篇故事没卖出去。她给了我一些很好的建议，告诉我如何修改作品，我便水到渠成地把那个故事卖给了一本叫作《幻想之书》的杂志。当然啦，在此之前，我已经把一篇自由亚马孙战士的故事卖给了她。

JW：拉里，那你又是如何成为职业作家的呢？

狄克森：我都能准确地告诉你那是什么时候。我1984年第一次参加科幻大会。那里有两位我非常非常崇拜的人物，安妮·麦卡芙蕾和迈克尔·惠兰。他们为我做了一些事情，让我感觉美妙绝伦：他们认真地对待了我。在那个周末，他们也就是跟我聊了聊天，在二十分钟里拿我当了个人物。就是在那里，我人生的第一次科幻大会的周末，我有了一个信念，如果专业人士就是这个样子的，那这就是我终其一生要耕耘的领域。2013年我庆祝了自己成为全职作家三十周年。这一切都要归功于那二十分钟，那个人生第一次的大周末。从那之后，我有幸在全世界二百五十八场科幻大会中做客或是担任荣誉嘉宾，这全都要感谢那二位。从那以后，我尽力让自己也成为那个给其他人二十分钟的人，有好几十人已经因此开始了他们自己的职业生涯。有件事其实尤为重要，许多许多人仅仅是因为有人肯花时间听他们说说话、给他们一些时间、严肃认真地对待他们，他们就会非常开心了。

我们同在一片天地。这话你听说过，但对于科幻和奇幻领域，这句话尤为适用，因为我们互相扶持。我们喜欢接纳一些门生，我们喜欢收一些学徒，我们喜欢帮助别人。因为骨子里，我们还是科幻奇幻迷。我们只不过是机缘巧合从粉丝群中脱颖而出，用这个行当还了贷款而已。我们想要帮助新人在这个领域发展，部分动机也是我们想要在他们创作的东西上挖掘点灵感。

有无数的粉丝绘画作品出现，而我也会看到我们创造的那些角色为众人所喜爱。你会意识到这精美的绘画作品是某人花费了无数心血绘制的，如果我们没有写那个故事激励他的热情，那这幅画也就不会存在了。所以我们热心于建造一个沙池，其他人都可以在里边玩耍。然后我们也走进去说："看看那个沙堡，太酷了！那形状就像一头狮鹫！真是太出类拔萃了！"那实在是令人开心。对于故事中的细节，有时候他们比我们记得还要细致。在我们忙于处理自己的作品时，要是记不起某个细节了，我们就会找一个粉丝网站进行查对，这可是不二的事实。要说起我们自己的那些素材、资料，他们的记忆可比我们强太多了。

莱基：让作家们头疼的事情不少，其中之一就是失眠，因为你要绞尽脑汁构思

1.《达寇沃星》是玛丽昂·齐默·布拉德利创作的系列作品。《达寇沃星的自由亚逊战士》是玛丽昂与其他作者共同完成的短篇原创作品集，其中作品的设定均为"达寇沃星"。

创作的每一个细节。那个时候，你正在费尽心思构思的东西就会不停地在你脑海里窜来窜去，那绝对会让你整夜整夜无法入眠。

狄克森：我都数不清有多少次了，米丝蒂从我身旁投来目光，而我只顾在笔记本电脑上一个劲儿地写故事笔记。我已经上床两个钟头了，可我觉得最好把这些都赶紧写下来，我就打开电脑开始敲键盘。

就跟我们自驾游时的情形一样。一路上我开车，米丝蒂坐在副驾驶座上不停地敲键盘。我们翻来覆去商讨，就在开车的过程中把整部书构思出来了。

莱基：这非常管用，因为作家的创作瓶颈是最难于言表的事情了。一旦我们开始就此进行讨论，你就能看到越过障碍的那条路了。

狄克森：不管什么时候，当人们想到"创作瓶颈"这事儿，我就觉得他们是在描绘这么一幅画：在一条走廊里，有东西挡在路上。而我一直都把写作和讲故事的艺术看作一块广袤的平原。如果有瓶颈，那不过是一个能绕过去的障碍物罢了。你只要绕着它走就行了嘛，根本没有必要迎面冲上去。

莱基：或者你干脆就走另一个方向呗。我一直觉得根本就不存在"写作瓶颈"这种东西。你的潜意识告诉你，这个故事这么讲行不通，跟你的计划相去甚远。当你写故事的时候，你的潜意识可比你聪明多了。

狄克森：一点没错。我教艺术硕士课程，我告诉学生们，"相信你的直觉"，说的就是这么回事。直觉，我将其定义为快速吸收、处理大量信息，快到让你无意之中就将其处理掉了，然后只剩下答案。当你信任你的直觉时，你就已经把问题想得很透彻了。你只是没有意识到解决它的那个过程。你只有这么个念头，"就应该这么做。"等到你把直觉发展成为一种专业技巧了，你也就善于少走弯路了，因为你正在学会信任自己。而结果是，你能在别人昏天黑地找不到出路的时候径直往不同的方向。不

梅赛德斯·莱基与拉里·狄克森合作创作的小说"魔法师之战"系列

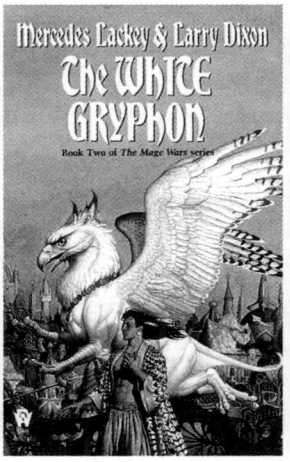

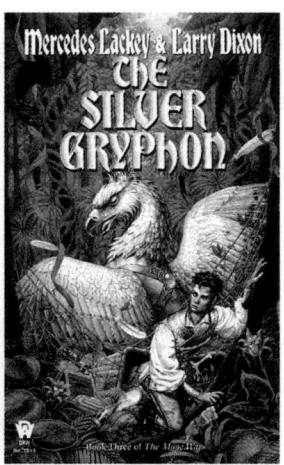

227

但如此，你还能花点时间看清楚那到底是什么感觉。你很清楚你的后脑勺已经把那问题解决了，而那里根本就没有所谓的创作瓶颈。你这就算上道了。

JW：跟我讲讲一起搞创作的事情吧。

狄克森：米丝蒂是在世的最多产的奇幻作家之一。我通常都是米丝蒂的编辑。我得向你显摆显摆。有一天，她真的像打了鸡血一样，一天之内给了我四十二页完美无瑕的文字。

莱基：那是那本书的结尾了。

狄克森：没有打字错误。没有拼写错误。没有语法问题。毫无瑕疵。但那可是四十二页啊，大多数作家得忙一个月呐。对于她来说，只需要聚精会神、全神贯注忙一天罢了。

莱基：书的开头部分总是最艰难的。就像是把石头推上山。一旦你到达这本书的中间部分了，那么这块石头就顺势而下，越滚越快，直到结尾。

狄克森：那可真是快得要死啊。我们以一些十分有趣的方式一起创作，我能够提供一些别出心裁的视角。米丝蒂呢，则像激光对焦一样全神贯注，对于什么事该怎么个走向，她的头脑是很清晰明了的。我会走进来说："你注意到那个呼应了吗？你看没看到你在这里已经埋下伏笔了？"而她会说："我都没意识到这个，不过我最好把它充实一下。"这样的事情真的很不可思议，我们就这样反复拉锯。合作创作最棒的一件事就是，每个人都能写书中最精彩的部分。

JW：你们合作创作是如何达到这种默契的？

莱基：我算是与生俱来的吧。

狄克森：我有一种合作共事的天赋，我把它当作是我工作的一部分。作为单枪匹马搞写作的作家，我写得还算不错，但我觉得我具有一种罕见的天赋，就是能很好地跟别人合作。我工作的一部分就是让工作过程保持愉快，确保人人都能享受这段时光。我们一起创造一些令人惊叹的东西，而那会令其他一些人与他们自己生活中的某些东西产生共鸣。她和我就能达到如此默契。每当在生活中遇到难关，我们都会竭尽全力在感情和工作上相互支持。能够跟这位女士一起工作成了一种无与伦比的特权，而我爱这样。

莱基：之所以成为出色的合作作家，部分原因是因为你在这条路上一直都要进行自我审视，因为不论一个人多么青涩，他们都可能有更好的想法会让你受益。

狄克森：要说我们是怎么一起工作的，那可得说说我们相遇的那一刻了。

莱基：当时我是荣誉作家嘉宾（在密西西比的梅里迪安），而他是荣誉画家嘉宾。我想那是我第二次当荣誉嘉宾。一点不夸张，我刚到飞机场就直接被接走了。而他已经在那辆车里了，他们带着我们去一档电视节目做访谈，那时候到处都有小型的电视台。

狄克森：就是新闻播报末尾的一个小节目。

莱基：我们到的时候，正好播报说在沼泽地有人目击UFO。这可不是我捏造的！有一群老家伙在他们钓鱼的小船上看到了UFO。

狄克森：这就是上天的预兆吧？OK。不过事情真是这样的。那时候我已经读过米丝蒂的一些作品了。我们相遇的时候，她觉我是她见过的最丑的人！

JW：你跟他说了？

莱基：后来说的。

狄克森：在那个周末要过完的时候，我们已经构思出了我们合作的第一本书。书名是《消失的羁绊》。我在那个周末给人物画了最初的速写。只要你有着画家的素养，就会有极其丰富的自我想象与代入感。你需要那种东西让你前进，因为你的手头工夫越好，你就越敏感，然后就沉迷其中不能自拔。当我遇到米丝蒂的时候，在我围着她打转的时候，我意识到自己被她深深打动了，不亚于被我自己打动的那种感觉，我遇到了这么一个人，这个世界对她的需要胜于对我的需要。

莱基：好吧，我心里只是想，他真是个极为出色的艺术家，理所当然配得上他浑身散发出的自负。他从骨子里就是一头狮鹫。

JW：合作一本书又是如何转变成相伴一生的呢？

狄克森：我们就是彼此的理想型，而且我们够幸运，通过那种方式结识对方。基本上我们就是顺其自然地发展。

JW：在你们寻找合作者的时候，你们是在寻找着什么样的对象呢？

莱基：要跟我合作的人必须认识到我具有真正的专业技能水准，他们还必须认识到我才是终审编辑。我是那个一锤定音的人，因为此时此刻他们并不具备那样的声望，而我有。我的声望可能会被他们自以为是的一些执念给毁了。

狄克森：我们可能也有自己的情感包袱，我们也有让我们心力交瘁的事情。我们也有一次又一次让我们精神崩溃的东西。二十年后，没人在乎你，因为能存留下来的只有书本身。这也就是为什么"演出必须继续"是我们人生哲学的主要成分。不论我们有多么痛苦，稿子必须产出，演出必须继续。

我意识到我们也许是夹在六十到八十个人当中，他们的收入取决于我们能拿出什么样的东西。如果你再算上各家出版商，他们可都是要用这些钱送他们的孩子上大学的。他们都要用这笔钱支付他们的抵押贷款。如果我陷入瓶颈，我的书完成得迟了，我就等于卡了他们养孩子的钱。我可不是那种混蛋，于是我咬着牙克服了它。我不断前进。这个过程中你学会的一个技能就是应对……

莱基：有合作者在身边就会产生另一个效果，每个人的自负都能有所收敛。尽管事实上来说我是主事的，可这也没什么值得自负的。这是经验问题。

狄克森：这是专业技能问题。这件事也确实很有意思，因为有时候初出茅庐的新人反而会注意到被我们忽略的事情。我以前就说过，最糟糕的莫过于每个人都说你做得好。在一个人人都说你做得好的地方，你又怎么能学习到新东西呢？我们已经见过许多例子了，要是没有人敢于对主事的人说出不同的看法，那每件事就都得别别扭扭。所以有想法出现的时候，我们喜欢有一些争论，有一些质疑。但我们不会强行加戏。我们可没那么多时间吵架。这就是仔细选择搭档的路子。

JW：跟我讲讲你们职业生涯中的巅峰时刻吧。

莱基：事实上每天都是。我用以谋生的事情正是我所热爱的。世界上可没有多少人能做到这样。所以别无所求了。我每天都在做着我想要做的事情，更想一如既往地做下去。

狄克森：说到让我激动兴奋的事情嘛，比方说，不管什么时候你遇到某个人，她给小孩取的名字正好是你写过的或是你创作的一个人物的名字，然后，等他们毕业之后你又遇到那个小孩，你会意识到，我们做这件事做了有多久了呀？

莱基：那只会让我觉得自己老了。

狄克森：就是这么一种感觉。你感悟到，我做这件事有多久了呀？我见过人们用我的画作给整条手臂文上文身，上边还要我签名。然后他们又把签名也文上了。所以我可是给人身上签过名的。还有飞机机头上的绘画，还有各种军事装备上。你会发现人们把你创作的东西跟他们的生活融为一体了，这些东西对他们十分有意义。

米丝蒂和我知道，我们从来都没有本事治疗癌症。但我们可以写一些书，帮助一些人度过他们生命中最黑暗的日子，这会帮他们战胜癌症。每个人都有可能遇到生活中的坎儿，这时候，他们特别需要什么东西拉他们一把，需要那一点点能让他们坚持下去的东西。我们收到过不少来信说，我们曾经成为让他们坚持下去的力量。

JW：大约一百年后，当人们提起你的名字，翻出你的书……

莱基：我对这种画面真是一点头绪都没有，因为如果你看看那些一百年前被当作伟大作家的人，你除了在"古登堡计划"[1]里能找到他们，恐怕在哪儿都找不到了。你再看看那些一百年前被认为是高产低质、只会靠卖字赚钱的人，例如吉卜林和狄更斯，他们才是今天教科书上的主角。所以鬼知道会发生什么。

狄克森：高产这个词很重要。

莱基：就像哈兰·埃里森有一次跟我说的，所谓高产，就是一匹十分可靠的良驹，能确保带你去往你想去的地方。

狄克森：我们也必须非常客观地看待我们自己，就像看待我们创作的作品，看待我们作品的品质。我们能做出可口的食物，干酪通心粉就做得不错，有时路过你还会喊一句："这里还有块培根！"在我们这个领域里，确实有一些顶级大厨。我们会目瞪口呆地看着他们的作品，忍不住喊："苍天啊！他们太了不起了！"我们不会自我膨胀，也不会妄自菲薄。我们明白我们能做什么。比方说，当我们说喜欢瓦尔德马系列[2]的时候，是因为它会让你有种回家的感觉。

你偶尔也会碰到一些作家，他们对待自己的作品那绝对是一本正经，但他们写的东西那绝对是无聊透顶。

莱基：不，简直都不能说是用水泥浇铸的。那是写在沙子上的。

狄克森：也可以说是那种一碰就碎的泥灰，只能说是乏味。你会遇到一些作家，他们认为自己的作品应该被严肃对待，其结果之一就是粉丝期望它应该被严肃对待。

---

1. 古登堡计划是1971年开始进行的将书籍电子化的一项计划。
2. 梅塞德斯·莱基的系列丛书。

如果你只是严肃对待某个东西，而又看不出它可笑的地方、愚蠢的地方，你也就没有真正看透这部作品。态度严肃与否并非关键。严肃地去对待才是关键，因为我们是专业人士。

莱基：用专业的态度去对待才是关键。

JW：你刚才评论说你相当于干酪通心粉，而不是什么梦幻般的精美食物。

狄克森：有时候你真的想要吃干酪通心粉。这并不意味着它是随随便便就能做好的。

莱基：你没法靠吃松露活下去。你没法靠精品巧克力活下去。我担保你没法靠牛排活下去。那会让你生病并让你送命。

我不会说我们就是干酪通心粉。我会说我们是好吃的家常菜，可能还要搭配上不少西兰花。

其实我的意思是，你意识到自己的天赋有限，并不意味着你的作品不好。虽然我们尽力了，但我们知道它和这个领域里真正的杰作比起来还有差距。我们已竭尽所能，所以可以拍着胸脯说这些作品都是货真价实的。

JW：对于别人写的科幻小说，你们有些什么期待呢？

狄克森：时间啊。我有成堆成堆自己崇拜的作家写的书，可我还从来没看过呢。

莱基：我希望能有人让我忘记自己其实是在读书。简单来说就是沉浸感。

狄克森：我最近从威廉·吉布森那儿学来一个绝妙的好词儿。这是一个完美的结束语，因为从你今天访谈的主题来看，我们还是有些影响力的。

莱基：我们在这方面资历颇深。

狄克森：他用的那个词正是我们一直在寻找的。当你发现有人写作的时候被你的作品影响了，那么到底该用哪个词来形容呢？"衍生"并不贴切，因为使用"衍生"这个词的时候总会有些隐隐的贬低感。我从威廉·吉布森那儿学来的这个词是"回声"。

莱基：他们是在回应你。虽然是你的回声，但用的是他们自己的声音。

狄克森：最初的声音碰到其他东西之后会被重新塑造，产生回声。所以不止一次了，我读到一些人的作品，或是他们寄给我的一些东西印证了这个，或是通过其他什么途径。我看得到一种影响，有时是在粉丝同人作品之类的东西里看到，有时会收到一封信，说你是我最想成为的那种艺术家。我看得到我二十年前创作的绘画作品影响了这个人以及他们的整个职业生涯。我并不能从中获什么利，但我实实在在地让那个声音产生了回音。

伙计，这事儿多棒啊。我希望这种回声永不停止，希望它能越来越响亮。然后我就能看到从那些回音里浮现出一些酷得不得了的东西，因为回声会往复不绝。我们常常畅想未来。科幻小说与生俱来就是被当作充满了希望的小说形式，因为它假设会有那么一个未来。我们确实就是未来的监护人。幻想类小说恐怕对于人们如何作为、人们为什么要如此作为，有着更为深入的联系与理解。我发现我们写的幻想类书籍往往都被那些想要勾勒出世界如何运转的人所钟爱。不要辜负他们。

唯恐黑暗降临 01
LEST DARKNESS FALL 01

[美] L. 斯普拉格·德·坎普 L. Sprague de Camp 著
华　龙 译

穿越题材开山之作，
带你经历一场罗马的趣味冒险。

　　L. 斯普拉格·德·坎普是位造诣极高的科幻作家。他创作了很多长篇小说和短篇小说，不管是科幻、奇幻小说，还是诗歌、评论、历史，但凡你能想得到的文类，他都有所涉猎。1966 年，德·坎普受邀担任世界科幻大会的荣誉嘉宾；1979 年，他成为有史以来第四位获得星云奖大师奖的作家；1984 年，他获得了世界奇幻终身成就奖；1996 年，他被授予侧面或然历史奖*特别成就奖；1997 年，他凭借自传《时间与机遇》摘得雨果奖非虚构类作品奖。德·坎普的写作生涯跨越六十余年，独自或者与他人合作创作了一百余本著作，包括与林·卡特共同编辑、整理、续写的罗伯特·E.霍华德的《野蛮人柯南》系列。

　　从本辑开始，我们将为大家连载德·坎普的长篇小说《唯恐黑暗降临》。这部作品首发于 1939 年，当时只是一个短篇小说，扩写后的完整版本于 1941 年出版，是举世公认的或然历史类型开山作之一，对这一类型的发展产生了深远的影响。

* Sidewise Award for Alternate History,侧面或然历史奖,简称"侧面奖",是一个专门针对或然历史类型小说的幻想小说奖项,始于 1995 年。下设长篇小说奖、中短篇小说奖和特别奖。特别奖迄今只颁发过三次,第一次就是以"终生成就奖"的形式颁给了德·坎普。

第一章

　　唐克莱迪又一次松开了方向盘，双手在空中舞动起来，"……所以我挺嫉妒你的，帕德维博士。在这里，罗马，我们仍有工作要做。可是，啊呸！那都是些勾边儿填缝的活儿，没有要紧事儿，没有新发现。再说这修复工作，简直就是建筑承包商的活儿。我呸！"

　　"唐克莱迪教授，"马丁·帕德维耐心地回应道，"正如我所说，我不是博士。我倒是希望能很快成为博士，如果能利用此次黎巴嫩的挖掘工作写出一篇论文来……"帕德维可谓是那种最谨小慎微的司机了，此时此刻，他正用力抓住这辆菲亚特小轿车的门边扶手稳住身子，手指节都发白了，右脚使劲蹬着车厢底板，脚下已然开始隐隐作痛。

　　突然，唐克莱迪抓住方向盘及时躲开了一辆超豪华伊索塔轿车，两车在毫厘间擦身而过。那辆伊索塔自顾自地继续前进，车里的人准在破口大骂了。"噢，那有什么不同呢？这里每个人都是博士，不管事实如何，其实也就那么回事儿，我想你懂我的意思。像你这么聪明的年轻人……我之前在说什么来着？"

　　"看你要重提哪个话头了。"就在一位行人侥幸脱离生命危险的时候，帕德维闭上了眼睛，"你说了伊特鲁里亚[1]碑文，然后又讲了时间的本质，还有罗马考古……"

　　"啊，没错，时间的本质。这只是我的一个愚蠢的想法，你懂的。我说了所有那些失踪的人，他们其实是滑进了树里。"

　　"什么？"

　　"我是说树干。时间之树的树干。当他们停止滑动的时候，就回到了某

---

1. 古意大利城邦国家。

个以前的时间点。不过,等他们做出什么事情来,就会改变之后所有的历史。"

"听上去像个悖论。"帕德维评论道。

"噢,不,树干一直存在,但是在他们停下的地方,会冒出一条新的枝杈。必须那样,否则我们全都会消失,因为历史会改变,而我们的父母可能从未相遇。"

"有道理。"帕德维说道,"知道太阳可能会变成新星就够糟的了,但如果我们还有可能消失,就是因为有人回到十二世纪搞了一些事情……"

"不,那种事从未发生过。我们从未消失,对吧?懂了吗,博士?我们继续存在着,不过另一种历史已经开始了。也许有许许多多这样的情况,全都存在于某些地方,也许就跟我们所处的历史没什么区别;也许那人落在了大海中间。然后呢?鱼把他吃了,事情还是像以前一样继续下去;也许当地人认为他是个疯子,把他关起来或是杀了。于是,还是没什么变化。不过,假设他变成一位国王或是领袖了呢?然后会怎么样?

"说变就变,我们有了新的历史!历史是一张四维大网,一张结实的网。不过,它也有弱点,就在结合点的位置——有人把它叫作会聚点——很脆弱。如果确实能在时间里往回滑落,那就会是在这些位置上。"

帕德维问道:"你说的会聚点是什么意思?这词儿听着就像是多音节的废话。"

"噢,就是像罗马这样的地方,许多世界著名的事件都在此交叠。还有伊斯坦布尔,或者巴比伦。你记得吗?那个考古学家,斯科泽图斯基,1936年他在巴比伦失踪了。"

"我想他是被阿拉伯盗匪杀害了。"

"可他们从未找到他的尸体!现在,罗马可能很快又会成为重大事件的交叠点。那就意味着,这张网在这里正再次变得脆弱起来。"

"希望他们别炸了广场。"帕德维说道。

"哦,不会是那个样子的。不会有更大的战争,每个人都知道那太危险了。不过,咱们还是别谈政治了。至于这张网嘛,就像我说的,很结实。如果一个人滑落回去,那得费很大力气才会对它造成干扰,就跟苍蝇落进满是蛛网的屋子里一个道理。"

"有意思的想法。"帕德维应道。

"难道不是吗?"唐克莱迪转头冲他一咧嘴,然后猛地踩下刹车。只见这个意大利人身子探出车窗，冲着行人破口大骂起来。

随后，他又转过头冲帕德维说道："明晚来我家吃顿饭好吗？"

"噢……什么？这……当然好了，我很乐意。我下周就要搭船……"

"我知道，我知道。我会给你看看我的一些运算结果。能量肯定会被保存下来，甚至在改变一个人的时间时也不例外。不过，这些事儿可别告诉我的同事。你懂的。"这个肤色蜡黄的小个子男人双手松开方向盘，两根食指对着帕德维左右晃了晃，"这是个无害的癖好。但我的专业声望绝不能因此受损。"

"哎呀！"帕德维忽然大叫起来。

唐克莱迪全身的重量猛地压在刹车上，将车嘎吱一声刹在了一辆卡车后边，正好就在麦尔大街和阿拉克里广场的交界处。"我要说什么来着？"他问道。

帕德维回答："无害的癖好。"他感觉应该把唐克莱迪教授的驾驶行为列在自己那份有害行为明细上，但这家伙对他还是蛮客气的。

"啊，是的。一有事情，免不了闲言碎语。考古学家嘴碎得要命，比大多数人都厉害。你结婚了吗？"

"什么？"帕德维本以为自己已经适应了这家伙的说话方式，但其实并没有，"怎么……结了啊。"

"太棒了。那带上你妻子一起啰。你们会见识到真正的意大利美食，可绝不是意大利面加肉丸能比得了的。"

"她回芝加哥了。"帕德维感觉自己没必要坦白跟妻子已经分居一年多了。

现在他能想通了，这并不全是贝蒂的错。对于拥有她那样背景和品位的人来说，他这种人简直不可理喻：作为一个大男人，跳舞很差劲，不愿打桥牌，所谓的娱乐无非就是召集几个同类，整晚谈论资本主义的未来或者牛蛙的爱情生活之类无聊又乏味的话题。一开始，贝蒂听说能去许多地方旅行，难免激动万分，但是在尝试过帐篷生活，并看着丈夫面对陶片上的铭文喃喃自语后，她便彻底没了兴致。

而且帕德维貌不惊人——超大号的鼻子和耳朵，再加上不够潇洒的言谈举止，就更显得矮人一头了。上大学时，大家都叫他"耗子帕德维"。哦，好吧，无论如何，常年做野外勘察工作的人结婚就是犯傻。看看他们的离婚率就知道了——就是人类学家、考古学家，以及那些……

"你能否载我到万神庙下车？"他问道，"我还从没近距离欣赏过它呢，而且那儿离我住的酒店也就几个路口。"

"没问题，博士，但我担心你会淋湿的。看起来要下雨了，是吗？"

"没关系。这件衣服是防水的。"

唐克莱迪耸了耸肩。他们在维托里奥·埃马努埃莱大街猛地一顿，尖啸着转弯上了切斯塔利街。帕德维在万神庙广场下了车，唐克莱迪驾车离去，挥舞着双臂高喊道："明晚八点，不见不散，说定了！"

帕德维细细打量着这座建筑，足足看了好几分钟。他一直觉得这座建筑太丑陋了，砖砌的圆形建筑前面嵌着古希腊式立柱。当然了，要把那混凝土构造的宏伟穹顶竖立起来，也是要费尽心思去设计、施工的。就在此时，一个穿着军装的人骑着一辆摩托疾驰而来，帕德维赶紧往旁边一蹦，担心被地上的积水溅到。

他走向柱廊，这里到处都是闲庭信步的游客。意大利有一件事是他挺中意的——相对而言，他在这里算是身材高大的了。突然，身后传来隆隆的雷声，雨点霎时落在他的手上。帕德维迈开大步，就算这件风衣是防水的，他也不想让那顶新买的价格不菲的名牌礼帽被淋湿。他很喜欢那顶帽子。

他如飞的思绪被一声震天动地的霹雳打断，闪电正好打在他右边的广场上，脚下的人行道轰然一声塌落下去，就像地面开了一扇翻板门。

他的双脚登时悬空，眼前什么也看不见了，视网膜上只留下一片紫红色的残影，头顶的雷声一阵响过一阵。

这感觉是最令人不安的，上下左右哪儿都挨不着任何东西，也没有坠入井里时的那种上升气流。他觉着这一定就跟爱丽丝从容不迫地落入兔子洞时的感觉差不多，只是这种感觉让他心里没底，不知道会发生什么。他甚至都想象不出这事儿发生得有多快。

然后，有什么硬邦邦的东西撞到了他的鞋底。他差点摔倒，那冲击力就像是从半米高的地方落下。他往旁边一个趔趄，小腿撞到了什么东西，不由得大叫一声。

片刻后，他的视线逐渐清晰起来了。他正站在塌方造成的坑洞里，脚下就是塌落下来的一大块圆形路面。

此刻大雨瓢泼。他从坑里爬出来跑到了万神庙的柱廊下。天色很黑,建筑里的灯本应亮起来了,可到处都没有灯光。

帕德维看到了一些奇怪的东西:这座圆形建筑的红砖墙上贴着一层大理石板。他心想:那正是唐克莱迪抱怨过的修复工作之一。

帕德维的双眼随意扫过近旁的一些游人。他们转瞬之间已经变了模样,有个男人,穿的不是外套和长裤,而是一件脏乎乎的白色羊毛束腰短袍。

太古怪了。但如果那男人就是喜欢这身打扮,那也不关帕德维的事儿。

昏暗的天色微微亮了起来。帕德维的目光开始扫过眼前的每一个人,他们都穿着束腰短袍。那些在柱廊下避雨的人也穿着束腰短袍,有些还披着雨披一样的斗篷。

其中几个人盯着帕德维,但他们似乎并不怎么惊讶。几分钟后,雨势渐缓,他们仍在互相打量。帕德维心中渐渐生出一丝恐惧。

束腰短袍倒没怎么吓到他,顶多算是眼前一个不协调的现象,应该有办法进行解释,哪怕有点玄妙晦涩,却也应是合情合理的。可是周围他的目光所及之处,这类现象比比皆是,让他应接不暇。帕德维没法儿就这样一下子全都消化掉。

混凝土走道已经变成了岩板路。

广场周围还有不少建筑,可它们全都变了样。帕德维扫过那些低矮的建筑,却发现参议院和交通部都不见了——那可是两栋相当惹眼的建筑呢。

四周的声音也不一样了。他没有听见出租车的喇叭声。街道上一辆出租车也没有。相反,两辆牛车正吱吱呀呀地在密涅瓦街上缓缓前进。帕德维抽了抽鼻子。现代罗马空气中充斥的大蒜和汽油味儿已杳然无踪,取而代之的是以马匹气味为主调的乡村气息。另外,还有焚香的气味从万神庙的门里飘出来。

此时,太阳从云层间探了出来。帕德维走到阳光下。没错,柱廊上仍然刻着其建造者 M. 阿格里帕的大名。

帕德维环顾一圈,确定没有人盯着自己,于是走到一根柱子前,狠狠砸了一拳。确实很疼。

"天呐!"帕德维说着,看了看自己青紫的指节。

他心想,我可不是睡着了。这一切都很真实,不会是梦,午后的阳光和广场上那些邋里邋遢的人都不是自己想象出来的。

可如果他没有睡着,那又是怎么回事呢?可能是他疯了⋯⋯不过,如果真是这样,他应该就不会如此理智地提出这一假设了。

对了,还有唐克莱迪那个在时间中往回滑落的理论。他是不是滑落了?或者,发生了什么事让他想象自己滑落了?时间旅行的概念对帕德维并不具有吸引力,听起来挺玄的,而他是个坚定的经验主义者。

还有可能是他患上了健忘症。假设闪电击中了他,让他的记忆回到了某一时间段;然后又有什么东西将某些记忆释放出来——就在他被闪电击中和来到这个翻版的古罗马之间,他的记忆出现了裂痕。在此期间,可能发生了各种各样的事情。他可能闯进了电影片场,或者是因为墨索里尼[1],他长久以来都暗自深信自己是尤利乌斯·恺撒转世,所以可能是他决定让臣民都穿上经典的罗马服饰。

这似乎颇有说服力。然而,事实却让这一推论不攻自破,他依旧穿着遭遇闪电之前的衣服,口袋里也还装着同样的东西。

他听了听几位游客的对话。不客气地说,帕德维的意大利语说得很好,但他却不太能搞明白那些人在说什么。在跳跃的音节之间,他常常能捕捉到一系列熟悉的发音组合,但每次听到的又不能完全理解。他们的发音对于英语国家的人来说,很容易让人觉得是在假装很懂低地德语。

他联想到了拉丁语。于是,这些游客的口语就立刻变得更加熟悉了。他们说的并不是经典的拉丁语。不过,帕德维发现如果从他们的话里抽出一句来,先与意大利语做比对,再跟拉丁语对照一番,他就能明白个八九不离十了。

他判断这些人讲的是通俗拉丁语的一种后期形式,更像是西塞罗到但丁[2]时期之间的语言。他还从未尝试过讲这种混合语。不过,凭借挖掘记忆中有关发音变化的知识,他倒是能试着听听看:Omnia Gallia e devisa en parte trei, quaro una encolont Belge, alia⋯⋯

那两名游客早就注意到他在旁边偷听。他们皱着眉,压低了声音,渐渐走开了。

不,虽说自己患上精神错乱的假设是有些不着边际,但总比"在时间

---

1. 时任意大利独裁统治者。
2. 西塞罗(公元前 106—公元前 43),古罗马政治家、演说家、哲学家;但丁(1265—1321),意大利文艺复兴时期诗人,现代意大利语奠基人。

中滑落"的说法靠谱些吧。

如果他正处于幻想之中,那他是不是真的站在万神庙前面,幻想着那些人的穿衣风格、言谈举止都是公元三百年到九百年的样子?抑或是他因遭受雷击,正躺在病床上等待康复,从而产生了站在万神庙前的幻觉?若是前一种情况,那他应该找个警察带自己去医院;若是后一种情况,那这么做就多余了。安全起见,最好还是假定前一种情况吧。

毫无疑问,这些人中间应该真能找到头戴锃亮帽子的警察。但究竟什么是"真"?还是让伯特兰·罗素和阿尔弗雷德·科尔泽布斯基[1]来操这份儿心吧。话说回来,该怎么找到……

帕德维注意到有个乞丐已经冲着自己嚷嚷了好一会儿,但他装聋作哑的本领无可挑剔,于是,那个有点驼背的乞丐悻悻地走开了。此时,又有人冲他开口了。那人左手捧着一串珠链,上面挂着一枚十字架,在手心里聚成一小堆。他右手拇指和食指之间捏着珠串的扣环,然后抬高右手让整串珠链垂挂下来,搭在左手上,随后又往上一提,嘴里一直念叨个不停。

不管这到底是在哪个年代,或者发生了什么事情,那人的动作都让帕德维确信自己仍然在意大利。

帕德维用意大利语问道:"能不能告诉我,在哪儿能找到警察?"

那人停止了游说,耸了耸肩,然后答道:"我不明白。"

他正要走,帕德维连忙喊道:"嗨!"让那人停了下来。帕德维聚精会神地把自己想说的话翻译成了通俗拉丁语,希望自己没说错。

那人想了想,然后说他不知道。

帕德维准备去别处问问,但那位珠串小贩朝另一位商贩喊道:"马尔科!这位绅士要找警察探子。"

"这位绅士真有勇气。他也真够疯的。"马尔科答道。

卖珠串的小贩大笑起来,还有几个人也笑了起来。帕德维跟着咧嘴一笑;就算这些人帮不上什么忙,但好歹还是人类同胞。他又说道:"求求你们,我……真的……很想……知道。"

第二位商贩的脖子上挂着货盘,上面装着满满当当的黄铜饰物。他耸了耸肩,脱口说了一大段话,帕德维的思维根本就跟不上。

---

[1]. 分别为英国哲学家和波兰裔美国哲学家。

帕德维放慢语速问那名珠串小贩："他说了什么？"

"他说他不知道。"珠串小贩答道，"我也不知道。"

帕德维正要迈步走开，但珠串小贩在他身后叫道："先生。"

"怎么了？"

"你是不是想找地方行政长官的探子？"

"是的。"

"马尔科，这位绅士到哪里能找到地方行政长官的探子？"

"我不知道。"马尔科答道。

珠串小贩耸肩道："抱歉，我也不知道。"

如果这是二十世纪的罗马，要找警察简直易如反掌。而且就算是墨索里尼也不可能让整座城市都变了语言。所以，他必定是处于下面几种情况之一：1. 在电影片场里；2. 在古罗马（根据唐克莱迪的假说）；或者 3. 在自己幻想里。

他开始信步而行。谈话太费劲了。

没过多久，身处电影片场的希望就破灭了，他发现这座所谓的古城往各个方向都延伸出去数千米，而且街道规划也与现代罗马极为不同。帕德维发现口袋里的那张小地图什么用场都派不上。

商铺招牌上写的经典拉丁语还算好懂，拼写方式就是恺撒时期的，但不知道发音是否一样。

街道很窄，但大多不算拥挤。整座城市透着一股慵懒、浮华、颓败的气质，就像美国费城那样。

在一个相对繁忙的路口，帕德维看到有人正骑着马指挥交通，他抬起手让一辆牛车停下，又示意一顶轿子通行。那人穿着一身花哨的条纹衫，裤子是皮革的，看上去更像是中北欧人，而不像意大利人。

帕德维倚墙而立，侧耳静听。人们讲话都太快了，他没法儿跟上。那感觉就像是鱼饵被吃光了，鱼却从不咬钩。帕德维努力集中精神，强迫自己用拉丁语思考。他对主格、宾格、所有格与单数、复数都不进行严格区分，只让自己集中于简单的句型，然后词汇就不是什么大问题了。

几个小男孩好奇地盯着他。但他一转过去看他们，男孩们便叽叽咕咕地笑着跑开了。

帕德维不由想起美国政府实施的移民城市复原计划[1],就像威廉斯堡那样的。但眼前的景象看起来如此真实。没有哪个复原项目还包括复原所有的垃圾、疾病、侮辱和争吵的,帕德维走了一个小时,时不时就能听到或看到这类东西。

那么就只剩下两种假设了：精神错乱或时间滑落。目前看来,精神错乱的可能性不大,否则他就会认为眼前的一切本该如此。

他不能没完没了地站在那里,必须得问些问题,让自己拿准方向。这个念头让帕德维起了一身的鸡皮疙瘩。他最怕跟陌生人搭话了。他试着张了两次嘴,但话到嘴边,又害怕地咽了回去。

来吧,帕德维,加把劲儿。"请原谅,打扰一下,能不能告诉我今天是什么日子？"

那个人一脸和善,胳膊下面夹着一条面包,他停下脚步,看上去一脸茫然,"什么？"

"我是说,能不能告诉我今天是什么日子？"

那人皱起了眉,是不高兴了吗？不过,他只是说道："我不明白。"帕德维又问了一遍,说得很慢很慢。但那人还是说他听不懂。

接着,帕德维摸出了他的日程簿和铅笔,在一页纸上写下他想知道的,然后举了起来。

那人盯着看了半天,嘴唇动了动,脸色渐渐明朗起来,说道："噢,你想知道今天是什么日子？"

"对,日子。"

那人冲他叽里呱啦地说了一通,不知说的是哪个穷乡僻壤的方言。帕德维双手挥舞着,大叫起来："请慢点儿！"

那人又从头说了一遍："我是说,我明白你的意思了,我认为应该是十月九日,但又不能确定,因为我记不清母亲的婚礼纪念日是在三天前还是四天前了。"

"那这是什么年份呢？"

"什么年份？"

---

1. 自1926年起,美国政府开始修复和重建18世纪的威廉斯堡。重修后的威廉斯堡完整保存和重现了18世纪英国殖民地时期的城镇风貌。

"对，今年是什么年份？"

"罗马建城 1288 年。"

这回轮到帕德维糊涂了，"拜托，那按照基督纪元[1]来算呢？"

"你是说，基督出生后多少年？"

"是的……没错。"

"唔，这个吗……我不知道。五百来年吧。最好去问牧师，外乡人。"

"我会的。"帕德维回答，"谢谢您。"

"没什么。"那人说完，便去忙自己的事情了。尽管那人并没有揍帕德维，还尽可能礼貌地回答了他的问题，但帕德维还是觉得双膝发软。他也算是一个性情平和的人，但似乎却没能来到一个和平的年代。

他该怎么办呢？好吧，在这种情况下，理智的人会怎么做？他得先找个地方睡一觉，然后想办法活下去。当他意识到自己居然这么快就接受了唐克莱迪的理论，多多少少还是有些吃惊。

他信步走到一条小巷里，躲开别人的视线，开始在口袋里翻找起来。那卷意大利钞票顶多能买个五分钱的捕鼠器，而且还是坏了的。不，连那都不值，坏了的捕鼠器至少还能修修接着用呢。口袋里还有一本美国通运公司的旅行支票，一张罗马街车的转车票，一本伊利诺伊州的驾照，一个挂满了钥匙的皮夹子——都是没什么用的东西。他的钢笔、铅笔、打火机倒是挺有用，但也仅限于墨水、铅芯、打火机油用完为止。他的小刀和手表无疑价值连城，不过，他想尽可能地物尽其用。

他数了数那一小把零钱，也就二十枚硬币，包括四枚十里拉[2]的银币。总共加起来是四十九里拉八意分，大约相当于五美元。银币和铜币应该可以进行兑换。至于五十意分和二十意分面值的镍币么，那得随机应变了。帕德维收好东西继续出发。

他在一家商号跟前停下脚步，招牌上写着"S. 登泰图斯，金匠兼钱币兑换"。他深吸一口气，走了进去。

这位 S. 登泰图斯长着一张青蛙脸。帕德维掏出零钱说道："我……我想把这些换成本地的钱，拜托。"跟之前一样，他不得不再三重复着句子，好

---

1. 即公元纪年。
2. 1 里拉 =100 意分。小说创作于 1939 年，故事背景也大致是在这个时期，此时 10 里拉大约折合 1 美元。

让对方听懂。

S. 登泰图斯眨巴眼睛看着硬币。他一枚枚捏起来，用一把尖尖的工具刮了刮。"这些东西……你……是从哪儿来的？"他粗声问道。

"美国。"

"从没听说过。"

"那地方很远。"

"嗯……这些是用什么做的？锡？"商人指着那四枚镍币。

"是镍。"

"那是什么？你们国家某种奇特的金属？"

"正是。"

"值多少钱？"

帕德维想了想，打算开出个异想天开的高价。他正给自己鼓着劲儿，却被 S. 登泰图斯打断了思绪：

"没关系，因为我不打算碰这玩意儿。这东西没市场。不过其他这些么……我看看……"他取出天平称了称铜币，然后又称了称银币。接着，他在一个小小的青铜算盘上扒拉起沟槽里的算珠，然后说道："它们正好差一点能值一枚金币，但还是给你一枚金币好了。"

帕德维没有立即回答。他知道自己最后还是不得不接受，因为他不喜欢讨价还价，而且也不知道现时钱币的价格。不过，为了争个脸面，他必须得摆出一副认真考虑的样子。

此时，一个人走到柜台前站在他身边。那是一个身形壮硕、面色红润的男人，留着招摇的褐色小胡子，头发稍有些长，或者说是留着齐耳短发。他穿着亚麻衬衫和长皮裤，冲着帕德维咧嘴一笑，张嘴就说道："Ho, frijond, habais faurthei! Alai skalljans sind waidedjans."

哦，天呐，是另一种语言！帕德维答道："我……很抱歉，可我听不懂。"

那人脸色微微一沉，随后用拉丁语说道："抱歉，我以为你是从克森尼索[1]来的，看衣服感觉是。眼看一个哥特同胞的钱被骗，我可不能袖手旁观呢，哈哈。"

这个哥特人突然爆发出爽朗的大笑，把帕德维吓了一跳。他希望没人

---

1. 位于乌克兰克里米亚半岛的古城。

245

注意到自己的窘态,"我很感激。这些东西价值多少呢?"

"他给你开的什么价?"帕德维告诉了他。"好吧,"那人说道,"就连我都能看出你被诈了。登泰图斯,你给他开个公道的价钱,否则我就让你把自己的货全都吃了。那一定很有意思,哈哈。"

S.登泰图斯无奈地叹了口气,"噢,好吧,这些能值一个半金币。我可怎么活啊,你们这些家伙,总是干涉正经的生意。按照如今的兑换率,你可以换一枚金币和三十一枚银币。"

"兑换率是怎么回事儿?"帕德维问道。

哥特人回答:"金银兑换率。金子在过去几个月跌了。"

帕德维说道:"那我想把它全换成银币。"

登泰图斯一脸苦相地数出九十三枚银币,哥特人趁机问帕德维:"你是从哪儿来的?匈奴的什么地方吗?"

"不,"帕德维回答,"那地方可要远得多,叫作美国。你从没听说过吧?"

"没有,不过似乎挺有意思的。很高兴能遇见你,年轻人,让我有新鲜事能跟妻子分享了。她以为我每次到城里来,都是迫不及待地去逛窑子,哈哈哈!"他在手袋里摸索了一番,掏出一枚巨大的金戒指和一颗未经雕琢的宝石,"登泰图斯,这东西又掉下来了。把它修好,行吗?注意,别调包。"

他们走出去的时候,哥特人压低嗓音告诉帕德维:"我之所以很高兴来城里,是因为有人对我的房子下了咒。"

"下咒?什么样的咒?"

哥特人郁闷地点了点头,"让我呼吸困难的诅咒。我在家的时候无法呼吸,就像这样……"他像哮喘犯了似的喘了几口气,"不过,一等我离开家门,就一点事儿都没了。我想我知道是谁干的。"

"谁?"

"去年,我回绝了两笔打算赎回的抵押契约。对于之前的财产所有者,我虽然找不到证据,不过嘛……"他冲着帕德维意味深长地眨了眨眼。

"跟我说说,"帕德维问道,"你房子里有什么动物吗?"

"两只狗。当然了,还有牲口,但不会让它们进屋的。不过,昨天有只山羊跑了进去,还叼走了我的一只鞋,害我不得不跑遍那该死的农场去追它。我当时一定很好笑,哈哈哈!"

"这个嘛,"帕德维说道,"试试让狗一直待在外面,屋子每天都进行彻底的清扫。这么做也许能让你的……嗯……气喘病不再犯。"

"哦,有意思。你真觉得能管用吗?"

"不知道。有些人确实会因为狗毛而呼吸困难。试两个月看看呗。"

"我还是觉得这是诅咒,年轻人。不过,我会试试你的办法。我已经试过各种方法了,不管是请希腊医生,还是用圣人的牙齿辟邪,都没一个管用的。"他稍微一顿,"如果你不介意,能说说在你们那儿你是做什么的吗?"

帕德维思索片刻,想起自己在伊利诺伊州南部有几亩地,于是说道:"我有一座农场。"

"很好!"哥特人高喊道,用力在帕德维后背拍了几下,"我有一个与人为乐的灵魂,但却不想与那些地位远高于我或是远低于我的人混在一起,哈哈哈!我叫内维塔,谷芒德之子。如果你有机会路过弗莱米尼亚路,来我家坐坐。我住在北边,离这儿五罗里[1]远。"

"谢谢。我叫马丁·帕德维。在哪里租房子比较让人放心?"

"看情况啦。如果不想花太多钱,就沿河去下游找个地方。往维秘纳尔山那边走,有不少寄宿屋。说起来我现在也没什么事儿,帮你找找看好了。"他吹了声响亮的口哨,然后喊道:"赫尔曼,快过来!"

赫尔曼一身穿着打扮跟他的主人差不多,从路边起身一路小跑而来,手里还牵着两匹马。他跑步的时候,皮裤发出独特的噗噗声。

内维塔快步在前面走着,赫尔曼牵着马跟在后面。随后,内维塔问道:"你说你叫什么来着?"

"马丁·帕德维——叫我马蒂内斯也行。"帕德维入乡随俗,按照当地口音把自己的名字又念了一遍。

帕德维不想利用内维塔的好心,但希望能尽可能获得最有用的信息。他想了想,然后问道:"你能不能告诉我几个罗马人的名字?律师、医生之类的,我在需要的时候好去找他们。"

"这是当然。如果你要找律师,特别是关乎外国人事务的,瓦勒利乌斯·穆米乌斯值得信赖。他的办公室就紧挨着艾米利安大教堂。要是找医生么,那就是我的朋友里奥·威考斯了。他是个不错的希腊小伙儿。不过在我看来,他们研制的草药和饮料跟圣徒的遗骸圣物一样没什么用处。"

---

[1] 罗里,即罗马里,古罗马长度单位,1罗里约合1.5公里。

"这倒不假。"帕德维说着，把那些名字都记在了自己的日程簿上，"那银行家呢？"

"我跟他们没什么交情，我讨厌欠债的感觉。不过，要是你想要个名字，那就是叙利亚人索玛苏斯了，他就在艾米利安大桥附近。要是跟他打交道，可得把眼睛放亮点儿。"

"怎么？他不老实吗？"

"索玛苏斯？他的确是个老实人。但你就是得盯着点儿，就那么回事儿。这里么，倒是个你能待的地儿。"内维塔捶了几下门，一位邋遢的房东把门开了一道缝。

这家伙有间房子，没错。很小，光线昏暗，还飘着一股臭味儿。不过，整个罗马都是如此。房东想要一天七枚银币的租金。

"给他一半就行。"内维塔冲帕德维低声说道，但有意让对方也听到。

帕德维依言行事，这般砍价让房东十分不满，就连帕德维自己都觉得有点尴尬了。结果，他以五枚银币的价钱租了这间房。

内维塔将帕德维的手抓在他那双红润的大手里使劲握了握，"别忘了，马蒂内斯，抽空来看看我。听到有人说拉丁语的口音比我的还差，总是让我很高兴的，哈哈哈！"随后，他和赫尔曼跨上坐骑疾驰而去。

帕德维真不想看着他们离开。不过，内维塔有自己的事情要忙。帕德维目送那粗壮的身影转过街角，然后走进自己那间阴暗破败的寄宿板房。

第二章

帕德维一大早就醒了过来，嘴里带着股令人不快的味道，肚子里就像有蝗虫在翻江倒海。也许是因为昨天那顿晚餐——吃着倒是不赖，但口味很陌生——基本上就是用韭葱焖煮出来的。帕德维的双手在餐桌上四处划拉时，店主肯定大感不解，其实他是在无意识地去摸吃饭用的刀叉，可惜，桌上并没有这些家什。

头一次睡麦秸铺的床垫，谁都睡不好。可就这条件也要让他每天多花一枚银币。帕德维的身上瘙痒不止，他不停地伸手往内衣里抓挠，肚子上那排小红疙瘩清楚表明：他并不是独自睡在这张床上。

起床之后，他用头天晚上买的肥皂洗漱了一番。让他颇感惊喜的是，肥皂已经发明出来了。这肥皂有点儿像是陈年的南瓜饼，但当他掰下一小块来，却发现里头软黏黏的，里面的碱性苏打根本没有反应完全。更糟糕的是，这肥皂的碱性也太大了，他本想好好洗洗手和脸，却感觉就像是用砂纸在打磨一样。

后来，他想用橄榄油和一把六世纪的剃刀来刮刮脸，可这个过程也十分痛苦。于是他开始琢磨，是不是应该任其自然生长？

他知道自己手头很紧，这些钱撑不过一个星期——要是省着点儿，也许能多撑几天。

如果一个人预先知道自己会被卷回到过去，那他好歹还能为自己准备一切必备的零七八碎，比如百科全书、冶金学资料、数学手册、医药用品、计算尺等等。还要有一支手枪，且弹药充足。

不过，帕德维没有枪，也没有百科全书，除了一个普普通通的二十世纪男人日常装在衣服口袋里的东西，他一无所有。哦，倒是比那要多点儿，因为他当时正在旅行，有些东西还是准备了的，比如旅行支票、一张二十

249

世纪罗马的街道地图，还有一本护照。

而且他还有一肚子学问。这对他太有用了。

问题在于，要找到什么路子让自己怀揣的二十世纪学问派上用场，既能让他有个生活的倚靠，还得避免惹上什么麻烦。比方说，不能动手去造一辆汽车。那得花费好几辈子时间去搜集所需的原材料，还要花更多的时间去搞清楚具体如何操作、怎么让它们成型，更别说如何解决燃料问题呢。

空气暖暖的，他本想把帽子和马甲留在屋里，但那扇门上的锁出奇地简陋，配套的青铜钥匙大得堪比市长颁发给荣誉市民的纪念品了。帕德维很确定，自己用小刀就能把锁拨开，所以他还是浑身上下穿戴整齐。他又去了之前用餐的那家餐馆吃早饭。柜台上挂着一张告示："勿谈宗教。"帕德维向店主询问叙利亚人索玛苏斯的地址。

店主回答："你顺着长街一直走，走到君士坦丁凯旋门，然后顺着新街一直到朱利安大教堂，再往左转去托斯卡纳大街，然后再……"

帕德维让他反复说了两遍，可即便如此，也花了大半个早晨去寻找目的地。他一路步行，经过了大广场，那里到处都是神庙，可许多柱子都已被挪去他处——被五个大的以及三十来个小的教堂据为己用，这些教堂就散布在城市各处。所以，这里的神庙看上去惨不忍睹，就像贵气的门童被扒掉了裤子。

这时候，乌尔比安图书馆[1]映入眼帘，帕德维激动不已，不由得想抛开手头的事情扎进图书馆里。他很享受沉溺于图书馆的感觉，而且自己一点都不喜欢在陌生的地方跟一位陌生的银行家讨论莫名其妙的问题。事实上，一想到这些事儿，他就会莫名感到害怕。不过，每当他紧张到几乎要崩溃时，反而会产生巨大的勇气。于是，他闷闷不乐地继续往台伯河走去。

索玛苏斯住在一栋破陋的两层建筑里。门前有个黑人——自然是奴隶了——他将帕德维引进客厅。不多时，银行家就现身了。索玛苏斯大腹便便，是个秃顶，左眼患有白内障。他把破旧的长袍紧紧裹在身上，坐下后说道："什么事，年轻人？"

"我……"帕德维咽了咽口水，重新开口道："我有兴趣办一笔贷款。"

---

1. 古罗马最著名的图书馆之一。

"多少？"

"我还没想好。我想开始做门生意，但得先调查一下价格和行情。"

"你想开办一桩新的买卖？在罗马？嗯……"索玛苏斯双手搓了搓，"你拿什么做担保呢？"

"什么都没有。"

"什么？"

"我是说，什么都没有。恐怕你得在我身上押一笔了。"

"但是……但是，我亲爱的先生，你在城里有没有什么认识的人？"

"我认识一位哥特农夫，叫内维塔，谷芒德之子。是他介绍我来此处的。"

"噢，好的，内维塔。我跟他多少打过些交道。他会帮你签借据吗？"

帕德维想了想。尽管内维塔为人豪爽，可留给他的印象嘛，如果涉及钱，那手也是相当紧的。"不，"他说道，"我想他不会签字的。"

索玛苏斯双眼一翻，"上帝啊，你听到了吗？这人跑到这儿来，这么一个野人，几乎不懂拉丁语，直截了当地说他没有抵押物，也没有担保人，还想让我借钱给他！你听说过这种事儿吗？"

"我认为能改变您的想法。"帕德维说道。

索玛苏斯摇着头直咂舌头，"你非常有自信，年轻人，这我承认。你说你叫什么名字来着？"帕德维就按告诉内维塔的那样告诉了他。"好吧，你的计划是怎样的？"

帕德维回答道："正如您直言的那样，"他希望清晰地展现出自己的尊严与热诚，"我是个外国人，刚刚从一个名叫美国的地方来到此地。那可是一段遥远的路途，自然了，风俗习惯也与罗马大相径庭。所以，如果您能资助我生产一些我们那儿的特产，本地从未听说过的商品……"

"天呐！"索玛苏斯高举双手大喊起来，"上帝呀，你听到了吗？他不想让我资助他做一些广为人知的买卖。噢，不。他想让我另辟蹊径，弄某种从未有人听说过的新鲜玩意儿！我可没法儿考虑这种事情，马蒂内斯。你到底在想什么？"

"好吧，我们有种饮品是用葡萄酒酿造出来的，叫白兰地，那东西应该很好卖。"

"不，我不会考虑的。尽管我承认罗马十分需要生产制造业。当首都搬迁到拉韦纳之后，来自皇室的收益就全都没了，这也是为什么上世纪人口会大规模缩减。这座城市地理位置太差，根本成不了气候。不过，这事儿你跟谁说都没用。狄奥达哈德国王只知道没日没夜地写他的拉丁诗歌。诗歌啊！但是不行，年轻人，我不能把钱投给一个疯狂的计划，去制造某种野蛮人喝的古怪饮料。"

六世纪的历史渐渐在帕德维心中浮现出来。他问道："说起狄奥达哈德，阿玛拉逊莎女王是否已经遇害？"

"怎么？"索玛苏斯用他那只健全的右眼锐利地盯着帕德维，"没错，她遇害了。"这意味着查士丁尼，就是君士坦丁堡的"罗马帝国皇帝"，很快就要为帝国的利益展开那场收复意大利的战争了，那会是一场损失惨重的胜利。"但是，你为什么那样问？"

帕德维又问道："你……你是否介意让我坐下？"

索玛苏斯表示不介意，于是，帕德维几乎一下子就瘫坐在了椅子上。他的膝盖很虚弱。到目前为止，他的这次历险就像是一场繁杂难缠的化装舞会。他那关于阿玛拉逊莎女王遇害的问题立刻让他回想起：在这个世界里，生命是多么脆弱，要经历多么可怕的危难。

片刻后，索玛苏斯又重复了一遍："我问你，年轻人，你为什么那样问？"

帕德维无辜地答道："我怎样问了？"他察觉自己可能言多有失了。

"你问她是不是已经遇害了，听上去就像是你早就知道她会被人杀害。你是预言师吗？"

索玛苏斯可真够精明的。帕德维想起内维塔曾忠告自己，要把眼睛擦亮。

他耸了耸肩，答道："并非如此。我在来这儿之前就听说这两位哥特君主之间素有嫌隙，狄奥达哈德只要一有机会，就会除掉那位与他分庭抗礼的掌权者。我呢……嗯……就是好奇事情会怎么收场，就这样。"

"没错，"叙利亚人说道，"这真是耻辱。她是个贤德的女人，容貌也很动人，即使已经年过四十。去年夏天，他们趁她洗澡的时候，把她抓起来杀害了。我个人认为，是狄奥达哈德的妻子古德琳达怂恿那个老窝囊废干的这事儿。他自己可没有那份勇气。"

"也许她是嫉妒。"帕德维说道，"好了，关于那种野蛮人饮料的生产制造，正如您所说……"

"什么？你真是个顽固的家伙。这事儿免谈。要在罗马做生意，必须得小心谨慎。这可不是什么新兴的小镇。但如果是在君士坦丁堡……"他叹了口气,"要是去东部的话,还真能赚到钱。不过,我倒不想去那里,查士丁尼让异教徒过得太有声有色了,他就是这么称呼那帮人的。顺便问一句,你信什么教?"

"您呢?这种事儿对我来说没什么忌讳。"

"聂斯托利派[1]。"

"好的,"帕德维认真地说,"我属于我们那儿所说的公理会教友。"(事实并非如此。不过,他估摸着一个不可知论者[2]在这个神学横行的世界恐怕是没什么出路的。)"在我的国家,这是最接近聂斯托利派的了。不过,关于白兰地的生产制造……"

"门儿都没有,年轻人。绝对不行。你需要多少投资才能开张啊?"

"噢,得有一口大号的铜壶和很多铜管,还要有一批葡萄酒做原料。但不一定非得是上等的葡萄酒。要是有几个人帮忙,我能更早开张。"

"恐怕这事儿太冒险了。我很抱歉。"

"这么着,索玛苏斯,如果我能证明,花一半时间就能理清你的账目,你会有兴趣吗?"

"你是说,你是个数学天才之类的?"

"不,不过我有一套系统可以教给你的伙计。"

索玛苏斯闭上眼,那样子就像是某种神像,"好吧……如果你需要不超过五十枚金……"

"任何生意都是冒险,你知道的。"

"这就是问题所在。不过么……我可以同意,如果你的那套记账系统真像你说的那样好。"

"利息怎么算?"帕德维问道。

"百分之三。"

帕德维吃了一惊,然后问道:"怎么个百分之三法?"

"当然是月息啦。"

"太高了。"

"那你还想怎样?"

---

1. 从东正教分离出来的一支基督教派,在中国称为景教。
2. 这类人不否认神的存在,同时也不承认。

"在我的国家,年息百分之六就被认为是高得离谱了。"

"你是说,你指望让我以那个利率借给你钱?天呐!上帝,你听到了吗?年轻人,你应该跟野蛮的撒克逊人生活在一起,教他们如何打家劫舍。不过,我看你挺顺眼的,所以就给你每年百分之二十五的利息吧。"

"还是太高了。要是七点五我还能接受。"

"你真滑稽。少于二十,我绝不考虑。"

"不行。要不,百分之九好了。"

"我真没兴趣了。真可惜,跟你做生意应该挺不错的。十五。"

"这不可能,索玛苏斯。九点五。"

"上帝啊,你听到了吗?他是想让我把自己的生意拱手相让呀!走吧,马蒂内斯。你在这儿是浪费时间。我不可能再降了。十二点五。这绝对是底线。"

"十。"

"你听不懂拉丁语吗?我说这是底线了。再会,很高兴见到你。"等帕德维起身的时候,银行家咬着牙深深吸了口气,就好像是身受重伤命不久矣。他粗声粗气地说道:"十一。"

"十点五。"

"你介不介意把你的牙露出来让我瞧瞧?我的天呐,你竟然是人类啊。我还以为你长着鲨鱼的牙齿。噢,好吧,好吧。我这么仗义疏财、慷慨大方,一定会败家的。现在,让我看看你那套记账系统吧。"

一个小时之后,三位哭丧着脸的会计坐成一排,盯着帕德维。三人的脸色各有千秋,一个一脸惊叹,一个满是不解,还有一个毫无疑问透着十足的厌恶。帕德维只不过是用阿拉伯数字做了个简单的长除法而已,而这段时间里,这三位只会用罗马数字的会计却始终摸不着头脑,完全没有入门。帕德维将他的答案翻译成罗马数字,写在写字板上,然后递给索玛苏斯。

"你看,"他说道,"让一个伙计来检查一下,用除数跟商数相乘看看。也许你得让他们放下手头的工作了,这题目会让他们忙一晚上的。"

那位中年会计,就是一脸敌意的那位,把数字抄下来阴着脸开始验算。过了好长时间,他总算算完了,于是一把将笔丢在一边。"这家伙肯定是某种巫师!"他嚎叫起来,"他是在脑袋里完成整个运算的,把这些莫名其妙的符号写出来就是为了愚弄我们。"

"绝非如此。"帕德维彬彬有礼地说道,"我可以把这些诀窍全教给你。"

"什么?一个穿长裤的野蛮人就想给我上课?我……"他还想说什么,但索玛苏斯打断了他,让他要按吩咐做,不许顶嘴。"是吗?"这位伙计嗤笑一声,"我可是罗马的自由公民,而且算账都算了二十多年了。我想我很了解自己的手艺。如果你想要人使用那种异教徒的算术体系,还是去买个卑躬屈膝的希腊奴隶吧。我不干了!"

"看看你都干了什么好事!"在会计从衣帽钉上拿起外套大步而出的时候,索玛苏斯叫道,"我还得再雇别人,而这用工荒……"

"没问题的。"帕德维安慰道,"这两个小伙子就能轻而易举地完成三个人的活儿,只要他们学会了美国算术。这还不是全部,我们还有一种记账方法叫作复式记账法,它能让你随时了解自己的财务状况,而且能找出错误……"

"上帝啊,听到了吗?他想要颠覆整个银行业!求求你了,亲爱的先生,一次只办一件事,否则你会让我们发疯的!我会给你贷款的,我会帮你购置设备。只是你那些革命性的新玩意儿,现在暂时不要再往外蹦了!"索玛苏斯缓了一口气,然后继续道,"我发现,你时不时就会看一眼那根手链,那究竟是什么?"

帕德维伸出手腕,"这是一种便携式的日晷。我们叫它手表。"

"搜镖?这发音真奇怪。嗯?看上去像是魔法。你敢肯定你真不是巫师吗?"他神经质地笑了起来。

"绝不是。"帕德维说道,"这只是个简单的机械装置,就像是……一座水钟。"

"啊,我懂了。不过,为什么有一根指针每小时要跳六十下?不会有哪个正常人想要知道这么紧凑的时间吧。"

"我们发现那很有用。"

"噢,好吧,另一个地方,另一种风俗。那么,快给我的伙计们上一课,学学美国算术,怎么样?确保我们用起来跟你宣扬的一样好。"

"没问题。给我一块写字板。"帕德维在蜡上画出 1 到 9 的数字符号,并逐一解释。"注意,"他说道,"这是最重要的部分。"他画了一个圆圈,"这个符号表示什么都没有。"

较年轻的会计挠了挠头,"你是说,这个符号什么意义都没有?那它有什么用？"

"我可没说它没有意义。它表示无，表示零……当你把二去掉二之后，剩下的就是它了。"

较年长的会计看上去有些怀疑，"这对我来说毫无意义。一个表示什么都不存在的符号有什么用？"

"你们有相应的词语来表示它，对吧？实际上，不止一个词语。而且你知道它们都很有用，对吧？"

"我想是的。"年长的会计回答，"但我们计算的时候不会用到'什么都没有'。谁听说过贷款的利息是百分之无？或者租一间房子住零星期？"

年轻的会计笑道："也许，这位可敬的先生能告诉我们如何靠零销售盈利……"

帕德维厉声道："要是没人插嘴，我能更快解释清楚。你们很快就会明白符号零的意义所在。"

帕德维花了一个小时，讲解了加法的要素。随后，他告诉两位会计一天学这么多就够了，他们应该每天花些时间练习，直到比用罗马数字运算更快。他实在是累坏了。对于一个天生语速就快的人来说，用这种不怎么熟练的语言一字一句地讲话，真是要让他发疯了。

"太妙了，马蒂内斯。"银行家喘着气说道，"还有，现在要说说贷款的细节。你说利息不能超过十点五，其实并不是认真的……"

"怎么？你这该死的家伙说对了，我当然是认真的！而且你同意了……"

"哦，马蒂内斯。我的意思是，等我的会计学会你的系统，如果那套东西跟你宣扬的一样好的话，我就会考虑那个利率。不过，在此期间你别指望我会给你……"

帕德维蹦了起来，"你……你真是……哦，该死，拉丁语的'狡诈'怎么说？如果你不……"

"别急嘛，我年轻的朋友。毕竟你给我的伙计开了头，如果情况所需，他们就能独自挑起大梁了。所以，也许你确实……"

"好吧，那你就让他们从此开始努力好了。我会另找一位银行家，好好教教他的会计减法、乘法、除……"

"天呐！"索玛苏斯大叫起来，"你不能把这秘密传遍罗马！那对我太不公平了！"

/256

"哦,我不能吗?走着瞧。我甚至能凭着教课过上好日子呢。如果你认为……"

"等等,等等,咱们先别赌气。咱们好好回忆一下基督如何教导世人要有耐心。我会做出特殊的让步,因为你是刚刚开始做生意……"

帕德维如愿拿到了贷款,利息是十点五。他勉为其难地同意不将自己的算术法展现给其他人,直到还清第一笔贷款。

帕德维在一家类似旧货店的地方买了口铜壶。不过,从没有人听说过铜管。他在索玛苏斯的房子和城南那片货仓聚集的区域之间来回寻找,还叫上了索玛苏斯,两人费了九牛二虎之力搜遍了二手金属店,却始终一无所获。后来,他干脆开始找铜匠了。可就算铜匠也没听说过铜管,虽然其中几人说可以试着做做,但都开价不菲。

"马蒂内斯!"银行家一个劲儿地抱怨,"我们至少走了五罗里了,我的脚都要瘫了。铅管不行吗?你想要多少有多少。"

"那玩意儿倒是不错,"帕德维回答,"可是有个问题,铅可能会让顾客中毒。那样的话,名声可就砸了,你懂的。"

"好吧,我看你到哪儿都搞不到那东西的。"

帕德维思考了片刻,索玛苏斯和他的黑人奴隶阿亚克斯在一旁盯着,黑人还扛着那口铜壶。"如果我能雇个人,而他善于使用各种工具,并且有金属加工的经验,那我就能向他说明如何制造铜管了。你去四处找找,雇这么个人怎么样?"

"雇不到的。"索玛苏斯说道,"只能碰碰运气。可以买个奴隶——但你没那么多钱。我倒是不介意抬高价钱弄个好奴隶投到你的冒险中。但就算是一个技术娴熟的工头,也要花很大力气才能让奴隶为他造出一件有利可图的新鲜物件。"

帕德维问道:"要是在你的门前挂一个招牌怎样?声明要广纳贤才。"

"什么?"银行家叫出了声,"上帝啊,你听到了吗?他先是用这么个发疯的计划拐走了我的钱,现在又想在我的房子上挂招牌!还有没有王法……"

"索玛苏斯,别这么激动嘛。用不着很大的一个招牌,而且是非常有美感的。我会亲手绘制。你也想让我成功的,对吧?"

"那也没用,我跟你说。工人基本上都不识字。而且我也不想让你放低姿态去做手工。这太荒谬了,我不会考虑的。至于说招牌做多大,你有想法吗?"

帕德维用过晚餐后,就瘫倒在了床上。就目前的情况而言,他根本没有办法返回自己所属的年代。他再也享受不到《美国考古学杂志》、米老鼠和抽水马桶带来的乐趣了,也再无可能自在地说着简洁、丰富、细腻的英语了……

在他与叙利亚人索玛苏斯第一次会面后的第三天,帕德维雇到了人。这是一个肤色黝黑、颇有些自大的小个子,来自西西里岛,名叫汉尼拔·西庇阿。

在此期间,帕德维已经在奎里纳尔山上短租了一所摇摇欲坠的房子,搜集了他觉得有用的家什和一些个人物品。他买了一件短袖束腰短袍套在长裤上面,认为这样能让自己看上去不那么惹眼。在这座鱼龙混杂的城市里,成年人倒不怎么注意他,但小孩子却总跟着他一路走街串巷,让他颇为头痛。他坚持要给上衣缝上充足的口袋,不顾裁缝怨声载道地指责他用野蛮人的花样毁了这么好的一件时尚衣物。

帕德维用木头削了一根芯轴,向汉尼拔·西庇阿演示如何把铜皮缠在上面。汉尼拔声称对于焊接了如指掌,但当帕德维试着把管子弯曲成蒸馏器所需的形状时,焊缝不费吹灰之力就迸开了。在此之后,汉尼拔的自负稍有收敛——不过,也就那么一小会儿。

带着些许不安,帕德维迎来了第一次蒸馏的大日子。根据唐克莱迪的理论,这就是时间之树上一个新的分枝。但如果那位教授说得没错,一旦帕德维做出任何足够大的事情,就会影响之后所有的历史,那么1908年的马丁·帕德维是否还会出生?他会消失吗?

"难道不应该念些咒语什么的吗?"叙利亚人索玛苏斯问道。

"不用。"帕德维回答,"我已经说过三遍了,这不是魔法。"话虽如此,但他四下看了看,觉得还是有些装神弄鬼的氛围:月黑风高的夜里,一间嘎吱作响的老房子里面,正在生产第一批成品,油灯的火苗闪烁迷离,只有索玛苏斯、汉尼拔·西庇阿和阿亚克斯静候一旁。这三位全都一脸惶惑,而那个黑人似乎就只剩牙齿和眼珠能看得清,他盯着蒸馏器,仿佛是在等它随时制造出成车成车的妖魔鬼怪。

"花了不少时间了，对吗？"索玛苏斯说着，紧张地搓了搓他那双短胖的手。他那只健全的右眼闪着光，目送一滴滴黄色的液体从喷嘴里滴下来。

"我想这足够了。"帕德维说道，"要是继续下去，出来的就大都是水了。"他示意汉尼拔把铜壶挪开，再把收集瓶里的东西倒进一只酒瓶里。"我最好先试一下。"他往杯子里倒了一点儿，闻了闻，然后品了一小口。这真算不上什么好的白兰地。不过，总算做成了。

"来点儿吗？"他问银行家。

"先给阿亚克斯来点儿吧。"

阿亚克斯往后退了几步，双手举在身前，黄色的手心向外翻着，"不要啊，求你，主人……"

他似乎很惊恐，于是索玛苏斯作罢了，"汉尼拔，你呢？"

"噢，不。"汉尼拔说道，"并非有意无礼，可我的肠胃很差。哪怕是一点点这种东西都会让它崩溃的。另外，要是您完事儿了，我想回家去了。昨晚我一点儿都没睡好。"他夸张地打了个大哈欠。帕德维让他走了，然后又品了一口。

"好吧，"索玛苏斯说道，"如果你确定这东西不会害我，我也可以来那么一点儿。"他只品了一小口，便剧烈地咳嗽起来，杯里的酒洒出来好几滴，"好家伙，我说，你的五脏六腑都是什么做的？这简直就是熔岩！"等他的咳嗽平缓下来，脸上却浮现出陶醉的神情，"话说回来，这东西让你的身子从里到外地暖了起来，是吗？"他仰起脸，鼓足勇气，一口干掉了杯中物。

"嗨，"帕德维说道，"悠着点儿。这可不是葡萄酒。"

"哦，不用担心。世上没有能醉倒我的东西。"

帕德维又倒了一杯，然后坐了下来，"也许你能告诉我一件事情，我还没搞明白呢。在我的国家，我们是从基督诞生那年开始纪年的。在我到达此地的那天，我问一个人今年是哪年，他说是建城后1288年。所以，你能不能告诉我，罗马城是在基督诞生前多少年建成的？我都记不清了。"

索玛苏斯又要了一杯白兰地，说道："754年……不，是753年。也就是说，今年是我主纪元535年。教会的历法是这样的。哥特人会说是狄奥达哈德登基第二年，拜占庭人会说是弗拉维乌斯·贝利萨留[1]任职第一年，或者是

---

1. 拜占庭帝国（即东罗马帝国）统帅。

查士丁尼加冕第几年。我看得出这让你有多么困惑。"他又喝了一些,"这真是不错的发明,对吧?"他举起杯子,左右摇晃着,"咱们再来点儿。我想你成功了,马蒂内斯。"

"多谢。希望吧。"

"奇妙的发明。它将是一大成功。由不得它不成功。一项巨大的成就。你在听吗?上帝?噢,请确保让我的朋友马蒂内斯获得巨大的成功。

"我只要看一个人一眼,就知道他能不能成功,马蒂内斯。多年来,我阅人无数,就是这样在银行业获得成功的。成功……成功……咱们为了成功要畅饮一番。成功多么美丽,成功多么绝妙!

"我知道该怎么做,马蒂内斯。咱们得去个地方。别在这老旧的废墟里为成功干杯。你知道的,要有气氛。找个有音乐的地方。你还剩下多少白兰地?很好,带上那瓶。"

一行人去了卡比托利欧山[1]北侧的剧院区。一位年轻的女子献上了音乐,她弹拨着竖琴,用方言吟唱着歌曲,那些花钱享受的客人似乎获得了不少乐趣。

"让我们痛饮庆祝……"索玛苏斯正要第三十次说"成功",但他脑筋突然一转,"马蒂内斯,我们最好买些这地方的下等葡萄酒,否则店家会把我们扔出去的。这玩意儿能跟葡萄酒混着喝吗?"他看到帕德维的表情,转而说道,"别紧张,马蒂内斯,老朋友,这酒算我的。好几年也没有过这么痛快的夜晚了,你知道的,我上有老下有小啊。"他朝侍者使了使眼色,打了个响指,小小地慷慨了一把后,说道:"等一下,马蒂内斯,老朋友,我看到一个欠我钱的家伙,马上回来。"他东倒西歪地往屋子那头去了。

此时,邻桌的人突然问帕德维:"你跟那个老独眼龙喝的是什么东西,朋友?"

"哦,就是一种外国的酒水,叫白兰地。"帕德维有些摇摇晃晃地回答。

"那就对了,你是外国人,对吧?我从你的口音就能听出来。"他扬起脸,接着说道,"我就知道。你是波斯人。我听得出波斯口音。"

"其实不然。"帕德维回答,"可比那地方远多了。"

"是吗?你喜欢罗马吗?"那人的眉毛乌黑浓密。

---

1. 意大利罗马七座山丘之一,也是最高的一座,为罗马建城之初的重要宗教与政治中心。

/ 260

"总的来说,还不赖。"

"好吧,你所见有限啊。"那人继续道,"自从哥特人到来之后,一切都不一样了。"他有意识地压低了声音,"记住我的话,局势不会一直都如现在这般!"

"你不喜欢哥特人?"

"当然不喜欢!更不用说我们还得遭受迫害呢!"

"迫害?"帕德维眉毛一扬。

"宗教迫害。我们永远都不会支持它的。"

"我以为哥特人是允许所有人自由信教的。"

"就是因为这个!我们东正教徒被迫站在一边,忍受阿里乌派[1]、聂斯托利派,甚至是犹太教徒无忧无虑地做着各自的事情,就好像他们掌管着这个国家似的。如果这都不算迫害,我倒想知道怎样才算!"

"你的意思是,你遭受迫害的原因是异端教徒没被迫害?"

"当然了,这不是明摆着吗?我们不会支持……顺便问一下,你信什么教?"

"哦,"帕德维说道,"我是公理会教友,在我的国家是这么叫的。这是我们那儿最接近东正教的了。"

"嗯……也许我们会让你成为一名优秀的天主教徒。只要你不是那些异端教派的教徒,比如聂斯托利派……"

"聂斯托利派怎么了?"索玛苏斯不知何时已经回来了,"我们对于圣子的本性有着合乎逻辑的观点——圣父的力量永存其身……"

"胡扯!"浓眉汉厉声喝道,"那就是你们这些一知半解的神学者所希望的。我们的观点——圣子的人、神二性二位——已经无可辩驳地得到了印证……"

"上帝啊,听到了吗?他说的好像二性论真有其事似的……"

"你们全都疯了!"一个身材高大、面容阴郁的男人大叫起来。他一头稀疏的黄发,一对蓝眼珠十分清澈,口音很重,"我们阿里乌派最讨厌神学上的争论,我们是最理智的。但如果你们想要一个关于圣子神性最理智的观点……"

---

1. 阿里乌派是基督教历史中,一个被视为异端的派别。

"你是哥特人?"浓眉汉厉声咆哮起来。

"不,我是汪达尔人[1],从非洲流落至此。不过,正如我所言……"他开始掰起了手指头,"……圣子要么是人,要么是神,要么就介于两者之间。好吧,现在,我们承认他不是人。而神只有一个,那就是上帝,所以圣子就不是神。所以他肯定就是……"

这时候,事态的发展已经超出了帕德维所能接受的程度。浓眉汉蹦起身连吼带叫,仿佛着了魔。帕德维基本听不懂他在说什么,只注意到一个词:"臭名昭著的异教徒",几乎每句话里都有。黄发男子冲他吼了回去,屋子里其他人也在四面八方呐喊助威:"野蛮人,把他灭了!""这可是东正教国家,不喜欢的人赶紧回自己那一亩三分地去……""二性论真够无知的!我们一性论者……""我可是雅各派[2]教徒,三下五除二就能打败任何一个人!""把所有的异教徒都扔出去!""我是优诺米派[3]的,我能三下五除二打败任何两个人!"

帕德维看到有什么东西朝他飞来,身子赶紧一缩,一只大酒扎从他头顶飞驰而过。等他再抬眼时,屋子里已经乱成了一锅粥。浓眉汉正揪着那个自称是雅各派家伙的头发,捶他的脸。黄发男子挥舞着一把凳子,四条凳子腿在他脑袋周围飞舞着,还一直在高吼汪达尔战歌。帕德维在一位东正教拥护者的肚子上揍了一拳,他很快就遭到了报应,另一个家伙在他的肚子上也揍了一拳。紧接着,他们就被卷入到一伙人的缠斗当中。

帕德维拼尽全力从横七竖八、狂呼乱吼的人堆里往外钻,就像是溺水者拼命游向水面,但却有人一把抓住他的脚要下嘴啃。帕德维依然穿着那双屡经考验、坚不可摧的笨重英国休闲鞋,那人怎么也找不到下嘴的地方。于是,他把目标转到了帕德维的脚踝。帕德维疼得大叫起来,用力一蹬,把脚挣脱出来,正好蹬在那人脸上。那张面孔往回缩的时候,帕德维怀疑是不是把那人的鼻子蹬断了,要不就是踢掉了几颗牙齿。他希望如此。

这些异教徒似乎处于少数,随着他们一个个被打倒、扔到阴暗的角落,这伙人越来越少。帕德维的眼睛捕捉到刀光一闪,心中却只想着自己早过了上床睡觉的时间。他本就不是个信教的人,对于这些什么一性论、二性

---

1. 古代日耳曼人部落的一支,曾在罗马帝国末期入侵过罗马,在北非建立了一系列领地。
2. 即"叙利亚正教会",东方正教会教派之一。
3. 基督教异端阿里乌主义的极端教派。

论或是任何关于基督神性的争论,他都没兴趣。帕德维发现叙利亚人索玛苏斯藏身在桌子下面,于是尝试着把他拉出来,可银行家惊恐万分地尖叫起来,死死抱住桌腿,就像是在海上漂了六个月的水手终于抱住了一个女人似的。帕德维费尽九牛二虎之力才让他松了手。

那个黄头发的汪达尔人仍在挥舞着板凳。帕德维冲他喊了一声。嘈杂中那人听不明白,但他的注意力被吸引了过来,看到帕德维指了指门口,他便明白了。一转眼的工夫,他就杀出了一条血路。三人跌跌撞撞地往外走,一路都是推推搡搡往外挤的人。一出门,他们拔腿就跑,背后传来的号叫声让他们加紧步伐、豁出命来跑,后来意识到那人是阿亚克斯,才放慢了脚步等他赶上来。

最后,他们在战神广场边缘的长凳上坐下休息。这里距离万神庙只有几个街口,帕德维就是在此地第一次目睹了这座罗马城昔日帝都的景象。索玛苏斯喘过气来后说道:"马蒂内斯啊,你怎么让我喝了那么多蛮族的酒?噢,我的脑袋啊!我要是没醉,就不会那么不理智地去探讨什么神学问题了。"

"我让你慢点儿喝的。"帕德维委婉地说道,"可你……"

"我知道,我知道。可你应该阻止我,别让我喝那么多嘛,如果有必要就来硬的。我的脑袋啊!我妻子会怎么说呀?我再也不想看到那种蛮族的劣等酒水了!顺便问问,那瓶剩下的在哪儿呢?"

"我在混战中弄丢了。不过,里边也没剩多少。"帕德维转身看着汪达尔人,"我想我欠你的,多谢你帮我们这么快脱身。"

那人捋了捋垂下的髭须,"我很乐意效劳,朋友。体面之人不屑于宗教争论。请允许我做个自我介绍,我是弗莱瑟瑞克,斯泰凡之子。"他缓缓地说着,偶尔会顿一顿,斟酌一下字词,"我曾经也是出自名门望族,可现在只是个可怜的流浪汉。生活对我而言再没什么意义。"月光下,帕德维看到了闪烁的泪光。

"你说你是汪达尔人?"

弗莱瑟瑞克长叹一声,"没错,我的财产在迦太基[1]算得上数一数二,那是在希腊人到来之前。国王盖利墨逃跑的时候,我们的军队四散崩溃。我逃到了西班牙,从此四处漂泊,去年流落到了此地。"

---

1. 位于非洲北海岸,与罗马隔海相望。

"你现在做些什么呢?"

"唉,我现在什么都没做。上星期之前,我一直给一位罗马贵族当保镖。想想吧……一名汪达尔贵族沦落成一个保镖!而我的雇主竟想方设法要让我皈依东正教。这个嘛,"弗莱瑟瑞克庄严地说,"我是不会同意的。所以我就到这儿来了。等钱花光后,我也不知道自己该怎么办。也许我会杀死自己。反正也没人在意。"他又叹了口气,接着说道:"你现在并不打算找一个优秀可靠的保镖,对吧?"

"目前不找。"帕德维说道,"不过几星期后可能就需要了。你可以至少把自杀推迟到那时候吗?"

"我不知道。那要看我手里有多少钱了。我对钱没什么概念。生于贵族之家,对钱向来无知无觉。我都说不准你还能不能再见到活着的我。"他用袖子抹了抹眼睛。

"噢,看在老天的分上,"索玛苏斯说道,"有很多事你可以去做呢。"

"不,"弗莱瑟瑞克悲伤地说,"你不懂,朋友。这关乎荣耀。不管怎样,生活还能给予我什么?对了,你是不是说,过些日子可能会雇我?"他问帕德维。帕德维说是的,并给了他地址。"太好了,朋友,过不了两个星期,我也许就会躺在一座无名的孤坟里。不过,要是没那么惨,我就过来看看。"

第三章

到了这星期的周末，帕德维高兴地发现自己并没有凭空消失掉，而且货架上又多了一溜瓶子，自己的财务状况也算理想。算上头一个月五枚金币的房租，再加上六枚金币购置仪器设备的花销、汉尼拔的工钱，还有他自己的生活用度，借来的那五十枚金币还有三十多枚结余。而且至少在几个星期之内，都不用再考虑头两项的开支了。

"那东西你打算开价多少？"索玛苏斯问道。

帕德维想了想，回答："那可是奢侈品，显而易见嘛。如果能给高档餐厅供货，我看每瓶卖两枚金币应该都不成问题。至少在有人弄清楚配方并跟我们竞争之前都没问题。"

索玛苏斯双手交握在一起，"按那个赚头，你头一个星期就能还清贷款了。不过，我一点儿都不急。你先用来给这门买卖做进一步的投资更好。我们要看看怎么把它做起来。我想我知道应该从哪家餐厅入手了。"

帕德维一想到要向餐厅兜售营销就头痛。他可不是天生的销售人员，而且他自己也很清楚这点。

他问道："我怎么才能让他们买下这东西呢？我对你们罗马的生意经可不怎么在行。"

"那不成问题。他不会拒绝的，因为他欠我钱，而且支付利息总是拖拖拉拉的。我替你引荐。"

事情正如银行家所说的那样。那家餐厅的主人是个体型臃肿的男人，名叫盖尤斯·阿塔洛斯，刚开始还有点儿愤愤然。帕德维请他品尝了一点白兰地后，他们就热络了起来。在阿塔洛斯同意按照帕德维的价钱进六瓶酒之前，索玛苏斯有些不安，前后两次询问上帝是否在听着。

整个早晨，帕德维都过得极不自在、窘迫难安，可等他们从餐厅出来时，他已经开心得红光满面，兜里装满了沉甸甸的金子。

"我想，"索玛苏斯说道，"如果你打算把钱放在那间屋子里，最好雇那个汪达尔小子。要是我，就会花钱买个结结实实的箱子。"

所以，当汉尼拨·西庇阿告诉帕德维："有个身材高大、面色阴郁的家伙在外面，说是您让他来见您的。"他赶紧就让那个汪达尔人进来，并几乎当即就雇下了他。

帕德维问弗莱瑟瑞克，他要如何开展保镖工作，弗莱瑟瑞克看上去有些尴尬，拨弄着他的髭须，最后说道："我有一把很好的宝剑，但为了生存我把它当了。在我和孤坟之间，就只剩下那东西了。也许我迟早会了结在其中一个上面。"他叹了口气。

"别再想坟墓了。"帕德维打断了他，"跟我说说，要赎回你的宝剑得多少钱。"

"四十枚金币。"

"嗨哟！那是用金子做的还是什么？"

"不。不过那是世界顶级的大马士革钢，剑柄镶着宝石。在我非洲那些绝美的财宝当中，那是我唯一抢救下来的一件。你根本想象不出，那是一个多么美妙的地方，我……"

"好了，好了！"帕德维说道，"看在老天的分上，别再哭了！这是五枚金币，紧着用这些钱去给自己买一把最好的宝剑。这钱我会从你的工钱里扣出来。如果想攒钱赎回你那把镶了宝石的菜刀，那是你自己的事情。"于是，弗莱瑟瑞克转身离去，片刻后再次出现时，腰上挂了把二手宝剑。

"这是我用那点儿钱能找到的最好的了。"他解释说，"卖家一再宣称这是大马士革的手艺，但你看得出，刀身上的大马士革花纹是假造的。这种本地钢材很软，但我看也就只能这样了。当我在非洲拥有那些绝美的财宝时，最优秀的钢材都不会放在眼里。"他连连叹息，无比惆怅。

帕德维看了一下那把宝剑，是典型的六世纪斯帕达长剑，宽阔的单刃剑身足有七十厘米长。实际上，这把剑很像去掉了护手的苏格兰大砍刀。他还注意到，尽管弗莱瑟瑞克跟往常一样凄凄切切的，可有了这把宝剑后，他腰板挺直了，脚下的步伐也更加坚定了。帕德维心想，没有宝剑，这人肯定觉得就像是被扒光了衣服一般。

"你会做饭吗？"帕德维问弗莱瑟瑞克。

"你雇我是做保镖的，不是来当女佣，我的马蒂内斯主人。我有自尊。"

"噢，真是的，老伙计。我一直都是自己做饭吃，不过那太浪费时间了。如果我都不介意，你又何必在乎？所以，再问一下，你会做饭吗？"

弗莱瑟瑞克捋了捋胡须，"哦……会的。"

"是嘛，比方说什么呢？"

"我会做肉排，会煎培根。"

"别的呢？"

"没别的了。我以前就偶尔做过这些。上等的红肉对于战士来说，是很好的食物。我吃不下这些意大利人吃的素食。"

帕德维叹了口气。他只能任由自己靠着不平衡的膳食来过活了，直到……等等。为什么不呢？他至少可以打听打听请仆人的花销。

索玛苏斯为他找了一位侍女，她会做饭、打扫房间，还能不计较少得可怜的工钱来整理床铺。侍女名叫茱莉娅，是从阿普利亚[1]来的，说着一口方言。她二十来岁，肤色黝黑，身材矮小敦实，看样子在未来几年里还会愈加壮硕。女孩一身线条简单的衣物，赤着一双大脚，在屋里四下走动时噗噗作响。她时不时会突然讲个笑话，可是说得太快，帕德维根本无从领会，而她自己却笑得地动山摇。她干活倒是很卖力，不过帕德维不得不把自己的观念从最基础的开始灌输给她。他第一次给房子做烟熏消毒时，她几乎快吓得精神失常了，二氧化硫的气味让她一溜烟地跑出门去，一路尖叫着说魔鬼撒旦来了。

帕德维决定在他来到罗马后的第五个星期天暂歇一下。他一天从早忙到大半夜，已经这样持续了差不多一个月，帮着汉尼拔操作蒸馏器，对它进行清理，一桶一桶地倒葡萄酒，亲眼看着不断有餐馆老板找上门来，因为有不少顾客在打听他的新型酒水。

物以稀为贵，他意识到，只要商品流行起来，就没必要劳心费力地招揽顾客了。他谋划着再向索玛苏斯要一笔贷款，建造第二台蒸馏器。这次他要造一套滚板机，利用圆棍自己压制薄铜板，而不是把这些手工敲打出来的、不规整的东西拼凑在一起。

---

1. 位于罗马城以南的一座城市，现为意大利的普利亚区。

不过，此时此刻，帕德维打心眼儿里厌倦了做生意。他想找点儿乐子，而那就意味着得去乌尔比安图书馆。他瞅着镜子里的自己，心想，他骨子里并没有多大改变。他不喜欢讨价还价，更别说是对着一群陌生人了。不过，单看外表，就算是帕德维以前的朋友，恐怕也已经认不出他了，因为他留起了短短的红胡子。一部分原因是他来此之前，从未用过无防护的剃刀刮胡子，这玩意儿让他心惊胆战的。一方面在于，他内心深处对于大胡子其实还挺向往的，这样能让他超大号的鼻子不那么显眼。

他套上了一件新短袍，拜占庭式的，带灯笼袖，配上他那条粗花呢西裤有种不协调的感觉。不过，他可不想穿本地那种短腿裤，冬天就要来了。他又套上了一件斗篷，就是在一块方形的大毯子中间挖个洞，脑袋钻过去就行了。他还早早就雇了一位老妇人为他做袜子和内衣。

穿戴整齐后，帕德维对自己颇为满意。他得承认，能找到索玛苏斯是自己之幸，这个叙利亚人给了他很大的帮助。

他离图书馆越来越近了，激动而迫切的心情仿佛热恋中的人赶去幽会。而且，他也并没有失望。光是在书架周围扫了一眼，就让他激动得想要狂呼乱叫起来。他看到了贝罗苏斯的《迦勒底历史》，蒂托·李维的全部作品，塔西佗的《不列颠征服史》，卡西奥多罗斯最近出版的《哥特人历史》全集[1]。为了得到这些，二十世纪的历史学家或考古学家就算是犯下谋杀罪也会再所不惜。

有好一阵，他都愣在原地，就像是夹在鱼和熊掌之间一样，不知所措。后来，他认为卡西奥多罗斯的书能提供最有价值的信息，因为其中涉及的内容与他所处的环境最为接近。于是，他搬出这套巨著开始用功阅读。即便对于一个懂拉丁语的人，这也是件辛苦活儿。这些书都是用半草书的小字写的，所有词的笔画都连在一起。不过，作者那种令人难以置信的冗长啰唆和矫情的行文风格倒是没有他之前阅读英语版时那么令人生厌。要知道，他现在关注的是里边的事实。

"抱歉，打扰了，先生。"一位图书管理员说道，"那位身材高大、留着黄胡须的野蛮人是你的人吗？"

"我想是的。"帕德维回答，"怎么了？"

---

[1] 以上为古巴比伦、古罗马的著名历史学家或政治家的经典著作，其中一些作品已在历史中佚失。

"他在东方文献图书区睡着了,而且还打呼噜,让读者们很不满。"

"我会招呼他的。"帕德维说道。

他过去叫醒了弗莱瑟瑞克,"你不会读书吗?"

"不会。"弗莱瑟瑞克倒是直截了当,"我为什么要读?当我在非洲拥有那些美妙的财宝时,根本没有时间……"

"是的,我知道你那些美妙的财宝,老伙计。不过,你必须要学会读书,不然就到外面去打呼噜。"

弗莱瑟瑞克有些怒气冲冲地去了外面,嘴里嘀咕着家乡的东日耳曼方言。帕德维猜想,他是在嘟囔着说看书是娘娘腔干的事儿。

帕德维回到自己的桌旁,发现一位衣着简洁优雅的意大利老人正在看他翻开的书。那人抬头看了看,说道:"我很抱歉,是你在看这些吗?"

"没错。"帕德维回答,"我不用全都看。如果你不需要第一卷的话……"

"当然,当然,我亲爱的年轻人。尽管如此,我还是应该提醒你,把它放回原位时要小心。要是有人把书放错了地方,我们那位令人尊敬的图书管理员发起火来,可不是小事呐。对了,我能不能问问,你对于我们这位杰出的执政官的作品有何感想?"

帕德维审慎地说道:"他拥有大量你无法从别处获得的事实依据。不过,我喜欢更直白的事实。"

"此话怎讲?"

"我是说,不用那么多花里胡哨的修辞。"

"噢,不过,我亲爱的年轻人呐!我们这代人终于有了这么一位能与伟大的李维[1]比肩的历史学家了,而你却说你不喜欢……"他抬眼四下看了看,压低了声音,身子向前一倚,"想想他那精妙的意象,那么博学多才!那么独树一帜!那么智慧卓群!"

"但那正是问题所在。相比波利比乌斯[2],或者甚至是尤利乌斯·恺撒的……"

"尤利乌斯·恺撒!每个人都知道他不会写东西!人们把他的《高卢战记》用作外国人学拉丁语的基础课本!对于那些披着兽皮的野蛮人来说是

---

1. 提图斯·李维,古罗马历史学家,著有《罗马自建城以来的历史》。
2. 古罗马历史学家,文风简洁明了。

好得很，那些野蛮人只知道在阴暗的北方森林里追捕凶残的野猪和可怖的黑熊。不过，对于我们这些有文化的人来说……我得问问你，亲爱的年轻人！噢，"他面露尴尬之色，"你应该理解我刚才提到外国人时说的那些话，并不是在针对谁。我看得出你是个外地人，而且显然很有教养，又博学多才。也许你碰巧是从印度某个传奇之地而来？那里到处都是浑身缀满了珍珠的少女和大象吧？"

帕德维回答："不，比那里远多了。"他知道自己惊动了一位咬文嚼字的罗马贵族，这类人要说句话，非得裹上三层双关语、四重神学影射，再配上一篇古文论文才行，"那地方叫美国。我怀疑自己是否还回得去。"

"啊，你真是太正确了！一个人若是能生活在罗马，又何苦要生活在别处？不过，你也许能告诉我一些那个遥远的中国的奇观，那里有黄金铺就的街道！"

"这个嘛，有件事我倒是能跟你说一说。"帕德维谨慎地回答，"那儿的街道可不是黄金铺的。实际上，他们的街道基本上就没有铺路石。"

"真让人失望！不过，我猜想要是有一个实话实说的愣头青从天堂返回的话，肯定会宣称天堂的妙境其实是被大大高估了的。我们一定要好好聚聚，杰出的年轻人。我是科内琉斯·阿尼修斯。"

帕德维心想，他显然应该表现得对科内琉斯·阿尼修斯的大名如雷贯耳才合适。他也做了自我介绍，眼神转动之间，他感觉自己坠入了爱河。只见一位身材苗条、肤色黝黑的可爱姑娘走了过来，她唤阿尼修斯为"父亲"，还说她无法找到古罗马诗人佩尔修斯·弗莱库斯的萨贝利语[1]版本的书。

"一定是正有人在看呢。"阿尼修斯说，"马蒂内斯，这是我的女儿多萝西娅。有这么个女儿，堪称拥有国王王冠上璀璨的珍珠——尽管作为她的父亲，这么说可能有些偏爱了。"那姑娘冲帕德维甜甜一笑，随即告退了。

阿尼修斯问道："对了，亲爱的年轻人，你是做什么的？"

帕德维想都没想，就回答自己是做生意的。

"真的吗？哪类生意？"

帕德维告诉了他。等这位贵族领会了其中的意思后，面色立刻冷淡了下来。虽然他仍然很礼貌，保持着微笑，但那笑容已经不一样了。

---

1. 一种已消亡的古意大利语。

"好，好，好，真有趣。非常有趣。我猜那生意会让你赚得盆满钵满的。"他说这句话的时候有点别扭，就像是基督教青年会的秘书在做性教育，"我看，我们不应该抱怨上帝为我们安排的营生。不过糟糕的是，你居然没有尝试去做公众服务事务。要想提升一个人的地位，那是唯一的渠道，像你这样有才干的年轻人，理应向那方面发展。现在嘛，如果你不介意，我要去阅读了。"

帕德维一直期待阿尼修斯能邀请他去家里做客。不过，现在阿尼修斯知道他只是个俗不可耐的手艺人，也就不可能邀请了。帕德维看了看手表，差不多到午饭时间了。于是，他出去叫醒了弗莱瑟瑞克。

汪达尔人打了个哈欠，"找到你要找的所有书了吗？马蒂内斯，我正做梦呢，梦到我那美妙的财宝……"

"真要命……"帕德维大叫一声，随即闭上了嘴。

"怎么了？"弗莱瑟瑞克问道，"难道我都不能在梦中享受一下我的富有和尊贵吗？那并不十分……"

"没什么，没什么。我不是说你。"

"那就好。时至今日，我唯一的安慰就是我的回忆了。不过，你为什么那么生气？马蒂内斯，看上去都能把钉子咬成两截了。"看着没有得到回答，他继续道，"肯定是因为那些书里的什么东西。我很高兴自己从未学习过阅读。你因为那些很久以前发生的事情而大动肝火，而我宁愿做梦享受我那美妙的……噢！抱歉，老板，我不再提这事儿了。"

帕德维和叙利亚人索玛苏斯与数百位一丝不挂的罗马人坐在一起，享受着戴克里先大浴场里热腾腾的水和蒸汽。银行家四下看了看，眯缝着眼说道："我听说早些年间，他们也让女人到这些浴池里来，就跟男人混在一起。当然了，那是异教徒时期，现在没有那种事了。"

"毫无疑问，基督教的道德观。"帕德维干巴巴地说。

"不错。"索玛苏斯呵呵直笑，"我们现代人都是有道德的人。你知道狄奥多拉皇后[1]当初怎么抱怨的吗？"

帕德维回答"知道啊"，然后告诉索玛苏斯皇后都抱怨了些什么。

---

1. 拜占庭帝国查士丁尼王朝皇帝查士丁尼一世的妻子。

"该死的！"索玛苏斯大叫起来，"每次我有个荤笑话，你不是听过，就是知道个更带劲儿的。"

帕德维方才告诉他的，其实是出自一本书——普罗柯比[1]的《秘史》，其中有好些不堪入目的情节。可他觉得，要是向这位银行家透露自己读过一本此时还没写出来的书，就太不合适了。

索玛苏斯继续道："我收到表弟安提奥卡斯从那不勒斯寄来的一封信。他是做船运生意的，有来自君士坦丁堡的消息。"他话音一顿，面色肃然，"开战了。"

"我们和帝国之间？"

"哥特人和帝国之间。自从阿玛拉逊莎遇害之后，双方就结下了不解之怨。狄奥达哈德自然想逃脱干系，可我认为这位老迈的诗人国王已经无计可施了。"

帕德维说道："达尔马提亚和西西里这两个地方，在今年年底之前……"他赶忙住了嘴。

"这是要做点小小的预言吗？"

"不，就是一种看法。"

透过四周萦绕的水蒸气，索玛苏斯那只健全的右眼朝帕德维忽闪忽闪，黝黑而深邃，还透着一股子精明劲儿，"马蒂内斯，你到底是什么人？"

"你这话什么意思？"

"哦，你身上有一种……我不知道该怎么说……不光是你表达某件事的滑稽方式。你阐述的都是最令人惊诧的知识，就像是魔法师从帽子里揪出兔子。可每当我打听你们国家的事情，或者你是怎么来到此地的，你就会岔开话头儿。"

"哦……"帕德维盘算着这谎话该怎么编。然后他想到了一个完美的答案——一个的的确确真实的答案，索玛苏斯绝不会再做他想，"你看，我是着急忙慌地离开自己那个国家的。"

"噢。是出于健康原因？我不会因为你在这种事儿上谨小慎微而怪你的。"索玛苏斯眨了眨眼。

---

[1] 古罗马著名历史学家，生于凯撒利亚，是查士丁尼一世手下大将贝利萨留麾下的一位秘书。《秘史》是他晚年所著，记录查士丁尼的一些丑闻，在他去世多年后才流传开来。

他们来到长街,向帕德维的那间屋子走去,这时候,索玛苏斯问起了生意。帕德维告诉他:"很不错。新的蒸馏器下星期就能好了。我还把一些铜皮卖给了去西班牙的商人。现在,我正在等着出人命呢。"

"出人命?"

"是的,弗莱瑟瑞克和汉尼拔·西庇阿合不来。自从汉尼拔手下有了几个伙计后,他就比以往更加傲慢自大,骑到了弗莱瑟瑞克头上。"

"骑到他的头上?"

"我们那儿的俗语,按字面翻译就是这么说的,意思是没完没了地嘲弄和羞辱他。顺便说说,待会儿我们到家,我就还清你的贷款。"

"全部?"

"没错。钱就在那只结实的箱子里等着呢。"

"太妙了,我亲爱的马蒂内斯!不过,你需要再贷一笔吗?"

"我不确定。"帕德维说道。事实上,他很确定自己需要,"我正在考虑扩建酿酒厂。"

"这是个好主意。当然了,现在你的生意已经做起来了,我们的贷款也应该按照生意的……"

帕德维接过话头:"什么意思?"

"意思就是,利率必须调整。你知道,一般的利率应该高得多……"

"哈哈!"帕德维回答,"你想的跟我一样。不过,现在你知道了这生意很有赚头,肯定就能以更低的利率给我投钱了。"

"哎,马蒂内斯,这太荒唐了!我为你做了这一切,你就这样对我吗?"

"你要是不愿意,就不借呗。还有不少银行家呐,他们很乐意学习美国算术……"

"上帝啊,听听他说的!这就是敲竹杠!这就是敲诈!我永远不会让步!去找你那些别的银行家吧,看看我在不在乎!"

三轮交战下来,利率降到了百分之十,索玛苏斯说这简直就是把他的心挖出来,放在友谊的祭坛上用火烧。

帕德维说起要出人命的时候,他可不是后知后觉,也不是想要做预言游戏。实际上,当他们走进那间巨大的车间,发现弗莱瑟瑞克和汉尼拔就像两只互不待见的狗一样对峙着,他甚至比索玛苏斯更为惊讶。汉尼拔的两个助手正靠着门看热闹,因此谁都没看到有人进来了。

汉尼拔喝道："什么意思？你这猪头！你整天就知道躺着打盹儿，懒得都不愿意翻身，就你这样还敢鄙视我……"

汪达尔人操着笨拙而又经过深思熟虑的拉丁文吼道："意思就是，等我下次逮住你，就揭发你！我说到做到！"

"你要是敢，我就割开你那个肮脏的喉咙！"汉尼拔大喊起来。

紧接着，弗莱瑟瑞克对这位西西里人的性生活进行了一番简短而刻薄的挖苦。汉尼拔抽出一把匕首，向弗莱瑟瑞克捅去。他的动作如响尾蛇一样迅速，不过凭的是本能，而不是训练有素的格斗。他手心朝下，刺出的动作十分鲁莽。弗莱瑟瑞克手无寸铁，赤手空拳猛击他的手腕，结果没有击中，汉尼拔的刀尖刺入了汪达尔人的小臂。

汉尼拔手臂向上一挥，打算再来一下，但帕德维及时赶到，一把抓住了他的胳膊。他将这个小个子一把拖到旁边，同时随时警惕，生怕自己也挨一刀枉送了性命。汉尼拔用西西里方言破口大骂，口沫横飞。帕德维看出他想要杀了自己。只见汉尼拔伸出左手，脏乎乎的指甲抓向他的鼻子，帕德维赶紧把脸扭向一旁，要抓住这大鼻子可一点儿都不难。

随后砰的一声，汉尼拔就瘫软在地，扔下了匕首。帕德维任由他倒在地上，看到年岁较大的那个助手涅尔瓦手里正攥着板凳的一条腿。这一切都发生得太快了，弗莱瑟瑞克方才还在弯腰去捡木板当武器，索玛苏斯和另一个工人卡波仍然站在门口，呆若木鸡。

帕德维对涅尔瓦说道："你就是我的下一任工头了。这是怎么回事？弗莱瑟瑞克？"

弗莱瑟瑞克并没有回答，他迈步走向不省人事的汉尼拔，满脸杀气。

"够了！弗莱瑟瑞克！"帕德维厉声道，"别再鲁莽行事了，不然把你也解雇了！"他站到了两人中间，"他到底干了什么？"

汪达尔人这才回过神来，"他从货仓里偷铜料去卖。我本想私下里阻止他。你知道的，要是与你共事的伙计认为你在监视他们，结果会是怎样。求你了，老板，就让我狠狠揍他一下。我也许是个可怜的流亡者，但这种希腊小娈童可不会……"

帕德维一口拒绝了。索玛苏斯提议起诉并逮捕汉尼拔，可帕德维说不，他不想跟法律纠扯到一起。不过，他允许等那个西西里人醒过来后，让弗莱瑟瑞克把他从前门狠狠一脚踹出去。帕德维看着前任工头鬼鬼祟祟地走掉时，心想，这就是反派的下场，不禁冷冷一笑。

弗莱瑟瑞克说道："我觉得这是个错误，马蒂内斯。我可以把他的尸体沉入台伯河，不会有人知道。他会给我们惹麻烦的。"

帕德维觉得最后一句话挺有道理。不过，他只是回答："我们最好赶紧把你的胳膊包扎一下。你的袖子都让血浸透了。茱莉娅，找一条亚麻布来，用开水煮煮。没错，煮一煮！"

（未完待续）

Copyright© 1939 © 1941 by L. Sprague de Camp

幻想书房

刘皖竹 译

《月 端》

[美] 本·波瓦

出版社：Tor Books，2013

本·波瓦无疑扛起了所谓"坎贝尔科幻小说"的大旗。20 世纪 30 年代末，约翰·W. 坎贝尔担任《惊异科幻》主编，从此，科幻文学不再仅仅是虚无缥缈的宇宙探险，而是开始探索幻想世界中的人性（大部分是科学家的人性），同时还不失严谨的科学性。不仅如此，坎贝尔还呼吁科幻作家提高语言质量。艾萨克·阿西莫夫、罗伯特·海因莱因、穆雷·伦斯特以及后来的阿瑟·克拉克等科幻奇才都曾受到坎贝尔的影响，他们共同为科幻文学添砖加瓦，使得这一领域得以进入文学殿堂。在 20 世纪 50 年代中期，《惊异科幻》更名为《类比》。在坎贝尔逝世之后，波瓦于 1972 年担起了主编的重任。

身为作家，波瓦的创作涉及多种题材，包括历史小说、奇幻小说、科幻小说，当然还有科普。他对科幻领域影响最深远的贡献，要数他的"大冒险"系列。该系列包括了许多发生在各类行星（除了外太阳系的两三颗）与小行星上的长篇小说和短篇故事。《月端》这本书设定在月球背面，但它并非《月出》（1996）和《月战》（1998）的续集，尽管书中的确有一些相同的角色。

回到正题，在《月端》这本书中，波瓦确实兼顾了科学与幻想。

不仅如此，波瓦在描绘笔下的角色时颇费了一番心思，因而增添了别样的阅读趣味。书中主角是两位针锋相对的科学家，他们的野心想必学术界人士都能理解。我们很少将科学家或宇航员视为执行任务的"职业人士"，因为这些头衔本身就是其所在领域的有机组成部分，但身处学术界的人往往会如此认为（如果你还记得的话，这正是汤姆·沃尔夫的《真材实料》中的主要隐喻）。

在《月端》这本书中，一群科学家登陆了月球背面，尝试用镜子和常规望远镜搭建成像系统，来探索某颗行星的大气状况。这颗诡异的行星围绕天狼星 C 运转，而天狼星 C 是其母星在新星爆发后留下的遗迹，早在很久之前，它的大气和星球表面就应该消逝在宇宙当中了。但有证据表明，那里的大气富含氧与氮，很有可能孕育了生命。月球上的第二队人员则由地球上的一位女富豪带领，他们想搭建一架轨道干涉仪，以便更好地观测天狼星 C。在这本书中，作者描述了两派人员如何竞相缠斗，其间谋杀疑云丛生，同时也有力地表现了学者（包括科学家在内）如何为自己的职业生涯而战。

《月端》是一部独立小说，语言精练，构思巧妙，情节紧凑，无论是在波瓦的"大冒险"系列之内还是之外，都鲜有比它更优秀的作品。我发现，这部作品在叙事上与《水星》（2005）和《泰坦》（2006）

有许多相似之处，而这两本都是相当出色的系列作品（也能独立成书）。《月端》是一部"老派"的科幻小说，直到今天都极富借鉴意义，我强烈向大家推荐这部作品。

荐书人：[美]保罗·库克

《不明灰行物》

[美]亚历克斯·施瓦茨曼 编

出版社：UFO Publishing, 2012

这是一本趣味十足的"轻"科幻小说集。我并不是在讽刺，所谓"轻"是指这本选集中的故事都令人捧腹，游走于奇幻与科幻之间，一点儿都不严肃。有一些故事甚至完全"无法归类"——但转念想想，放在这里又真是再合适不过了。

这些故事由编者亚历克斯·施瓦茨曼精心挑选，它们主题各不相同，既有通俗易懂的故事，也不乏彻头彻尾的闹剧。故事里面出现了鬼魂、僵尸、喋喋不休的外星人、漂泊无依的吸血鬼、来自月亮的纳粹分子、性欲高涨的大熊猫，以及一个向圣诞老人讨要武士刀来手刃僵尸的小女孩，而圣诞老人的回应也非常有趣。不仅如此，有一个故事还模仿了著名喜剧二人组奇客和冲[1]的桥段，让我忍俊不禁。

入选该书的作者包括乔迪·林恩·奈、拉维·缇达、刘宇昆、迈克·雷斯尼克、迈克尔·库兰以及唐·萨克尔。在被这些大名鼎鼎的作家吸引的同时，读者也会从一些不太熟知的小说家那里得到惊喜。这本选集幽默不断，将给读者带来"前俯后仰"的阅读体验，当心笑掉大牙。

荐书人：[美]保罗·库克

《守夜者号》

[美]托尼·丹尼尔

出版社：Baen, 2012

托尼·丹尼尔创作的《守夜者号》精彩至极，毫无疑问是军事科幻小说的经典之作。这部作品是平装本，但现在市场上已经很难买到了。即使你不是真正的军事科幻小说迷，此书也绝对值得一读。

事实上，我一直对军事科幻小说缺乏兴趣，为了迎合部分读者对电子游戏的喜好，它们往往充斥着大量色情化的暴力，然而，最好的军事科幻应当探讨角色与军事政治（及政权）。先让我澄清一下，我刚刚说的"色情"只是指一些作品中的暴力元素而已，最典型的例子就是汤姆·克兰西的《红星崛起》。

《红星崛起》读起来确实刺激，但略微缺乏深度，只着眼于一场欧洲战争的

---

1. 出自《奇客和冲》，一部无厘头的美国搞笑动画电影。奇客和冲一个是驾车人，一个是搭车客。

军事方面，其中穿插了衰败的某大国发生政变的情节。作者主要描写了各类将军角色和各种常规冲突，诸如潜艇爆炸、隐形战机空袭，以及整支军队的覆灭等场景。其中有个情节是一艘潜艇击沉了一艘运兵舰，舰上两千四百名士兵全部殒命，这极具画面感。这种情节的确很刺激，但奇怪的是，汤姆·克兰西并没有描写那两千四百名士兵家人的反应，他们失去的可是自己的儿子（这部出版于20世纪80年代中期的小说中并没有出现女性士兵）。由于这场战争是秘而不宣的，国会成员并未因为这一巨大损失而追责抗议。总而言之，这两千四百条生命只是为了给读者带来刺激而已，让他们以为这就是战争中发生的一切。但事实上，从发起战争的人，到斡旋其中的外交官，再到在底层交战的士兵们，战争的核心应当是人本身。

《守夜者号》实际上是一艘外星飞船的名字，这部小说本身讲述的也是外星舰长阿里德·里西梅尔的故事。里西梅尔带着自己的飞船与船员叛逃至地球，他还携带着一件不可思议的武器，因而遭到母星追杀。这个故事也许会让你想起汤姆·克兰西的《猎杀红色十月》，但当我阅读这部激动人心的作品时，并未将两者联系起来。丹尼尔是一位相当谨慎的作家，并不会去模仿其他人的风格。他不仅创造了令人信服的外星人角色，也塑造了有血有肉的人类角色，而他们的共同目标就是俘获"守夜者号"。

在这部作品中，我最喜爱的角色是诗人。他（它？）是一个外星人，在"守夜者号"上的时候，他将自己创作的诗歌发向外界，被一位人类女子接收并破译，这也成为搜寻"守夜者号"的又一线索。这本书中人物角色的深度实在令我动容，因此我诚挚地向你推荐这部作品。值得一提的是，它还是一本独立小说，尽管作者在另一部作品中也用到了"守夜者号"上那件让人叹为观止的武器。

荐书人：[美] 保罗·库克

《帕西菲卡》

[美] 克莉丝汀·西蒙斯

出版社：TOR Teen, 2018.3

这部反乌托邦小说无疑是最精彩、最生动地描绘黑暗未来的作品之一。更重要的是，它并非说教，而是利用背景设定讲述了一个精彩的动作故事，其中还巧妙地融入了不少浪漫情节与青春期的烦恼。

在故事背景中，随着二氧化碳的急剧增加，海平面足足上升了几百尺。整个加利福尼亚州都被海水淹没，仅有一些山峰孤岛幸存。人类被赶到了落基山脉两侧。成千上万的人蜷缩在最后的城市当中，飓风肆虐的太平洋不断扩大，在海岸线上，他们面临的除了饥荒，还有压迫。

罗恩·托雷斯是这座城市领袖的儿子，他从小养尊处优，生活在父亲的庇荫之下，和其他精英阶层一起过着富裕的生活。他有一个总爱在私立学校里假装弱势群体的朋友，有一天，他们俩偷偷溜出了城，准备见识见识几乎每天都会发生的骚乱。但这两位年轻人都没有预料到外面的情况：生活困顿的人们几乎都处于极度绝望当中，而绝望导致的暴乱又迫使警察使用极端暴力的方式去镇压。两位少年不幸走散了，罗恩被误抓入监狱中，又和"狱友"玛琳一起成功脱逃。玛琳不仅十分了解岸上世界，对海上的情况也了如指掌。不久，罗恩便知道了她的真实身份——她是前任海盗首领的女儿，也是现任海盗首领的妹妹。这群海盗盘踞在一个由塑料和垃圾积聚而成的巨型漂浮岛屿上。随后，年轻的主角们便开始了一系列惊险刺激的海上冒险，他们遭遇过背叛，产生了情愫，而这一切都被卷进了一个巨大的阴谋：把穷人重新安置到一个其实并不存在的天堂岛上。

这部作品的优点之一，就是对人物情感的完美刻画。被压迫者的怨恨和绝望，年轻主人公的勇气，以及统治阶级想要摆脱贫民的贪婪与傲慢，都是这个黑暗的反乌托邦社会中不可分割的一部分。这部海洋冒险小说精彩绝伦，值得一读。

荐书人：
[美] 乔迪·林恩·奈 & 比尔·福斯特

原创小说征稿启事

本征稿启事长期有效

YUAN CHUANG

银河边缘，这里是不折不扣的故事发源地。从基地到川陀，从塔图因到绝地圣殿，无数传说在此演绎……

2018年，八光分文化联合人民文学出版社共同推出"银河边缘"丛书，这是一套由东西方科幻人联合主编的幻想文库，作品主体部分选自由美国科幻大师迈克·雷斯尼克主编的科幻原版杂志《银河边缘》，但也有相当篇幅展示国内优秀的原创科幻小说。在此，我们向国内原创科幻作者约稿。

我们以"惊奇、畅快"为原则，着力呈现中外名家及新人作者的中篇佳作，展示更具野心的科幻作品，呼唤长篇时代的到来。

投稿邮箱
tougao@8light-minutes.com

投稿邮件格式
作品名称+作者名

审稿周期
初审十五个工作日回复（长篇除外）

稿费
150～200元/千字（长篇另议），优稿优酬。

字数
不限字数，以2万～4万字中篇为宜，接受长篇来稿。

审稿标准
① 想象力：想象力是科幻小说的核心与灵魂，也是审稿的首要标准。
② 代入感：作者通过剧情、人物等元素，使小说易读，令读者沉浸其中。
③ 剧情逻辑：在人物动机、事件逻辑上没有明显的漏洞，不会让读者产生"跳戏"的感觉。
④ 技术细节：非常欢迎但不强求。

投稿注意事项
① 务必保证投稿作品为本人原创，从未发表于任何平台。
② 切忌一稿多投。
③ 小说请以附件的形式发送邮箱，注意排版，合理分段。
④ 请在邮件末尾提供个人联系方式，如真名、QQ、手机等。同时欢迎加入我们的QQ写作群：494290785。

《银河边缘》编辑部　2019年6月